Elsie Johansson
Licht im Winter

SERIE PIPER

Zu diesem Buch

Es ist immer ein besonderer Tag, wenn Dora aus Stockholm zu Besuch kommt ins kleine rotgetünchte Haus ihrer Kindheit, das von sanften Hügeln voller Wacholder umgeben ist. Dann bringt sie nämlich lauter Geschenke mit: Zucker und Bonbons oder Kaffee in gemusterten Blechdosen. Auch Nancy, die jüngste Tochter der Familie, bewundert und beneidet ihre Schwester – schließlich hat sie es geschafft, das Leben voller Entbehrungen hinter sich zu lassen und in die Großstadt zu ziehen. Und doch spürt die stille Nancy, daß Dora ihnen allen etwas verheimlicht: Was bedeutet zum Beispiel der geheimnisvolle braune Koffer, den sie eines Tages mitschleppt? Und warum weint sie manchmal so unvermittelt? Und dann, an einem lauen Herbsttag, als Nancy gerade von der Schule nach Hause kommt, passiert es: ein Anruf aus Stockholm. Dora ist krank, sehr krank. Und schließlich kommt die tragische Wahrheit ans Licht …

Elsie Johansson, geboren 1931 in Vendel bei Uppsala, wuchs in einer Arbeiterfamilie auf. Sie war lange als Postbeamtin tätig, bevor sie den Traum ihres Lebens wahrmachte und Schriftstellerin wurde. »Licht im Winter«, ihr erster Roman, wurde in Schweden auf Anhieb ein Bestseller. »Mittsommertanz«, der zweite Roman um Nancy und ihre Familie, erscheint 2004 auf deutsch.

Elsie Johansson
Licht im Winter

Roman

Aus dem Schwedischen von
Katrin Frey

Piper München Zürich

Ungekürzte Taschenbuchausgabe
Januar 2004

Titel der schwedischen Originalausgabe:
»Glasfåglarna«, Albert Bonniers Förlag, Stockholm 1996

erschienen im Verlagsprogramm Kabel
Umschlag / Bildredaktion: Büro Hamburg
Isabel Bünermann, Julia Martinez /
Charlotte Wippermann, Kathrin Hilse
Umschlagabbildung: Anna Ancher (»Junge Frau vor dem
Spiegel«, 1899; VG Bild-Kunst, Bonn 2003)
Foto Umschlagrückseite: Ulla Montan
Satz: KCS Buchholz / Hamburg
Druck und Bindung: Clausen & Bosse, Leck
Printed in Germany ISBN 3-492-24008-9

www.piper.de

I

Die Papptasche. Doras kleine braune Reisetasche aus Preßpappe. Ich kann sie ganz deutlich sehen. So eine gewöhnliche, einfache Reisetasche, die aussieht, als sei sie aus echtem Leder, obwohl sie das gar nicht ist – mit doppelten Nähten an den Kanten und kleingemustertem Futter und einem zerknitterten Fach auf der Innenseite des Verschlusses.

Genauso deutlich kann ich mich an den Tag erinnern, als Mutter sich ein Herz faßte und die Tasche aufmachte. Ich tat es ja später auch, aber Mutter war schneller.

Das Ding stand da im Hausflur, in der düsteren Ecke unter der Bodentreppe, die im Grunde nur aus einer Leiter mit einer abgegriffenen Stange als Geländer längs der Holzwand bestand. Soweit ich das verstehe, muß sie irgendwann in der Nacht dort hineingestoßen worden sein. Warum, weiß ich nicht, es war kein gutes Versteck, wahrscheinlich mußte in aller Eile eine Notlösung gefunden werden. Vielleicht hatte Dora überraschend den Kopf aus der Bodenluke gesteckt, zerzaust und schlaftrunken, und geflüstert: Wo bist du denn gewesen, Charlie? Es ist ja mitten in der Nacht! Oder vielleicht hatte Vater plötzlich ein dringendes Bedürfnis verspürt, ausgerechnet in dem Moment, als Charlie die Treppe hinaufschleichen wollte. Und Vaters Stimme im Dunkeln: Bist du das, Junge? Mußt du mal raus, pinkeln?

Wie auch immer: Sie war unter der Treppe gelandet, und da

stand sie noch, und da wurde sie am nächsten Vormittag entdeckt. Von Mutter natürlich. Sie stand in dem Winkel zwischen Kommode und Außenwand und war mit den Brotdosen davor zwar notdürftig versteckt, doch ich verstehe trotzdem nicht, wie dieser gewiefte Charlie so kurzsichtig sein konnte, sie ausgerechnet dort abzustellen, wo Mutter am Morgen als erstes hingehen würde, nachdem sie das Feuer im Herd angemacht und den Kaffeetopf aufgesetzt hatte. Dora kann von der Sache nichts gewußt haben, zumindest nicht in dem Moment, da bin ich mir sicher. Das ist immerhin ein kleiner Trost für mich. Andernfalls hätte sie augenblicklich dafür gesorgt, die Tasche an einem sichereren Ort zu verstecken, wahrscheinlich auf dem Dachboden oder im Keller. Sie kannte schließlich Mutter. Es war doch jedem klar, daß Mutter sofort hellhörig werden würde, wenn sie etwas witterte, das faul war. Und daß sie keine Bedenken gehegt hätte, die Sache näher zu untersuchen, und wenn sie dafür mit einem Draht an dem Verschluß hätte herumfummeln müssen. So war Mutter eben. Skrupellos, wenn es darauf ankam. Sie war immer auf der Hut und hörte überall das Gras wachsen.

Ich für meinen Teil hätte von der Sache natürlich besser nichts gewußt. Mutter versuchte ja auch, so gut sie konnte, mich herauszuhalten, aber nun traf es sich so, daß ich an diesem schwülen, atemlosen Vormittag zufällig auf sie stieß, als sie gebückt im Halbdunkel unter der Bodentreppe wühlte. Barfuß und lautlos stand ich auf dem Linoleum, wollte nach draußen, blieb aber instinktiv auf der Schwelle zum Hausflur stehen. Was trieb Mutter da? Allein schon ihr Hinterteil sah spionierend aus. Ich stand eine halbe Minute still und beobachtete sie mit schiefgelegtem Kopf, bis sie anscheinend meine Augen im Rücken spürte.

Da drehte sie langsam den Oberkörper herum und warf einen Blick über ihre Schulter. »Oh, bist du das, Nancy, Liebling? Warst du drinnen? Ich hab dich gar nicht gehört. Hab hier nur gerade die Mausefalle untersucht, ob da was war. Hörte sich an, als ob sie zugeschnappt wäre. Aber da ist keine drin, Gott sei Dank! Man sollte ja auch annehmen, daß die im Sommer nicht unbedingt ins Haus kommen müssen.«

Mutter hatte Angst vor Ratten. Erfinderisch war sie auch. Und sie war nicht auf den Mund gefallen. Aber mir konnte sie nichts vormachen.

Ich bemerkte, daß sie rote Flecken im Gesicht und auch auf dem Hals hatte, als sie sich aufrichtete und gleichzeitig verstohlen die lilafarbenen Brotdosen der Marke Sonja mit dem Fuß anstieß, damit sie das verdeckten, was sie so flink nach hinten geschoben hatte. Was immer das war. Eine Tasche? Ich hatte, bevor sie sich umdrehte, ein metallisches Klicken gehört. Ein Verschluß, der zugemacht wurde? Bestimmt. Offensichtlich war eine Tasche hinter die Kommode geschoben worden, und ich ahnte sofort, daß damit etwas nicht in Ordnung war, weil Mutter so ertappt aussah und rührende Anstrengungen unternahm, mich abzulenken. Es war nicht schwer, das zu durchschauen, als sie plötzlich so geschäftig tat und einen halben Hefezopf aus einer der Dosen nahm, ganz so, als sei dies ihr eigentliches Anliegen im Hausflur gewesen.

»Ich dachte, wir kochen uns vielleicht ein Täßchen Kaffee. Wie wär's?« fragte sie verschwörerisch flüsternd, während sie in Richtung der dunklen Bodenluke schielte. »Sei so lieb und gieß eine halbe Kelle Wasser dazu, und mahl noch ein paar Bohnen drauf. Wir müssen wohl auch noch einige Sprickel nachlegen.«

Sie stand da mit dem Deckel in der Hand, und aus der Blechdose strömte ein schwacher Geruch von Schimmel und muffigem Weißbrot. Wir hatten eine Hitzewelle, ich glaube mich zu erinnern, daß es Anfang Juli war, aber da kann ich mich auch irren, Monate und Wochen bedeuteten mir zu der Zeit nicht viel, und die Sommer fließen zusammen, aber, wie gesagt, ich erinnere mich, daß es heiß war. Mutter war ohne

Strümpfe, hatte nur ihre alten braungelben Segeltuchschuhe an und kein Korsett, so daß ihre Brüste herunterhingen, und die Schürze hatte einen dunklen Fettfleck mitten auf dem Bauch. Als sie sich mir in der Türöffnung näherte, sah ich, daß ihr der Schweiß am Hals entlang und in den Schlitz ihrer Baumwollbluse lief, und ich liebte sie so sehr, daß ich es kaum aushalten konnte, allein wegen der Haarsträhnen, die sich aus dem Knoten gelöst hatten und in ihren Nacken gefallen waren. Ich liebte auch den Schweißgeruch, und ihre Wange und ihren Arm, den sie um meine Schultern legte, hastig, fast flehentlich, als sie an mir vorbeischlüpfte. Ich war ihre Beobachterin und ihre Richterin, und sie wußte es. Ich war die Richterin über alle, das war das Schlimmste.

Ich klappte den Deckel der Holzkiste auf und nahm ein paar kleine Zweige und lose Rinde von den Schwarten und schob sie durch die Ofenluke auf die Glut. Das Feuer loderte auf. Der gemauerte Herdsockel war warm, Fliegen krochen darauf herum. Das Zeitungspapier auf der Steinplatte war vergilbt und hatte vom eingetrockneten Abwaschwasser Blasen geworfen. An seinem gewohnten Platz, rechts an der Herdkante, stand auf einem Eisengestell der graufleckige emaillierte Kaffeetopf. Ich nahm ihn mit zum Wassereimer und goß eine kleine Pfütze auf den dicken Bodensatz aus bereits ausgekochtem Kaffeepulver. Dann nahm ich die Mühle vom Mauerabsatz, füllte den Trichter zu einem Drittel mit Bohnen und drehte die Kurbel ein paarmal herum. Das knirschende Geräusch und der Duft von frisch gemahlenem Kaffee erfüllten die Herdecke. Mutter schnitt Scheiben vom Hefezopf und stellte Tassen auf den Tisch.

Die Küchentür stand offen. Die Tür zum Hausflur auch. Die beiden niedrigen Fenster mit dem Wald von Geranien und Fleißigen Lieschen davor ließen nur grüngefiltertes Licht herein. Es war ein windstiller Tag, einfach auf die Erde geworfen, nicht mal ein Flüstern in den Ebereschen. Die einzigen Geräusche waren allerlei Brrrs und Schnalzer unten auf der Wiese, wo Petrus auf der Heide, der Bauerndeubel, wie Vater ihn nannte, das Heu einfuhr.

Vater war wie gewöhnlich in der Säge. Ziemlich genau um zwanzig nach fünf würde er den buckligen Nadelweg hinunter und durch die Gartentür kommen, die dreckige Mütze und die Schultern seines Arbeitskittels mit Sägespänen bestäubt, und hinten drauf rumpelte in seiner Unicabox die Kaffeekanne. Da würde das Essen selbstverständlich auf dem Tisch stehen, und Mutter würde sich sputen und am Herd herumhantieren.

Aber jetzt war es erst kurz nach elf. Mutter und ich waren allein zu Hause, abgesehen von der Katze. Und von Charlie natürlich, seit kurzem Doras Verlobter, der auf dem Ausziehsofa in der Bodenkammer lag und schlief.

Dora und Betty waren eine Runde in den Wald gegangen, um nach frühen Sommerpfifferlingen zu suchen, das war Doras Idee. »Nur eine kleine Runde, wir sind bald wieder da«, hatte sie gesagt und dabei meine Schulter berührt und mich entschuldigend angelächelt. Aber ich hätte, offen gesagt, gar nicht mitgewollt. Nicht jetzt, wo Betty auch zu Hause war und ständig hinter Dora herdackelte. Sie setzte zwar, in Gottes Namen, ihr scheinheiliges Lächeln auf, die liebe Betty Boop, aber sie konnte mich nicht leiden, und sie gönnte mir nicht, daß ich mit Dora zusammen war. Dora und ich schrieben einander Briefe, und Betty konnte das nicht ertragen. Sie war eifersüchtig auf die Briefe, sie war eifersüchtig auf alles. Hinter dem Rücken der anderen nutzte sie jede Gelegenheit, auf mir herumzuhacken, ich sei Muttis kleines Hätschelkind und eine Brillenschlange und würde dauernd rumsitzen und meine Nase in ein Buch stecken.

»Tu nicht so, als wärst du was Besonderes«, zischte sie mir zu, sobald sie mich sah. »Glaub bloß nicht, du bist wer! Blöde Rotznase!«

Der Topf kochte über. Auf dem Herd zischte es. Hopsala! Verdammich! Blitzschnell war Mutter zur Stelle. Kleine bräunliche Wasserkugeln rollten über die Herdringe, und es roch einen Moment nach angebranntem Kaffeesatz, aber sie zog hurtig den Topf zur Seite, hob den kleinsten Ring mit dem Schürhaken an und wischte die übergekochte Brühe in das glühende Loch. Danach wickelte sie sich ihre Schürze als Schutz um die rechte Hand, packte den Griff und klärte das Gebräu, indem sie vier-, fünfmal etwas davon in den Deckel und wieder zurück schüttete. Als das Getränk einen befriedigenden Eindruck machte, kam sie und schenkte ein.

»So«, sagte sie. »Nun aber! Nun trinken wir ein Täßchen!«

Sie nötigte mir den Brotkorb auf und betüddelte mich, als wäre ich Tante Ågren oder Hugossons Klara oder irgend so eine andere Trulla, die zufällig hereingeschneit war. Arme dumme Mutter! Ihre Manöver waren rührend. Sie war natürlich unsicher, ob ich trotz allem Wind von der Sache bekommen hatte, die sie so offensichtlich vor mir verbergen wollte, was es auch war, und nun legte sie noch einen Zahn zu und gab sich ordentlich Mühe, mich mit ihrem Gerede von meiner Fährte wegzulocken, das war mir schon klar. Ach Gottchen, wie sie sich täuschte …

Entlang der Mitte des Hefezopfes war ein Strang von Schimmelblümchen gewachsen, und jede einzelne Scheibe war nun mit einer kleinen Portion des gräulichen Pelzes verziert. Ich kratzte eine nach der anderen mit dem Zeigefingernagel ab und türmte den Abfall zu einem Haufen, genau in der Mitte einer Raute auf der blaugemusterten Wachsdecke. Ich tat das nicht aus Boshaftigkeit gegenüber Mutter, es ergab sich einfach so, während ich dasaß und meine Pläne schmiedete. Ich hörte auch nicht, worüber sie schwatzte. Die ganze Zeit konzentrierte ich meine Gedanken auf diese Sache, die unter der Treppe stand, aber ich hütete mich wohlweislich, meine Blicke dorthin schweifen zu lassen, ich ließ mir nichts anmerken, genau wie sie. Daß es sich nicht um eine lustige Überraschung handelte, die sie vor mir geheimhielt, damit ich dastehen und große Augen machen würde, während sie triumphierend strahlte – Tja, Nancy, das hättest du nicht gedacht, was? Jetzt bist du platt! –, das war mir gleich klar. Meine Mutter war zweifellos gewitzt und erfinderisch, sie mochte Spiele und dachte sich gern Unfug aus, natürlich nur, wenn wir allein waren und Vater es nicht sah, aber das hier war etwas anderes, und es erfüllte mich mit Unruhe und Ungeduld. Worum ging es überhaupt? Warum war sie so nervös? Und warum war es so wichtig, daß ich herausgehalten wurde? Sobald sich die Gelegenheit ergab, wollte ich der Sache natürlich auf den Grund gehen.

Mutter machte weiter mit ihrem Getue: »Du, nimm noch eine Scheibe«, zwitscherte sie. »Und stipp sie auch schön ein. Und nimm dir Zucker, wenn schon welcher da ist.«

Das Kilo Zucker hatte Dora aus Stockholm mitgebracht. Das und eine zweigeteilte Blechdose mit kleinen Katzen auf dem Deckel und einem Pfund Kaffee in jeder Hälfte. Plus eine Tüte Karamelbonschen für mich.

Der Kaffee war bitter. Ich nahm drei Stück Zucker und goß ordentlich Sahne dazu. Mutter nahm zwei, das eine brach sie geschickt in die linke Handfläche und bewahrte wie gewöhnlich die eine Hälfte für die zweite Portion auf. Dann schüttete sie Kaffee in die Untertasse, steckte sich das Zuckerstück vorne in den Mund und schlürfte. Ich sah, wie sie es genoß. Arme Mutter! Oben war ein Vorderzahn weg, zwei weitere waren nur noch wurmstichige Zinken, und im Unterkiefer sah es ebenfalls braun und wackelig aus. Mutter schämte sich dafür, sie wollte nie ihre schlechten Zähne zeigen. Deshalb kniff sie auf unnatürliche Weise die Lippen zusammen, wenn sie mit Fremdlingen sprach, das soll heißen mit Leuten, die nicht zur Familie gehörten. Das galt besonders für solche, die nach Mutters Auffassung als ein bißchen besser galten, was immer das sein sollte. Mir war übrigens aufgefallen, daß sie sich auch diesem Charlie gegenüber so gebärdete. Und immer, wenn sie lachte, fuhr die Hand zum Mund, man sah, wie sich die Nasenspitze und die Wangenhaut nach oben schoben und wie die Augen oberhalb des Zeigefingerknöchels glitzerten und vom aufsteigenden Lachen wäßrig wurden. Klar doch, lachen konnte Mutter, das konnte sie auf jeden Fall.

Als der Kaffee ausgetrunken und die Tassen in der grauen Zinkwanne abgestellt waren, ging sie zum Flickenkasten, der in der Kammer auf dem Nähmaschinenpedal stand, setzte sich wieder an den Tisch, zog den Nähkorb und eine verblichene Arbeitshose zu sich heran und begann, auf dem einen Knie einen Flicken anzuheften. Ich ließ mich mit angezogenen Beinen in der Ecke des Sofas nieder, griff nach einer alten Zeitschrift und tat so, als würde ich lesen. Die Fronten waren verhärtet und bis auf weiteres bewegungslos, es würde sich zeigen, wer von uns beiden das Schweigen länger aushalten konnte, aber ich ahnte schon, wer.

Und richtig, Mutter war diejenige, die aufgab. »Willst du nicht mal hinter Ejnars Scheune nachgucken, ob es schon Himbeeren gibt«, versuchte sie es nach einem Weilchen mit süßlichem Klang in der Stimme. »Die werden jetzt bestimmt langsam reif, meinst du nicht? Nimm doch das Körbchen, und geh mal nachgucken, stell dir vor, wir hätten genug für Pfannkuchen. Das wäre doch lecker, oder?«

Es war nur eine Finte, das begriff ich sofort. Ein Ablenkungsmanöver, um mich loszuwerden und in aller Ruhe mit ihrer Untersuchung fortzufahren und diese Tasche vielleicht außer Sichtweite zu schaffen, auf den Dachboden oder in den Verschlag in der Kammer, was weiß ich. Aber nicht mit mir, meine Liebe, o nein. Je mehr sie sich anstrengte, desto dickköpfiger wurde ich. Außerdem fand ich es einfach eklig, wenn sie so mit mir herumlallte, als sei ich nie älter geworden als sieben oder acht. Klar wäre das lecker, Pfannkuchen und

Himbeeren, mit der Gabel zermust und mit Zucker angerührt, vielleicht ein bißchen Sahne dazu, die sie oben von der Kanne abgeschöpft hatte. Keine Einwände. Nur für uns zwei wäre das ein Glück gewesen, das wir uns möglicherweise hätten stehlen können. Aber mein Gott, Pfannkuchen für so viele Leute! Aus dem Versprechen hätte Mutter sich wieder herauslavieren müssen. Denn dafür brauchte man Eier, und die hatten wir nicht, das wußte ich genau. Wir kauften immer nur zwei Eier, bei HühnerEmma auf der anderen Seite des Gartens, soviel wie eine halbe Stiege konnten wir uns selten leisten. Wir konnten uns fast überhaupt nichts leisten, und erst heute morgen hatte sie gesagt, daß wir den Gürtel nun ganz eng schnallen müßten, denn es waren nicht mehr viele Öre übrig, bis Vater seine nächste Lohnzahlung bekam. Ein Essen auf den Tisch zu kriegen war eine tägliche Sorge. Jetzt, wo auch Dora zu Hause in den Ferien war und diesen Charlie mitgebracht hatte, der als Kellner oder was auch immer in einem Hotelrestaurant in Stockholm arbeitete und anderes gewohnt war und feine Manieren hatte, da war es natürlich noch kniffliger als sonst. Jedesmal, wenn es Zeit war, das Essen vorzubereiten, war Mutter niedergeschlagen, und wenn die Kartoffeln schön auf dem Tisch standen und Vater sich hingesetzt hatte, strich sie gleichsam entschuldigend an den Rändern ihrer Schürze entlang und kam mit ihrer üblichen Schmeichelei: »Also, bitte sehr, setzt euch, solange die Kartoffeln heiß sind … Er muß wohl damit vorliebnehmen … Mehr zu bieten haben wir nicht …«

Mehr zu bieten haben wir nicht? Ich fand, sie war dumm! Da war Vater besser, obwohl er diesem Charlie auch um den Bart ging.

»Iß jetzt, Jungchen«, ermunterte er. »Nimm ein Butterbrot! Wenn man die Putällie auswringen könnte, hätte jeder noch einen Schnaps gekriegt, aber das wird schon runterrutschen. Mit oder ohne.«

Nein, Vater gab nie zu, daß er unterlegen war. Und wenn es um Dora und ihren Kram ging, hätte er sich notfalls ein Bein ausgerissen.

Pfannkuchen – tja, denkste! Ich zuckte mit den Schultern, wechselte die Zeitschrift und las weiter. Zumindest tat ich so.

Das Feuerchen im Herd war zu Asche zerfallen. Über dem Flickenteppich, auf den das schräg einfallende Sonnenlicht ein Muster geworfen hatte, vibrierte der Staub in grauen Streifen. Mutter nähte. Der Stuhl knarrte hin und wieder ein bißchen, wenn sie sich bewegte, und der Schere entfuhr ein Scherengeräusch, wenn sie sie auf den Tisch legte. Fragt sich, ob nicht auch die Nähnadel einen Klagelaut von sich gab, als sie auf und nieder durch den zähen Arbeitshosenflicken gestochen wurde.

Es wirkte wohl friedlich, von außen betrachtet, aber es war nicht, wie es sein sollte! Ich spürte das. In den Wänden war Unruhe, sie kroch über die Tapete wie eine Spinne mit dünnen Beinen. Mutter und ich, wir waren nicht wir selbst. Der da oben in der Dachkammer schlief zwar, und man konnte noch nicht mal hören, wie er sich auf dem durchgelegenen Ausziehsofa herumwälzte. Doch obwohl er schlief, erfüllte er unser Häuschen vom Grundstein bis zum First mit seiner fremden Anwesenheit. Wir waren uns seiner die ganze Zeit bewußt, er machte uns scharfsinniger und kleinlauter zugleich, er legte sich auf unsere Stimmen, so daß wir flüstern mußten. Und die Sache da im Hausflur, die hatte mit ihm zu tun, dessen war ich mir sicher … Aber worum drehte es sich?

Ich guckte über den Zeitungsrand und sah, daß Mutters Stirn schweißig glänzte und ihr Mund verkniffen war, als trüge sie eine schwere Last. Ich hätte aufstehen, zu ihr gehen, sie in den Arm nehmen und Backe an Backe in ihr Ohr fragen sollen, so lieb und sanft ich konnte: Mama, was ist los? Was stimmt hier nicht? Was ist das da hinter der Kommode?

Aber ich traute mich nicht. Was, wenn sie angefangen hätte zu weinen?

An der Pappe zwischen den Dachbalken war mit einer Heftzwecke ein Fliegenfänger befestigt, braungelb und klebrig. Der war schwarz gesprenkelt von Fliegen, und es sirrte aus der Richtung, wenn die Fliegen wehklagten und an ihren Flügeln rissen, die in der Schmiere festhingen. Sie waren lebendige Wesen, die Gott geschaffen hatte, und nun waren sie gekreuzigt, genau wie sein Sohn. Aber so konnte man natürlich nicht denken. Fliegen waren Unzeug, widerliche Kreaturen, sie krochen überall herum, in diesem Moment wimmelte es auf dem Abzug von ihnen, sie kackten auf Zuckerstücke, sie krabbelten durch das Sahnekännchen und die Anchovisbüchse, wo die Katze ihren eingetrockneten Milchrest hatte, sie kribbelten einem früh am Morgen über die Stirn, wenn man schlafen wollte. Und Pferdebremsen waren am schlimmsten, die, die sich bei den Kühen unterm Schwanz festklammerten und die man in die Ohren und bis ins Hirn kriegen konnte. Nein, Fliegen totzuschlagen mußte wohl auch vor Gott als erlaubt und verzeihlich gelten. Mit manchem Leben war das anscheinend so.

Tickend verabschiedete die alte braune Wanduhr eine Minute nach der anderen. Bald würde sich der große Zeiger ruckweise bis zum höchsten Punkt des Zifferblattes hochgekämpft haben und sich mit dem kleinen Zeiger genau zwischen den beiden schwarzen Schrauben vereinen. Dann würde die Uhr ihre zwölf müden Schläge hervorbringen.

Mutter biß den Faden ab und begann, einen Flicken für das andere Knie zuzuschneiden. Ich blätterte in der Zeitung und tat so, als würde ich lesen, obwohl ich innerlich vor Ungeduld ganz kribbelig war. Die Chancen wurden immer geringer. Er da oben auf dem Sofa konnte jederzeit aufwachen und die Treppe runtergestiefelt kommen, nicht rückwärts, mit dem Hintern zuerst, so wie Mutter und ich, sondern vorwärts wie ein Kerl, die Knie nach außen abgewinkelt, eine Hand am Balken zum Außenboden. Vermutlich würde er dann als allererstes die Tasche holen, sie mit nach oben nehmen und in die Kammer stellen, wo er und Dora ihre Sachen hatten. Oder vielleicht würden auch Dora und Betty aus dem Wald zurückkommen. Dann war es vorbei mit der Gelegenheit zum Spionieren, Betty belauerte mich ja ständig wie ein Habicht. Ja, wie ein Habicht. Diesmal war sie sogar noch schlimmer als sonst.

Die Uhr schlug zwölf.

»Machst du vielleicht mal das Radio an«, brach Mutter vorsichtig das Schweigen, als die Schläge verklungen waren. »Dann können wir die Nachrichten hören. Aber stell nicht so laut!« Letzteres unterstrich sie mit einem Pscht in Richtung Dach.

Auf dem Tischchen neben der Kommode stand tatsächlich ein altes braunes Ungetüm von einem Radio. Vater hatte es triumphierend eines Sonnabends mit nach Hause gebracht, als er mit dem Bus aus dem Ort kam, das war, bevor er in der Säge anfing. Er transportierte es in einem großen schäbigen Karton, der mit Schnüren umwickelt war. Zum Glück standen wir an diesem Abend an der Bushaltestelle, um ihn abzuholen, und hatten die Fahrräder dabei. »Himmel, Arsch, ist das schwer«, sagte Vater und war sichtlich stolz. Es gehörte nie viel dazu, daß Vater sich in seinem eigenen Glanze sonnte. Manchmal schämte man sich direkt, weil er so kindisch war, er konnte sich lang und breit mit Heldentaten brüsten, die nicht der Rede wert waren.

Das Radio war gebraucht, aber immerhin. Keine Ahnung, wie Vater es überhaupt bezahlt hatte. Vielleicht hatten die Vorbesitzer einen Stromanschluß bekommen und konnten diesen Apparat, der batteriebetrieben war, nicht mehr gebrauchen und hatten ihn deswegen billig verkauft. Es steckten zwei große Batterien darin, eine, die man Säurebatterie nannte, und eine, die Anodenbatterie hieß, und die waren miteinander verbunden, und die Kabel guckten an der Rückseite heraus und waren durch ein Loch im Fensterrahmen bis auf das Dach verlegt, genau oberhalb des Dachkammerfensters. Auf dem First saß ein Stöckchen mit einer leeren Garnrolle, und daran war die Leitung befestigt. Logisch, einen gewissen Stolz konnte man wegen des Radios schon empfinden, das tat sogar ich hin und wieder, obwohl ich gesehen hatte, daß andere auch eins hatten, zum Beispiel die, die vorn im Dorf wohnten und große Höfe besaßen. Dagegen war ein Batterieradio mit Garnrolle einfach Dreck. Aber gemessen an unseren Verhältnissen war es immerhin eine Art Fortschritt, verglichen mit bestimmten Leuten ein kleiner Vorsprung. Wir waren nicht in allem die letzten.

Arvid und Maja in der Biege zum Beispiel hatten kein Radio. Arvid war lungenkrank, und sie wohnten auf Gemeindekosten und lebten von der Armenpflege, hieß es. Man behauptete auch, Arvid würde seine eigene Pisse trinken, eine Tasse pro Tag sei gut für die Lunge. Ich stellte mir das so lebhaft vor, daß ich unfreiwillig Grimassen schnitt und mit eingezogenem Kinn schluckte, wenn ich Onkel Arvids durchblutete Lippen sah. Ich erwischte mich auch dabei, wie ich überlegte, ob er sie lauwarm oder kalt trank. Onkel Arvid lachte oft, und seine Zähne waren weiß, er legte sich keinen Kautabak unter die Oberlippe und spuckte dann braunes Zeug über seinen linken Arm, wie Vater es tat. Aber Pisse trinken war natürlich viel schlimmer. Arvid und Maja kamen manchmal zu uns und saßen da und hörten so andächtig und geschniegelt Radio, daß man sich das Lachen kaum verkneifen konnte. Dann war Vater guter Dinge. Ihr jüngster Sohn, der in dieselbe Klasse ging wie ich, war einmal bei einem Kanonenschuß in Ohnmacht gefallen, das war natürlich in irgendeinem Theaterstück. Er wurde ganz weiß und knallte rückwärts vom Stuhl. Geschah ihm recht. Da hatte er nicht so eine große Klappe, wie wenn er mit Ingvar hinter Lindgrens Holzschuppen stand. »Na, willst du mal meinen Pimmel sehen?« Hahaha! »Du und Pimmel, du Hosenscheißer! Du wirst ja schon blaß um die Nase, wenn du eine Kanone hörst!«

»Stellst du jetzt das Radio an, Nancy«, bat Mutter zum zweitenmal und noch immer voll Demut.

Wir pflegten den Zwölfuhrgong zu hören, und das Gedicht des Tages und die feine Musik, von der wir nichts verstanden, und die Nachrichten natürlich, und dann diesen Marsch, mit dem am Ende eines jeden Tages das Programm abgeschlossen wurde. Manchmal brachte einen das Gedicht mit der Musik danach in eine so wehmütige Stimmung, daß man fast hätte weinen können, es fühlte sich irgendwie so langsam und einsam und traurig an, es war, als hätte sich die Innenseite des Lebens nach außen gestülpt und wäre ebenso mitleiderregend und unanständig wie ein blutiges Hasenfell. Da war der Marsch besser, da stiefelte man sozusagen der Zukunft entgegen.

Ich stand gemächlich auf und machte widerwillig den einen kurzen Schritt vom Sofa zur Kommode. Wenn ihn nicht bereits ein anderes Geräusch geweckt hatte, würde er jetzt wach werden, es war so hellhörig im Häuschen, und das Sofa, auf dem er schlief, stand genau über dem Radioapparat.

Tuuuuuut! Tututuuut! Tut!

Ich hielt in der Handbewegung inne.

Unversehens war aus der Welt da draußen eine Autohupe zu hören. Im selben Augenblick war das Eis gebrochen. Aha, der Heringswagen! Tuuuut! Tututuuut! Jetzt aber schnell! Die Schüssel her! Beeilung!

Es war der Heringswagen, der an der Weggabelung direkt oberhalb des Holzschuppens gehalten hatte, zwischen uns und Ågrens. Der Heringshändler kam meistens einmal in der Woche, aber man wußte nie genau, an welchem Tag und um welche Uhrzeit. Es machte einfach tututut!, und dann war er da mit seinem alten Lastwagen mit der kurzen Ladefläche und den Kisten mit den glotzäugigen Heringen in schmutzigblauem, halb geschmolzenem Eis. Ich haßte Hering, vor allem wenn Mutter ihn mit den Gräten briet. Aber jetzt war er auf jeden Fall willkommen, denn was mich anbelangte, so hätte er zu keinem günstigeren Zeitpunkt eintreffen können.

In der Hast vergaß Mutter, daß sie Wache halten wollte. Ohne nachzudenken, fuhr sie in die Höhe, riß sich die schmutzige Schürze vom Leib und band sich eine nettere um, nahm die Blechschüssel aus dem Schrank, griff sich das labbrige Portemonnaie, das in der Zigarrenschachtel in der linken Schublade der Anrichte lag, guckte gleichzeitig mit einem Auge in den Spiegel und versuchte, die losen Strähnen in das Haarknäuel am Hinterkopf zu stupsen. Mutter war trotz allem eitel, ungeachtet ihrer schlechten Zähne und der schlappfenden Stoffschuhe legte sie Wert auf ihr Aussehen. Für Mannsbilder war sie ebenfalls nicht unempfänglich, das hatte ich sehr wohl gemerkt. Der Heringshändler war munter und zu Scherzen aufgelegt, womöglich bekam sie auch ein paar Heringe geschenkt, wenn sie keck aussah und ihm ein bißchen schöntat. Wer nichts hat, kann sich keine Steifheit leisten, war eine ihrer vielen Weisheiten.

Nun war meine Chance gekommen. Ich lief in den Hausflur, kniete mich hin und schob vorsichtig die Brotdosen beiseite. Ganz genau, da stand eine Tasche. Und es war Doras Tasche! Gar keine Frage. Wieso stand sie da? Und warum machte Mutter sich deswegen solche Gedanken?

Hastig angelte ich mir die Tasche und stellte sie vor meine Knie, wobei ich wachsame Blicke durch die Haustür warf. Über mir am Hang konnte ich durch die verschiedenen Grüntöne die Seite der Fahrerkabine erkennen, der Motor lief stotternd, und die Waage und die Blechschüssel machten beim Abwiegen ein klirrendes Geräusch. Die Stimmen waren nicht zu unterscheiden, sie verschmolzen zu einem leisen Murmelbrei, hier und da mit Tante Ågrens gellendem Gelächter gespickt. Auch sie war mit ihrer Schüssel dorthin gekommen, und das war ganz in meinem Sinne, da würden sie noch ein Weilchen dastehen und quasseln.

Über der Bodenluke war es immer noch still, doch in meinen Ohren bummerte der Herzschlag. Ich sog die Unterlippe ein und biß darauf herum, während ich die Daumen an den Verschluß legte und ihn aufschnappen ließ.

Ich weiß nicht genau, was ich erwartet hatte, ob ich mir überhaupt etwas vorgestellt hatte, doch zuerst verspürte ich einen Anflug von Verblüffung: Hä? Was ist denn das?

Was ich vor mir sah, war nämlich nichts anderes als eine Reihe rot-weißer Zigarettenstangen und eine Menge loser Schachteln und Tabakpäckchen, die drunter und drüber verstaut worden waren und fast über die Kanten quollen, wo die Tasche weniger stramm saß. Einige Tafeln Schokolade – sowohl die großen Tafeln zu fünfundzwanzig Öre als auch kleinere in verschiedenfarbigem Stanniolpapier – waren an der einen Längsseite hineingestopft, und hinten lagen ein paar Flaschen nebeneinander. Der Inhalt war gelblich, und die Etiketten, soweit ich erkennen konnte, sahen ausländisch aus. Ich begriff, daß es Schnaps war, und zwar von anderem Schlage als Vaters gewöhnlicher alter Sonnabendsbranntwein. Mehr war es nicht. Aber ich verstand natürlich, logisch, und das Wissen fuhr in meinen Magen wie ein Nagel.

Ich beeilte mich, die Zigarettenstangen wieder hineinzustopfen, die in alle Richtungen überzuquellen drohten, drückte den Inhalt platt, so gut es ging, und versuchte, die Tasche zu schließen. Aber da war etwas im Weg, das Ganze war offenbar in der Mitte zu dick geworden. Verdammter Mist! Mir lief der Schweiß den Rücken hinunter, aber ich mußte noch einmal von vorn anfangen. Da fand ich in der zerknitterten Innentasche ein längliches Etui, es war graublau und hart, ich machte es nicht auf, dafür hatte ich keine Zeit, ich rückte es nur ein wenig zurecht und versuchte dann noch einmal, die Tasche zu schließen. Mutters Schritte konnten jederzeit auf dem Kies zu hören sein, nun mußten die Tasche und die Brotdosen schnell wieder an ihren Platz geschoben werden.

Als sie mit ihrer Schüssel zurückkam, stand ich vor dem Herd und hielt mich an der Eisenstange fest, die den Rauchfang abstützte. Ich fühlte in dem Moment nichts, überhaupt nichts, höchstens eine gewisse Starre im Gesicht und im Rücken. Dennoch wagte ich nicht aufzusehen, als sie hereinkam. Ich wagte nicht, mein Gesicht zu zeigen.

Mutter schien aufgeheitert: »Oh, welch ein Segen«, sagte sie. »Nun können wir heute Hering zu den Kartoffeln essen! Es reicht bestimmt für zwei Mahlzeiten, ich kann die Hälfte sauer einlegen, dann haben wir Sonntag auch noch was. Er ist etwas schwach auf der Brust, aber ...«

Man konnte hören, daß ihr beim Gedanken an all die guten Sachen, die sie zubereiten würde, bereits das Wasser im Munde zusammenlief.

Arme Mutter! Sie konnte nicht anders, sie tat so, als wäre alles wunderbar und genau wie immer, obwohl sie ebensogut wie ich wußte, daß im Hausflur eine Tasche mit Diebesgut stand. Sie tat es meinetwegen, das sah ich ja ein, sie versuchte, mich herauszuhalten, weil ich noch ein Kind war, und begriff nicht, daß es bereits zu spät war. Meine Kindheit war längst ein abgeschlossenes Kapitel.

»Ich muß mal aufs Klo«, murmelte ich und schlängelte mich so unauffällig wie möglich um die Herdecke nach draußen. Die Starre, die mich geschützt und unempfindlich gemacht hatte, begann sich zu lösen, mir war übel, und in meinem Kopf war ein sprödes Knirschen, als ob man Eis zertrampelte.

Langsam und bewußt ging ich mit gesenktem Kopf über

den Kies und bog in den Pfad hinter dem Erdkeller. Mutter zuliebe mußte ich ruhig bleiben und so tun, als wäre nichts, falls sie am Fenster stand und mir mit ihrem Blick folgte, aber es brannte und stach, und jeder kleine Nadelstich machte das Bild klarer: Wir haben einen Dieb im Haus. Charlie ist ein Dieb. Er war heute nacht unterwegs und hat geklaut. Beim Kaufmann? Wo sonst? Natürlich beim Kaufmann! Bei C. G. Persson. Um Himmels willen, wenn das rauskommt! Was, wenn ihn einer beobachtet und wiedererkannt hat; einer, der weiß, daß dieser Stockholmer bei uns wohnt! Daß er Doras Verlobter ist. Dann sind wir erledigt. Dann kommt der Dorfpolizist. Jederzeit kann er mit dem Kaufmann im Eilschritt unseren Garten betreten. In den Hausflur stiefeln. Und was geschieht dann? Dann kommt für alle Zeit Schande über uns. Wir können nicht mehr unter die Leute gehen. Womöglich Gefängnis. Oh, Herrgott im Himmel!

Schauer liefen mir den Rücken hinunter. Ich sah Doras Gesicht vor mir, wie in einem Medaillon. So schön. So lieb. Sanft und lächelnd. Ich machte mit einem hörbaren Knall den Deckel zu. Nein! Nicht Dora! Vaters Augenstern. Das Licht und der Stern. Sie hatte nichts mit dieser Sache zu tun. Nicht unsere Dora. Sie wußte nichts davon! Sie war auch hintergangen worden. Ihre Tasche, ja, aber nicht sie.

(Oder?)

Nein, nein, nein! Absolut undenkbar. Ich streifte den sündhaften und unsinnigen Gedanken ab. Dora, meine feine, meine beste … Meine liebste Schwester. Sie konnte nicht wissen, daß …

Und wieso lief ich dann mit eingezogenem Schwanz hier herum? In dem Fall sollte ich sie ja wohl warnen! Ich sollte die Beine in die Hand nehmen und nach Tallgärdeshållet wetzen, wo die kleinen Pilze wuchsen.

Die Wahrheit herausschreien: »Dieser Charlie, Dora, der ist ein Dieb! Du mußt dich vor ihm in acht nehmen – er hat geklaut! Komm schnell nach Hause. Wir müssen das Zeug loswerden!«

(Aber was, wenn sie es bereits wußte? Was, wenn ... Trotzdem.)

Auf der anderen Seite des Holzzauns machte der Pfad eine Biegung in Richtung Wald, hier war er braun von Nadeln und buckelig von abgeschabten Wurzeln. Ich trottete nun schneller voran. Kurz vor dem großen Baum, den der Wind umgestürzt hatte, bog ich nach links und begann zu rennen. Die Panik verbiß sich wie ein bösartiger Terrier in meine Waden, und ich floh über die Flecken von niedrigen weißen Flechten, die unter meinen Füßen knisterten und zerkrümelten.

In dem Steinhaufen hinter den kleinen Ebereschen hatte ich einen meiner Zufluchtsorte. Es gab dort eine grasbewachsene Senke zwischen den Steinblöcken, ein richtiges Nest, das sowohl von unserem Haus als auch vom Weg aus nicht sichtbar war. Ich nahm die Brille ab und trocknete sie mit meinem Rocksaum, dann sank ich nieder und lehnte den Nacken an den Feldstein hinter mir. Mein Herz klopfte. Die Sonne stach. Ich war umgeben und geschützt von hohem Himbeergestrüpp und dichten, kurz vor der Blüte stehenden Weidenröschen. Das gelbe Labkraut duftete nach Hochsommer und wilden Erdbeeren, die große Glockenblume wachte über die Grassternmiere, und der Waldklee lag da wie ein molliger Teppich. Ich wandte mein Gesicht nach oben und machte die Augen fest zu. Hinter den Farben und dem Schimmern sah ich die Tasche, offen, mit daliegendem Inhalt. Doras braune Tasche.

Klar doch, natürlich begriff ich, es gab keinen Zweifel. Das hatte ich getan, sobald der Verschluß aufgesprungen war. Doch noch immer war mir der Diebstahl scheißegal. Das war eine Sache für sich. Jetzt ging es um etwas anderes, etwas Wichtigeres.

Mit geballten Fäusten und zugekniffenen Augen rief ich

die Macht und die Barmherzigkeit an. Inständig, mit der vereinten Kraft meiner Arme und meiner Schenkel und meiner aufeinandergepreßten Zähne bohrte ich mich in das Himmelsschild des Allerhöchsten. Er mußte so freundlich sein, bis auf weiteres über Sein siebtes Gebot hinwegzusehen. Nun ging es um *UNS*, und das mußte Er verstehen!

Guter Gott, hilf uns, betete ich. Hilf, hilf, hilf! Laß es nicht herauskommen, laß niemanden etwas davon erfahren. Verbirg es! Nimm es fort! Lösch es aus, Gott! Mach, daß der Dorfpolizist nicht zu uns kommt. Herr, hörst du mich! *Nicht der Dorfpolizist*! Du weißt doch, wie es um uns bestellt ist. Denk an Mama und Papa. Und an Dora – oh, HERR!

Es gab Gott. Das bezweifelte ich nicht. Es gab ihn in den Tannen, im Gras, in der Luft, überall. Immer anwesend. Er blickte auf mich. Zwischen mir und Gott gab es eine private Verbindung, die niemanden etwas anging und von der niemand wußte. Ich sprach einfach so mit Gott. Mit Jesus sah es weniger gut aus. Um ihn machte ich einen Bogen, er schmeckte klebrigsüß nach Bethaus. Ich verstand nicht richtig, wozu er nötig war, er war eine zusätzliche Bürde, und eine Überanstrengung. Doch *nur durch mich*, so hieß es ja. Vielleicht auch besser so ... Man konnte nie wissen ...

Ich drehte mich herum und kniete mich hin. Mir war übel. Mein Magen spielte verrückt. Mit den Fingern vor den Augen und den Daumen in den Ohren sperrte ich das Licht und die Geräusche aus und schaukelte mich in ein dröhnendes Chaos, während die Sonne auf meinen Rücken brannte. Lieber, lieber Gott ... Im Namen Jesu Christi, ich bitte dich inständig: Mach es ungeschehen! Mach, daß es nie passiert ist! Bewahre uns vor der Schande ... Im Namen Jesu Christi.

Die Schande ... Die Schande ... Sie dröhnte in mir. Stärker als alles andere.

Im Angesicht Gottes schämte ich mich auch über mich selbst. Denn ich war feige gewesen und hatte mich einfach davongestohlen. Hatte Mutter allein gelassen. Als mir klar war, worum es sich handelte, hätte ich die Tasche sofort an mich reißen und losrennen müssen, um sie in die alte Wolfsgrube auf der anderen Seite der Landstraße zu schmeißen. Das hätte ich tun sollen. Trockene Äste und Tannenzweige drüberwerfen. Aber nun war es zu spät, nun war dieser Charlie bestimmt wach und saß unten am Tisch und trank Kaffee, mit verquollenen Augen und dieser schwarzen Schleimlocke tief in der Stirn. Und Mutter sagte nichts, klar. Setzte noch eins drauf und bediente ihn von vorne bis hinten. »Stipp auch schön ein. Nimm noch eine Scheibe!«

Was waren wir eigentlich für Kriecher. Feige und schöntuerisch. Geduckt und ängstlich. Nie trauten wir uns, etwas in der Mitte durchzureißen. Wir flickschusterten nur, wir bemäntelten alles und hielten Ordnung. Taten so, als wäre nichts.

Und ich war keinen Deut besser. Ich war einfach abgehauen.

Durch das Insektensurren und das Knattern des Spechts in der trockenen Kiefer hörte ich Doras und Bettys Stimmen auf dem Pfad näher kommen. Aha, wollten die jetzt nach Hause? Ich hob meinen Kopf nicht, verkroch mich nur noch tiefer, das Gesicht im Gras.

Eine ganze Weile lag ich so mit weit aufgesperrten Ohren in der Senke zwischen den Steinen, aber nach einiger Zeit schlich ich mich vorsichtig durch die Espentriebe hinunter zur Ackergrenze und folgte ihr bis zur Mündung des breiten Grabens ganz hinten auf der Lichtung. Mein Ziel war Ejnars Scheune. Von dort aus konnte ich überblicken, was geschah. Gebückt rannte ich über den zartgrünen Modder, der angenehm kühl zwischen meinen Zehen brodelte, während die Ackerdistel und das Mädesüß und allerhand geflügelte Insekten über meinem Kopf brandeten.

Die Himbeeren waren noch nicht richtig reif, trotz Mutters Hoffnung, aber ein paar fand ich und stopfte sie mir in den Mund, sie waren lieblich süß, und in der Scheune war Heu. Ich kletterte hinauf und lag da und beobachtete unser Haus durch die Ritzen in der Wand. Unser Häuschen, ZehenPelles Häuschen, lag wie abgesenkt in einer Grube in all dem Grün, und ich konnte nicht viel sehen, nur die blaßrote Spitze des Südgiebels mit dem Dachkammerfenster, das Pavillondach und ein Stück vom Holzschuppen. Das Brunnengestell vor dem Stacheldrahtzaun zum Grundstück von Petrus sah ich natürlich auch, es lag etwas höher. Ich sah Doras Kopf und Arme, als sie am Rand des Kartoffelackers entlangging, die Sonne glänzte auf ihrem rotbraunen Haar, ich hörte das Klappern, als sie den Blecheimer hinunterließ, und das Quietschen der Kette, als sie ihn hochzog.

»Nancy! Naaancyyy! Kaffee!«

Nun war Betty auch herausgekommen und stand an der Vorderseite und brüllte. Natürlich hatte Mutter sie geschickt.

»Kaffee! NaaanccyyYYh!« Am Ende überschlug sich ihre Stimme beinahe. Ich antwortete nicht.

Dora verschwand mit dem Wassereimer hinter dem Häuschen. Betty nutzte vermutlich die günstige Gelegenheit, gleichzeitig mit ihr hineinzugehen. Stille breitete sich aus. Ein schmaler Streifen Rauch stieg aus dem Schornstein.

An der Innenseite meiner Aussichtsritze ließ sich eine graugesprenkelte Spinne herab. Als sie auf Mundhöhe war, pustete ich sie an, so daß sie davonschaukelte, ich mochte keine Spinnen. Aber ich beobachtete den Giebel genauso aufmerksam wie zuvor.

Nach einer Weile kam jemand heraus auf den Hang und blies in die alte Trillerpfeife, ein eintöniges Signal, das schwächer wurde und mehrere Male erneut ausgestoßen wurde. Auf diesen Ruf antwortete ich auch nicht. Ich konnte nicht nach Hause gehen. Ich konnte nicht zulassen, daß mir jemand in die Augen sah. Darin war alles deutlich zu lesen, das wußte ich. Außerdem hatte ich Angst. Ich war feige und hatte Angst vor dem, was passiert war. Und vor dem, was noch passieren konnte.

Etwas später schlich ich auf dem Grabenweg zurück, kürzte geduckt über den Waldhügel ab und kroch in ein Wacholdergesträuch ein Stückchen neben dem Holzzaun oberhalb unseres Grundstücks. Von dort aus überblickte ich sowohl die Einfahrt als auch die Gartentür, die zum Holzplatz führte, niemand konnte sich der Hütte nähern, ohne daß ich es bemerkte. Bis jetzt waren weder der Kaufmann noch der Dorfpolizist aufgetaucht, aber das bedeutete noch lange nicht, daß die Gefahr vorüber war. Sie konnten jederzeit zuschlagen. Wo die Tasche jetzt wohl war? Hoffentlich war sie ordentlich versteckt.

Die Nachmittagsstunden vergingen, stickig und zäh. Vor lauter Ermattung hatte sich meine Aufregung gelegt. Ich betete auch nicht mehr krampfhaft. Ich war hungrig und durstig und auch wütend. Ab und zu hörte ich jemanden hinaus auf die Kiesfläche vor dem Häuschen kommen und rufen: »Nancy! Naaancyyy! Wo bist du denn?«

Doch nun war es zu spät, nun würde ich wirklich alle Blicke auf mich ziehen, wenn ich auftauchte. Ich mußte auf Vater warten. Dann würden wir essen, dann war es einfacher.

Als er endlich kam, schlüpfte ich hinter ihm durch die Gartentür.

Alles sah aus wie immer. Die Katze saß auf der Veranda und putzte sich. Der Heringsgeruch trieb durch die offene Haustür. Ich guckte so schnell wie möglich hinter die Kommode: leer. Dora und Charlie waren nicht zu sehen, sie waren wohl oben in der Dachkammer, das nahm ich in dem Moment jedenfalls an.

Aber Betty sprang gleich auf, als sie mich entdeckte: »Wo hast du dich den ganzen Tag herumgetrieben? Du bist doch bekloppt. Einfach abhauen, ohne ein Wort zu sagen! Und wir laufen uns die Hacken ab, um dich zu finden!«

Sich die Hacken ablaufen. Ach Gottchen! Das hatte sie nun wirklich nicht getan. Weiter als bis zum Lokus war sie bestimmt nicht gekommen.

Mutter stand am Herd, sie hatte sich ein Kopftuch um die Haare gebunden. Der Topf mit den Kartoffeln dampfte, und in der Bratpfanne zischte es. Sie hielt ein Messer mit breiter Schneide in der Hand und schob und wendete damit den Hering. Sie sah mich nicht an. Fragte nicht: Aber Nancy, Liebling! Wo bist du gewesen?

Das sagte alles.

II

Ich war früh dran, so nannte man das, und ich merkte es selbst. Beispielsweise bekam ich meine Frauensache, bevor ich elf war.

Es war im Spätfrühling in jenem Jahr. An einem Löwenzahntag im Mai. Die Zeit der kratzigen Leibchen und langen Strümpfe war vorüber. Der Körper war befreit. Das frische Gras duftete. Die Sonne brannte auf das Dach. Ich war in den Erdkeller gekrochen und hatte nach Katzenjungen gesucht. Dann stand ich hinter dem Giebel und hielt diese piepsenden kleinen Würmchen in meinen Händen, es waren vier, und sie hatten die Augen noch nicht aufgemacht. Ich überlegte, wie ich es anstellen sollte, sie vor dem Tod zu bewahren. Vater hatte geargwöhnt, daß Grauchen geworfen hatte. Er konnte mich jederzeit beauftragen, in die Kellerhöhle zu kriechen und zu suchen, während er selbst draußen stand und mit dem Sack in der Hand wartete. Wenn die Höhle dann leer wäre, das heißt, wenn die Jungen durch meine Vorsorge an einen anderen Ort verlegt worden waren, hätten sie eine Überlebenschance. Die Frage war nur: Wohin mit ihnen?

Grauchen strich ängstlich um meine Beine. Als ich hinunterblickte, sah ich, wie ein Streifen an der Innenseite meines Knies hinunterfloß. Er lief am Schienbein hinunter, dunkelrot, fast schwärzlich, und sah aus wie Blut. Ich stellte mich breitbeinig hin und starrte ihn an. Der Streifen war immer noch da, er floß weiter, er erreichte die Kante meines ausgeblichenen Turnschuhs, er rann unter meinen Fuß. Ich sah, daß in dem Rinnsal auch Klümpchen waren, braunrote Klumpen, und ich dachte: Was ist denn jetzt los? Hab ich mich etwa an einer Glasscheibe geschnitten? Oder bin ich krank geworden? Es fühlte sich klebrig an zwischen meinen Beinen, und ich mußte nachsehen, was mit mir passiert war und woher das Blut kam.

Ich legte die Katzenjungen ins Gras, hob mein Kleid hoch und zog den Schlüpfer runter. Da sah ich, daß meine rosafarbene pludrige Unterhose mit dem Gummiband in der Taille und an den Beinen über und über blutrot und im Schritt schmierig war. Am rechten Hosenbein war der Gummizug kaputt, so daß der Stoff schlabberte. An dieser Stelle hatte der Fluß einen Ausgang gefunden und sich seinen Weg am Oberschenkel entlang gesucht. Das Blut schien aus meinem Körper zu kommen, darüber wurde ich mir ziemlich schnell klar, es rann direkt aus mir raus, aus dieser Ritze, wo auch die Pisse herkam.

Meine Bestürzung war groß. Ich wußte zu der Zeit gar nichts. Ich begriff überhaupt nichts. Ich war felsenfest davon überzeugt, daß es aus war mit mir, daß mein Leben langsam aus irgendwelchen fauligen Höhlen in meinem Innern herausrann und daß mein letztes Stündlein geschlagen hatte.

Ich vergaß meinen Auftrag im Dienste der Lebensrettung, ich vergaß die piepsenden kleinen Würmer, die, während die Katze schnurrte, übereinanderkrabbelten und -purzelten. Brüllend vor Angst rannte ich über den Kies. Mama stand am Herd, ich nannte sie damals noch nicht Mutter.

»Mama, Mama, es blutet«, heulte ich. »Ich bin krank! Ich sterbe! Da ist Blut in der Unterhose, es läuft und läuft!«

Betty war zu Hause. Sie stand vor der Spiegelkommode in der Kammer und versuchte, sich selbst ein Blusenleibchen anzupassen. Betty würde zu Weihnachten fünfzehn werden und war schon einige Zeit als Dienstmädchen bei anderen Leuten gewesen. Aber die Frau dort hatte an die Eltern geschrieben und behauptet, sie hätte Läuse im Haar, was eine unverschämte Lüge war. Also wurde Vater wütend, und sie durfte nach Hause kommen. Nun sollte sie im Dorf anfangen, bei Westmans, die eine Bäckerei und ein Café hatten. Als ich an dem Tag hereingerast kam und mich besinnungslos an Mamas Schürzenbauch warf und mit dem Kopf in ihrer Achselhöhle meine Verzweiflung herausschluchzte, sah ich zufällig im Augenwinkel Bettys Gesicht durch die Kammertür. Sie hatte den Spiegel mit der Haarbürste abgestützt, damit sie sich in voller Größe bewundern konnte, jedenfalls bis zu den Knien. Nun hielt sie die Hand an den Schultersaum gehoben, sie war erstarrt und hatte sich ein wenig gedreht, um besser zu hören. Ich sah sie im Spiegel, und sie sah mich. Wir sahen unsere Spiegelbilder, und sie betrachtete mich mit einem Zug um den Mund, den man kaum beschreiben kann, er war schadenfroh, höhnisch, was weiß ich noch alles. Viel später kam dieser Augenblick zu mir zurück, das kurze Bild war ausgeschnitten und deutlich, und da dachte ich, daß dies wohl der Moment war, in dem ich begriff, daß meine Schwester Betty mich haßte.

»Nun beruhige dich, Nancy«, sagte Mutter. »Nicht weinen. Das ist nichts Schlimmes! Alle Frauen kriegen das. Das kommt jeden Monat. Nur so drei, vier Tage lang. Dann ist alles wieder gut.«

Sie gab mir kein Wort und keine nähere Erklärung dafür, sah mir nicht in die Augen, sondern ging einfach zum Flickenkasten, der auf dem Nähmaschinenpedal stand, suchte ein abgeschnittenes Bein von einer Männerunterhose heraus und steckte es mir zu.

»Nimm das und leg es in den Schlüpfer«, sagte sie. »Wir verbrennen das dann im Herd, und du kriegst einen neuen

Flicken, wenn du einen brauchst. Leg dich jetzt ein wenig auf das Sofa, wenn dir schlecht ist.«

Ich verzog mich jedoch statt dessen auf den Dachboden und kroch in die längliche Abseite hinter dem Schornstein. Da auf den Bodenbrettern lagen zwei alte Matratzen mit Strohfüllung nebeneinander, darauf ein paar verknüllte Kissen, in die wir Kunstwolle gestopft hatten, und einige Wolldecken. Börje und Lennart pflegten dort zu hausen, wenn sie im Sommer bei uns waren, bevor sie sich gemeinsam ein Campingzelt kauften. Ich sank auf das Bett und zog die Decken über mich, mir war so kalt, daß ich zitterte, obwohl draußen Sommerhitze war. Wie ein krankes Tier fühlte ich mich, das sich nur zurückziehen und seine Qual ganz allein und in sich verschlossen aushalten will. Mamas ausweichendes und geniertes Benehmen hatte mir deutlich gemacht, daß mir etwas Schändliches zugestoßen war, das ich verbergen und für mich behalten mußte. Bettys Hohn bekräftigte die Sache. Das Schamgefühl erhitzte meine Wangen, während meine Schultern zuckten. Frau? War ich eine Frau?

Mein kindlicher Unterkörper mit dem klebrigen Unterhosenfetzen, der zwischen den Beinen steckte, erfüllte mich mit Abscheu. Ich war nicht ich. Mit mir war es jetzt zu Ende. Jeden Monat, hatte sie gesagt. Sommers wie winters, im Frühling genauso wie im Herbst, eine unendliche Reihe breitbeiniger Schmierjahre! War das Leben unter diesen Umständen wert, gelebt zu werden, wenn die Spiele und das Lachen und das Laufen vorbei waren? Und Papa, mußte er davon wissen? Da hätte ich mich zu Tode geschämt. Und Lennart und Börje, meine beiden großen Brüder, nein, das war undenkbar.

Allmählich ebbten meine Schluchzer ab, und ich schlief erschöpft ein. Betty war es, die sich am Mauerwerk entlangschlängelte und mich unsanft wieder ins Leben rüttelte, als es Zeit war zu essen.

»Aufwachen, du Göre«, zischte sie. »Lieg hier nicht rum

und spiel dich auf! Du bist nicht die einzige, die ihre Geschichte gekriegt hat, kein Grund zum Flennen!«

Die Geschichte. Das war also ein Name. *Das da* war ein zweiter, der üblichste vielleicht. Monatsblutung war ein dritter, den ich später auf dem Schulhof lernte. Die Sache, ich habe meine Sache bekommen, konnte man auch sagen, das war gewissermaßen das übliche, alte ...

Irgendwie bekam ich Wind davon, daß über *das da* auch etwas im Alten Testament stand, also las ich heimlich in Vaters alter Bibel, als ich allein zu Hause war. Da fand ich das Wort Blutfluß, und mir wurde auch bestätigt, was ich die ganze Zeit geahnt hatte, nämlich daß *das da* etwas Unreines und Verhaßtes war, welches bewirkte, daß die Leute nicht gern in der Nähe von einem sein wollten, ja, noch nicht mal auf demselben Kissen sitzen durften. Das verstand ich sehr gut, denn es roch schlecht, und diese Fetzen, die sich zusammenklumpten und zwischen den Beinen kratzten, waren richtig ekelhaft. Ich würde in Winternächten auch nicht mehr auf den Pott gehen können, wie ich es früher getan hatte. Dann konnte man ja sehen, wie sie auf der Pisse schwammen, diese langgezogenen Fäden aus Schleim und schmierigem Blut. Dann würde Vater es sehen, und das hielte ich nicht aus. Es gab keine andere Möglichkeit, als hinterm Haus zu verschwinden und mich in den Schnee zu hocken, wenn ich meine Tage hätte, egal, wie kalt und windig es war. Die Blutspur würde ich mit dem Fuß verwischen.

Arme Mutter! Sie ließ mich an dem Tag, als das Frauenblut kam, im Stich, das steht fest. Sie ließ mich allein mit meiner Verwirrtheit und der Scham. Sie hatte keine Namen, und sie hatte keine Worte, nur den Stoffschlauch einer Unterhose, die Vater getragen hatte.

Viel später begriff ich, daß sie gar nicht anders sein konnte, als sie war. Über solche Sachen sprach man nicht, das war einfach so. Nichts von *dem da*, was mit Frauenzimmern und

Kerlen und Unterleibern zu tun hatte, durfte jemals beim richtigen Namen genannt werden. Alles mußte umschrieben, angedeutet und verborgen werden. Am besten tat man so, als ob es gar nicht existierte.

Doch warnen mußte sie uns trotzdem, mit ihrem typischen Singsang: »Paß bloß auf«, sagte sie immer wieder zu ihren Töchtern. »Egal, was du tust, *paß auf*!«

Betty hatte, Mutters Warnungen zum Trotz, nicht genug aufgepaßt. Als sie im Herbst nach dem Sommer, in dem Mutter und ich Doras Tasche im Verschlag unter der Treppe gefunden hatten, wieder aus dem Ort nach Hause zog, konnte jeder sehen, wie es um sie stand. Sie war damals sechzehn, ging auf die siebzehn zu, ich wurde bald dreizehn und ging in die sechste Klasse, die in der normalen Schule das letzte Jahr war.

Eigentlich hätte ich schon im Jahr davor fertig sein sollen, ich war ein Jahr älter als meine Klassenkameraden. Das lag daran, daß ich krank gewesen war, ja, beinahe tot, wie Mutter unermüdlich betonte. Zwar hatte ich mich wieder berappelt und hätte gut eine Klasse überspringen und die anderen einholen können, aber der Pastor, der Vorsitzender in der Schulleitung war, fand, daß jeder Schüler ein Recht auf seine Jahre hatte. Es eilte nicht, hinaus in das harte Erwachsenenleben zu kommen, hatte er gesagt. Und so geschah es. Ich durfte ein Jahr älter sein und meine gesamte Schulzeit hindurch einen kleinen Vorsprung behalten.

Mit meiner Krankheit verhielt es sich so, daß ich, als ich fast sieben war und gerade in der ersten Klasse angefangen hatte, von einem Leiden befallen wurde, von dem niemand, weder damals noch später, genau zu wissen schien, was es eigentlich war. Solche wie wir riefen doch nicht gleich nach dem Doktor, man schämte sich ja für die mangelhaften Zustände, was Bettzeug und alles andere anging. Außerdem konnte man das meiste sowieso mit feuchtheißen Umschlägen heilen, mit Sloans Liniment und Erkältungstropfen oder am einfachsten mit Zeit und Geduld. Aber diesmal wurde Fräulein Hedvig, die vorne bei der Kirche ihre Sprechstunde hatte, trotzdem gerufen. Ob es nun die nette Lehrerin in der Vorschule war, die sich um die Sache kümmerte, oder wie es sonst zugegangen war, weiß ich nicht, aber daß es eine richtig große Sache war, hatte ich begriffen, und Fräulein Hedvigs Besuch war ein eindeutiger Beweis dafür, daß keine Hoffnung mehr war, wie Mutter zu sagen pflegte.

»Uiuiui, wie schlecht es dir ging«, jammerte sie und schüttelte den Kopf, wenn sie mir von dieser Krankheitszeit erzählte, und das tat sie oft, besonders wenn ich mich gegen ihr übertriebenes Verhätscheln und Verzärteln wehrte.

»Zieh dich an, damit du nicht frierst! Iß jetzt ordentlich, du brauchst deine Kräfte! Paß auf, daß du keine nassen Füße kriegst! Denk daran, du warst krank!« Das waren ihre Worte, und im Anschluß an die Ermahnungen folgte oft die Litanei darüber, wie es damals gewesen war, als ich beinahe gestorben wäre.

»Uiuiui, du Ärmste! Mit dir war da nicht mehr viel los. Du lagst nur da und hast gekeucht. Spindeldürr. Wie ein Vogeljunges, das warst du. Und an den Armen und der Brust warst du wund. Ich mußte mit dir vor dem Herd sitzen, in eine Decke eingewickelt, und essen wolltest du auch nicht, man mußte versuchen, dir etwas Brei einzuflößen, immer nur ein Löffel. Und Großmutter hat geweint, als sie herkam und dich gesehen hat. ›Ochottochottochott, so ein kleiner Engel‹, sagte sie. Sie war damals sicher, daß du nicht wieder unter die Lebenden zurückkehren würdest ... ›Es würde dir genauso ergehen wie LüttGustav‹, sagte sie.«

Ich wußte nicht mehr viel aus der Zeit. Hatte nur verschwommene Erinnerungen, daß ich in der Nähe des Herds im Ausziehbett lag und daß es so heiß war und am ganzen Körper juckte, die Arme waren steif und unbeweglich von eitrigem Wundschorf, und im Hals hatte ich einen bitteren Geschmack, und das Lampenlicht an den Abenden vertrug ich nicht, Geräusche auch nicht, und ich quengelte nur und verspürte eine Art Sehnsucht danach, ganz und gar in sauberes kühles Wasser getaucht zu werden.

Mutter saß mit mir in einer Decke, sie schaukelte mich und summte mir auf ihre eintönige Weise etwas vor, Vater sagte immer, sie könne nicht singen. »Du singst zu viel auf A«, sagte er, als ob er was davon verstünde. Daß sie das Jucken und Brennen meiner Wunden mit Schwester Ellas Wundsalbe linderte und zu mir kam, wenn ich nachts wimmerte, daß sie über meine Stirn strich und mir auf den Nachttopf half, das sind Dinge, von denen ich zumindest aufblitzende Erinnerungen habe. Aber all die anderen, Vater und die Jungs und Dora und Betty, die in jenem Winter alle zu Hause gewohnt haben müssen, existieren in meiner Krankheitswelt nur als Schatten.

Großmutter kam vielleicht einmal und beugte sich über mein Bett, ihre faltigen Wangen und die wäßrigen Augen habe ich, glaube ich, gesehen, und der muffige Altengeruch aus dem Strickpullover und dem Rock ist mit diesem Bild verknüpft. Aber sicher bin ich nicht, es kann genausogut von einem anderen Besuch stammen. Großmutter starb im Spätwinter, aber ich überlebte. Als der Frühling kam, saß ich im Bett, die Anziehpuppen von Allers waren auf der Decke ausgebreitet, die Katze lag am Fußende, und die Haustür wurde geöffnet, auf dem Fußboden tanzten Sonnenstrahlen, und es roch frisch. Bald lief ich wieder draußen herum. Als ich in der Schule anfing, brauchte ich eine Brille, ansonsten kam ich ohne Schäden davon. Und Dora brachte mir das Lesen und Schreiben bei, während Betty über den Flickenteppich schritt, hin und her, und den Mund aufriß und sang, obwohl sie keine Singstimme hatte.

Bettys Kind würde irgendwann vor Weihnachten kommen, das schnappte ich auf. Ich rechnete zurück und bekam heraus, daß sie im Juli schon im dritten, vierten Monat gewesen sein mußte, als sie mit Dora eine Runde in den Wald ging, um Pilze zu suchen. Vielleicht war sie deshalb so ungewöhnlich empfindlich und ertrug mich noch weniger als sonst. Ich hatte mich damals bei Mutter beklagt, weil sie so gemein war, aber Mutter hatte natürlich keinen Deut davon gesagt, wie es sich wirklich verhielt, obwohl ich später, als ich eins und eins zusammengezählt hatte, verstand, daß sie gewußt haben mußte, was los war. Dora wußte auch Bescheid. Nur ich hatte keine Ahnung, ich Dummkopf.

Ansonsten muß ich sagen, daß ich viel gelernt hatte, seit ich *das da* bekommen hatte. Ich mußte über mich selbst lachen, wenn ich mich daran erinnerte, wie ich hinter dem Keller stand und vor Angst brüllte, völlig überzeugt davon, daß ich sterben würde. Dennoch hatte ich Mitleid mit mir, es war schwer gewesen, viel zu schwer, um es allein auszuhalten. Ich war im Stich gelassen worden, ausgerechnet von dem Menschen, der mir am allernächsten stand, der mich mein ganzes Leben umhegt und mit Leib und Seele an sich gedrückt hatte. Ich war aus dem Kindheitsparadies hinausgeworfen worden, brutal und ohne eigene Schuld, und nichts wurde jemals wieder so, wie es war.

Ich liebte Mutter genauso wie vorher, natürlich tat ich das, aber zwischen uns beiden war eine Haut gewachsen, eine dünne, elastische und zähe Trennwand, die eine Verschmelzung nicht mehr zuließ. Sie war sofort da, in dem Moment, als das Blut seinen monatlichen Lauf aus mir begonnen hatte. Von dem Tag an war ich kein Kind mehr. Ich schämte mich, wenn sie mich in den Arm nahm und an sich drückte und mir sogar einen Kuß auf die Backe drücken wollte, so daß dort ein nasser Fleck blieb. Dann zog ich mich zurück. Mein Körper widerstrebte. Die Haut kam mir vor wie eine Lederschürze, eine klebrige Spinnwebe über Brust und Bauch und besonders über diesem hervorspringenden, aber immer noch kahlen Schambereich zwischen meinen Beinen, den ich versteckte, so gut ich konnte. Ich schämte mich vor Mutter. Sie hatte *das da* natürlich auch. Oder? Alle Weiber hatten es, das hatte sie ja gesagt. Derselbe scheußliche Dreck. Auch sie hatte Tage mit Lappen zwischen den Beinen, aber sie verbarg es gut. Sie verbarg sich vor mir, und ich mußte mich auch vor ihr verbergen.

Doch, es war schwer gewesen. Das war es wirklich. Am schlimmsten damals im Herbst, als ich in der Schule anfangen sollte. In der vierten Klasse! Da hatte ich meine Geschichte bereits dreimal gehabt und wußte, daß ich es nicht geheimhalten konnte. Auf Heimlichtuerei und Lügen war ich vorbereitet, aber würde es gelingen? Würden mich nicht das Flickenbündel in der Unterhose und der Geruch und die neue Schwerfälligkeit verraten? Was, wenn es Flecken hinten auf dem Kleid gab? Wenn es durchsickerte, während ich auf der Bank saß, und wenn ich dann aufstand – oh, was für ein entsetzlicher Gedanke! Und wie würde es sein, wenn wir an einem der Tage, wenn das Elend kam, Gymnastik hatten? Würde ich mich trauen, es jemandem zu erzählen? Auf jeden Fall nicht dem Lehrer, nie im Leben! Eher hätte ich mich im Fluß ertränkt.

An einem hellgelben Tag im September in jenem Jahr ging ich zusammen mit Kerstin Nygren von der Schule nach Hause. Sie wollte, daß ich eine Weile mit zu ihr kam, sie war die Tochter des Molkereidirektors und wohnte in einem weißen Haus mit Garten neben der Molkerei. Damals lernte ich das Wort Regel.

»Anna hat jetzt Regel«, sagte sie, »komm, ich zeig es dir.«

Anna war ihre große Schwester, die vor ein paar Jahren die Schule beendet hatte.

Ich folgte ihr bis ganz hinten in den Garten, und dort, zwischen ein paar moosigen Apfelbäumen, im Schutz der hohen

Fliederlaube, war eine Wäscheleine aufgespannt, und daran war eine ganze Reihe länglicher Topflappen festgeklemmt, zumindest dachte ich, daß es welche waren. Sie waren gehäkelt und weiß und in der Mitte zusammengeschnürt, Schlaufen hatten sie auch, genau wie Topflappen, und manche ringsherum eine rot-weiße Borte.

Wir standen kerzengerade nebeneinander und glotzten eine Weile. Die Luft war mild und durchsichtig, im Hintergrund war das Klappern zu hören, und ich wußte nicht recht, warum wir da standen und worum es ging.

Kerstin kicherte los, und ich wurde in die Seite gepufft: »Das da sind Annas Stopftücher«, wisperte sie. »Die bindet sie sich zwischen die Beine, wenn sie ihre Regel hat. Solche werde ich auch bekommen, wenn es bei mir soweit ist«, fuhr sie fort und klang etwas eigenartig. »Das hat Mama gesagt. Aber das dauert noch mehrere Jahre! Anna ist vierzehn.«

Die Gedanken flogen schneller als der Blitz durch meinen Kopf. Regel. Aha. Das klang wie ein feines Wort. Für bessere Leute. Und Stopftücher. Gehäkelt. Die man waschen und in der Sonne aufhängen konnte. Arme Mutter! Das war was anderes als Lappen, die man im Herd verbrannte, wenn Vater nicht zu Hause war und den Mief riechen konnte. Natürlich, es war viel zu früh, das sah ich ja ein. Ich war noch nicht mal elf. Und im Frühling hinter dem Erdkeller, als es zum erstenmal passierte, war ich erst zehn. Genauer gesagt, zehn Jahre und acht Monate. Ich war es, mit der etwas nicht stimmte. Das wußte ich ja. Den Schandfleck trug ich wie ein Bündel in der Unterhose. Zum Glück hatte ich Kerstin nichts erzählt.

»Ist übrigens ganz gut, wenn es noch dauert«, sagte Kerstin altklug, »denn wenn man seine Regel hat, kann man Kinder kriegen!«

Was? Man konnte Kinder kriegen?

Eine neue Welle des Entsetzen kam näher und spülte über

mich hinweg. Ich wollte um nichts in der Welt Bälger! Was sollte ich damit? Schreckensbilder fuhren mir durch den Kopf. Allein die Vorstellung, eines ungebetenen Morgens auf dem Sofa aufzuwachen, umringt von lauter kleinen Rotznasen, die vom Himmel gefallen waren. Was für ein grauenhafter Gedanke!

Glücklicherweise dauerte es nicht sonderlich lange, bis ich ausreichend gelauscht und geschnüffelt und geforscht hatte, um die großen Zusammenhänge einigermaßen zu begreifen. Und nun, ich war zwölf und ging auf die dreizehn zu, glaubte ich wahrhaftig nicht mehr an den Storch.

Betty konnte einem leid tun. Sie kam an einem grau bedeckten und matschig braunen Tag im Oktober mit dem Bus nach Hause und hatte einen braunen Pappkarton und eine Reisetasche bei sich, ähnlich wie die von Dora, aber ein Verschluß war kaputt, so daß sie an einer Seite eine Schnur herumwickeln mußte. Ich hatte Betty eine ganze Weile nicht gesehen. Ein paarmal hatte sie uns seit Juli allerdings doch besucht, sie brachte wie immer Brötchentüten mit, und auch wenn Mutter nichts sagte, sondern so tat, als sei alles in wunderbarer Ordnung, hatte ich mir nach und nach anhand von unbedachten Worten, Andeutungen, Schweigen, Bettys Tränen, Vaters Flüchen, Mutters Gesten plus allerhand anderen kleinen Beobachtungen selbst ausgerechnet, worauf es hinauslief. Jetzt im Oktober war es überdeutlich. Die Baskenmütze saß sicherlich à la mode, das heißt wie ein Topfdeckel über einem Ohr, aber die Haare sahen glanzlos aus, und der Gürtel um den Mantel war bis zum vorletzten Loch gespannt. Sie ging auch anders, breitbeinig und watschelnd. Ja, ich fand, sie war häßlich geworden. Wabbelig und häßlich.

Betty hatte aufhören müssen. Sie war auf grauem Papier entlassen worden, nicht länger erwünscht in Westmans Bäckerei und Café vorn im Ort, wo sie unter gewissem Wehklagen mehr als ein Jahr geschuftet hatte, es waren wohl fast anderthalb Jahre gewesen. Unter den Umständen konnte die Dame des Hauses sie nicht behalten.

Betty hatte nie bedienen dürfen, und backen hatte sie auch nicht gelernt. Sie war ganz einfach Dienstmädchen, sollte sich um den Abwasch kümmern und sowohl im Café als auch in der Bäckerei saubermachen und noch bei Westmans in der Wohnung helfen, falls dafür Zeit blieb. Sie war knapp fünfzehn, als sie anfing, fühlte sich schrecklich unwohl und hatte so tüchtiges Heimweh, daß sie jeden Sonntag, bei Wind und Wetter, mit dem Fahrrad fünfundzwanzig Kilometer hin- und fünfundzwanzig zurückfuhr. Meistens hatte sie etwas Brot vom Vortag in einer Tüte dabei, und sie war gut gelaunt, wenn sie kam, sogar zu mir konnte sie richtig nett sein, und ich durfte mir den einen oder anderen Leckerbissen selbst aussuchen. Später war es schlimm, wenn sie wieder losmußte. Dann weinte sie meistens. Sie stand in der Kammer, in der Ecke zwischen dem Verschlag und dem Fenstertischchen, und heulte Rotz und Wasser. Meinen Anblick konnte sie überhaupt nicht ertragen. »Hau ab, du Rotzlöffel!« So blaffte sie mich an. Zwischen den schniefenden Schluchzern brach ihr ganzes Unglück aus ihr heraus, ungeordnet und stotternd. Die Hausdame war so gemein. Nichts war gut genug, wie sie sich auch mühte, alles war falsch. Das Westmanweib war ihr die ganze Zeit auf den Fersen:

»Wisch die Stühle ordentlich ab, Betty, auch zwischen den Sprossen! Spül den Mülleimer aus, Betty!« Keifkeifkeif! »Wir sind hier reinlich. Mach die Schneebesen sorgfältig! Auf der Glastheke hinter den Mandelhörnchen sind Fettflecken, putz da noch mal! Nimm Zeitungspapier, Betty!« Keifkeifkeif.

So ging es in einem fort. Und wenn sie sich hin und wieder einen Keks in den Mund stopfte, dann wurde sie dafür ausgeschimpft. Obwohl sie zerbrochen waren. Helny, die Kellnerin, die nahm sich wirklich, was sie wollte, Tortenstücke und alles. Da wurde nichts gesagt. Dieses verdammte Weibsstück! Es war so ungerecht! Und das Zimmer so trostlos. Und sie ganz allein!

So legte sie los. Sonntag für Sonntag. Nicht zu bremsen. Und wieso durfte sie nicht auch nach Stockholm gehen und sich dort eine Stelle suchen? Wie Dora? Sie konnte an Dora schreiben. Dora hatte gesagt, daß …

Mutter rang die Hände und blickte hilflos drein. »Na na na«, sagte sie. »Beruhige dich mal ein bißchen. Das wird schon, sollst mal sehen! Versuch wenigstens, noch einen Monat zu bleiben, damit du ein Zeugnis kriegst. Natürlich kann es schwer sein, das versteh ich. Aber man gewöhnt sich daran. Einstecken und runterschlucken. So ist das eben. Man kann es sich nicht aussuchen.«

Zu dem Zeitpunkt hatte Vater meist seine Mütze vom Haken genommen und war wortlos hinaus auf den Holzplatz gehumpelt. Doch wenn Betty sich dann doch so langsam auf den Weg machen mußte, holte er das Fahrrad aus dem Schuppen und begleitete sie ein Stück. Manchmal fuhr er ganz bis zur Brücke bei Forshällan, mehr als zehn Kilometer.

»Verflucht noch mal«, sagte er, wenn er zurück war und das Fahrrad wieder im Holzschuppen abgestellt hatte. »Eines schönen Tages wird man sich wohl aufmachen müssen und mit diesem Bäckerweib Tacheles reden! Die soll sich was schämen! Soll nicht glauben, daß sie sich wer weiß wie aufführen kann nicht, auch wenn sie sich mächtig was einbildet. Wenn gar nichts nützt, müssen wir das Mädchen wohl nach Hause holen. Früher haben wir sie satt gekriegt, also schaffen wir das jetzt auch.«

So war es immerzu. Die Wochen vergingen, aber das Unglück blieb. Sonntag für Sonntag kam Betty auf dem Fahrrad nach Hause gestrampelt, durch Regen und Sturm, später im Schneematsch. Fünfundzwanzig Kilometer nach Hause und genausoweit zurück. Die Tränen flossen, wenn sie losmußte. Dann kam das alte Lied vom Westmanweib und vom Nach-Stockholm-Gehen und Dort-Arbeit-Suchen. Mutter mäßigte, so gut sie konnte, aber Vater redete sich in Rage. Was blieb ihm anderes übrig?

»Verdammte Wichtigtuer«, sagte er. »Kleine Kinder schinden. Aber es kommen andere Zeiten! Ihr werdet schon noch sehen! Die sollen nur abwarten, eines schönen Tages ...«

Zu allem Elend – oder vielleicht war es ja auch ein Segen, das kommt darauf an, wie man es sieht – wurde Bettys alte Fahrradkrücke eines Abends gestohlen, sie lehnte beim Café an der Mauer. Nach diesem Schlag wurden die Besuche seltener. Betty mußte sich gedulden. Einen anderen Rat gab es nicht.

»Der Bus kostet«, sagte Mutter. »Viele Kronen verdient sie nicht. Für das Zimmer muß sie ja auch jeden Monat was zahlen, wenn die bei Westmans keinen Platz für sie haben, obwohl das so groß aussieht. Aber Essen und Einstippkaffee bekommt sie ja in der Küche. Und das ist viel wert, in diesen Zeiten.« So sprach Mutter und war erfreut, daß Betty doch geblieben war.

Ich für meinen Teil war auch zufrieden. Ehrlich gesagt, dachte ich nicht viel an meine Schwester und ihre Sorgen. Es war schön, das Kammersofa für mich allein zu haben. Nun reichte es aus, auf der einen Hälfte das Bett aufzuschlagen, und meine Bücher konnte ich in Ruhe in das Regal unter dem viereckigen kleinen Klapptisch stellen. Es war mehr Platz im Zimmer, weniger Unordnung natürlich auch, und niemand beschimpfte, ärgerte und piesackte mich die ganze Zeit. Die kleine Petroleumlampe hatte ich auch für mich allein, sie stand auf dem Tisch, obwohl es eigentlich eine Wandlampe war, die einen Blechschirm in Schneckenhausform hinter dem Glas hatte. Dort konnte ich sitzen und lesen und schreiben und Bilder ausschneiden und Serien zusammenkleben und

Kleider für meine Anziehpuppen basteln, mit solchen Dingen beschäftigte ich mich gerne.

Manchmal konnten Kerstin oder Barbro oder alle beide nach der Schule mit zu mir nach Hause kommen, und dann zogen wir die Kammertür zu, so daß bloß ein kleiner Spalt offenblieb, natürlich nur, wenn es nicht zu kalt war, dann mußten wir in der Küche bleiben. Mutter war erfinderisch, es machte ihr Spaß, dabeizusein und herumzuspektakeln und sich verrückte Sachen auszudenken, dann glühten ihre Wangen, die Augen glänzten, ja, sie vergaß sogar, die Hand vor den Mund zu legen, wenn sie lachen mußte. Manchmal holten wir das an den Kanten abgewetzte alte Kartenspiel aus der Schublade des Küchenbüfetts und legten einander die Karten. Dann war Mutter in ihrem Element, besonders wenn es um Voraussagen ging, die die Liebe betrafen, ui, wie sie da loslegte! Jede von uns dreien würde einen hübschen jungen Kerl in feinen Kleidern treffen. Barbros war blond, Kerstin bekam einen braunhaarigen, ob sie voraussagte, wie meiner aussah, weiß ich nicht mehr. Es sollte jedoch anscheinend auf einem Fest geschehen. Viele Leute drumherum ... Und er, dein Kerl, sagte Mutter, er war natürlich auf der Stelle verliebt, und dann war es nicht mehr weit bis zum Heiratsantrag ...

»Heiratsantrag? Was hat er da gesagt? Ist er auf die Knie gefallen?«

»Klar! Natürlich ist er auf die Knie gefallen: Oh, schöne Dame, wollen Sie mich heiraten? Natürlich hat er das gesagt. Und Rosen hatte er für dich, einen ganzen Strauß. Guckt doch selbst, dein Herz Bube, da seht ihr, er hat sich direkt neben die Karo Dame gelegt! Das ist doch ganz offensichtlich. Und die Kreuz Vier liegt genau darüber. Das bedeutet Verlobung! Und dann ist selbstverständlich bald Hochzeit, mit Brautjungfern und Brautführern, zwei von jeder Sorte. Zweimal zwei ist vier. Die Karo Zehn bedeutet Hochzeitsreise, das ist so sicher wie das Amen in der Kirche.«

»Aber das Brautkleid, Tante Frida, wie sieht das aus?«

Ja, wie sah das Brautkleid aus? Und wohin würden wir reisen. Zu Lande oder zu Wasser?

Wir bekamen heiße Wangen, wir schmückten lange und ausführlich die Aussteuer aus, übertrafen einander in Eleganz und Verzierungen, im Zimmer wogten Tüll und Seidenbänder. Dann fuhren wir nach Paris, vielleicht auch nach China. Der Atlas wurde hervorgeholt, wir vergaßen Raum und Zeit.

Mutter mischte und legte aufs neue aus. Nun ging es um Geld.

»Guckt euch das Kreuz As an, Mädchen, das kommt wie gerufen! Und der Kreuz König dazu – o ja, da kommt bestimmt eine Erbschaft, könnt ich mir vorstellen. Ich sehe haufenweise Geld auf der anderen Seite des Wassers.«

»Wieviel Geld denn?«

»Hunderttausend. Mindestens!«

Uiuiui, was für strahlende Aussichten. Aber der schwarze Bube, vor dem Schurken mußten wir uns in acht nehmen …

Kerstin und Barbro waren hin und weg, wenn Mutter anfing, Theater zu spielen. Sie kicherten und polterten und hopsten herum. Ich selbst konnte nicht wirklich loslassen. Hielt mich im Hintergrund. Beobachtete. Wußte nicht genau, ob ich mich schämen oder stolz sein sollte. Die Grenze war haarfein. Was, wenn die Mädchen sich überall lang und breit darüber ausließen, daß die Frida von ZehenPelles, also, die konnte Karten lesen, konnte die! Dann würde das dazukommen. Mutter eine olle Wahrsagerin. Auch das noch.

Wir fingen rechtzeitig vor fünf an, alle Spuren unseres Spiels zu bereinigen. Der Topf mit den Kartoffeln kam auf den Herd, Mutter wurde ihr altes, gewöhnliches Ich, und Kerstin und Barbro machten sich bereit, nach Hause zu gehen. Schnürten ihre Winterstiefel, krempelten die dicken Wollsocken darüber und holten ihre Tretschlitten hinterm Haus hervor.

»Also Tschüs, Tante Frieda! Und vielen Dank für den Kaffee!«

Ich begleitete sie bis hoch zur großen Straße. Da standen wir eine Weile in der Dämmerung bei Norrbodas Milchkannenständer und traten fröstelnd von einem Bein aufs andere. Wir zogen mit den Zehenspitzen Kreise, ritzten Buchstaben in den mondblauen Schnee.

»Stellt euch vor«, sagte Barbro verträumt, »wenn das stimmt. Langes weißes Kleid, Brautstrauß mit Rosen ...«

»Quatsch«, zischte ich, »Mutter macht bloß Witze, das ist dir doch wohl klar! Und wahrsagen kann sie auch nicht.«

»Man kann nie wissen«, sagte Kerstin. »Es gibt jedenfalls solche, die das können. Und Tante Frida schien sich auch so sicher zu sein. Aber wir werden es ja erleben«, schloß sie altklug. So war Kerstin eben.

»Man darf jedenfalls unter keinen Umständen darüber reden«, warf ich schnell noch ein. »Wenn man anfängt, jedem Dahergelaufenen von einer Weissagung zu erzählen, trifft sie nie ein, das steht fest, das hab ich gelesen. Also denkt daran – nicht ein Wort! Nur wir drei dürfen darüber reden.«

Sie setzten sich mit ihren Tretschlitten in Bewegung, entlang der Landstraße. Ich ging zurück nach Hause. Unterhalb des Hangs leuchtete in warmem Gelb das Fenster. Jede Minute konnte Vater hinter meinem Rücken in der Reifenspur angerutscht kommen, mit dem Dynamo, der sich singend an die dicken Ballonreifen drückte. Ich dachte an Mutter. Wie unähnlich sie sich selber sein konnte. Wie ein anderer Mensch. Ich mochte das nicht so richtig. Es gefiel mir nicht, wenn sie sich so aufspielte und vor fremden Leuten ein Getue machte. Ich spürte, daß sie mir dann entglitt, ich wußte nicht genau, wie sie zu mir stand, sie war nicht die gewohnte alte Mama, die ich so gut kannte und die *mir* gehörte. So dachte ich wohl nicht wörtlich, hätte es übrigens auch nie zugegeben, aber in mir war eine große Blase voller Eifersucht, aus der ein Strahl entwich, der mich sauer werden ließ. Mutter war ein eigener Mensch, außerhalb von mir. Sie hatte ein Leben vor meiner Zeit gehabt, das ich nicht kannte und nicht kontrollieren konnte. Sie war sie, und ich war ich. So war es. So mußte es sein, ich wollte es selbst. Dennoch quälte es mich und machte mich wütend.

»Nehmt euch vor dem schwarzen Buben in acht!« So hatte sie gesagt. Aber ihrer war doch wohl nicht Vater?

Betty durfte mit ihren Habseligkeiten in die Kammer ziehen, als sie sich im Oktober wieder zu Hause einquartierte. Sie sollte das Bettsofa mit mir teilen, jeder bekam eine Hälfte, genau wie früher, bevor sie ausgezogen war. An der Wand war es am kältesten, und Betty betrachtete es als selbstverständlich, daß ich dort liegen sollte. Sie könne ja schlecht über mich hinwegklettern, wenn sie nachts mal raus müsse, sagte sie. Schwerfällig, wie sie war.

Auch in anderer Hinsicht breitete sie sich aus und stieß mich und meine Sachen zur Seite. Ich mußte die oberste Schublade der Kommode räumen, die wollte sie haben. Ich mußte mein bestes Kleid und den Mantel ganz dicht an die Wand des Verschlages pressen, wo Mauerwerk herunterrieselte und lauter Nagelköpfe waren. Wenn ich lesen wollte, durfte ich die Lampe nicht auf dem Tisch haben. Die Ergebenheit, die sie mir in den ersten Tagen mit hängendem Kopf gezeigt hatte, verschwand im Handumdrehen, sie wurde hochnäsig und fordernd, latschte mit ausgestrecktem Bauch durch die Gegend wie eine richtige Matrone und erwartete, daß Mutter und ich ihr aus der Hand fraßen. Was sollte ich auch sagen? Es blieb mir natürlich nichts anderes übrig, als mich in mein Schicksal zu fügen, man legt sich nicht mit jemandem an, der in so einem Zustand ist.

Wir hatten Kammer und Küche und dann das Dachbodenzimmer oben, das nur eine kurze Zeit im Sommer benutzbar war. Das Problem bei der Kammer bestand darin, abgesehen von der Enge, daß sie kalt war. In der Ecke an der einen Wand, die zugleich die Rückwand des Herds in der Küche war, stand zwar ein alter Kachelofen, aber es war lebensgefährlich, ihn anzuheizen, weil er gesprungen war. Angeblich waren vor langer Zeit einige Versuche unternommen worden, an die ich mich nicht erinnere, aber da rauchte es so entsetzlich sowohl aus den Luken als auch aus dem Sprung hinten, sagte Mutter, daß wir uns beinahe zu Tode gehustet hätten, und sie mußte, so schnell es ging, die schwelenden Holzscheite wieder herauskratzen und das Feuer ersticken. Das bißchen Wärme, das wir nun dort drinnen hatten, mußte vom Herd in der Küche kommen, aber das würde nicht reichen, wenn die Winterkälte einsetzte.

Früher, als ich klein war und die Jungs und Dora auch zu Hause wohnten, drängten wir uns, wenn es am kältesten war, alle in der Küche zusammen. Ich hatte es am besten, ich durfte im Herdwinkel in dem kleinen Ausziehbett liegen. Wir hatten die Sprossenbank vom Dachboden geholt, so daß wir zwei hatten, eine unter jedem Fenster. Dora und Betty lagen auf der einen, und Mutter und Vater wie gewöhnlich auf der anderen. Der Tisch und die Stühle mußten beiseite geschoben werden. Wenn es Zeit war, ins Bett zu gehen, legte Mutter beide Bankdeckel auf den Boden, nebeneinander und im rechten Winkel zum Herd, und dann machte sie darauf die Betten für Lennart und Börje. Die Matratzen und die Kissen hatte sie bereits aus der Kammer geschleppt und auf der Herdplatte ausgebreitet, um sie ein Weilchen aufzuwärmen. Sich in ausgekühltes Bettzeug zu legen hat schon für so manchen den Tod bedeutet, sagte sie.

Ich kann mich erinnern, daß es ein fürchterliches Spektakel war, wenn wir ins Bett gingen. Die Nachttöpfe standen unten an der Tür bereit. Mutter hatte zum letztenmal vor der Nacht Holz nachgelegt. Vater stand in Unterhemd und Reformunterhose auf dem Fußboden, er hob das Glas und blies die Flamme aus. Ein schwacher Petroleumhauch. Gute Nacht! Schlaft gut! Das war Doras Stimme. Es folgte ein kurzes Schweigen, dann legten sie los. Die Jungs schubsten sich gegenseitig auf den Fußboden, furzten und krakeelten. Vater brüllte los. Dora und Betty kicherten auf ihrer Bank, wenn sie sich nicht um die Decke prügelten oder sich an den Haaren zogen. Manchmal rappelte Mutter sich auf und sagte in scharfem Ton: »Jetzt ist aber Schluß!« Doch manchmal mußten wir alle zusammen lachen.

Es war genau, wie es sein sollte, da so nahe beieinander zu liegen und die Düfte einzuatmen, es roch miefig nach Nachttopf und säuerlichen Kleidern. Es roch nach Zuhause, nach Wir und nach Uns. Durch die halbgeschlossene Luke glühte es rot, ab und zu knisterte es, die Kälte knackte in allen Ecken, und die Ratten raschelten hinter der Tapete. So war das damals, aber nun war alles anders, und zu allem Überfluß kam auch noch ein Kind dazu. Wie würde das werden? Ich kann nicht behaupten, daß es mir gefiel.

Mutter war besorgt, das sah man deutlich. Betty war etepetete und empfindlich, Mutter rang die Hände und wußte sich manchmal nicht mehr zu helfen. Zahnschmerzen hatte sie auch, ich sah wohl, wie sie heimlich mit branntweingetränkten Wattebäuschen operierte und sich die Backe mit Slolans Liniment einschmierte.

Vater tobte und fluchte: »Ich werd da bei Gelegenheit mal vorbeifahren und diesen verdammten Rotzbengel aus seinem Auto zerren und ihm den Mehlstaub aus dem Pelz schütteln! Der gnädige Herr wird schon noch lernen, für das geradezustehen, was er angestellt hat, dafür werd ich sorgen!«

Betty heulte und lief in die Kammer.

Mutter machte Pscht und eine Schulterbewegung in meine Richtung. »Denk wenigstens an das Mädchen!«

Das Mädchen war ich. Als ob ich nicht begriffen hätte, daß

hier auch ein gnädiger Herr eine Rolle spielte. Es war übrigens ein Brotlieferant, der Åke Lindén hieß, das hatte ich wohl gehört. Mutter war die einzige, die nicht kapierte, daß ich schon groß war. Oder wollte sie nicht? Wollte sie mich um ihrer selbst willen noch eine Zeitlang in Kindlichkeit und Unschuld bewahren? Hoffte sie, trotz des schändlichen Blutes, das viel zu früh gekommen war, daß ich eines Tages schöne Knospen tragen würde, genauso wie sie es sich von der alten verknöcherten Muttertagsdorne erhoffte, die nie ausschlug und neu erblühte, obwohl sie sie jeden Herbst und jeden Frühling hinaus- und hineintrug?

Arme, dumme Mutter! Wie konnte sie sich einbilden, ich würde in Unwissenheit leben? Ich war es doch, die unterwegs war und Leute traf und mir für das eine oder andere eine Ohrfeige einhandelte.

Hauptsächlich mußte ich zur Schule, doch jeden zweiten Tag im Norrbodakuhstall Milch holen, zu HühnerEmma laufen und ein paar Eier kaufen, zu C. G. Perssons Gemischtwarenhandlung fahren und einkaufen oder Schuhe zum Besohlen beim Flickschuster abgeben, das waren Dinge, die immer an mir hängenblieben. Außerdem ging ich sonnabends meistens zu den abendlichen Treffen im Bethaus, und ab und zu auch mittwochs. Dumme Bemerkungen fing ich mir überall ein.

»Ach, und Betty ist wieder zu Hause?« fragten die Tanten mit scheinheiliger Miene. »Hat sie denn bei Westmans aufgehört? Hat es ihr da nicht gefallen? Wird sie vielleicht in der Stadt wieder anfangen? Die Ärmste ist doch wohl nicht krank?«

Ich biß mir auf die Zunge, obwohl ich innerlich vor Wut kochte. Scheißweiber, dachte ich. Wieso fragt ihr nicht einfach gerade heraus: Ist deine Schwester dick? Ist sie trächtig? Stimmt was nicht mit Betty? Ist sie in anderen Umständen? Sie wußten ja Bescheid, obwohl sie so ein Getue machten, und sie verfügten über all diese Wörter, die es dafür gab.

Was immer ich von Betty hielt, im Moment der Erniedrigung stellte ich mich doch mit ganzem Herzen auf ihre Seite, da gab es nicht den geringsten Zweifel. Wir bei uns bildeten eine Einheit mit einer Frontlinie nach außen, und der Teufel sollte den holen, der kam und einen von uns angriff, dann war die Hölle los. So funktionierte der Schutzmechanismus. Ich verabscheute Betty, wenn sie da auf dem Sofa in der Kammer saß, erfüllt von ihrem Zustand, braun gefleckt und aufgegangen, mit einer Strickjacke um die Schultern, und kleine eklige kratzige Wollsocken strickte, aber hätte ich mich in ein Stahlgehäuse verwandeln und sie hineinstopfen können, dick, wie sie war, ich hätte es getan. Doch was sollte ich machen? Ich setzte eine hochnäsige Miene auf, trat in die Pedale und rollte, so schnell ich konnte, davon.

Eines Tages saß GroßFriedrichs Hugo in der Bank schräg vor mir und heckte irgend etwas aus. Er hatte eine rohe Kartoffel mitgebracht und ein Loch hineingebohrt. Als der Lehrer nicht hinguckte, drehte er sich halb um zu mir, lehnte die Kartoffel mit dem linken Knöchel an den einen Oberschenkel, und dann fuhr er mit einem Federhalter, plopp – plopp – plopp, in dem Loch auf und nieder, so daß der Saft spritzte. Das Grinsen auf seinem Gesicht war unbeschreiblich.

Später in der Pause sagte er zu mir: »So hat BrotÅke gemacht, als er Betty was in die Röhre geschoben hat!« Hahaha! »Nimm dich bloß in acht, sonst mach ich dasselbe mit dir!«

Du Mistkerl, dachte ich. Warte nur. Wenn der Frühling kommt, fang ich rote Ameisen, das mache ich, ich werde sie in einem Tuch sammeln und in deine Büx stecken!

GroßFriedrichs Hugo sehen zu dürfen, der zwischen den Bänken herumhopste und sich kratzte und wie ein Verrückter schrie, weil er ein paar Dutzend Waldameisen im Schritt hatte, das wäre eine schöne Rache!

Aber es wurde nie etwas daraus.

Dora schrieb mir einige Male im Herbst, liebe kleine Briefe in rotgefütterten Umschlägen mit in Stockholm abgestempelten Briefmarken vorne drauf.

Hallo, kleine Nancy!

Wie geht es Dir? Ich hoffe, es geht Dir gut. Mir geht es gut, und wie immer arbeite ich. Du gehst wohl tagsüber in die Schule?

Stell dir vor, es ist Dein letztes Jahr, außer der Fortsetzungsschule und dem Konfirmandenunterricht natürlich. Daß meine kleine Schwester so groß geworden ist! Was wirst Du wohl später machen, Du bist doch so gut im Lesen und Schreiben? Du solltest studieren, Du, Abitur machen und die weiße Mütze bekommen. Wirklich, Nancy! Dann würden sie zu Hause in Västerby alle eifersüchtig werden, ja, in ganz Lunda übrigens.

Wie geht es denn Mama und Papa? Und Betty, ist sie mal zu Hause und besucht Euch ein bißchen? Und wie ist es mit der neuen Katze? Ob sie Junge gekriegt hat? In dem Fall solltet Ihr eins für mich aufbewahren, bis ich nach Hause komme, oder was meinst Du? Ich komme wohl zu Weihnachten, wie immer. Lennart und Börje werden dann wohl auch kommen, nehme ich an. Ich höre nie was von ihnen, obwohl sie in Eskilstuna arbeiten, das ist ja nicht so weit von Stockholm. Aber das weißt Du bestimmt, Du bist ja gut in Geographie!

So, nun muß ich diesen Brief beenden. Ich hoffe, daß Du bald antwortest. Ich freue mich so, wenn ein Brief von Dir hinter der Tür liegt, wenn ich nach Hause komme. Grüß Papa und Mama und Betty auch, wenn Du sie triffst.

Alles Gute! Tausend Grüße und Küsse von

Deiner Schwester
Dora

PS: Schreib mir mal, was Du Dir zu Weihnachten wünschst!

Es stand ganz unten, quer: Charlie grüßt auch.

Ich antwortete im gleichen Stil, die Briefe, die wir uns schrieben, hatten sich nicht verändert, seit ich acht war und Dora sich auf den Weg nach Stockholm gemacht hatte.

Liebe Dora!

Danke für den Brief! Es war so schön, was von Dir zu hören. Mir geht es gut, Papa und Mama auch. Betty hat bei Westmans aufgehört. Sie wohnt jetzt zu Hause, und wir teilen uns das Sofa in der Kammer. Das ist etwas eng, aber es geht ganz gut. Mama hat gesagt, daß sie Dir in den nächsten Tagen schreiben will. Ansonsten passiert nichts Besonderes. Kohlchen hat im September drei Junge bekommen, aber Papa hat sie sofort genommen.

In der Schule geht es gut. Zu Weihnachten spielen wir ein Stück, und ich bin einer von den Engeln. Die Maria muß singen können, und das kann ich nicht.

Für diesmal hab ich jetzt nichts mehr zu schreiben. Du weißt doch, was ich mir zu Weihnachten wünsche. Bücher! Sonst nichts. Außer einer Schultertasche möglicherweise, aber das ist bestimmt zu teuer.

Ich höre jetzt auf, mit vielen lieben Grüßen von

Deiner kleinen Schwester
Nancy

PS: Ich vermisse Dich! Schreib bald!

Mir geht es gut. Ich hoffe, dir geht es gut. Gut und gut und gut! So lautete es dauernd. Darüber, wie es wirklich war, schrieben wir kein Wort.

Trotzdem hüpfte mein Herz vor Aufregung und Glück, wenn ich die Klappe des grün angestrichenen großen Sammelbriefkastens vor dem Laden öffnete und einen Brief von Dora zwischen all den Landwirtschaftsblättern und Katalogen und länglichen Umschlägen fand, die für andere bestimmt waren. *Fräulein Nancy Pettersson, Dalängen, Lunda* stand darauf. Wie überlegen ich mir vorkam, am besten stand noch eine Traube von eifersüchtigen Bälgern ringsherum und glotzte.

»Sieh an, ein Brief aus Stockholm! Dora hat geschrieben!«

Das tat gut. Auf diese Augenblicke wartete ich immer. Ich kostete sie schon im voraus aus. Stellte mir den Effekt vor, wenn der Brief vor einer atemlosen Gemeinde in die Höhe gehalten wurde, und dann mein eigenes stilles Glück, wenn ich nach Hause radelte. Dicht am Herzen ein Duft von Dora.

Ich sammelte die Briefe in einem Schuhkarton, zusammen mit meinen schönsten Lesezeichen, den Filmstarfotos und einem wertvollen Stoß Filmkarten mit dem Märchen von

Schneewittchen und den Sieben Zwergen und dem Prinzen in Farbe.

Dachte ich jemals an die Tasche in diesem Herbst, als so viele andere Dinge passierten, als Betty wieder zu Hause einzog und die Kammer auf den Kopf stellte, ich zur Schule ging und das Leben im alten Trott ablief? Ich tat es bestimmt. Aber je mehr Zeit verging, desto seltener. Sicher kam ab und zu die Erinnerung angehetzt, und dann drehte sich mir der Magen um, aber wisch, wisch, Augen zu, ich verdrängte, was ich wußte, schob es von mir weg.

Nicht daß es sehr viel lustiger gewesen wäre, sich das Geschwätz über Betty und ihren Zustand anzuhören, obwohl der, wie ich inzwischen begriffen hatte, schändlich und keineswegs gesegnet war, wie man es in bestimmten Fällen ja auch zu nennen pflegte, aber was mich betraf, so machte mir das nicht sonderlich viel aus. Es war schließlich etwas, was auch anderen passierte, und keine Schande, die nur uns vorbehalten war.

Mit der Tasche wäre das anders gewesen. Doras Tasche. Wenn die bei uns im Hausflur oder auf dem Dachboden gefunden worden wäre, vollgestopft mit Diebesgut, dann hätten wir ein für allemal die Flagge einziehen können und wären für immer und ewig als Pack abgestempelt gewesen. Wir hätten nicht mehr unter die Leute gehen können. Aber Gott sei Dank, es war nicht passiert. Ob meine Gebete an jenem Tag im Steinhügel eine Rolle spielten, konnte man nicht wissen, aber ich hielt noch längere Zeit fleißig daran fest und war darauf bedacht, dem Allmächtigen für jeden Tag zu danken, an dem uns nicht das Schlimmste zustieß. Schreckschüsse waren indessen vorgekommen.

Eines Nachmittags, Vater war noch nicht von der Säge zurück, ich glaube, es war erst wenige Wochen nachdem Dora und Charlie abgereist waren, kam der Dorfpolizist den Hügel heruntermarschiert, mit Wickelgamaschen und allem

Drum und Dran. Das Abzeichen an der Mütze blinkte glücklicherweise und sendete einen warnenden Lichtstrahl voraus, Mutter und ich sahen ihn durch die Gartentür eintreten. Unsere Blicke trafen sich, und in einer einzigen wortlosen Sekunde wurde zwischen uns klargestellt, daß die eine wußte, was die andere wußte, wir teilten das kalte Entsetzen. Aber der Dorfpolizist kam nur in einer üblichen hoffnungslosen alten Angelegenheit, er wollte mit aller Geduld nachfragen, ob Pettersson sich nicht möglicherweise vorstellen konnte, so nach und nach zu versuchen, damit anzufangen, einen kleinen Teil seiner Abgaben abzuzahlen, das heißt die seit Jahren nicht bezahlte Steuer.

Mutter und ich gingen einfach über diesen entlarvenden Augenblick der Wahrheit hinweg. Nachdem Mutter, wie so viele Male zuvor, versprochen hatte, daß sie, ja doch, bestimmt, mit Vater reden würde, natürlich würde sie das tun, und der Dorfpolizist den Zeigefinger zum Gruß an sein Mützenabzeichen gelegt hatte und von dannen gezogen war, nahmen wir erleichtert unser altes Blindekuhspiel wieder auf und taten so, als wäre nichts passiert. Mutter und ich taten oft so, als wäre nichts. Offen gesagt waren wir richtige Weltmeister darin.

Was Vater betrifft, bin ich sicher, daß er nie auch nur den blassesten Schimmer davon hatte, was sich einmal im Schlupfwinkel hinter den Sonja-Dosen in unserem Hausflur versteckt hatte. Andernfalls hätte er wohl kaum in dem Maße mit Dora und Charlie und ihrer flotten Abreise geprahlt.

Denn es kam ja so, daß sie, nachdem Mutter und ich, jede für sich, unsere Entdeckung gemacht hatten, schon am nächsten Tag abfuhren. Früh am Morgen, als Betty noch schlief und Vater gerade eben das Haus verlassen hatte, kam Dora vom Dachboden herunter. Ich lag wach auf meiner Sofahälfte in der Kammer, aber nun richtete ich mich auf und spitzte die Ohren. Die Tür war angelehnt, und ich schlüpfte in die

Ecke zwischen Türangel und Anrichte. Sie sprachen gedämpft, wie man es tut, wenn man weiß, daß noch jemand schläft, und obwohl ich sie in dem schmalen Spalt nicht sah, konnte ich mir ihre Bewegungen vorstellen: geräuschlos, vorsichtig, genau wie Mutters schwebende Handgriffe über der Wachsdecke und der Unica-Box frühmorgens, wenn sie Vaters Stullen schmierte und er auf der Bettkante saß und den Strumpf um seine armen Zehen glättete.

Als erstes kamen Mutters Worte: »Ui, bist du das? Bist du schon wach?«

»Ja. Ich konnte nicht schlafen. Es war so heiß da oben. Übrigens, Mutter, wir wollen heute fahren. Das haben wir beschlossen.«

»Sooo ...? Das kommt aber plötzlich.«

»Ja, ich weiß. Aber Charlie hat gestern telefoniert. Von Perssons. Er hat im Restaurant angerufen. Und die wollten, daß er zurückkommt. So schnell wie möglich, haben sie gesagt. So daß wir, tja, wir müssen heute fahren!«

Telefoniert? Was? Wann hatte Charlie telefoniert? Das konnte nur gewesen sein, während ich in der Scheune lag. War er wirklich zu Perssons gegangen? Konnte er so dreist gewesen sein? Ich biß mir auf die Lippe und hörte weiter zu.

Einige Sekunden lang war es still. Ich hörte, wie ein Streichholz über die Reibefläche gezogen wurde, und mir stach ein Hauch von Tabaksrauch in die Nase. Nun hatte sich Dora ihre erste Zigarette angesteckt, nun zog sie den Stuhl hervor und setzte sich an den Tisch. Der Deckel der Holzkiste klapperte. Dann kam das wohlbekannte Geräusch, wenn die Herdluke geöffnet und der Schürhaken wieder aufgehängt wurde. Der Topf wurde zur Seite gezogen, die Schranktür kreischte in den ungeölten Scharnieren. Danach folgte das Klirren von Tellern und Kaffeetassen.

Dann wieder Mutters Stimme, tastend, vorsichtig: »Was ist der eigentlich für ein Kerl – dieser Scharly? Oder wie er heißt ... Ist das was Richtiges mit dem – oder wie? Ja, ich meine ... Du siehst dich doch wohl vor? Daß du da nicht in was reingerätst? Meine ich ...«

»Aber Mutter! Ich komme allein zurecht, seit ich fünfzehn bin, das weißt du doch. Ich bin jetzt zweiundzwanzig. Um mich brauchst du dir keine Sorgen zu machen.«

»Nee neee, das ist ja klar, aber ... Ja, ich frage mich nur ein bißchen ...«

»Was denn? Meinst du Charlie?« Es lag ein Lachen in Doras Stimme, die inzwischen auch stockholmerisch klang.

Ich hatte natürlich schon vor langer Zeit eingesehen, daß alle Menschen zwei waren. Mindestens zwei. Man konnte sich nie ganz sicher sein, welcher der richtige war. Das galt auch für Mutter. Den Leuten gegenüber benahm sie sich unterschiedlich und verstellte sich, sie muffelte oder schmeichelte, je nachdem, das merkte ich wohl. Und auch wenn ich starrsinnig daran festhalten wollte, daß die innerste und echte Mutter *Mama* war, aus einem Guß, heilig und nur für mich da, konnte es passieren, daß ich mich unsicher fühlte. Möglicherweise war Vater eine Ausnahme, er war durch und durch er selbst.

Was Dora anbetrifft, die hatte sich allmählich in zwei geteilt, eine war unsre alte Dora, die andere eine Stockholm-Dora mit einem anderen Stil bei Kleidern und allem. Sie hatte sich auch zwei Arten zu sprechen zugelegt, eine normale, so wie bei uns zu Hause, und eine andere, die war – ja, doch, abgehackt und spitz und näselnd. Diese Art zu sprechen übertrug sich auch auf die Augen, war mir aufgefallen, sie lachte uns sozusagen aus, wenn sie so sprach.

»Charlie ist okay«, hörte ich jetzt. »Nur anders, Mutter! Das ist ein anderes Leben in Stockholm, verstehst du, nicht so wie hier. Charlie, der, ja, der ist weltgewandt und so. Er hat andere Ansichten. Will was erreichen. Was Eigenes aufmachen. Und er ist schrecklich geschickt bei der Arbeit, das sagen alle. Er bekommt massenhaft Trinkgeld. Die Tanten sind ganz verrückt nach ihm, wenn er auftritt!«

Schräcklich, zwitscherte sie. Schräcklich. Jeschickt. Janz verrückt. Varrückt? Und dann okay oben in der Nase. Ich mochte es nicht, wenn sie so redete! Sie entglitt mir dann, wurde eine andere Dora. Eine andere Dora ...

»Jaa. Das ... Ja, das wird schon so sein. Aber – ich äh ...«

Das letzte sagte sie beim Einatmen, es klang, als ob Mutter das Kinn hob und Anlauf nahm, und ich hörte, wie das Herz in mir klopfte, während ich mit den Fingern vor dem Mund hinter dem Türspalt stand. Würde sie es jetzt sagen? Nach der Tasche fragen? Würde sie es tun? Und was würde Dora in dem Fall antworten? Wußte sie davon, oder wußte sie nicht? Das war die große Frage.

Doch Mutter kam nicht weiter als bis hier. Natürlich. Es war lediglich ein schlurfendes Geräusch zu hören, als der Topf wieder auf den Herd gestellt wurde. Nun hatte sie Kaffee eingeschenkt. Es folgte auch sofort das Löffelgeräusch und Mutters alte Aufforderung, auch schön einzustippen. Nein, gesagt wurde nichts. Vielleicht auch gut so. Nun würden sie ja sowieso abreisen, nun würde die Tasche verschwinden! Diese schrecklich brenzlige Tasche.

Ich wollte mich gerade vom Türspalt zurückziehen und mich noch eine Weile auf meine Sofahälfte legen, als Doras Stimme mich aufs neue gefangennahm. Das Stockholmerische war jetzt weg, sie redete wieder, als wäre sie eine von uns, aber ich mußte richtig die Ohren spitzen, um zu hören, was sie sagte, sie murmelte fast: »Ach nee, Mutter, mach dir man keine Sorgen um mich. Ich komm schon zurecht. Mit Betty sieht es schlechter aus. Die Arme. Die hat es nicht leicht.«

Ich hörte Mutters Seufzen, so tief und deutlich war es: »Ja, ja, ja ... Das wird schon wieder. Wie so viele andere Dinge.«

Ich kannte diese Ausdrücke: Das wird schon wieder. Es

könnte schlimmer sein. Das kommt wieder in Ordnung! Wir müssen wohl eine Lösung finden. Das sagte sie dauernd. Und natürlich konnte Betty einem leid tun, weil sie sich bei Westmans so unwohl fühlte, klar. Aber es schien doch in der letzten Zeit etwas besser geworden zu sein. Also brauchte Mutter ja deswegen auch nicht so fürchterlich zu seufzen.

Ich schielte zum Sofa. Meine Schwester Betty Boop lag mit dem Rücken zu mir und schnaufte und schlief. Das braune Haar hatte sich im Nacken geteilt. Sie schlief in Unterwäsche, Leibchen und Unterhose. Das Leibchen war schweinchenrosa mit einer etwas helleren Spitzenkante an den Armausschnitten und am Hals. Die Decke hatte sich in ihren Kniekehlen zusammengeknüllt, und ihre mäßig sauberen Füße lagen auf meiner Hälfte.

Ich streckte ihr die Zunge raus, das tat ich, und zuckte die Achseln. Dann schnappte ich mir mein verwaschenes und zu kurzes Baumwollkleid, das über dem Stuhl hing, zog es mir über den Kopf, schlich zum Fenster und öffnete vorsichtig den einen klapprigen Flügel mit den drei Scheiben. Es war stickig in der Kammer, aber nun wogte der Sommer mit allen Vogelstimmen und allen grünen Düften herein. Ich schob ein paar Blumentöpfe zur Seite, legte ein Bein auf das Fensterbrett und machte den Schritt nach draußen. Es war so niedrig, daß ich, ohne mich zu strecken, die ganze Fußsohle flach auf die Erde setzen konnte.

Kurz nach zwölf Uhr an dem Tag glitt ein großes schwarzes Auto langsam den mit Nadeln bedeckten Weg hinunter, durch die enge Gartenpforte, wo die dickeren Zweige des Himbeerstrauchs gegen den Lack schlugen, weiter über den Holzplatz und bis an die Veranda. Es war die Taxe aus dem Ort, die MilchAlbin von der Molkerei aus gerufen hatte. Dora war am Morgen zur Landstraße hinaufgegangen und hatte ihn darum gebeten.

Und Vater prahlte ausgiebig damit. »Tjaaaa«, sagte er damals, als er am Schleifstein stand und LüttOskar die Sache lang und breit erläuterte und ihm gleichzeitig die Dose hinhielt und ihm mit einer Geste des Übermuts eine Prise anbot. »Das war nicht zu fassen! Die haben das Taxi direkt aus dem Ort bestellt, haben die, Dora und der Stockholmer, als sie zum Zug wollten. Irgendein Schiet war denen nicht gut genug! Nee nee, sieh an, Dora, die ...«

Das mit dem Schiet bezog sich auf den alten Ford des Kaufmanns, den man üblicherweise mietete, mit Kaufmann und allem Drum und Dran, wenn man ein Auto brauchte. Wir natürlich nicht, wir waren, soweit ich wußte, nur ein einziges Mal Taxi gefahren, bei Großmutters Begräbnis. Ich war damals natürlich zu klein, um dabeizusein, aber ich hatte von dieser Autofahrt und wie großartig sie war gehört.

Doch nun ging es um Charlies und Doras überstürzte Abfahrt zum Bahnhof im Ort. Passend gekleidet für die Reise, standen sie im Sonnenschein und warteten auf das Taxi. Dora trug ihr kornblumenblaues Kostüm mit der taillierten Jacke, Schuhe mit hohen Absätzen und helle Seidenstrümpfe. Das wallende rotbraune Haar hatte sie im Nacken hochgesteckt, und darauf thronte der weiße Sommerhut mit der weichen Krempe und einer Schleife an der Seite, die die gleiche Farbe hatte wie das Kostüm. Sie war zum Sterben schön!

Ich hatte mich den ganzen Vormittag soweit wie möglich zurückgezogen, weil ich es nicht ertragen konnte, daß jemand meine Augen sah, aber nun stand ich mit eingezogenen Schultern hinter der Haustür und sah zu, wie der Fahrer die Kofferraumhaube öffnete, um ihr Gepäck einzuladen, ein grauer Handkoffer mit braunen Lederbeschlägen und dann Doras kleine Tasche aus Preßpappe. Sie hielt meinen Blick gefangen. Achtung! Vorsichtig! Ich biß mir auf die Lippe und hielt im Geiste meine Hände unter die Tasche, als der Fahrer sie anhob und hineinhievte. Die war ja wie eine Bombe, diese Tasche! Sie konnte jeden Augenblick explodieren und zu unserer ewigen Schande Kaskaden von rot-weißen Schachteln versprühen. Als die Haube zufiel, war ich sehr erleichtert.

»Wo hast du denn gesteckt, Nancy?« Das war Doras Stimme.

Da mußte auch ich hinaus ins Licht. Dora kam auf mich zu und nahm mich in den Arm. Ich zog ihren Duft mit einem Schluchzen in die Nase, als sie mich an sich drückte, das ganze große Weinen saß wie ein Klumpen in der Kehle.

»Hier, Nancy, Lütte«, sagte sie mit ihrer alten Heimatstimme. »Das ist für dich! Ich schreib dir dann! Versprichst du, daß du mir auch bestimmt antwortest?«

Charlie war wie immer lässig gekleidet, der Schlips hing lose, und der hellgraue Filzhut war ins Gesicht gezogen, einen Tick schräg, und verbarg die Stirn und die dunklen Locken. Über Doras Schulter sah ich seinen wiegenden Gang, als er auf Mutter zuging, die im Schatten des Busches mit den gelben Rosen stand. Ich sah, wie er die Hand in die Innentasche seines flotten Jacketts steckte, die Brieftasche herauszog und einen Schein herausnahm. Mutter hatte die Schere in der Hand, sie hatte gerade einige feine Rosenknospen für Dora abgeschnitten. Nun nahm sie sie mit der linken, strich mit der rechten Hand ein paarmal über die Schürze und streckte sie ihm zum Abschied entgegen.

Er drückte den Schein hinein. »Wiedersehen, Elfrida! Und danke für alles!«

Er sagte tatsächlich Elfrida.

Dann machte er einen Schritt zu Dora und mir. Wir ließen einander los, er legte den Arm um Doras Schultern, verwuschelte mit der freien Hand meine Haare, und dann beugte er sich vor und küßte mich auf den Mund, mit seinen hartweichen, nach Tabak duftenden Lippen. »Bai bai, Darling«, sagte er.

Ich glaubte, ich müßte im Boden versinken. Es sauste in meinen Ohren. Ich hörte Doras lachende Stimme mit der

Stockholmbetonung irgendwo weit weg und hoch über mir: »So, Charlie, jetzt müssen wir uns beeilen, wenn wir den Zug erwischen wollen!«

Betty hatte sich bereits auf dem Rücksitz des Taxis installiert, sie hatte den schnellen Entschluß gefaßt, die Ferien zu beenden und mit in den Ort und zur Bäckerei zu fahren. Sie winkte gnädig, als es losging.

Ein schwacher Benzingeruch hing in der Luft. Die Katze kam und strich um unsere Beine. Mutter und ich blieben auf der Kiesfläche vor der Veranda stehen. Sie mit dem Fünfkronenschein in der Schürzentasche, ich mit einer geklauten Tafel Schokolade in der Hand und einem brennenden Männerkuß, der wie ein Stempel auf meinen Lippen klebte. Ich weiß nicht genau, was schlimmer war. Aber ich weiß, daß das zurückgehaltene Weinen hinter meiner Nase schmerzte.

Gleich am selben Nachmittag begaben wir uns zu C. G. Perssons Gemischtwarenhandlung, um groß einzukaufen. Not kennt kein Gebot, pflegte Mutter zu sagen, und so war es wohl. Der Schrank war schließlich leer, und jetzt hatten wir Geld.

Karin aus Vika war gerade dabei, ihr Fahrrad aus dem Ständer neben dem Automaten zu ziehen, als wir ankamen und unsere alten Mühlen abstellen wollten. Von ihr bekamen wir die erste Information.

Mensch, hier im Laden wäre vorgestern nacht eingebrochen worden, ob wir das noch nicht gehört hätten? Jaa wirklich, durch ein Fenster an der Rückseite waren sie hineingekommen. Die Kasse geleert, mehrere hundert Kronen. Jede Menge Zigaretten und Süßigkeiten und was weiß ich nicht alles hatten die mitgehen lassen. Und Perssons hatten nicht ein Knacken gehört, obwohl sie in der Wohnung drüber lagen und schliefen.

»Nee, die sollten sich einen Hund anschaffen«, sagte Karin

aus Vika. »Ein Glück, daß unsereiner einen hat! Das wird ja langsam zu und zu traurig!«

Jaa, da stimmte Mutter zu. Einen Hund sollte man sich anschaffen.

»Tja, man kann nur hoffen, daß sie das Diebespack zu fassen kriegen«, sagte Karin. »Solche wie die gehören eingelocht, hinter Schloß und Riegel!«

Sie hob ihr rechtes Bein über den Rahmen und stand dann einige Augenblicke rittlings, bevor sie uns zum Abschied zunickte, die Füße auf die Pedale stellte und ein paarmal im Stehen trampelte, während sie ihren geblümten Hintern auf den Fahrradsattel hievte.

Die Erde schien unter mir zu beben, als wir um die Ecke zur Treppe des Kaufmanns gingen. Mutter schwieg. Wir sahen uns keinen Augenblick an. Sie hatte sich eine saubere Schürze umgebunden, und ihr kariertes Kopftuch war im Nacken geknotet. In der Hand hielt sie den Beutel aus den viereckigen Lederflicken, und darin lag das Portemonnaie.

Vor uns in der Schlange warteten einige Kunden, und es kamen noch mehr dazu, das Glöckchen an der Tür klingelte in einem fort. Ich ging zu den Regalen, in denen Glas- und Porzellanwaren standen, und tat so, als betrachtete ich eine Kanne mit rosafarbenen Rosen darauf. Um mich herum summte das Gerede. Der Kaufmann und seine Frau waren vollauf damit beschäftigt, gleichzeitig zu bedienen und zu erzählen und Fragen zu beantworten. Ich spitzte die Ohren, ich mußte alles mitbekommen! Verdächtigte man jemanden, gab es Spuren?

»Nilsson meint, es waren vielleicht dieselben, die unten in Sjöboda eingebrochen sind und Schnaps und ein Etui mit einer Goldkette gestohlen haben. Frau Burvall hatte es unter dem Weißzeug in einer Kommodenschublade versteckt«, hörte man die Kaufmannsfrau erklären. »Vorgestern morgen, als Allan herunterkam, um die Kühe auf die Weide zu lassen, hat er gesehen, daß die Tür aufgebrochen war. Er rief bei Burvalls an, und die sind gleich mit dem Auto gekommen, sind die. Nilsson kriegte also die Nachricht, er müsse runter nach Sjöboda, während er gerade hier dabei war, alles zu untersuchen. Ja, so war das. Tja ... Die können auch noch woanders gewesen sein, aber wer weiß ...«

Die Kaufmannsfrau hatte Flecken im Gesicht, und ihre grauen Ohrenwellen, die sie mit Haarklemmen unter der Baskenmütze feststeckte, waren heute nicht ganz symmetrisch, auf der einen Seite hing es ein bißchen.

»Tja, die kriegen sie bald«, sagte Algot, der direkt neben Mutter stand und eine rostige Petroleumkanne in der Hand hielt. »Ihr werdet noch sehen! Es gibt ja Fingerabdrücke, Teufel noch eins!«

»He he«, wieherte Jerker aus Lövbrunn und drehte sich zu einer Breitärschigen um, die oben aus Kallsboda kam. »Du schiebst wohl besser den Riegel vor, Ada!« Hehehe.

Nilsson war Dorfpolizist, und Sjöboda war eine Kate, die im Sommer hin und wieder von einer Ingenieursfamilie aus der Stadt bewohnt wurde. Die galten natürlich als feine Leute, und ihre Söhne waren aufgeblasen wie die Gockel, trugen mitten im Sommer ihre Schulmützen und schlunzten mit vor den Bäuchen baumelnden Botanisiertrommeln an den Gräben längs.

Das merkwürdige war, daß ich den Leuten in dem Moment den Rücken zukehrte und sie alle miteinander von Herzen haßte. Ich sah die rosa Rosenknospen an, die unschuldig den Bauch der weißen Porzellankanne umkränzten. Mutters Lieblingsblumen. Ich würde ihr diese Kanne kaufen, das würde ich auf jeden Fall tun, sobald ich das Geld zusammenhatte! Vielleicht zu Weihnachten. Die würden schon sehen.

»Und du, Frida, was möchtest du?« fragte der Kaufmann, als Mutter an der Reihe war. »Hast du Dora noch zu Hause? Oder ist sie abgereist?«

Als Mutter den Margarinekarton mit den Einkäufen auf den Gepäckträger geschnallt hatte, machten wir uns auf den Weg. Sie fuhr mit dem Lederbeutel am Lenker vor mir an der Landstraße entlang, trat kräftig in die Pedale, und ihr Rücken gab mir mit größter Bestimmtheit zu verstehen: Rühr mich nicht an!

Noli me tangere. Ich schwieg und blieb hinter ihr. Dachte in dem Moment wohl kaum an diese Blume, die auf Tante Olivias Fensterbrett stand und die sie Nollimötangen zu nennen pflegte. Aber der Rücken war so. Er brach bestimmt zusammen, wenn man ihn nur ein kleines bißchen berührte.

Wie auch immer, in diesem Karton waren Kaffee und Zucker, Margarine und ein Brotpaket, Hefe und Weizenmehl, ein Stück geräucherter Schweinebauch und vier Grützwürste. Hinten auf meinem Gepäckträger klemmte außerdem ein braunes Paket mit drei fetten Salzheringen, eingewickelt in Zeitungspapier. Und Mutter hatte alles zusammen bar bezahlt. Das war nicht alle Tage so.

»Sind sie abgefahren?« Vater sah erstaunt und ein wenig enttäuscht aus, als er zwanzig nach fünf von der Säge nach Hause kam und merkte, daß das Leben wieder in den alten trostlosen Bahnen verlief.

Er knallte seine Mütze auf den Verandapfosten, hängte sie an den Nagel und streifte Arbeitskittel und Unterhemd ab, beides war durchgeschwitzt. Mutter stand mit Waschschüssel und Handtuch bereit.

»War es so eilig?« fragte Vater weiter, als er sich auf seinen angestammten Platz am Tisch gesetzt hatte. »Gestern abend haben sie gar nichts davon gesagt.«

Mutter schob die Schüssel mit den Kartoffeln zu ihm hinüber. »Er hat wohl eine Nachricht bekommen«, sagte sie. »MilchAlbin kam runter. Er mußte ihnen vom Telefon in der Molkerei eine Taxe rufen. Aus dem Ort.«

»Himmel, Arsch«, sagte Vater und sah auf, »haben sie eine Taxe aus dem Ort genommen?«

Einen kurzen, nein, einen langen Augenblick begegneten sich Mutters und mein Blick. In ihrem lag eine Warnung: Misch dich nicht ein! Albin kam runter? Das stimmt doch gar nicht! Dora war es doch, die hinaufging und das Auto bei Norrbodas Milchkannenständer abfing. Sie wußte ja heute morgen, daß sie fahren würden, es war schon beschlossen. Donnerlüttchen, daß sie das so schnell parat hatte! Aber so etwas konnte Mutter gut, das wußte ich ja schon.

Vater stach die Gabel in eine braungebratene Grützwurst.

»Warst du einkaufen?« fragte er und sah sie prüfend an. »Hattest du denn was? Ich mein, zum Bezahlen?«

»Er hat was dagelassen. Einen Fünfer hab ich gekriegt. So viel war das nicht!« Wieder hatte sie diese Bestimmtheit, die ich kürzlich in ihrem Blick und auch an ihrem Rücken gesehen hatte, als wir mit dem Fahrrad von Perssons kamen.

Vater schaufelte in sich hinein, das Essen brachte ihn zum Schweigen. Die Kartoffeln waren mehlig. Es gab frische rote Bete, sauer eingelegt in Scheiben. Dazu Milch und Butterbrot.

»Na ja«, sagte er dann, als er den Teller weggeschoben, sich zurückgelehnt und eine Prise Kautabak unter die Lippe gesteckt hatte. »Das war ja nicht ohne, nicht wahr! Der hatte wohl Geld. In Stockholm verdient man anscheinend nicht schlecht, will ich meinen. Das ist was anderes als hier, ist das da. Dora, die ... Jaa. Dooch, das ... Ach wirklich, eine Taxe aus dem Ort haben die genommen, sagtest du?«

Bestimmt wünschte Vater in dem Moment, er wäre zu Hause gewesen, um ihre strahlende Abfahrt mit eigenen Augen zu verfolgen.

Mutter begann, die Kartoffelschalen von den Tellerrändern zu kratzen, stapelte das Geschirr und deckte ab. Ich stellte das Margarinetöpfchen und das Glas rote Bete in das Küchenbüfett, wischte mit dem Lappen die Wachsdecke ab und tat geschäftig. Im Topf war heißes Wasser. Die Zinkwanne und die Sodadose standen auf der Steinplatte neben dem Herd. Vorsichtig und abwartend hielt ich mich unmittelbar in Mutters Nähe bereit, aber ich ging wie auf Nadeln und hielt den Blick gesenkt. Mutter verunsicherte mich. Sie schlug auf ungewohnte Weise um sich. Aber dann griff sie nach dem Scheuerlappen und legte los.

»Das hier mach ich selbst«, sagte sie und hatte offenbar ihre Stimme wieder in der Gewalt, sie klang lieb und sanft wie immer, wenn sie mit mir sprach. »Heute ist es doch so wenig! Geh lieber mit dem Putzeimer hinauf in die Kammer, Nancy Lütte! Häng die Teppiche raus und scheure den Boden. Die Bettwäsche kannst du im Bottich beim Brunnen einweichen. Nimm dir dann saubere aus der Schublade, du willst doch heute nacht bestimmt oben schlafen, oder?«

Vater hatte eine Weile vorgebeugt, mit dem Ohr am Radio, auf der äußersten Kante des Küchenbankdeckels gesessen. Nun stand er auf, um nach draußen zu gehen und wie üblich auf dem Holzplatz herumzupusseln oder auf unserem Kartoffelacker Unkraut zu rupfen. Im Hausflur blieb er vor der Tür stehen und guckte durch die offene klapprige Veranda hinaus, die wir immer bloß Brücke nannten. Mit der einen Hand stützte er sich oben am Türrahmen ab, mit der anderen rieb er sich das Kreuz und streckte sich dabei ein bißchen. Vater war immer steif, wenn er stillgesessen hatte, und dann humpelte er noch schiefer als sonst.

»Hast du gehört, daß die beim Kaufmann eingebrochen haben?« fragte er plötzlich geradeheraus.

An der Abwaschwanne wurde es still. Ich hielt ebenfalls inne und verharrte wie eine Statue mit dem Putzeimer auf dem Linoleum.

Es folgte eine eisige Ruhe, die nur wenige Sekunden andauerte, dann sagte Mutter mit fester Stimme: »Wie? Ich versteh dich nicht!«

Unter normalen Umständen hätte sie zu mir gesagt, ich solle zu Vater gehen und nachfragen. Frag nach, was er sagt! Das wären ihre Worte gewesen. So lief das bei uns. Mit Kurierdienst. Vater hatte nämlich die Angewohnheit, seine Worte einfach so aus sich herauszuschleudern, geradeaus oder nach oben oder nach unten oder in irgendeine beliebige Richtung und von irgendeinem beliebigen Ort aus, ohne sich umzudrehen, sich dem Angesprochenen zu nähern oder sich sonstwie darum zu kümmern, ob es überhaupt möglich war, das Gesagte zu verstehen. Das war nicht sein Problem, fand er, es war unsere Aufgabe, und in erster Linie die von Mutter, hinzuhören und herauszufinden, was er zu sagen hatte. Wenn sie seine Stimme hörte, rannte sie entweder los, als hätte sie Feuer unterm Hintern, oder ich wurde losgeschickt, um nachzufragen, weiterzuleiten und gegebenenfalls auch mit einer Antwort zurückzukehren. Unter normalen Umständen hätte er die Sache also auf sich beruhen lassen; wollte ihm keiner zuhören, dann schiß er eben darauf!

Aber nun war offenbar sein Mitteilungsbedürfnis so drängend, daß er sich wieder zum Kücheneingang begab. »Ich hab gesagt, daß die beim Kaufmann eingebrochen sind, hab ich gesagt! Geld und Tabakwaren. Und bei Ingenieurs sind sie auch gewesen, da haben sie sich den Kognak unter den Nagel gerissen, wer hat, der hat, will ich meinen. Feine Sachen.«

Es folgte eine Gedankenpause. »Tjää ... Um den Kaufmannsdeubel ist es wohl nicht groß schade, aber ist doch unerhört, was die sich rausnehmen. Hier auf dem platten Land.« So fuhr Vater fort. Und humpelte mit diesen Worten nach draußen.

In der Stille, die darauf folgte, hörte ich deutlich, wie er braun ausspuckte, und ich sah die wohlbekannte Oberlippenarbeit vor mir, mit der er den Kautabak drehte und ein Stückchen weiter nach oben schob. Mutter machte mit dem Abwasch weiter, als wäre nichts gewesen.

Später, als sich um den Hang und die Wiese darunter, auf der die kahlen Reuter standen, die Sommerdämmerung gelegt hatte, saß ich in der Dachkammer am offenen Fenster. Der Tabaksgeruch war ausgelüftet. Es roch frisch nach gescheuerten Dielen, ich hatte einen Strauß aus Margeriten und Kornblumen gepflückt und in ein Einmachglas auf der Kommode gestellt. Es war richtig hübsch.

Außer dem Tisch und dem Ausziehsofa, das nun zusammengeschoben und für eine Person bezogen war, standen hier nur die gelblich gefleckte Kommode und zwei abgenutzte Sprossenstühle. Für mich reichte es. Die Kammer war ein Paradies, trotz ihrer Mängel. Die Tür konnte man beispielsweise nicht richtig schließen, da sie nicht zum Rahmen gehörte, sie war nur »professorisch« eingehängt, sagte Vater, aber niemand rechnete damit, daß sich daran jemals etwas ändern würde. Eine Schnur um die Klinke und ein Nagel in der Wand, daran gewöhnte man sich.

Der Abend war so schön, es duftete einschläfernd nach Heumahd und Jasmin. Im sumpfigen Moor auf der anderen Seite der Wiese trillerte abgeschieden und lange der Große Brachvogel. Frieden hatte sich über alles gesenkt. Mit ihm war auch die Wehmut gekommen. Es schien so leer, daß man beinahe weinen wollte. Nun waren wir ganz allein. Unten aus der Küche hörte ich, wie die Ofenluke mit einem abschließenden Krachen geschlossen wurde, die Bank wurde herausgezogen, und dann kam das gewohnte Murmeln. Sie murmelten immer, wenn sie ins Bett gingen, lagen da und murmelten, ich frage mich, worüber. Es war wohl das Gespräch des Tages zwischen den beiden, könnte ich mir vorstellen, über Geld und sonstiges. In diesen Augenblicken auf der Bank wurde das Notwendige gesagt, ansonsten sagten sie nicht viel zueinander. Manchmal waren auch andere Geräusche zu hören, Knacken und Keuchen, das war widerlich. Dann steckte ich die Finger in die Ohren und schloß die Laute aus, dann wand ich mich vor Abscheu, zog die Knie hoch bis zum Kinn und verkroch mich in mir selbst, während es an dem geheimen Ort zwischen meinen Beinen vor Unbehagen brannte. Doch an diesem Abend hörte man nur das Murmeln. Dann war es ruhig.

Meine Angst hatte sich ein wenig gelegt. Dora und Charlie waren abgereist und hatten die Tasche mitgenommen, was für eine Erleichterung.

Ich war fürchterlich müde, alles war weit weg, Bilder flimmerten vor mir, tauchten auf und verschwanden wieder. Die Zigarettenschachteln. Die Tasche. Dora vor dem Wagen im hellblauen Kleid. Betty, die winkte. Der Nacken des Fahrers, schweißnaß zwischen den Fettwülsten, und dann dieser Charlie. Ich sah das Gesicht der Kaufmannsfrau unter der Baskenmütze und Mutter, die mit dem Margarinekarton auf dem Gepäckträger so fest in die Pedale trat.

Mit Perssons hatte ich nicht das geringste Mitleid, das nicht! Sie hatten uns so oft von oben herab behandelt, wenn wir am Tresen standen und kein Geld hatten und flüsternd baten, noch eine Woche anschreiben lassen zu dürfen. Der Ingenieur mit seiner Frau und den aufgeblasenen Schulmützenjungs tat mir auch nicht besonders leid, solch ein abgefeimtes unmögliches Biest war ich, ohne rechte Moral, aber mit flammender, streitlustiger Hitze im Blut und im Verteidigungsfall bis unter die Zähne bewaffnet.

Auf dem Tisch vor dem Dachfenster stand eine Untertasse mit einem Kerzenstummel drauf, befestigt mit etwas geschmolzenem Wachs. Auf dem Rand lag eine Streichholzschachtel. Ich nahm ein Hölzchen und zündete damit die Kerze an. Dann nahm ich den Spiegel herunter, der an einem Nagel über der Kommode hing, zog die Untertasse näher heran und saß eine Weile da und betrachtete mich selbst im Schein der Flamme.

Was war ich für eine? Ich sah nach nichts aus, das wußte

ich, und daran war auch nicht viel zu ändern. Normale braune Haare, kurzgeschnitten und platt, auf der rechten Seite mit einer Haarklammer zurückgehalten. Normale blaue Augen. Die Nase etwas spitz. Ein eingeklemmter Vorderzahn, der sich ein wenig schräg gestellt hatte. Dazu eine Brille. Nahm ich die ab, sah ich nicht nur halb blind, sondern auch verschlafen aus. Verglichen mit Dora, war ich richtig häßlich. Sogar Betty sah besser aus als ich.

Ich strich mir mit der Zeigefingerkuppe über den Mund, vorsichtig, prüfend. Charlies Kuß war immer noch da, ich spürte noch den Druck und den Tabakduft. Bai, bai war das gleiche wie Tschüs, und Darling bedeutete Liebling, das wußte ich, das waren die einzigen Wörter, die ich auf englisch konnte, außer Jes und No und Kommelong und Okay.

Bai, bai, Darling. Ich schloß die Augen und fühlte, obwohl ich mich dagegen sträubte und es überhaupt nicht wollte, wie ein stechendes Brennen zwischen meinen Beinen aufstieg, als ich wieder und wieder den Kuß erlebte und die Worte hörte, da klickte es tief im verborgenen, ohne daß ich es wollte! Ich schämte mich fürchterlich.

Ich löschte die Kerze und zog mich aus. Kroch in Leibchen und Unterhose unter die Decke, meine Brille lag auf dem Stuhl daneben. Ich faltete die Hände und betete zu Gott, ungefähr das gleiche Gebet, das ich in dem Steinhaufen am Tag davor gebetet hatte, aber nun in einer gemäßigteren Version. Zum Abschluß sagte ich *Ich bin klein* auf, das tat ich immer, und als ich damit fertig war, streckte ich mich aus, rein und erlöst und auf Schlafen eingestellt. Aber in mir nagte es, ich fand keine Ruhe. Die Gedanken schweiften, sirrten und schwirrten eigensinnig um das Verbotene, wie eine lüsterne Mücke um einen Tropfen Himbeersaft.

Der Zug war jetzt in Stockholm angekommen. Dora und Charlie waren ausgestiegen. Betty war im Ort. Vater und Mutter lagen auf der Sprossenbank und schliefen. Das Dämmerlicht trübte sich. Das Häuschen stand bis zu den Knien im Sommernachtsnebel, ich allein war wach, und niemand konnte mich sehen oder zur Rede stellen. Außer Gott natürlich. Entschlossen stand ich auf und schlich mich so lautlos wie möglich hinaus auf den Außenboden, die Bohlen knarrten, aiaiai!, unter meinen Füßen. Tief in der Tasche eines alten Wintermantels von Vater, der an einer Stange zwischen anderen schwarzgrauen Kleidungsstücken hing, steckte die große Tafel Schokolade zu fünfundzwanzig Öre, die Dora mir in die Hand gedrückt hatte. Jetzt im Dunkeln sah sie schwarz aus, doch ich wußte, daß sie rot war. Ich nahm sie mit hinein, sicherte die Tür mit der Schnur und kroch zurück ins Bett. Es sammelte sich eine beachtliche Menge Spucke in meinem Mund, während ich sorgfältig das Einwickelpapier an beiden Enden öffnete und es zu einem glänzenden, glatten Silbertablett entfaltete. Es lag in meiner Hand, und der Versucher flüsterte in mein Ohr: *Das alles will ich dir geben …*

Die Schokolade war in der Sommerwärme etwas aufgeweicht und gab ein wenig nach, als ich anfing, sie zu zerteilen. Ich brach Stück für Stück ab, ein kleines Viereck nach dem anderen. Kakaogeschmack und Süße breiteten sich in meinem Mund aus, es klebte an der Zunge und an den Zähnen und am Gaumen. Das, was ja Diebesgut sein mußte, bereitete mir einen unbeschreiblichen Genuß, die Gewißheit der Sünde kribbelte in mir und gab mir atemlosen Aufwind. Ich hatte den Sprung gewagt und flog zwischen schwarzen Engeln. Dora und ich hielten uns an den Händen.

III

Vater hatte zwei Leidenschaften. Die eine galt Birkenholz, die andere Dora.

Mit dem Holz verhielt es sich so, daß Vater jeden Winter, zu Beginn des neuen Jahres, fünf Kubikmeter Prima Birkenholz kaufte, gewachsen und geschlagen im Genossenschaftswald. Prima war wichtig, und Genossenschaft war wichtig in diesem Zusammenhang, darauf wurde Wert gelegt.

»Ich war jetzt beim Förster und hab das Holz bestellt«, pflegte er zu sagen, während er gleichzeitig das dünne Portemonnaie aus der hinteren Tasche seiner Arbeitshose zog und es auf die Tischkante knallte. »Das wäre also erledigt! Und bezahlt ist es auch.«

»Verflucht noch mal, man wird sich wohl noch ein paar ordentliche Holzscheite gönnen dürfen«, setzte er hinzu, wenn Mutter wie gewöhnlich den Kopf schüttelte und meinte, es gäbe schließlich genug anderes, was Vorrang habe. Kleiderstoff, ein Wintermantel für das Mädchen, Winterstiefel, Strickgarn, ganz zu schweigen von den Steuern und den Schulden beim Kaufmann. Es fehlte an allen Ecken und Enden. Und Holz hatten wir ja, daß wir nicht frieren mußten, Gott sei Dank. Wir hatten Brennholz. Die Scheite aus der Säge wurden uns fast umsonst mit dem Lastwagen geliefert. Ein Segen Gottes war das, so sah es Mutter. Es hatte Zeiten gegeben, da mußte sie mit Kiefernzapfen und Zweigen heizen, die wir im Wald gesammelt hatten. Es war also schon schlimmer gewesen, das durfte man nicht vergessen und übermütig werden.

Da konnte Vater aufbrausen: »Ach so? Ach ja? Du meinst also, daß ein armer Deubel nie mit was anderem heizen darf als mit diesem Schiet? Ausschußholz. Was? Nee, so schlecht steht unsereiner nun auch wieder nicht da, daß er nicht ab und zu mal ein ordentliches Stück Holz in den Ofen stecken könnte. Genau wie andere auch.«

Dooch ... Natürlich! Um Himmels willen. Wenn es nur das war.

Mutter zog die Nase hoch, seufzte und schwieg.

»Dieses Birkenholz, das hat er sich richtig in den Kopp gesetzt«, brummte sie, wenn die Tür zuschlug und er von dannen humpelte. »Als ob alles mit diesen ollen Knüppeln stehen und fallen würde! Aber es lohnt ja nicht, was zu sagen ...«

Das Palaver war jedes Jahr wieder das gleiche, der Ausgang ebenfalls. Eines Tages im Spätwinter, als die Tannen die Schneemassen abgeschüttelt hatten und barfuß in grünen Ringen aus struppigem Preiselbeerkraut standen, die Schneedecke jedoch noch hielt, kam die Brennholzfuhre durch unsere Gartentür, auf Schlitten geladen und von einem Pferd gezogen. Erik Laberg fuhr, er war bei der Genossenschaft als Holzfäller angestellt und hatte seine Dienstwohnung am Waldrand, nicht weit von uns. Er trug eine blaßbraune Arbeitsweste aus Manchesterstoff und eine alte Pelzmütze mit fast blankgescheuertem Fell. Der hohlkreuzige Gaul schlug mit seiner schwarzen Mähne und schnaubte ein bißchen, als Erik schnalzte und am Zügel zog, um den Schlitten auf dem Holzplatz in eine geeignete Abladeposition zu bringen.

»Jee, hör mal – bißchen zurück jetzt! Beweg dich, hab ich gesagt! Ja, so, genau! Eeeeh. Tütütü! Brrrrhh!«

Das Bronzeglöckchen schlug, das war ein Klingeln und

Singen, es war großartig und schön, es duftete frisch nach Pferdemist und Birkensaft, es war ein Festtag, wenn die Brennholzfuhre kam. Wenn Laberg abgeladen und eine Decke über die Mähre gelegt hatte, lud Mutter ihn zum Kaffee ein. Dann saß er in der Küche und brachte den Wald mit herein, Harz in den Kleidern, Februarnässe, Pferdegeruch und Männerschweiß, beides gleich streng. Die Pelzmütze lag unten auf dem Boden mit den Fäustlingen darin.

Laberg rieb sich mit der Rückseite seiner Faust unter der Nase, zog den Stuhl etwas näher heran, es herrschten Frieden und Freude.

Mit einer Scheibe Brot in der Hand und einem Zuckerstückchen in der Schürzentasche schlüpfte ich hinaus zum Holzplatz. Stand da ohne Kopfbedeckung und Strickjacke und ließ das Pferd den Zucker von meiner Hand schnappen. Das Maul samtweich, die dampfende Wärme und die schwarzen Augen, in meinem Rücken die Kälte. Ein reines Glücksgefühl, ganz unschuldig. Das Schmelzwasser tropfte vom Dach des Holzschuppens. Ich freute mich, ja, das tat ich, ich freute mich über das Brennholz, ich freute mich für Vater, und ich freute mich über die neumodischen Sitten. Es passierte so wenig, und wenn doch, dann wußte man das zu schätzen.

»Ach ja, ist er jetzt hiergewesen?« fragte Vater, als er von der Säge nach Hause kam. Er nahm sich kaum die Zeit zum Essen, dann mußte er raus und seine fünf Kubik inspizieren. Prima Birkenbrennholz. Geliefert und bezahlt. Aufgeladen und geliefert von einem eigens angeheuerten Kerl im Blaumann.

Vater streckte sich, keck und obenauf. Ein einziges Mal im Jahr durfte er sich, ausnahmsweise, von einem anderen armen Teufel bedienen lassen, der überdies in seiner Küche mit Kaffee bewirtet wurde. Das war ein herrschaftliches Gefühl. Und kein verfluchtes Bauernland hatte dieses Brennholz gedüngt, auch das war von Bedeutung. Es war im Wald der Genossenschaft gewachsen. Und Laberg war Angestellter, auch ein Arbeiter, der seinen Lohn bekam.

Die Logik des Gedankengangs hinkte ungefähr so wie Vater selbst, aber mit Bauern zu tun haben, das wollte er nicht. Nichts als Haß hatte er für sie übrig. Und in diesem Haß war kein Platz für Unterschiede, er schlug blind und ohne Ausnahme zu, einer für alle und alle für einen. Milch durften wir zwar im Kuhstall von Norrboda kaufen, und Mutter war es gnädigst gestattet, dorthin und auch zu Bergströms zu gehen, um im Herbst einige Wochen lang Kartoffeln zu ernten und im Frühling manchmal zu helfen, wenn die Wäsche gewaschen und mit Bleueln geschlagen wurde, die lumpigen Kronen konnte man gut gebrauchen. Aber mehr war nicht drin. Keine Zusammenarbeit mit Bauern!

Wie es einmal begonnen hatte und warum, weiß ich nicht, auch nicht, wann er die fixe Idee entwickelte, das Birkenholz im Pavillon aufzustapeln und sich damit zu brüsten und es zärtlich zu pflegen, so wie man ein Kunstwerk hütet. In meiner Kindheit wußte ich nur, daß Petrus auf der Heide Vater rot sehen ließ. Es ging um Grund und Boden, um Pachtland.

»Und für diesen Mistkerl soll man hier die Erdschollen wenden«, muffelte Vater, wenn er im Herbst den Kartoffelacker umgrub und die Quecken herauszog. Ohne die Kartoffeln kamen wir nicht zurecht, da mußte er seinen Stolz hinunterschlucken. Mutter durfte ihre Astern und Löwenmäulchen in das Kastenbeet an der Hauswand setzen und ein paar Samen für Ringelblumen und Dill und Petersilie sähen, eine Reihe Saubohnen und ein Plätzchen für Mohrrüben, rote Bete und Steckzwiebeln am oberen Ende des Kartoffelackers wurden ihr auch bewilligt, soweit ließ er sich erweichen. Aber die grauflechtigen Apfelbäume zu pfropfen oder die schwarzen Johannisbeerbüsche zu erneuern, das kam nicht in Frage.

Die waren zu beständig, die gehörten dem Bauern und sollten *nicht* gepflegt werden.

Vater war auch sehr genau damit, das Gras bis zu einer bestimmten Grenzlinie zu mähen, die er selbst für angemessen hielt. Alles, was sich hinter dem Erdkeller und dem Holzschuppen auf der einen Seite und unterhalb des Brunnens und des Waschtrogs auf der anderen Seite befand, durfte verwildern und nach Lust und Laune wachsen. So wohnten wir im Sommer in einem abgegrenzten kleinen Paradies, versenkt in den Wildwuchs, aber geschmückt mit Pfingstrosen, Jasmin, gelben Rosen und Flieder und einer geharkten kleinen Kiesfläche vor der Veranda. Der Holzplatz war aufgeräumt, und der Scheißhaufen und der Abfallhaufen in der Ecke hinter dem Plumpsklo wurden regelmäßig sorgfältig umgegraben, aber der Holzzaun zum Wald hin durfte zusammenfallen, der war Eigentum des Bauern. Im Winter sah man diese Grenzziehungen nicht so genau, da legte sich der Schnee weich und verzeihend über bebautes und wildes Land, über das Land des Bauern und über unseres. Das nicht unseres war, sondern Pachtland.

Vater stammte aus einer Landarbeiterfamilie. Seine Mutter brachte zehn Kinder zur Welt, sechs blieben am Leben. Zwei der Brüder gingen weg, der eine nach Amerika, der andere nach Australien. Der Bruder in Amerika machte sich richtig gut, kam aber bedauerlicherweise bei einem Eisenbahnunglück um. Er hatte keine Familie, so daß alle seine Geschwister eine kleine Erbschaft erhielten. Auch Vater bekam etwas, einige Hunderter in umgetauschten Dollars, wie viele, weiß ich nicht, vielleicht war es ein ganzer Tausender. Ich war damals klein, knapp ein Jahr, aber Mutter erzählte mir, wie es zugegangen war, und ich kann mir vorstellen, wie stolz Vater war und wie ausgiebig er mit dem Amerikaerbe prahlte.

Damals mieteten wir das Häuschen, wir hatten ein gutes Jahr dort gewohnt, und das erste, was Vater sagte, war, daß er nun, verdammt noch mal, zu Petrus auf der Heide gehen und einen Handel abschließen würde, er wollte die Bruchbude kaufen, mit Grundstück und allem Drum und Dran. Dann würde er aufrüsten, er hatte große Pläne. Neues Dach und neuer Fußboden, das Brenneisen im Herd auswechseln, den Schornstein neu mauern, den Kachelofen hinauswerfen und einen Heizofen einbauen. Vielleicht sollte auch die Dachbodenkammer verkleidet und mit einer Heizmöglichkeit versehen werden, wir waren ja eine große Familie, zu der Zeit wohnten alle zu Hause.

Gesagt, getan. Er ging zum Bauern und erkundigte sich. Ja doch, kein Problem, Pettersson durfte kaufen. Vater kam am ausgemachten Abend mit Zeugen wieder, er hatte Johan Andersson aus Alby und Arvid in der Biege geladen, soweit ich gehört habe. Die Brieftasche war gespickt. Mutter war dabei. Der Kaufmann saß schon da, seine Aufgabe war es, Protokoll zu führen.

Als alles klar und unterschrieben und das Geld übergeben und ordnungsgemäß quittiert war, sagte Vater, vermutlich voll Demut, aber auch voll Stolz, daß Petrus ja nun so nett sein könnte, in den nächsten Tagen mal rüberzukommen und das Land abzustecken und Grenzsteine aufzustellen. Daß das alles seine Richtigkeit und seine Ordnung hätte, was das anbelangt. Also mit dem Grundstück. Grenzen und so.

Armer, dummer Vater!

»Das Land, Pettersson? Pettersson hat doch gar kein Land gekauft. Da war nie die Rede von. Das Häuschen soll er haben, das ist gekauft, aber das Land gehört mir. Das weiß Pettersson doch, daß ein richtiger Bauer kein Land nicht verkauft?« Hahaha. »Nee, nee. Er soll die Hütte nehmen, und die Nebengebäude kriegt er umsonst dazu. Setz deine Kartoffeln und mach, was du willst, aber das Eigentumsrecht am Land, Pettersson, das geb ich niemals her! Das glaub bloß nicht.«

Vater war natürlich kurz davor zu explodieren. Ich sehe direkt vor mir, wie er aufsprang und wie seine Augen funkelten.

»Was sagst du da, zum Teufel?« Das schrie er vermutlich, falls er nicht so wütend war, daß er rot sah und auf HeidePetrus los ging. »Du meinst also, ich soll auf Pachtland wohnen und deine Scholle bestellen und das Haus aufrüsten, bis es dir behagt, mir zu kündigen, und ich verkaufen muß? Das hast du dir fein ausgedacht, du heimtückischer Deubel. Her mit dem Geld, und behalt deine verdammte Bruchbude, ich komm auch so zurecht.«

Es gab ein richtiges Geschrei, hat Mutter gesagt, aber Vater konnte mit den Zähnen knirschen, soviel er wollte, unterschrieben war unterschrieben. Vater mußte sich mit eingezogenem Schwanz trollen. Und dieser Hauskauf wurde natürlich zu einer Legende in der Gemeinde, wie so viele andere Dinge. Was die Renovierung betrifft, die kam nie zustande, es war, als hätte Vater die Lust verlassen, als er auf Pachtland saß. Der Traum war ja nur zur Hälfte in Erfüllung gegangen, nicht einmal das. Das restliche Geld wurde wohl ausgegeben, wenn überhaupt etwas übrigblieb, als Petrus auf der Heide seine große Stunde hatte, dieser siegreiche Abend, an dem Karl Viktor Pettersson, genannt ZehenPelle, mit gehißter Flagge das einzige Geschäft seines Lebens machte und bar bezahlte, direkt über den Tisch, mit Geld aus Amerika, umgetauschten Dollars. Wofür bezahlte? Um auf Pachtland zu wohnen.

Reingelegt wie ZehenPelle, bedrüppelt wie ZehenPelle, wie damals, als ZehenPelle ein Geschäft machte. Hehehe! So sagte man hinterher, es wurde eine gängige Redensart.

ZehenPelle, ja. So wurde Vater genannt. Wir waren ganz einfach ZehenPelles, das war unser Name. ZehenPelles Mädchen. ZehenPelles Frida. Die Zwillinge von ZehenPelle.

So sagte man, vielleicht nicht direkt in Vaters Gesicht, obwohl, manche vielleicht doch. LüttOskar zum Beispiel schreckte nie davor zurück, er war wohl zu einfach gestrickt, um sich über derartige Kleinigkeiten den Kopf zu zerbrechen. »Ach so, du, ZehenPelle«, pflegte er zu sagen, »wird ja langsam Frühling! Ich seh, es ist bald Zeit, mit dem Brennholz anzufangen?« Hihihi.

Er kicherte so schöntuerisch, und dauernd lief ihm die braune Soße von seinem Kautabak aus dem Mundwinkel.

Ansonsten sagte man Pettersson zu Vater, niemals Viktor, nur Verwandte nannten ihn so, und Verwandte sahen wir fast nie. Noch nicht einmal Mutter sagte Viktor, soweit ich mich erinnern kann. Wenn sie mit fremden Leuten über Vater sprach, sagte sie er oder er selbst. Er selbst ist nicht zu Hause, hieß es dann. In unseren vier Wänden war er auch für sie bloß Vater. Im übrigen sprachen sie sowieso nicht viel miteinander.

Sprechen, ja. Das war auch so etwas. Über bestimmte Dinge konnte man vollkommen selbstverständlich sprechen, man fragte und bekam eine Antwort. Andere waren tabu, umzäunt von Schamgefühlen und in ein sündiges Leichentuch gehüllt, durften nie berührt werden. Dieses Regelwerk begriff man schnell. Es war Teil der Erziehung. Man schnupperte, tastete sich vorsichtig heran, wie eine Katze es mit ihren Schnurrhaaren tut oder ein Insekt mit seinen Fühlern. Man lernte, Stimmungen und Bewegungen zu deuten, Gesichtsausdrücke, man schlich sich heran und lauschte, man flatterte herum, verbrannte sich und trat den Rückzug an. Damit verging ein großer Teil der Kindheit.

Wie es dazu gekommen war, daß Vater ZehenPelle genannt wurde, wußte ich, es gehörte zu den Dingen, über die man frei reden konnte. Da es unverschuldet war, mußte man sich dafür nicht schämen, eher im Gegenteil: es war bedauernswert. Man schämte sich trotzdem. ZehenPelle. ZehenPelles. Das klang so dumm, so lächerlich und elend. Es war, als formten sich Vater und wir alle nach dieser Bezeichnung; war man einer der ZehenPelles, hatte man sich danach zu richten und seinen Platz zu kennen.

Was die Entstehung des Namens angeht, die war so offensichtlich, daß alle Erklärungen überflüssig waren. Vater hinkte, er humpelte links, er stützte sich also auf die Außenseite des Fußes und verschob deswegen beim Gehen die Hüfte. Er schwankte ein wenig, bekam eine Hängeschulter und wurde krumm. Das lag daran, daß fast der ganze linke große Zeh fehlte, und ein Teil des zweiten Zehs war auch weg. Er hatte sie sich vor langer Zeit mit der Axt abgehackt, lange bevor ich geboren war, beim Holzfällen. Damals war er Tagelöhner an einem Ort, der Torberga hieß, ein großer schöner Hof, das hatte Mutter erzählt. Er kümmerte sich vor allem um die Pferde, war Vorknecht, sagte sie. Aber im Winter mußten alle Mann in den Wald, und da passierte es. Die Axt glitt ab, und Vater wurde ZehenPelle, das war alles.

Dieser verstümmelte Fuß sah scheußlich aus, er war rot und knotig verheilt, und ich ekelte mich davor, wollte nicht hinschauen, wenn Vater barfuß ging oder auf der Kante der Küchenbank saß und seine Strümpfe wechselte. Dann wandte ich mich ab.

Das Licht kehrte zurück, die Abende wurden länger, Vater stand in der Dämmerung und sägte Brennholz. Die Birkenholzklötze, gelb-weiß und mit aufgesprungener Rinde, wurden einer nach dem anderen auf den Sägebock gelegt und im Kreuz zurechtgerückt. Vater stand in Position, umfaßte den Stahlbügel der Säge weit unten, der rechte Arm zog, die Schulter schob nach, die linke Hand preßte, bereit, den Klotz immer weiterzubewegen. Vier Stücke aus einer Länge von einem Meter, die letzte Kerbe brach er entzwei, stellte die Säge ab, warf die beiden Stücke gleichzeitig weg, sie klapperten auf den Haufen. Beugte sich wieder, nächster Klotz hinauf. Ruhig und regelmäßig erklang der raspelnde Laut, wenn die Säge die Klötze durchschnitt, einen nach dem anderen. Vor und zurück. Raspel – ritze – ritze – ritze – raspel – ritze – ritze – dong. So sang es abendelang um die Säge.

Der Schnee schmolz. Die Kiesfläche vor der Veranda wurde entblößt, die Nässe ließ die Sandkörner graurot schimmern. Der Tretschlitten lag auf der Seite, die Kufen steckten zur Hälfte in der vermodernden Erdkruste. Der Fliederbusch glänzte, aber auf dem Holzplatz breiteten sich die Sägespäne wie eine Decke über dem gräulichen Schnee aus und konservierten den Winter noch für kurze Zeit. Um den Sägebock herum hatte die Mittagssonne tiefe schwarze Eislöcher gedrechselt, der ganze Bock war eingesunken und stand nun schief. Vater war das egal. Er war fertig mit dem Sägen. Nun war abends der Hackklotz dran. Die Rhythmen dort draußen wurden schneller und schroffer: Spalten – brechen – dong. In die Mitte stellen und spalten – brechen – dong! Die Axtschneide blinkte. Das Splittergeräusch. Das Mark. Oh, die schreckliche Axt, sie machte mir solche Angst! Und die Holzscheite lagen aufgerissen da, schamlos und weiß, noch feucht im Innern, solange die Sonnenwärme das ihre nicht getan hatte.

Bei uns zu Hause gab es eine Art Pavillon, der ein bißchen am Rande dessen lag, was wir unsres nannten, obwohl es Pachtland war. Er war als Lusthäuschen gedacht, nehme ich an, ein baufälliger Achtkant mit kaputten Schnitzereien und geflicktem Blechdach, gekrönt von einem halben Wetterhahn. Der Hahn war aus Holz, wurmstichig und schwarz geworden, vom Hintern war das meiste hinuntergefallen, vom Schnabel ebenfalls, und er konnte sich nicht wenden und mit dem Wind drehen, saß einfach nur da mit einem Eisenstäbchen im Rumpf und mußte geduldig in Wind und Wetter ausharren.

»Eines Tages sollte man wohl mal einen richtigen Blechhahn zuschneiden«, sagte Vater und blinzelte in den Sonnenschein. »Das ist eine einfache Sache. Wenn man nur ein geeignetes Stück Blech hat ...«

In der Phantasie konnte man dabeisein, wenn er einen Hahn mit Federkleid und allem Drum und Dran formte und ihn schwarz anmalte, mit einem ausgestanzten Auge, das im Licht blitzte, wenn er sich herumdrehte. Phantasie blieb es auch, und das war schön so.

Welcher Träumer vor Vaters Zeit den Pavillon gebaut und ihn obendrein mit einem Hahn verziert hatte, weiß ich nicht, ich kam gar nicht auf den Gedanken, je danach zu fragen. Der Pavillon war so selbstverständlich, er gehörte zu den vertrauten Dingen, zu unserem Zuhause, er stand, wo er stand und gestanden hatte und stehen sollte, etwas erhöht, links vom Kriechengebüsch und in einem Halbkreis von spärlichen Schneebeeren. Als Spielzimmer wäre er ein Traum gewesen. Im Sommer auch ab und zu als Kaffeestübchen, mit Keksen und Pfefferkuchen auf einem Nickeltablett. Mutter hätte wenigstens ihre Waschwannen dorthin stellen können, dann hätte sie im Herbst nicht draußen in dem Schietwetter schrubben müssen, ohne ein Dach überm Kopf! Aber damit war es nichts. Der Pavillon war Vaters fünf Kubik geweiht.

Der Holzhaufen lag da und trocknete in der Sonne. Vater ging ab und zu die Scheite wenden. Die Nesseln schossen aus der Erde, der Giersch wucherte wild hinter dem Erdkeller. Die alten Stachelbeerbüsche hinterm Plumpsklo wurden kraus und grün, und im Graben entlang des Bauerngrundstücks leuchteten die Sumpfdotterblumen. Ich pflückte Veilchen und stellte sie in einen Eierbecher. Die Buchfinken jubelten, und alles war verschwenderische Üppigkeit.

»Wird jetzt langsam Zeit, das Holz reinzulegen«, sagte Vater. »Es fühlt sich trocken an. Du kannst jetzt anfangen aufzuräumen, Mädchen. Und putzen.«

Jaja. Es war die übliche Geschichte. Einige Bodenlagen des Vorjahresholzes mußten noch übrig sein, wenn wir uns ordentlich und strikt nach Anweisung verhalten hatten. Mit dem Birkenholz mußte man sparsam umgehen. Vater hatte die Aufsicht, inspizierte jede Woche Verbrauch und Vorrat, knauserte, wenn nötig, und ließ die Zügel etwas lockerer, wenn es vertretbar war. Er hatte seine Richtmarken und eigene Rechenmethoden, er wußte genau, wie weit der Vorrat sinken durfte, um für die ganze Zeit auszureichen, mit einem angemessenen Überhang. Fünf Kubik, Himmel, Arsch, das war ganz ordentlich!

Als Alltagsholz und Sommerholz mußten die Schwarten reichen. Die waren zersägt und ein bißchen drunter und drüber im Holzschuppen gestapelt. Die breitesten waren der Länge nach gespalten, aber größtenteils paßten die Stücke in voller Breite durch die Ofenluke. Braun und rauh, mit loser Rinde, wurden sie von Mutter oder mir in der Schürze getragen, in die Holzkiste gekippt und ohne Andacht verbrannt. Mutter mußte dauernd vor dem Herd fegen. Mit dem Birkenholz war das ein ganz anderer Schnack. Das wurde mit Würde behandelt. Es war Feiertagsholz und Brotbackholz, es war für die kälteste Zeit um Weihnachten und im Januar da, wenn der Frost ins Haus biß und die Sohlen unter den Stiefeln schrien, wenn man morgens im Halbdunkel zur Schule ging und Vater den ganzen weiten Weg bis zur Säge zu Fuß gehen mußte, hin und zurück, mit heruntergeklappten Ohrenschützern und wollenen Fäustlingen. Dann stieg von morgens bis abends eine Rauchsäule aus dem Schornstein, durchsichtig, rosaweiß, mit einem schwachen Duft von Birkenholz, und die Eisschicht taute an den Innenseiten der Fensterscheiben, die Herdringe glühten.

Dann seufzte Vater wohlig, wenn er nach Hause kam, nachdem er sich draußen auf der Brücke den Schnee von den Schuhen getrampelt hatte und von der beißenden Kälte in die Wärme gestiefelt war. »O ja, Mutter, wenn man mit Birke heizt, dann kommt man klar!«

An einem Tag im Frühling, wenn die Bachstelzen auf und ab wippten, brachten Mutter und ich gemeinsam den Pavillon in Ordnung. Ich war es, die den Auftrag bekommen hatte, aber Mutter half mit. Sie knotete sich eine Sackschürze um die Taille und zog ihre ollste Strickjacke und ein paar abgeschnittene Gummistiefel über, denn in dem Steinhaufen hinter dem Pavillon konnte es Kreuzottern geben. Ich selbst wurde ungefähr genauso ausstaffiert.

Der üppige Geruch der Kletten und Nesseln umgab uns, das Kriechengestrüpp blühte, und Hummeln und Bienen waren emsig bei der Arbeit, wenn wir mit dem Frühjahrsputz zugange waren und uns abschleppten.

»Trag nicht so schwer, du, Nancy«, sagte Mutter. »Du schwitzt ja. Und paß auf, daß du nicht einbrichst!«

Sie selbst transportierte gehörige Fuhren in der fransigen Schürze, ich belud die Arme, vorne lag ein Stützholz. Ein paar morsche Treppenstufen führten hinunter zum Holzplatz, fünf- bis sechsmal mußten wir bestimmt gehen. Der ganze Pavillon war windschief und verzogen und morsch, im Boden waren große Löcher, die Vater geflickt hatte. Aber der Steinsockel war hoch, daran stapelten wir das Vorjahresholz.

Mutter nahm einen Reisigbesen zum Ausfegen. Der Staub qualmte, Splitter und Späne und dünne Rindenfetzen flogen in alle Richtungen durch die Ritzen und Löcher in dem verschnörkelten Geländer. Asseln, Spinnen und Käfer suchten hastig das Weite.

Es sollte auch gescheuert werden, aber damit nahmen wir es nicht so genau. Die hellgrüne Farbe der Verzierungen war nur noch teilweise vorhanden, abgeblättert und aufgesprungen, es hatte nicht viel Sinn, sich damit abzumühen.

»Mach so ein bißchen huschhusch«, sagte Mutter. »Das merkt er gar nicht. Tu einen Klecks Seife auf die Bürste und wisch einmal oben über die Kante, ich spül dann mit ein paar Eimern Wasser nach! Das läuft dann alles mit runter, Spinnweben und so.«

Die Sonne sengte. Das brüchige alte Bauwerk trocknete

schnell. Ein leichter Seifenduft erfüllte uns mit einem Festtagsgefühl. Ich holte einen kleinen Flickenteppich und legte ihn auf den Boden, es wurde so schön, so schön! Und Mutter kam mit Kaffee und gekauften Mandelkeksen. Der Pavillon war ausnahmsweise ein Lusthäuschen. Wir saßen da und ließen es uns gutgehen, mitten im Vogelgesang, während die Ameisen jagten und mitarbeiteten, so gut sie konnten.

Vater schnurrte richtig, wenn er zwanzig nach fünf von der Säge nach Hause kam. Ja, man konnte beinahe hören, wie es in seiner Brust gurrte, wenn er den Frühjahrsputz und den gestapelten Jahresüberschuß inspizierte und damit zufrieden war. Auch diesmal war es rund gelaufen.

»Jaa, du. Nun also. Nun wollen wir mal sehen ...«

Es dauerte nicht lange, bis das neue Brennholz nach allen Regeln der Kunst eingelagert war. Die olle geteerte Brennholzkarre mit nur noch einem heilen Rad wurde beladen und ein ums andere Mal vom Holzplatz bis an den Fuß der Treppe gezogen. Das letzte Stück durchs Gras war unebener und schräg, da mußte Vater eigenhändig schleppen. Er schwitzte und schuftete. Mußte sich immer wieder aufrichten, stand dann eine halbe Minute und rieb sein Hohlkreuz, dann schneuzte er sich in die Faust, legte eine Prise Kautabak unter die Oberlippe und spuckte nach links, bevor er wieder nach der Deichsel griff.

LüttOskar kam und besah sich die Plackerei ein Weilchen. Stand da und grinste, kurzgewachsen und unrasiert, in seinem zerrissenen Lederpulli, der war schon ganz grün, so alt war der.

LüttOskar logierte bei Ågrens in der Waschküchenkammer, durfte sich auf deren Waschküchenherd sein Essen kochen. Ågrens wohnten ein Stück hinter dem Espengehölz in der gleichen Reihe wie wir. Sie hatten zwei Kühe. Ågren fuhr den Schneepflug. Wir hatten nichts miteinander zu tun, statteten einander keine Besuche ab, um Kaffee trinkend herumzusitzen, doch auch Onkel Ågren kam eines Abends herüber und bewunderte Vaters Birkenholzstapel. Arvid in der Biege hatte zufällig was zu erledigen, und Hugosson kam mit dem Fahrrad den Hügel heruntergeruckelt, er arbeitete in der Säge, genau wie Vater. Aber Brennholz kaufte er nicht.

Mutter brummte: »Nun stehen die da und glotzen! Haben die nichts Besseres zu tun?«

In ihren Worten lag ein Unterton, der mich verunsicherte. Meinte sie, daß sich die Nachbarn über Vater lustig machten? Daß sie sich über das Spektakel amüsierten und hinter seinem Rücken grinsten? Oder war ich die einzige, die überall Schamgespenster sah?

Der Pavillon war achtkantig, und das Dach wurde von acht etwas schiefen Pfosten getragen. Ein durchbrochenes Geländer, einen guten Meter hoch, lief ringsherum, außer an der Seite, wo der Eingang war. An den sieben übrigen schichtete Vater, einen nach dem anderen, seine Holzstapel auf, mit vertikalen Lüftungsspalten in jeder Ecke. Alles war bis auf den Millimeter berechnet. Holzscheit für Holzscheit wurde gewendet und gedreht und zurechtgerückt. War die erste Reihe bis auf die Höhe des Geländers gewachsen, waren verstärkte Sorgfalt und besondere Maßnahmen vonnöten. Dann strich er um den Pavillon, wanderte hierhin und dorthin, durch Modder und über rumpelige Steine. Sah ganz genau hin, strich mit der Handfläche darüber, riß kleine abstehende Splitter und Rindenstreifen ab, die seinen Schönheitssinn störten, und klopfte mit der stumpfen Seite der Axt auf die Enden von hervorstehenden Holzscheiten. Die Außenseite sollte glatt sein wie eine Wand. Wenn es um dieses Brennholz ging, hatte er nicht alle Tassen im Schrank.

Hin und wieder wurden mir gnädig Handlangertätigkeiten anvertraut. Ich wäre gern drum herumgekommen, war aber dennoch stolz, wenn ich ihn zufriedenstellte. Bei solchen Gelegenheiten brummte er wohlwollend, ich reichte ihm Scheit für Scheit, war aufmerksam und genau. In meiner Phantasie war ich eine Sklavin bei den Pyramiden in Ägypten, ich leistete meinen bescheidenen Beitrag zu einem großen Werk, das ich mir nicht vorstellen konnte.

Aus Vaters fünf Kubik wurden drei Reihen, die einmal herum gingen, in den Fugen kreuzweise überlappend, wegen der Belüftung. Die Außenreihe war quer ausgerichtet und mit Stützkreuzen verstrebt, die beiden inneren durften sich etwas weicher runden und an der Oberkante ein ganz kleines bißchen nach hinten lehnen. Die Schande, wenn alles zusammengebrochen wäre – nicht auszudenken!

Wenn das Kunstwerk fertig war, blieb in der Mitte ein Hohlraum, groß genug, damit sich ein Mann mit einem Holzkorb darin umdrehen konnte. Dort war selbstverständlich der kleine Teppich ausgelegt, aber der Hahn auf dem Dach blieb sitzen, auch wenn er nichts Halbes und nichts Ganzes war.

In der zugewachsenen Fliederlaube an der Südseite des Häuschens standen ein zusammengenagelter Tisch und einige wacklige Bänke. Da saß Vater und trank nach getaner Arbeit einen Kaffee mit Schuß. Von dort aus konnte er mit Abstand den Pavillon betrachten, der nun ein Rundhaus mit glatten, dichten Wänden aus sorgfältig abgezirkeltem Brennholz war. Die Mischung aus Kaffee, Zucker und Branntwein erzeugte ein Wohlgefühl auf der Zunge und wärmte die Kehle. Seine Mundwinkel zeigten nach oben und zitterten ein wenig. Er selbst war mit sich zufrieden, aber was sagte Mutter? Nun wollte er gelobt werden.

»Tjaa, das Holz ist unter Dach und Fach! Nicht übel, was? Oder was meinst du, Mutter? Wenn es jetzt noch ordentlich durchlüftet und trocknet, brennt es wunderbar.«

Mutter wollte nicht so recht. Wenn es um Vater ging, wurde sie knickerig. Für sein Getue mit dem Birkenholz hatte sie nicht viel übrig, aber gut war es schon, sicher, so weit ging sie. Jaaa doch. Gewiß. Auf jeden Fall schön, daß man das jetzt erledigt hatte. Und wenn es im nächsten Winter wieder so knackig kalt würde wie in diesem …

Vater war es zufrieden. Er blinzelte in die Sonne, die im Westen tief über dem Horizont lag.

»Nun müßte man nur noch ein bißchen Farbe besorgen und die Bruchbude anmalen«, sagte er. »Dann wäre es richtig hübsch. Und dieser Deubel von einem Hahn, der müßte ausgetauscht werden.«

Es konnte passieren, daß LüttOskar und Arvid in der Biege dann zu einem so günstigen Zeitpunkt hereingeschneit kamen, daß Mutter reingehen und Tassen holen mußte.

»Ja, das lassen die sich natürlich nicht entgehen«, hörte ich sie auf dem Weg in die Küche vor sich hin murmeln. »Das haben die sich doch ausgerechnet, kann ich mir vorstellen!«

Aber dann, wenn sie den Kaffee bis zur richtigen Höhe für den Schuß eingeschenkt hatte, schob sie doch die Zuckerschale hinüber und sagte unendlich wohlwollend: »Bitteschön! Nehmt doch ein Stück Zucker!«

Ich beugte mich hinunter und kratzte umständlich meine frischen Mückenstiche. Aus den Augenwinkeln beobachtete ich alles. Das Blitzen von Onkel Arvids Zähnen. Vaters Gesten, die mit jeder halben Runde, die die Flasche machte, weitschweifiger wurden. Ich merkte, daß LüttOskar, vollgesabbert und halb blöde, mich die ganze Zeit anglotzte. Seine Unterlippe hing, feucht und fleischig. Mir grauste, ich schüttelte mich vor Abscheu. Meine Rundungen wölbten sich unter dem Leibchen, und meine nackten Beine fühlten sich so lang an wie Stelzen, als ich über die Kiesfläche ins Haus zuckelte.

So war wohl das Gefühl im Vorsommer des Jahres, in dem ich dreizehn werden sollte und Doras Tasche hinter der Kommode stehen würde. Und Betty ein Kind erwartete.

Dora, ja. Vaters zweite Leidenschaft. Wie stand es damit?

»Ja, sieh dir Dora an, die ist Vaters Augenstern.«

So sagte Mutter oft. Und wenn sie es sagte, lächelte sie immer, es schimmerte um ihre Augen, und gleichzeitig bekam sie einen zufriedenen, irgendwie satten Zug um den Mund.

Ich dachte nie viel darüber nach, stellte es nicht in Frage, war auch nicht eifersüchtig. Daß Dora geliebt wurde, war eine Selbstverständlichkeit.

Zwischen mir und Dora lagen neun Jahre, oder, genauer gesagt, neun Jahre und ein halbes, ich war im September geboren, Dora im Mai. Sie war die große Schwester, sie war es, die mir nach dem Winter, als ich krank gewesen war, das Lesen und Schreiben beibrachte. Sie las mir auch Märchen vor und schnitt Fotos aus Zeitungen für mich aus, und ich bekam ihre Lesezeichen und nach und nach all ihre Filmstarbilder. Sie wohnte damals, als ich klein war, zu Hause, und als sie mit der Schule fertig war, stand sie bei C. G. Perssons im Laden. Manchmal erhielt ich abends, wenn sie nach Hause kam, Sahnebonbons für eine Öre, und einmal, kann ich mich erinnern, schenkte sie mir Negerküsse. Betty war natürlich eifersüchtig, war es immer gewesen, aber in Wirklichkeit war Dora zu ihr genauso lieb wie zu mir, sie behandelte alle gleich, und sie war immer vergnügt. Muffelte nicht so herum wie diese Betty Boop.

Dora war mein Idol und mein Stolz. Am liebsten hätte man sie in einer kleinen Schachtel aufbewahrt! Dann hätte man sie herausnehmen und vorzeigen können. Sie war so schön. Hatte genau die richtige Größe und Breite. Wenn die Sonne auf ihr Haar schien, funkelte es und wurde beinahe rot mit grünlichen Strähnen, ansonsten war es dunkelbraun, und die Augen waren klar und blau mit hohen schwarzen Brauen. Gerade weiße Zähne hatte sie auch, und glatte feine Haut. Im Sommer bekam sie kleine Sommersprossen, wie ein Band auf der Nase, doch das war einfach nur süß. Betty sagte, sie sähe aus wie Hedy Lamarr, aber ich fand, sie war wie Schneewittchen im Märchen.

Vaters Augenstern? War er ihr gegenüber anders als bei uns übrigen? Vielleicht. Ich weiß nicht. Dachte nicht daran. Nicht damals. Aber natürlich ... Zwischen ihm und uns bestand ein Abstand. Eine Absperrlinie. Wer die gezogen hatte, weiß ich nicht, sie war einfach da. Wir faßten ja Vater niemals an, Betty und ich. Saßen nie auf seinem Schoß und legten die Arme um seinen Hals. Alberten nicht mit ihm herum, wie wir es mit Mutter taten. Die Jungs natürlich auch nicht. Was sie anbelangt, kann ich mich vor allem erinnern, daß er losbrüllte, wenn sie ungezogen waren und sich beim Essen rüpelhaft benahmen. Abends wollte Vater seine Ruhe und seinen Frieden haben, wenn er die Zeitung, die jeden zweiten Tag erschien, unter der Petroleumlampe ausbreitete oder später die Nachrichten im Radio hörte. Mutter legte den Zeigefinger an die Lippen und machte pschscht!, auf diese Weise behandelte sie Vater mit Respekt, sie bediente ihn auch und war manchmal fast ein bißchen ängstlich, das roch man förmlich ...

Aber Dora, die wickelte Vater um den kleinen Finger! Sie konnte jederzeit hereinplatzen, ohne daß er auch nur eine Augenbraue hob. Manchmal nahm sie die Haarbürste, die auf der Kommode lag, und sagte, so Vater, nun würde sie ihm die Sägespäne aus den Haaren bürsten! Sitz mal still! Und es kam vor, daß sie sich mitten in die Küche stellte und mit der Bürste dirigierte, während sie sich mit halbgeschlossenen Augen im Takt wiegte und »Der alte Rappe« oder »Abschied des Maiglöckchens« sang und wollte, daß Vater mitsang, das konnte er ganz gut. Oder sie nahm den Kamm und umwickelte ihn mit einem Stück Seidenpapier und blies darauf, was das Zeug hielt, während Vater summte und glücklich aussah.

»Ja, sieh dir Dora an«, sagte er. »Die ist musikalisch! Wirklich, Mutter! Das ist was anderes, als wenn du so rumpiepst.«

Und dann war da natürlich die Sache mit dem Fuß. Jeden Winter hatte Vater eine Zeitlang eine Art Frostbeulen an seinen abgehackten Zehenstümpfen. Die Strümpfe scheuerten Löcher hinein, und die näßten und brannten, man sah jedenfalls, daß er das Gesicht verzog. Puh! Ich für meinen Teil wendete mich angeekelt ab, ich wollte es nicht sehen. Betty machte es genauso. Dora dagegen hatte keine Angst vor Vaters Leiden. Sie saß abends mit Vaters Fuß auf den Knien vor dem Ofen. Diese abgeschabten Stellen mußten mit Schweinetalg eingerieben werden, glaube ich, und dann mußte eine Mullbinde herumgewickelt werden, bevor für die Nacht der Baumwollstrumpf drübergezogen wurde. Neben ihr auf der Herdplatte stand lauwarmes Wasser in der Waschschüssel, und damit betupfte sie den Fuß, während Vater die Luft anhielt. Ich stand ein Stück entfernt. Ich wollte nicht, aber ich mußte doch hingucken.

Vaters Augenstern. Ja, kein Wunder! Doch ZehenPelles Mädchen war Dora nicht. Er war nicht ihr Vater. Das sagten alle. Das war allgemein bekannt.

»Dora ist nur deine Halbschwester«, ärgerten mich die anderen in der Schule. »Bild dir mal auf die nichts ein! Die ist nur ein Hurenbalg!« Hahaha.

Betty ging damals in die Schule für die Großen, vier Klassen über mir. Entweder hörte sie nicht, was auf dem Schulhof geschrien wurde, oder sie fand vielleicht, daß ich ruhig meinen Teil abkriegen sollte, so wie sie ihren abbekommen hatte. Sie kam mir nicht zu Hilfe. Ich mußte allein mit der rasenden Wut fertig werden, die mich rot sehen ließ. Ich hätte sie alle prügeln können! Keiner, keiner durfte Dora antasten! Sie war die Schönste und Feinste und gehörte mir, mir, mir. Meine große Schwester. Hört ihr das, ihr Bauernlümmel!

Ich weinte, als ich nach Hause kam. Aber das Wort Hurenbalg blieb mir im Halse stecken. Ich wußte nicht genau, was es bedeutete, doch diese Wörter, Hurerei und Hure, die hatte ich schon mal gehört, in einem widerlichen Zusammenhang, und ich begriff, daß es etwas Schlimmes war, über die Lippen brachte ich es nicht. Aber das andere mußte raus.

»Mama! Mama«, schluchzte ich. »Die Kinder in der Schule sagen, daß Dora nicht meine richtige Schwester ist! Sie ist nur eine Halbschwester, sagen sie. Das ist doch nicht wahr, oder?«

»Blödsinn«, sagte Mama und zog mich an sich. »Tja, ja, das hätte man sich denken können«, murmelte sie dann vor sich hin, »irgendwann kommt alles ans Licht. Aber kümmere dich nicht darum, Nancy Lütte! Scheiß einfach auf die. Wenn sie noch mal ankommen und so was sagen, dann hältst du einfach die Nase hoch. Die sind doch nur neidisch auf die feinen Lesezeichen, die Dora dir gegeben hat, das ist der Grund! Denk jetzt nicht mehr daran! Ich mach dir eine Sirupschnitte, dann wird alles wieder gut.«

Ich wischte meine Tränen ab, war aber nicht überzeugt. Ich spürte, daß etwas dahintersteckte, was ich nicht wissen durfte. Spürte auch, daß es nicht ratsam war, Mama noch mehr Fragen zu stellen. Ihr Verhalten signalisierte deutlich, daß ich mich verbotenem Gebiet genähert hatte. Da war die Haltelinie, dünn wie eine Haarsträhne, aber ich fühlte, daß es sie gab. Die Wahrheit mußte ich woanders herausfinden.

Später am Nachmittag, doch bevor Dora von Perssons zurück war, erkundigte ich mich vorsichtig bei Betty.

»Meine Güte«, zischte sie. »das weiß doch jeder! Mutter hatte Dora vorher, das begreifst du ja wohl.«

»Wie, vorher?«

»Zzzzz! Bevor sie mit Vater. Der Vater von Dora ist ein anderer, kapierst du das! Dummes Ding.«

Begreifen? Kapieren? Ein anderer Vater? Nicht Papa? Unser Papa war nicht Doras Papa. Deswegen war sie halb. Nur zur Hälfte eine von uns. Keine richtige Schwester, hatten sie gesagt.

Später, als wir aßen, konnte ich den Blick nicht von Dora abwenden. Ich ging Linie für Linie ihr Gesicht durch, als hätte ich sie noch nie gesehen. Ich suchte die fremden Züge, nehme ich an. Oh, wie schön sie war! Viel schöner als wir. Nicht breitmäulig wie Betty. Nicht so spitznasig wie ich. Mamas Augenbrauen. Aber um den Mund ähnelte sie Papa, fand ich.

Von dem Gestarre wurde ich ganz tolpatschig, ließ beim Pellen die Kartoffel fallen, verschüttete Milch auf die Wachsdecke, so daß Mama mit dem Küchenlappen kommen mußte. Ich war wohl acht. Hatte zum zweitenmal mit der Schule angefangen, nachdem ich krank gewesen war.

»Was ist los mit dir, Nancy?« fragte Dora lächelnd. »Was guckst du mich so an? Stimmt was nicht? Hab ich vielleicht die Windpocken?«

Da schämte ich mich natürlich und senkte den Blick. Betty schwieg zum Glück. Mama schwieg auch. Papa kratzte Margarine auf sein Knäckebrot, biß tüchtig ab und mahlte mit seinen Zähnen, gleichmäßig wie immer. Er sagte nichts. Essen bringt den Mund zum Schweigen. Dora reichte eine gepellte Kartoffel herüber, plumps!, auf meinen Teller.

Mama schenkte mir Milch ein und goß gleichzeitig einen Schluck Sahne auf das Hinterteil des Salzherings, den sie für mich entgrätet hatte. »Iß jetzt, Nancy! Und vergiß das Butterbrot nicht.«

Ich grübelte weiter, bekam aber keine Ordnung in das Ganze. Vielleicht war Dora verzaubert? Eine verzauberte Prinzessin? Das wäre mir am liebsten gewesen, aber ich glaubte nicht daran. Halbschwester hatten sie gesagt. Halb. War es also wie mit Tore, der ein Halbbruder war? Er war Papas Junge, aber nicht Mamas. Wenn Dora auch halb ist, wie ist das dann also? Wenn sie Mamas ist ... Wer ist dann ihr Papa? Woher kommt sie?

Bei uns zu Hause war es so, daß neben dem braunen Gipshund, der auf einem faltigen grasgrünen Oval hockte, und neben dem alten Becher von Großmutter mit der Bärenjagd von Karl dem Zwölften im blaugrauen Craquelé, den Nickelkerzenständern und Mutters kleinem Glaskästchen mit der vergoldeten Brosche und Papas Manschettenknöpfen darin, auch drei Fotografien aufgereiht auf der Anrichte in der Kammer standen. Die mittlere, die in einem gelbbraunen Laubsägerahmen steckte, zeigte Vater in seiner Arbeitskluft, das heißt Kittel, Mütze und Gummistiefel. Er stand genau zwischen zwei Ardennenpferden und hielt sie am Halfter. Die Pferde hießen Disa und Freja, das habe ich gehört, und das Bild war an dem Ort gemacht worden, der Torberga hieß, wo Vater Vorknecht war, bevor er im Wald seine Zehen verlor.

Die Fotografie links davon stellte Dora dar. Sie war geknipst worden, als sie fünfzehn war, sie hatte ziemlich lange Haare und hielt den Kopf schräg, so daß die Haare über ihre Wange fielen, ein bißchen wie eine Gardine, und sich auf die Schulter legten. Sie trug einen Pulli und sah ernst aus, der Blick war träumerisch, genau wie bei einem Filmstar. Ein Filmstarbild, sagten alle. Das Foto hatte ein Nähmaschinenvertreter gemacht, der eines Nachmittags kam, als Dora zu Hause war. Er hatte ein Auto und eine Kamera, und er fand Dora so hübsch, daß er einfach fragen mußte, ob er ein paar Fotos von ihr machen dürfte, sagte er. Sie sollte im Halbschatten stehen, und mit dem Hintergrund war er sehr pingelig, es war eine fürchterliche Ravage, bis er zufrieden war. Wir lachten und waren alle furchtbar albern, Mutter, ich und Betty, als wir herumliefen und nach diesem Hintergrund suchten. Schließlich nahm er die Ecke zwischen Holzschuppen und Lokus, ausgerechnet. Aber dort war das Licht am besten, sagte der Nähmaschinenvertreter. Beim nächstenmal würde er ihr eine Vergrößerung mitbringen, versprach er, und die bekam sie auch. Aber diesmal war Dora nicht zu Hause, und eine Nähmaschine durfte er uns auch nicht verkaufen.

»Ochott«, sagte Mutter, als er von dannen brummte, »nun hat er wohl nicht das erledigt, was er sich vorgenommen hat. Weder das eine noch das andere. Nee, vor solchen Herren muß man sich in acht nehmen! Die haben ihre Absichten!«

Die Fotografie, die rechts von Vater und den Pferden stand, hatte einen merkwürdigen und in meinen Augen sehr schönen Rahmen. Er war aus Schneckenhäusern gefertigt, richtigen Schneckenhäusern, klein und rosaweiß, fein gemeißelt und von Sandkörnern und Wellen in einem fremden Meer gedrechselt. Einige waren spitz und in Spiralen gewunden, aber die meisten waren rund wie umgestülpte, ausgeblichene Heckenrosenblätter. Ganz ganz dicht waren sie auf einen Holzrahmen geleimt, oder vielleicht war es Pappe, er war jedenfalls braun, und das Bild, das er umschloß, zeigte Tore.

Tore war Vaters Junge. Tore war ein Halbbruder, aber nach ihm durfte man fragen. Tore und die Schneckenhäuser waren nicht von Schande umgeben, da gab es keine Haltelinie, die Signale aussendete. Vater war schon einmal verheiratet gewesen, bevor er Mutter heiratete, so einfach war das. Seine erste Frau hieß Amalia. Sie starb an der Spanischen, das war eine Krankheit, die zu der Zeit viele dahinraffte, sagte Mutter. Sterben war keine Schande. Vater blieb allein mit Tore, der war damals knapp zwei. Und Mutter, die als Dienstmädchen auf demselben Hof arbeitete, das war dieses Torberga, zog mit Vater zusammen, obwohl er fünfzehn Jahre älter war.

»So ein armer Kerl kam doch allein gar nicht zurecht«, sagte sie. »Mit dem Essen und allem. Er brauchte ein Frauenzimmer. Und so kam es dann. Daß ich mich um ihn und um das Kind kümmerte.«

»Jaa, und dann bekam ich ja auch bald Dora«, fuhr sie fort, »und dann haben wir geheiratet. Und dann kamt ihr alle, nach und nach.«

Ich zählte an den Fingern ab. Dora. Die Zwillingsjungs. Betty. Und dann ich. Das waren fünf. Obwohl, eigentlich hätten es sechs sein müssen. Es gab auch einen Gustav, aber der war gestorben.

Mama seufzte immer, wenn sie an das Kind dachte, das sie als zweites geboren hatte.

»Ja, Gustav, der arme Kleine, er wurde knapp ein Jahr! Es war Diphtherie, und dagegen gab es kein Mittel. Aaaber ... So ist das eben. Der Mensch hat da nichts mitzureden. Und ihm ist viel erspart geblieben! Damit muß man sich trösten.«

Zu dem traurigen Gespräch über Gustav gehörte lange Zeit eine Frage, die ich einwarf: »Darf ich noch mal die Locke sehen?«

Dann ging sie und zog die kleine Schublade links oben aus der Spiegelkommode und holte eine kleine Schachtel heraus. Bedeckt von einem Stück welkem Seidenpapier, auf einem Bett aus Baumwolle, lagen die Reste einer braunen, vertrockneten Glockenblume, zusammen mit einer Locke. Die Locke war weißgelb und glanzlos, aber am Ende hatte sie sich sanft gerundet, sie lag zusammengerollt auf der Baumwolle, wie eine kleine Katze, die ganz bei sich mit der Tatze auf dem Ohr eingeschlafen ist. Ich berührte sie vorsichtig, vorsichtig mit der äußersten Spitze meiner Zeigefingerkuppe. Erschauderte etwas vor Entsetzen und vor Lust. Eine Locke von einem Toten. Mama hatte sie Gustav abgeschnitten, als er tot war.

Als die Erinnerung an Gustav feierlich gewürdigt und zurückgelegt und die Schublade wieder hineingeschoben war, kam Tore dran, der Sohn von Papa und der ersten Frau Amalia, die an der Spanischen Grippe gestorben war. Obwohl ich das alles schon viele, viele Male gehört hatte, machte mich die Erzählung von dem Jungen, der mich aus dem Schneckenrahmen ansah, dunkel und ernsthaft und mit Matrosenkragen, immer wieder traurig.

»Wie war das damals mit Tore, Mama? Erzähl mal!«

Dann legte sie los, und ich kannte jede Wendung, dennoch sog ich mit großen Augen jedes Wort auf.

»Tja, es war ja so«, sagte sie, »daß Vater einen Bruder hatte, der Emil hieß, und der war bis nach Australien gezogen, als er jung war, und dort geblieben. Aber dann kam er eines Sommers nach Hause und wollte uns besuchen, und seine Frau hatte er mitgebracht. Es schien ihnen gut ergangen zu sein, sie hatten zwei Töchter, aber die waren nicht mit. Diese Frau, die sprach kein einziges verständliches Wort, aber sie war so hin und weg von Tore, ja, von Dora übrigens auch, sie war ja damals zwei und lockig wie ein Kirchenengel! Gustav, der war noch ganz lütt und lag in der Wiege, er war im April geboren, und das war im Sommer. Vater hatte sich im Winter davor in den Fuß gehackt, und es ging uns nicht besonders, soviel steht fest. Du mußt mal Tante Olivia fragen, die kann dir was erzählen. Die weiß Bescheid. Die waren ja auch Tagelöhner und wohnten neben uns, ich erinnere mich, daß wir uns ein paar Kissen von ihr leihen durften, so daß die Weitgereisten wenigstens was unterm Kopf hatten. Ja, ja, es kam jedenfalls so, als sie wieder nach Hause fahren wollten, Emil und seine Frau, da wollten sie Tore mitnehmen. Er würde es so gut bei ihnen haben, sagten sie, und wir lebten ja von der Hand in den Mund, und auch das nur mit Müh und Not. Es dauerte ja lange, bis Vater den Fuß aufstützen konnte, und wir wußten auch nicht, ob wir dort bleiben konnten, und wo wir ansonsten wohnen sollten und so. Wir hatten also nicht viel entgegenzusetzen. Und Emil und Marry waren stur. So hieß sie, die Frau. Aber es fiel Vater schwer, sich zu entscheiden, wenn das mit dem Fuß nicht gewesen wäre ... Jaa, so, wie die Dinge lagen, durften sie den Jungen in Gottes Namen mitnehmen. Er heulte natürlich, als sie abfahren wollten, er schien zu verstehen, obwohl er so klein war. Er sollte im Herbst fünf werden, so klein war er damals ...«

Oh, wie ich über Tores Schicksal nachsinnen konnte!

Lange und gründlich überdachte ich es. Ich sah ihn vor mir, im Matrosenkragen, er stand an der Reling eines großen Schiffes, das aussah wie die Titanic, die ich in der Zeitung gesehen und von der ich gehört hatte, er reichte kaum bis zur Kante, aber er winkte und weinte ... Dann dampfte der Schornstein, ein Pfiff ertönte, und Tore fuhr weit fort über das Meer, und die ganze Zeit winkte er nach Hause und weinte ... *Näher mein Gott zu dir, näher zu diir* ... Von diesem Gesang war das Bild umgeben, und es war so traurig, so traurig, daß man selbst weinen wollte, wenn man daran dachte.

Obwohl – Tores Schiff ging natürlich nicht unter, und das mit dem Matrosenkragen, das hatte ich von dem Foto im schneckenbestreuten Rahmen. Was Tore an dem Tag anhatte, als er abreiste, das wußte ich nicht.

Auf der Fotografie auf der Kammeranrichte war Tore zehn Jahre alt. Es war das einzige Bild, das wir von ihm hatten. In den ersten Jahren waren noch Weihnachtskarten gekommen, sie lagen in derselben Schublade wie die Schachtel mit der Locke vom kleinen Gustav. Die Karten waren schön, mit Wörtern aus Goldbuchstaben, die ich nicht lesen konnte, doch, lesen konnte ich sie, aber nicht sagen, wie sie richtig klangen. MERRY CHRISTMAS AND A HAPPY NEW YEAR. Wie sagte man das? Scheißegal im Grunde! Es gab wohl keinen, der das konnte. Und vergoldete Weihnachtsgrüße aus Australien zu Hause in der Schublade zu haben, das war auch nicht schlecht, es war ein kleiner Trumpf, den man bei Bedarf hervorzaubern konnte.

Es war sicherlich so, daß Tores Schicksal einen starken Eindruck auf mich gemacht hatte. Der Abwesende war, ebenso wie der kleine tote Gustav, phantasieanregender und beständiger als meine beiden Zwillingsbrüder, die mir ziemlich gleichgültig waren.

»Was meinst du, wie es Tore nun wohl geht«, konnte ich viele Jahre lang hier und da fragen, wenn ich friedlich dasaß und Papierfiguren ausschnitt oder einfach die Katze streichelte. »Wieso kommen keine Karten mehr?«

»Tjaa«, sagte Mama«, die haben wohl genug mit sich zu tun da unten. So ist das mit der Zeit. Und Vater war ja selber auch nie ein großer Briefeschreiber. So ist das eben. Außerdem wurde Tore ja richtig adoptiert. Er ist jetzt wie ihr eigener Junge. Und er kann ja auch keine Erinnerung an seinen Vater haben oder etwas mit ihm verbinden.«

Nein, nein. Ich nickte und schürzte die Lippen.

»Übrigens«, fuhr Mama fort, »vielleicht haben die sich da unten so weit hochgearbeitet, daß sie nichts mehr mit dem zu tun haben wollen, was war. Man weiß es nicht. Wenn die Leute nach oben kommen, vergessen sie meistens ganz schnell.«

Als sie meine Verwunderung und Enttäuschung bemerkte, und auch meinen Ärger darüber, konnte sie plötzlich ein strahlendes Lächeln aufsetzen und hinzufügen: »Wer weiß? Eines schönen Tages taucht er vielleicht auf!«

Eines schönen Tages taucht er vielleicht auf. Diese Worte waren eine große Bereicherung für mich. Sie nährten meine Phantasie. Ich phantasierte oft von Tore und seinem Schicksal und besonders von seiner Heimkunft, die ich mir erhoffte. Ich glaube, daß ich jahrelang damit beschäftigt war, unterschiedliche Varianten dieser Phantasien auszuschmücken, jedenfalls bis zu dem Zeitpunkt, als das verhaßte Blut zwischen meinen Beinen hervortrat, möglicherweise etwas länger. Aber in dem Sommer, als Dora und Charlie bei uns zu Besuch waren, da hörten die Träume auf, dessen bin ich mir sicher.

Immer stand Dora im Zentrum, wenn meine Phantasien abliefen. Nie ich selbst. Dora war die Prinzessin. Durch sie und Tore sollte das Wunder geschehen. Märchen und Wirklichkeit vereinigten sich. Denn wenn sie nun eine Halbschwester war, wie die Klatschbasen und Lästermäuler behaupteten, und nicht das Kind von Papa, dann gab es zwischen ihr und Tore kein Hindernis. Dann konnten sie heiraten, wenn Tore nach Hause kam. Dann waren sie nicht verwandt. Denn Verwandte durften nicht in der Art zusammensein, daß Kinder dabei herauskamen, das wußte ich. Die Tochter des Besenbinders, Sara, die hatte mit ihrem eigenen Vater ein Kind, das sagten jedenfalls die Leute. Und das arme Kind war schwachsinnig, saß in irgendeinem Heim und sabberte nur. Aber wenn es nun mit Dora so war, wie alle behaupteten, dann gab es kein Risiko. Dann hatte ich freie Bahn, zu dichten, wie ich wollte.

Ich konnte auf dem Plüschsofa in der Kammer liegen, eine Zeitschrift oder ein Buch in der Hand, und von dem Prinzen lesen, der kam und die Prinzessin holte, oder von der Sekretärin, die ihren Chef heiratete, ganz egal, und plötzlich gerieten meine Gedanken aus der Bahn und zogen ihrer eigenen Wege. Das Buch oder die Zeitschrift sank auf meine Brust. Ohne überhaupt in die Richtung zu gucken, sah ich die ganze Aufstellung auf der Anrichte. In der Mitte Papa in dem verschnörkelten Oval. Tore rechts davon vor dem Großmutterbecher. Links, neben dem Türangelspalt, war Doras weiches Filmstargesicht.

Ich nahm die Brille ab, die Lider fielen herunter, und die Szenerie öffnete sich: Tore kam in einem großen weißen Filmauto mit glänzenden Chromleisten unseren Weg heruntergeschwebt. Es war ein Cadillac, er glitt durch die Gartentür, breit wie ein Schiff. Schnurrte weich über den Holzplatz und hielt lautlos auf der Kiesfläche vor der Brücke. Tore stieg aus, groß und dunkelhaarig, in einem weißen Anzug. Die Sonne leuchtete, der Himmel war hellblau. Dora trat aus der Haustür, sie trug ein geblümtes Kleid. Tore ging auf sie zu, schloß sie in die Arme, wirbelte sie herum. Tore, bist du's? Dora, bist du's? Beide waren so glücklich, sich wiederzusehen! Bei ihrer letzten Begegnung war er vier und sie erst zwei, er hatte einen Matrosenkragen, und sie hatte Korkenzieherlöckchen, genau wie Shirley Temple, und sie hatten einander nie, nie vergessen können. Während der ganzen langen Zeit hatten sie Sehnsucht gehabt. Nun küßten sie sich, tanzten lachend auf dem Kies, und er hob sie in die Höhe.

Dann wechselte die Szene. Es war ihre Hochzeit. Die Veranda war mit Laub geschmückt wie am Mittsommerabend, Dora trug ein langes weißes Kleid. Wie krauser schneeweißer Wiesenkerbel umhüllte der Schleier ihr Haar, es schimmerte rot, mit schmalen grünen Strähnen darin. Der Brautstrauß war aus Rosen, und Tore war so flott, er trug einen Frack, nicht schwarz, sondern hellgrau. Er und Dora lächelten. Und alle waren gekommen! *Alle waren gekommen.* Überall standen sie, machten lange Gesichter und glotzten.

Der ganze Hof war bevölkert. Auf dem Holzplatz, am Sandweg, auf der Kiesfläche standen sie. Um die gelben Rosenbüsche, Bauernpfingstrosen und Mutters kleines Rondell mit Levkojen standen sie. Einige hatten sich auf dem Erdkeller niedergelassen, andere saßen auf den Bänken und auf dem Tisch in der Fliederlaube. Ein halbes Dutzend von ihnen drängte sich auf dem Brunnendach, zwei fanden Platz auf dem Hackklotz, manche saßen auf den Treppenstufen zum Pavillon. Natürlich erklommen sie die Pfosten der Gartentür, einige lehnten auf dem Schleifstein, der an der Wand des Holzschuppens stand. Und eine lange Reihe saß auf dem baufälligen Holzzaun.

Ich konnte sie nach Belieben gruppieren, die Macht lag bei mir, und ich sah ihnen starr in die Augen, einem nach dem anderen.

Selbstverständlich waren alle Zeigefingerkinder aus der Schule zur Stelle. (Was sagt ihr nun, ihr Mistviecher?) Der Lehrer war natürlich da, und die nette Lehrerin auch. Schwester Hedvig war in blau-weißer Uniform gekommen, sehr proper, sie stand neben dem Pastor und Dorfpolizist Nilsson. Selbstredend waren Kaufmann Perssons da, die Frau mit den Ohrenwellen, sie befanden sich in der ersten Reihe, neben ihnen stand PostBerta, und dahinter sah man Herrn und Frau Burvall mit ihren beiden Jungs, geschmückt mit Schulmützen. Aus dem Ort waren Bäcker Westmans eingetroffen. Förster Hansson prangte in Kniebundhose und grünem Tirolerhut, und unter unseren, ja, das heißt unter den Ebereschen von HeidePetrus, standen die Vorstandsknacker der verschiedenen Ausschüsse und brüsteten sich mit ihren Wampen. Der Bethausvorsteher und der Heringshändler thronten gemeinsam mit dem gewieften Nähmaschinenvertreter auf dem Brunnendach, aber Flickschuster Wiik und seine schiefe Alte, die an Rheumatismus litt, hatten sich neben Hugossons gestellt, sie waren Nachbarn. Onkel Ernlund im hellen Kostüm mit Panamahut stand neben seinem Fahrrad und hatte wie immer zittrige Hände. Tante und Onkel Ågren waren aus dem Gehölz bis zu uns geschlüpft, nun hielten sie sich zusammen mit LüttOskar, HühnerEmma, Arvid in der Biege und seiner dicken Maja im Hintergrund. Ihr Pimmeljunge, der eitle Tropf, war natürlich dabei, er und GroßFriedrichs Hugo standen bis zum Kinn in den Nesseln beim Lokus. Zur Stelle waren auch MilchAlbin und Knutte, der immer auf der Ladefläche stand und graublanke Fünfzigliterflaschen weiterreichte. Der Molkereidirektor höchstpersönlich war übrigens mit Frau und beiden Töchtern gekommen, Anna und Kerstin. Und Labergs waren da. Ebenfalls Ejnars aus Hagtä und die Norrbodabauern, die paarweise mit Bergströms gingen. Frau Bergström trug ein Käppchen und eine Kittelschürze.

Es wimmelte und wuselte, sie standen in Reihen, überall Augen, das ganze Dorf und die halbe Gemeinde, zumindest bis zur Kirche, hatte sich bei uns versammelt. Und der alte Holzzaun knackte. Darauf balancierten, mit Birkenzweigen in den Händen und geraden Nacken, die prachtvollen Bethausleute, die den Sonntag ehrten und weder soffen noch fluchten.

Ein wenig für sich stand HeidePetrus im Gras. Er trat von einem Bein aufs andere, während Vater ausstieg. Tore legte Vater den Arm um die Schultern. Der Sonnendunst zitterte. Der Chrom des weißen Cadillacs glänzte. Mutters Zähne glänzten auch, neu und weiß.

Tante Olivia lachte mit ihrem blanken Zahnfleisch, sie war wie eine von uns.

Der Tag der Wiedergutmachung. ZehenPelles Triumph. Unser aller Triumph. Nun sollten sie mal sehen, all jene, die auf uns herabgeguckt und uns verhöhnt und für nichtsnutzig gehalten hatten.

Die Phantasie war herrlich. Der Frosch wurde geküßt. Dora würde es tun, Vaters Augenstern. Und Tore würde über die sieben Meere kommen …

IV

Gwendolyn wurde am vierten Dezember geboren.

Am Tag davor, als ich von der Schule nach Hause kam, sah ich, daß auf dem Weg zu uns hinunter Reifenspuren waren. Es lag noch kein Schnee, aber das Moos im Wald war gepudert und vereist, und der Weg verlief weiß zwischen den Bäumen mit einer hauchdünnen Decke aus knisternden Kristallen. Die Spuren waren deutlich sichtbar, frisch und fremd, mein Herz fing an zu bummern, und ich beschleunigte meinen Schritt. War Betty jetzt dran? War es schon soweit?

Mutter stand mit einem Holzscheit in der Hand gebückt vor dem Herd. Sie war aufgeregt, das sah man, und kratzte und wühlte mit dem Schürhaken in der Glut.

»Jaa, du«, sagte sie, »nun hat sie sich auf den Weg gemacht! Ich mußte losrennen und eine Fahrgelegenheit besorgen, aber zack, zack. Am Vormittag hat sie Wehen gekriegt, die Arme, sie hatte solche Schmerzen. Und dann ging das Fruchtwasser ab, und dann war es eilig!«

Ich starrte sie erschrocken an, auch mit einem Gefühl von leichter Abscheu. Die weiblichen Intimitäten, die so ungewohnt über Mutters Lippen kamen, genierten mich. Das Fruchtwasser ging ab. Was bedeutete das?

»Er hat bei Schwester Hedvig angerufen, Persson, also ist die mitgefahren«, fuhr sie fort, als sie den Rücken aufgerichtet und den Kaffeepott vom Feuer gezogen hatte. »Ansonsten hätte ich natürlich mitkommen müssen. Sie konnte sich ja schließlich nicht allein auf den Weg machen. Das arme Ding. Es war ohnehin schon schwer genug für sie, das erstemal und so. Ich dachte, du könntest so lieb sein und hinfahren, später, wenn wir Kaffee getrunken haben, und bei der Schwester nachfragen, wie es gegangen ist. Wir dürfen kommen, hat sie gesagt. Du kannst vielleicht das Fahrrad nehmen? Wenn es nicht zu kalt ist. Oder zu glatt?«

Mutter hatte alle ihre Kinder zu Hause bekommen, das hatte ich gehört. Mich auch, obwohl ich die Jüngste war und die Zeiten sich langsam änderten. Aber es war nie die Rede von einer Hebamme für Betty gewesen. Sie sollte in die Stadt und dort ins Krankenhaus. Mit dem Kaufmann war alles abgesprochen und mit Schwester Hedvig auch, sie war ein paarmal bei uns gewesen und hatte Betty mit einem Holztrichter abgehört. Beim zweitenmal hatte ich durch den Türspalt gelinst. Betty lag auf dem Rücken auf dem Sofa in der Kammer, ihr Leibchen war hochgezogen, der Bauch wölbte sich aufgeblasen und weiß. Ich zog eine Grimasse. Nie im Leben wollte ich ein Kind und einen solchen Froschbauch bekommen!

In den letzten Wochen, bevor es für Betty soweit war, mußte ich in das Ausziehbett vor dem Herd ziehen, wir hatten es wieder vom Dachboden gezerrt. Für mich war es eine Erleichterung, das muß ich sagen. Es war nicht mehr lustig, da mit Betty so eng auf dem Sofa zu liegen, ihre Schnaufer und das Gejammer über ihren Rücken zu hören und zu sehen, wie schwerfällig sie sich auf den Topf hockte. Sie ekelte mich und machte mir auch ein bißchen angst, das da in ihrem Bauch bewegte sich und lebte, und wenn wir dort nebeneinander im Dunkeln lagen, war mir die ganze Zeit bewußt, daß wir zu dritt waren. Daß Betty mich ihrerseits nicht leiden konnte und kaum gestattete, daß ich überhaupt existierte, machte die Sache nicht besser. Und außerdem war ja noch etwas anderes geschehen, das in der Frage des Ausziehbettes zum entscheidenden Punkt wurde: Åke Lindén, BrotÅke, war aufgetaucht! Er hatte sogar ein paarmal drinnen in der Kammer übernachtet.

Ich weiß nicht, ob Betty und dieser Åke miteinander Kontakt gehabt hatten, seit Betty im Oktober wieder zu Hause eingezogen war. Sein Name wurde bei uns nie erwähnt, Vater brummte bloß hin und wieder »dieser Rotzbengel« und ähnliches, vor allem am Anfang übrigens. Mutter sagte gar nichts. Inwieweit sie und Betty unter vier Augen miteinander sprachen und Pläne schmiedeten, wenn ich nicht zu Hause war und zuhörte, kann ich natürlich nicht wissen. Vermutlich geschah so einiges ohne meine Oberaufsicht und meine Richtersprüche. Ich hatte damals jedenfalls keine Briefe an oder von Betty überbracht, und soweit ich weiß, waren auch im ganzen Herbst keine Telefongespräche beim Kaufmann angekommen. Dort riefen die Leute ja an, wenn einer was von uns wollte, und wir mußten dorthin gehen und das Telefon für zehn Öre oder zwanzig ausleihen, wenn es unumgänglich und notwendig war, und das war es im Grunde nie. Onkel Henrik rief an, als Tante Agda gestorben war, doch das waren bloß Sperenzchen, fand Vater, da ja später ohnehin eine Todesanzeige mit schwarzem Rand auf dem Kuvert kam. Dora hatte natürlich auch mal angerufen, ansonsten niemand. Vielleicht hatte MilchAlbin als Bote zwischen Betty und Åke Lindén gedient, er fuhr ja an einigen Tagen in der Woche Milch in den Ort, und er und dieser Åke arbeiteten sozusagen in derselben Branche, der eine fuhr Milch aus, der andere Brot. Wie dem auch sei, BrotÅke kam.

Wir waren gerade mit dem Essen fertig und hatten das schmutzige Geschirr abgeräumt. Es war ein ganz normaler Abend. Die Petroleumlampe hing von ihrem Haken an der Decke herab, wir saßen alle zusammen in dem gelben Kreis.

Es muß so gegen sechs, halb sieben gewesen sein. Pechschwarz draußen. Vater las die Zeitung, ich machte meine Hausaufgaben, Betty war damit beschäftigt, einen alten Pulli aufzuribbeln und das lockige Garn um einen Papierklumpen zu wickeln. Mutter stopfte natürlich, das war ihre ewige Abendarbeit.

Da hellte es sich draußen plötzlich auf. Zwei Lichtkegel tasteten sich langsam hinunter über den Holzplatz, dann knirschte es im hartgefrorenen Kies vor der Brücke.

»Himmel, Arsch, was ist denn nun los? Kommt da ein Auto?«

Vater beugte sich vor, schirmte die Augen mit der Handfläche ab und versuchte, durchs Fenster zu spähen. Wir saßen alle gespannt da. Wer konnte das sein? Daß Autos zu uns herunterkamen, war eine Seltenheit von großem Ausmaß, fast ein bißchen beängstigend, besonders um diese Uhrzeit.

Es dauerte eine ganze Weile, dann hörte man Stampfen und Kratzen draußen auf der Brücke, jemand säuberte lange und gründlich seine Füße, die Haustür knarrte, wurde geöffnet und hinterm Rücken geschlossen von einem, der nun im stockdusteren Hausflur stand. Der offensichtlich zögerte. Mußte sich wohl vorantasten, um den Weg zu finden, falls er keine Taschenlampe hatte, natürlich. Wir saßen alle zusammen um den Tisch und reckten die Hälse und richteten unsere Blicke auf die Tür. Teufel noch eins, um diese Zeit! Wer kam *um diese Zeit* zu uns? Und im Auto? Endlich hörte man ein vorsichtiges Klopfen.

»Ja, bitte! Herein!« Das war Mutters Stimme.

Die Klinke wurde hinuntergedrückt, vorsichtig, und dann stand er da, auf der Linoleumkante direkt vor der Schwelle. Åke Lindén. Der Rotzbengel. Der gnädige Herr. BrotÅke genannt, und was weiß ich nicht alles.

Aus Bettys Benehmen schloß ich, daß er es war, ansonsten

hätte ich es tatsächlich nicht geglaubt. Er sah ja aus wie ein Bubi! Und der hatte Betty Boop geschwängert? Es war zum Lachen!

Mutter sagte später oftmals: »Uiuiui, Junge, was hast du ängstlich und verloren ausgesehen, als du das erste Mal hierhergekommen bist! Du standst vor der Tür, als hättest du Schiß in der Büx, du Armer!« Vielleicht war es diese Hilflosigkeit, die dazu führte, daß sie ihn sofort in ihr Herz schloß, ein für allemal.

Er war kein bißchen größer als Betty, und auch kaum älter, neunzehn Jahre, fast zwanzig, stellte sich heraus. Er trug eine dunkle Hose, eine graue Jacke und eine Mütze, und er hatte sich ein kariertes Halstuch über den Kragen gewickelt. In der Hand hielt er eine Papiertüte. Wir starrten ihn an, während er sich die Mütze vom Kopf riß und zu der Tüte neben sich auf den Fußboden legte, er wußte wohl nicht, wo er mit den Sachen hinsollte, und mit sich selbst auch nicht. Danach kam er langsam zum Tisch und gab uns die Hand, einem nach dem anderen, ohne ein Wort zu sagen und ohne zu wagen, uns ins Gesicht zu sehen. Die Hand war feucht und weich wie ein Pilz, fühlte ich, als ich an der Reihe war. Er fing mit Mutter an, danach kam Vater dran, der nicht allzu gnädig aussah, und zuletzt ich.

Betty war sofort aufgestanden, als er kam, und in die Kammer gerannt und hatte die Tür hinter sich zugeknallt. Der Pulli blieb auf ihrem Stuhl liegen, und das Knäuel war auf den Boden gefallen, wo die Katze es sofort schnappte und anfing, es herumzurollen und sich darin zu verfangen, sie sprang zwischen unseren Beinen hin und her wie ein wildes Tier. Und das war das Beste, was hätte passieren können. Es löste die Spannung auf und bot uns eine Möglichkeit, unser Interesse umzulenken und auf die Katze zu richten. Mutter und ich wurden auf einmal übertrieben geschäftig, brachten den Pulli auf dem Tisch in Sicherheit, verrückten Stühle und versuchten, die Wolle zu entwirren. Dabei jammerten wir die ganze Zeit und machten ein Theater: Bist du verrückt, was machst du denn, du kleine Miezekatze? Das geht doch nicht! Sei vorsichtig mit Bettys Garn!

Sogar Vaters Gesicht verzog sich zu einem Grinsen, er hatte eine Schwäche für Kohlchen, wie diese junge Katze hieß, die die Nachfolgerin des alten Grauchens war. (Den Namen hatte sie, weil sie so »kohlrabenpechschwarz« war, wie Mutter zu sagen pflegte.)

Nun war es nicht mehr nötig, sich vorzustellen. Wir wußten alle, wer wir waren und worum es ging.

Mutter sagte ohne Umschweife: »Geh du einfach zu ihr in die Kammer, ich setz Kaffee auf!«

Aus der Tüte an der Tür kam ein schwacher, aber unverkennbarer Duft von Hirschhornsalz.

Ich muß bei der Wahrheit bleiben und sagen, wie es war: Ich mochte Gwendolyn nicht.

Ihr Gesicht war rot und schuppig, ihre Backen waren dick wie bei einem alten Propst und hingen auf den faltigen Hals und den runden Sabberlatz aus gefältelter weißer Spitze hinunter. Die Augen waren beinahe ständig zusammengekniffen, und wenn sie ab und zu guckte, war ihr Blick durchsichtig und farblos. Das ganze Häuschen roch anders, seit sie da war. Wenn man nachmittags mit frischer kühler Luft in den Nasenlöchern und Lungen von der Schule nach Hause kam, schlug es einem entgegen, sobald man die Tür aufmachte. Jeden Tag kochte Mutter Stoffetzen in einem Kessel auf dem Herd, es entstand eine schwüle Mischung aus übergekochter Flüssigkeit und Pisse. Es roch süß, und es roch sauer nach eingetrockneter Milch und ausgespülten Windeln, die in einer Reihe auf der Leine über dem Herd hingen.

Mutter hatte im voraus den alten Spankorb zurechtgemacht und ringsherum ausgekleidet. Sie hatte ein paar kleingeblümte Gardinen zerschnitten, die hingen früher vor dem Fenster in der Dachkammer und waren ausgeblichen und zerschlissen, aber sie hatte die besten Stücke zusammengenäht und an der Kante einen Volant angebracht, so daß es richtig hübsch aussah. Mutter war geschickt und erfinderisch. Lieber brotlos als ratlos, sagte sie und sah zufrieden aus. Auf dem Boden des Korbs lag ein längliches Kissen mit einem Stück Wachstuch darüber, und dazu hatten Mutter und Betty kleine Laken aus unseren alten genäht, die in der Mitte abgenutzt waren, an deren Rändern es aber Stücke gab, die man noch verwenden konnte. Wir für unseren Teil hatten nie Bettlaken, aber Gwendolyn sollte natürlich welche haben, sogar mit Spitzen, die Mutter von einem alten Kopfkissenbezug von Großmutter abgetrennt hatte.

Am liebsten war ich nicht in der Nähe, wenn Betty Gwendolyn stillte. Aber solange Vater nicht zu Hause war, setzte sie sich immer auf einen Hocker vor dem Herd und thronte dort mit aufgeknöpfter Bluse, kein bißchen schamhaft. Die Brust quoll heraus, blaugeädert und schwer mit einem bräunlichen Rand um die rosige Warze. Es sah abstoßend aus, fand ich, genau wie das Euter einer Kuh, aber das Balg gluckerte und saugte, und Betty klemmte die Warze mit den Fingern ein und wackelte damit, wie Mutter es ihr beigebracht hatte.

»Heiteitei, so eine tüchtige lüttje Deern! Trinkt so brav! Nun wollen wir mal hören, ob sie auch ein Bäuerchen machen kann!«

Mutter stand daneben und brabbelte die ganze Zeit. Wenn das Säugen beendet war, nahm sie Betty Gwendolyn ab. Sie hob sie vor ihr Gesicht und rollte das Bündel zwischen ihren Händen. Dann klopfte sie mehrmals mit der Handfläche hintendrauf. »Heiteitei! Braves Mädchen! Nun zeig es Großmutter mal!«

Wenn der Rülpser kam und gegorene Milch aus dem

Mundwinkel rann, war Mutter überglücklich. Genauso, wenn es in der Windel donnerte.

»Nimm sie mal ein bißchen, Nancy«, sagte sie. »Setz dich und halt sie eine Weile!«

Dann erstarrte ich. Wie eine Statue saß ich pflichtschuldigst mit dem Bündel auf den steifen Armen, mein Blick war flehend: Nimm sie wieder! Ich konnte doch Kohlchen liebkosen und zärtlich mit ihr schmusen, hatte sie unter meiner Decke, flüsterte in ihr Ohr und erschauerte glückselig, wenn sie mit ihrer rosigen rauhen Zunge mein Kinn abschleckte, ich lächelte doch, wenn sie schnurrte ... Warum konnte ich nicht? Warum stieß es mich ab?

Gwendolyn hieß Siv Gwendolyn. Sie war im Entbindungsheim getauft worden, die Sache war also beschlossen, als sie nach Hause kam, und es war nichts mehr daran zu ändern.

»Was ist denn das für ein Name für ein Kind?« fragte Vater. »Was? So würde man doch nicht mal ein Pferd nennen!«

»Siv, das ist süß«, sagte Mutter. »Können wir sie nicht Siv nennen?«

Aber Betty blieb stur. Gwendolyn hieß Gwendolyn, und damit basta! Wo sie den Namen herhatte, weiß ich nicht, das kam nie heraus. Sie hatte ihn vermutlich in einer Zeitschrift gefunden, einen Filmstar, der so hieß, gab es nicht, soweit ich wußte.

Ansonsten hatten wir ja alle ordentliche Namen, auch wenn wir unter der gemeinsamen Bezeichnung ZehenPelles liefen. Vater hieß Karl Viktor, Mutter hieß Elfrida Josefina, wurde aber Frida genannt. (Dieser Charlie war mit Sicherheit der einzige, der Elfrida gesagt hatte. Nein, der Pastor vielleicht auch.) Dann gab es Dora Kristina, Karl Börje und Karl Lennart, Gustav, der tot war, hatte auch Karl geheißen. Betty hieß Betty Margareta, und ich hieß Nancy Victoria.

Einmal, als der Pastor zur Inspektion in der Schule war,

blieb er vor mir stehen und guckte ins Klassenbuch und sagte: »Ach so? Nancy Viktoria, so heißt du. Schöner Name. Weißt du, was Viktoria bedeutet, mein Mädchen?«

Ich schüttelte natürlich den Kopf und sah zu Boden.

»Es bedeutet *Sieg*«, sagte der Pastor. »Vergiß das nicht!«

Mann, was wurde ich später damit gehänselt! Viktoria Sieg! Die siegreiche Viktoria! Jetzt bist du eingebildet, was? Du glaubst wohl, du bist wer, *mein Mädchen*? ZehenPelles Viktoria! Schöner Name! Hahaha!

Das war damals. Nun wurde ich wegen Gwendolyn gehänselt. Heißt Bettys Balg etwa Gwendolyn? Sagtest du *Gwendolyn*? Was ist das denn für ein Name?

Åke und Betty, die zogen sich aus.
Als Åke ihn reinschob, kam Gwendolyn raus!

Aber nun, ihr Miststücke, war ich nicht mehr so zimperlich! Ich machte GroßFriedrichs Hugo und Ingvar und den ganzen Haufen zur Schnecke und zog sie an den Haaren und trat ihnen vor die Schienbeine. Kommt bloß her! In dem Augenblick spürte ich deutlich, daß auch die fette Gwendolyn eine von uns war. Sie sollten es nur wagen, sie würden schon sehen!

Barbro und Kerstin wollten natürlich mit nach Hause kommen und das Baby angucken, sagten sie. Aber ich versuchte, mich herauszuwinden. Ich wollte sie nicht drinnen bei uns haben, jetzt, wo alles so unordentlich war und roch und Mutter sich die ganze Zeit so albern aufführte.

»Sie ist noch so klein«, sagte ich. »Sie kann sich anstecken, falls ihr erkältet seid. Es ist besser, noch ein bißchen abzuwarten.«

Aber die Tanten waren nicht zu bremsen. Sie tauchten eine nach der anderen auf, manche kamen, wenn ich zu Hause war, manche kamen zu einer anderen Zeit. Selma aus Hagtä und Tante Laberg waren die ersten. Tante Ågren, die am nächsten wohnte, guckte an einem der folgenden Tage herein, und Maja im Winkel und Arvid kamen alle beide, Arvid war ja aufgrund der Schwindsucht zu Hause. Klara Hugosson kam auch und schob den Tretschlitten vor sich her. Sogar die Norrbodabäuerin machte einen Besuch, sie brachte Biestmilch mit, und die Bergströmsche wollte ihr wohl nicht nachstehen, also brachte sie selbstgemachte Wurst mit.

Nun war alles eitel Sonnenschein und Wohlgefallen. Alle Andeutungen und Sticheleien waren wie weggeblasen. Die Lütte sah so brav aus, sagten sie. Dick und prächtig. Kräftig im Rücken. Der kleine Berg von Windeln und Westen und Hemdchen und Pullis auf dem Tisch in der Kammer gewann an Umfang. Alle brachten etwas mit. Wenn sie sonst nichts anderes hatten, kamen sie zumindest mit diesen ewigen Fetzen, ausgeschnitten aus weichgescheuerten Laken, ringsherum mit rotem Baumwollgarn gesäumt.

»Nichts Besonderes«, sagten sie, »altes vergilbtes Zeug. Aber man kann es bestimmt waschen ...«

Mutter lobte und bedankte sich überschwenglich, ganz so, als wäre Gwendolyn ihr eigenes Kind.

»Das ist doch viel zuviel«, sagte sie. »Uiuiui! So, Betty, nun hast du was für die Lütte! Weich und niedlich ...«

Betty saß meistens schweigend da. Was sollte sie auch sagen?

Für jeden, der kam, mußte Mutter Kaffee kochen, wir hatten einen regen Verbrauch an Bohnen und Brötchen.

»Tu mir die Liebe, und stipp auch schön ein«, sagte Mutter und schenkte die Tasse voll, aber hinterher waren die Urteile gemischt.

Manchen traute sie einfach nicht. »Die stecken überall ihre Nase rein! Wollen mal nachgucken. Hatten angeblich was zu erledigen. Die wollen doch nur wissen, ob es hier sauber genug ist für das Kind.« So konnte es lauten.

Eine veranstaltete einen richtigen Kontrollbesuch, wenn auch in bester Absicht. Das war Schwester Hedvig. Es war ihre Aufgabe, in der Anfangszeit sowohl nach dem Kind als auch nach der Mutter zu sehen, zumal das Kind außerehelich und die Mutter minderjährig war, nicht älter als siebzehn, und der Kindsvater zwar bekannt, aber auch keine große Stütze, wenn man sein geringes Alter und die begrenzten Versorgungsmöglichkeiten bedachte. Der Vorsitzende des Jugendamts, Andersson aus Bäckbol, würde natürlich mit der Zeit angestiefelt kommen, darauf war Mutter gefaßt, aber vorläufig war die Distriktskrankenschwester diejenige, die Kommune und Oberhoheit repräsentierte.

Als Betty im Entbindungsheim lag, war es richtig Winter geworden. Zuerst fiel eine ganze Nacht und einen ganzen Vormittag lang reichlich Schnee, in der Nacht darauf fror es plötzlich und wurde mächtig kalt, der Schnee blieb liegen, und die Temperatur hielt sich bei ungefähr fünfzehn Minusgraden.

Åke hatte die Erlaubnis bekommen, an dem Tag, als Betty abgeholt werden sollte, ein paar Stunden freizunehmen, und außerdem durfte er sich das Bäckerauto leihen. Die Westmansche mußte trotz allem ihre guten Seiten haben, entgegen Bettys Klagen, denn als Åke auf dem Weg vom Ort in die Stadt und zum Krankenhaus bei uns vorbeikam, hatte er eine große Sahnetorte mit Grüßen und Glückwünschen von Bäcker Westman und Frau dabei. Mutter machte sich Sorgen wegen der Kälte, der kleine graue Kastenwagen war kalt und zugig, und sie gab Åke eine Wolldecke und ein Federbett mit, damit er was hatte, um Betty und das neue kleine Leben einzuwickeln.

Zwei Tage nach der Heimkunft kam Schwester Hedvig zwischen den Schneewehen anmarschiert, ausstaffiert mit Schwesternmantel, Winterstiefeln, Wollsocken und einer alten Fellmütze mit Ohrenklappen. Sie war ein kräftiges Frauenzimmer, grauhaarig und barsch, aber der allgemeinen Meinung nach hatte sie ein Herz aus Gold.

Sogar Mutter stand ohne ihre üblichen Vorbehalte hinter Schwester Hedvig. »Auf die kann man sich jedenfalls verlassen«, sagte sie. »Die rennt nicht los und zerreißt sich das Maul wie die anderen Weiber.«

Schwester Hedvig war im großen und ganzen zufrieden, nachdem sie Betty und Gwendolyn inspiziert hatte. Da war nur eine Sache, die sie betrübte. Sie sah sich in der Kammer um, und ihr Blick blieb an dem eiskalten weißen Kachelofen mit seiner grünspanfarbenen verschlossenen Messingluke hängen.

Mutter schämte sich, das war offensichtlich, als sie erklärte, wie es mit dem Spalt hinten zur Mauer stand, sie hatte sich ja auch gedacht, er selbst, also Pettersson, müßte da mal was machen. Aber ... Es ... Ja ... Man war nicht dazu gekommen.

Schwester Hedvig nickte. Sie war schon einmal bei uns zu Hause gewesen, vor mehreren Jahren, zu der Zeit, als ich krank war. Damals konnte man auch nicht mit dem Kachelofen heizen. Falls sie sich daran erinnerte, sagte sie es jedenfalls nicht. Zog sich bloß den Mantel an und lehnte dankend den Schluck Kaffee ab, mit dem Mutter versuchte, das Ganze etwas besser zu machen.

Am nächsten Tag kam sie allerdings wieder, und da saß sie auf einem Schlitten, der vom Knecht des Pfarrhauspächters gefahren wurde. Er mußte ihr helfen, einen alten geschwärzten Heizofen aus Blech und eine reelle Kanne Petroleum hineinzutragen, die vor dem Kachelofen in der Kammer plaziert wurden.

»Den hier könnt ihr über den Winter leihen«, sagte Schwester Hedvig. »Er riecht vielleicht ein bißchen, aber besser so, als wenn ihr friert.« Dann zeigte sie Mutter, wie sie es anstellen mußte, um Petroleum nachzufüllen und den Docht anzuzünden. Die Flamme wurde bläulich, und das war vollkommen richtig, so sollte es sein. Der Zug war ganz wichtig, es durfte nicht rußen, sagte Schwester Hedvig, sonst würde alles schwarz werden, Gardinen und so. Und dann mußte man natürlich aufpassen, daß es nicht qualmte. Aber wenn man vorsichtig war, dann ginge es gut.

Ich weiß nicht genau, was Mutter für ein Gefühl bei diesem Blechkasten hatte, ich glaube nicht, daß sie sonderlich begeistert war, obwohl sie sich vielmals für die Freundlichkeit bedankte.

»Nachts können wir ihn ja ausmachen«, sagte sie, als Schwester Hedvig mit dem Pfarrhausknecht abgefahren war. »Wegen der Sicherheit. Sonst traut man sich doch nicht zu schlafen. Wenn es sich tagsüber ordentlich aufheizt, dann ...«

Vaters Meinung erfuhren wir schnell genug. Als er von der Säge zurück war, kam er nicht weiter als durch die Tür, als er sich schon kerzengerade aufstellte und nach rechts und links schnupperte. Er blickte zur Lampe, die über dem Tisch hing, sie leuchtete ruhig und klar. »Verdammt noch mal, stinkt das hier nach Petroleum?«

Da mußte Mutter es ihm so schonend wie möglich beibringen. Von Schwester Hedvig berichten. Den Heizofen und die Kanne Petroleum vorzeigen. Glätten. Abmildern. Sagen, daß es immerhin nett gemeint war. Und in der Kammer war es manchmal kalt. Das war es.

Doch da explodierte Vater. »Kann ich nicht selbst für meine Kinder heizen? Was? Ich bin ja wohl der Herr in meinem eigenen Haus? Das ist mein Haus, auch wenn diese Bonzen es so gedreht haben, daß ich auf Pachtland sitze! Himmel, Arsch und Wolkenbruch, hab ich kein Birkenholz? Ich werd hier so heizen, daß ihr ohne diesen Schietkram zurechtkommt! Das Ungetüm muß weg, und zwar morgen! Soll das etwa gesund sein, ein kleines Kind in so einem Qualm? Die Großmäuler sollen sich damit den Arsch abwischen, sollen die. Ich nehm keine Armenhilfe an, das werd ich denen schon noch begreiflich machen. Ich hab es nie getan, und ich werde es auch niemals tun!«

Warum sagte Mutter das, was sie nun sagte? Warum? Es war so unnötig. »O doch«, sagte sie. »Das hast du wohl. Es gab schon Zeiten, da hatten wir keine Schuhe für die Kinder. Da mußten wir uns helfen lassen.«

»Das hatte hiermit nichts zu tun«, antwortete Vater. »Das brauchst du nicht hervorzukramen. Da hatte ich mir in den Fuß gehackt und hatte keine Arbeit. Das war was anderes. Recht und billig. Aber jetzt, wo man jeden Tag im Schweiße seines Angesichts schuftet, muß man ja wohl keine Almosen annehmen. Her mit dem Holzkorb! Nun sollst du es warm haben!«

Mit diesen Worten stapfte er wieder zur Tür, seine Hüfte war verdreht, er war schiefer als gewöhnlich. Mutter war rot im Gesicht. Betty und ich drückten uns an die Wand. Gwendolyn schrie.

Ich quälte mich in dieser Nacht im Ausziehbett, das einen Meter vom Herd entfernt stand. Es war so warm, daß ich beinahe erstickte. Vater schleppte eine Ladung nach der anderen herein und heizte tüchtig ein. Die Ringe glühten. Die Kammertür stand weit offen. Und Mutter schwieg. Sie wußte, daß es sich nicht lohnte, etwas zu sagen, wenn er so schlecht gelaunt war. Die Grützwurst der Bergströmschen hatte er nicht einmal angerührt, obwohl es dazu Salzkartoffeln und gekochte Rüben gab.

Wie dann der Übergang kam, weiß ich nicht. Vaters Heizeifer nahm wohl nach und nach gemäßigtere Formen an, als der größte Zorn verraucht war. Der Petroleumofen durfte auf jeden Fall den ganzen Winter über dort bleiben, wo er stand. Ob es vormittags darin zischte, weiß ich nicht, aber es ist gut möglich. Zumindest schaffte es Mutter, ordentlich zu lüften, bevor Vater nach Hause kam. Solange Åke im Bett lag und die

Kammertür geschlossen war, glaube ich jedenfalls, daß der Ofen lief, man roch es ja auch, aber sicher weiß ich es nicht. Es wurde nicht mehr darüber gesprochen. War auch gut so.

Weihnachten näherte sich, es waren nur noch knapp vierzehn Tage, und alles ging drunter und drüber. Mutter bekam langsam Panik, das merkte man.

Sie rang die Hände und strich sich unablässig über die Schürze, wuselte von einer Sache zur anderen. »Ich werde noch verrückt«, sagte sie. »Wie sollen wir das bloß alles schaffen?«

Dies war die eine Frage, die man hier und da und eigentlich jederzeit aus sich heraus und an die Wände schleudern konnte, da sie zwar als Besorgnis zu verstehen war, jedoch auch die gewohnte, im Grunde genommen lustvolle Hektik ausdrückte, die zu Weihnachten gehörte. Die andere Frage dagegen, die nie gestellt werden durfte, schon allein aus Rücksicht auf Betty, die der Anlaß für so viele zusätzliche Einladungen zu Kaffee und Kuchen und für Einkäufe von Flanellstücken und Spitze und Druckknöpfen und Borten gewesen war, von dem Krankenhausbesuch ganz zu schweigen, war vermutlich viel schwieriger zu beantworten: Wie sollen wir es bloß anstellen? Wird das Geld reichen?

Die Jungs würden nach Hause kommen, das betrachteten wir als selbstverständlich, obwohl sie weder geschrieben noch angerufen hatten. Åke Lindén würde Heiligabend eintreffen und hatte wohl vor, über die Weihnachtstage zu bleiben, da in der Zeit kein Brot ausgefahren wurde. Aber Dora und dieser Charlie, würden sie kommen? Wir hatten nun schon eine ganze Weile nichts von Dora gehört, abgesehen von einer Glückwunschkarte an Betty, die eines Tages, nachdem sie mit Gwendolyn aus dem Entbindungsheim zurückgekehrt war, abgegeben wurde. Ich war im übrigen diejenige gewesen, die ihr geschrieben und von der Niederkunft erzählt hatte.

»Wo sollen wir denn alle schlafen«, überlegte ich, »wenn alle kommen?«

Mutter war gerade dabei, das Papier auf den Regalbrettern im Küchenbüfett auszuwechseln. Sie hatte eine Reißzwecke zwischen den Lippen, als sie antwortete. »Ja, ja«, sagte sie. »Es wird schon irgendwie gehen. Wir müssen wohl Geschwisterbetten machen!« (Das bedeutete Fußboden.) »Kommt Zeit, kommt Rat.« Aber bekümmert war sie doch, das sah ich. Ihr Gesicht, das so warm und rosig aussehen konnte, wenn sie Gwendolyn bis zu den Dachbalken hob und mit beiden Augen und dem Mund strahlte, ohne Vorbehalte wegen ihrer häßlichen Stummelzähne, war nun eingefallen und sorgengrau.

Ich hatte Mitleid mit ihr, jawohl, das hatte ich, und versuchte, ihr zu helfen, so gut ich konnte.

In der linken Schublade des Küchenschranks, wo Vater unter anderem sein Rasierzeug, die Kautabakdose, den Wehrpaß, die Arbeitszeugnisse und die alte fleckige Konfirmationsbibel hatte, die wahrlich nicht von der Benutzung fleckig geworden war, sondern weil einmal eine Blumenvase, die oben auf dem Schrank gestanden hatte, heruntergefallen war, als Vater kräftig an einer verkanteten Schublade gezogen hatte, dort lag auch eine alte, von einem Gummiband zusammengehaltene Brieftasche. Darin bewahrte Vater sein geheiligtes Brennholzgeld auf. Die eventuellen Kapitalüberschüsse von Mutter, in ihrem Fall in Form von ein paar Zweikronenstücken, wurden oben im Schrank in einer viereckigen Kakaoblechdose versteckt, auf der breitbeinige Holländer abgebildet waren. Aber diese Dose war nun leer, das hatte ich beim Aufräumen längst überprüft.

Der Bauer aus Norrboda hatte uns versprochen, daß wir Schweineinnereien kaufen dürften, das hatten wir im Herbst ausgemacht, als Mutter und ich bei der Kartoffelernte halfen. Nun wurde ausgerichtet, als ich eines Abends Milch holte, daß wir am nächsten Tag zum Abholen kommen könnten, denn sie würden am Morgen schlachten. Also nahmen wir den Tretschlitten und machten uns auf den Weg. Zum Glück hatte ich schulfrei wegen irgendeiner Kirchenratsversammlung oder was das war, wo der Lehrer hinmußte.

Mutter freute sich. »Das kommt wie gerufen«, sagte sie. »Dann kannst du mir helfen, Nancy!«

Sie wollte nicht, daß Betty draußen in der Kälte stünde, sie war ja erst kürzlich aus dem Entbindungsheim gekommen und mußte vorsichtig mit ihrer Brust sein, damit sie keine Beulen kriegte. Also war ich dran mit Festhalten, als sie die Därme auskratzte. Wir arbeiteten draußen beim Brunnen. Es war eisig kalt, meine Hände wurden steif, als ich dort mit dem Darmfetzen stand, der um meine Finger gewickelt war. Mutter schabte und drehte und wendete, zog Wasser herauf und spülte ein ums andere Mal durch, planschte mit den Schlingen im Eimer auf und ab und klemmte sie der Länge nach mit den Fingern zusammen, die von der Kälte blaurot waren, aber sie gab nicht auf, sondern spülte noch einmal. Der Schnee wurde braun von der Scheiße und den abgeschabten Fetzen, aber endlich waren wir fertig, und die Häute lagen etwas knotig von Fettklumpen, aber blaßrosa und sauber in einer Schale mit Wasser und ein paar Tropfen Essig.

Zu den Innereien gehörten Herz und Lungen. Ein paar Kilo Kochfleisch hatte Mutter dem Bauern auch abgekauft, und ein kleines Stück Leber und den halben Schweinekopf bekam sie umsonst dazu. Nun wässerte und säuberte sie alles. Der Kopf mußte vorerst im Keller aufbewahrt werden, wo schon die Wanne mit dem Stockfisch plaziert war, die Sülze würde später zubereitet werden. Aber der Rest wurde in Angriff genommen und zu Würstchen und Grützwurst verarbeitet. Mutter ließ Graupen quellen, zwei Schüsseln, die sie in die Kommode draußen im Flur stellte. Man mußte natürlich alles abdecken und sich vor den Ratten hüten, denn wenn die erst mal ein Ohr und die Nase durch eine Ritze gezwängt hatten, schlüpfte der Rest in Null Komma nichts hinterher.

»Die haben keine Knochen im Leib, haben die nicht«, sagte Vater, opferte hinterlistig ein Schlückchen Branntwein und tröpfelte es auf ein Käsestück, wenn die Falle aufgestellt wurde.

Heben durfte Betty auch nicht. Sonst konnte sie einen Vorfall bekommen, sagte Mutter. Ich wußte nicht genau, was bei ihr vorfallen konnte, aber ich packte zu und half, wenn das Wasser ausgetauscht werden mußte, die Holzwanne mit den weiß aufgequollenen, stinkenden Stockfischstücken aus dem Keller rauf- und wieder runterzutragen.

»Der sieht dies Jahr fein aus, der Fisch! Daß er jetzt bloß nicht zu hart wird. Oder zu weich. Sonst schmilzt er uns im Topf weg ...«

Sie steckte den Zeigefinger in ein Stück Fisch und prüfte sorgfältig. Derselbe Zeigefinger wurde auch in die Salzlake gestippt, wo die Grützwurst lag. Sie schleckte den Finger ab. Doch, das war genau richtig. Mußte natürlich vorher ein paar Stunden gewässert werden.

Mutter war mit ihrem kleinen Vorrat zufrieden, aber es fehlte noch so einiges für Weihnachten. Reis, gemischte Früchte, Rosinen, braune Bohnen, Kaffee und Zucker, Mehl, Hefe und Safran, Gewürze, Margarine, am besten auch noch ein bißchen Gehacktes für Fleischbällchen. Und dann eine Blutwurst, die Vater so mochte. Aber das Geld wurde knapp, das war der Kummer.

»Not kennt kein Gebot«, sagte Mutter. »Wenn es keinen anderen Rat gibt, muß er wohl mit dem Holzgeld rausrücken.« So brummte sie eines Tages, als sie richtig schlecht gelaunt war. »Lieber das, als noch mal zum Kaufmann gehen und sich erniedrigen. Und seinen Liter Branntwein kriegt er ja sowieso! Mindestens.«

Vater soff nicht. Aber sonnabends wollte er am Abend ein paar Schnäpse haben. Es passierte wohl hin und wieder, daß er etwas in Fahrt kam, aber da paßte Mutter auf wie ein Schießhund, das war mir aufgefallen. Und ich wußte auch, warum.

Ich konnte mich erinnern, obwohl es viele Jahre her war, ich hatte noch nicht mal mit der Schule angefangen, daß wir an einem Abend auf der anderen Seite der Landstraße bei Hugossons gewesen waren. Und Vater war richtig besoffen. Als wir nach Hause wollten, konnte er kaum aufrecht gehen, er torkelte und schwankte und fluchte, verdammt und zugenäht, nun sollten sie mal sehen, verfluchte Scheiße! Bald würde all den geizigen Bauerndeubeln und Armenpflegevorstehern ein Licht aufgehen! Auch ein armer Teufel würde zu seinem Recht kommen! Es führte aber nur dazu, daß er direkt am Rand der Landstraße umfiel, als wir sie überqueren wollten. Da lag er, wie ein armer Wurm. Er litt und kotzte. Es kamen Leute vorbei, ich weiß nicht, welche, aber sie drehten sich um und guckten und grinsten. Ich schämte mich so fürchterlich, stand ein Stück entfernt und versuchte, mich bis zur Unsichtbarkeit in mir selbst zu verkriechen. Mutter bekam Vater jedenfalls wieder auf die Beine, setzte ihm die Mütze auf, riß ein Büschel Gras aus und wischte seine Jacke damit ab, nahm ihn am Arm und stützte ihn den ganzen Weg bis hinunter zu uns. Ich trottete hinterdrein, wir waren nur zu dritt, weder Betty noch Dora oder die Jungs waren dabei.

Mutter schimpfte mit Vater und schimpfte weiter, als wir durch die Tür gekommen waren und Vater sich plumps! auf das Sofa fallen ließ. Ich kann mich nicht mehr an alle Wörter erinnern, aber ich weiß noch, sie sagte dieses: *Schande*. So eine Schande, sagte sie. Schande über uns, Schande über uns! Schimpf und Schande. Sie sagte auch noch anderes.

»Reicht es nicht, daß du so hinkst? Mußt du auch noch wie ein Käfer im Graben liegen, damit die Leute was über uns zu lachen haben? Wenn du so weitermachst, nehm ich die Kinder und hau ab! Nun hast du ausgesoffen, daß du es weißt!«

Vater wurde wild. Seine Augen funkelten. Er sprang von der Küchenbank auf, zumindest halbwegs, und versuchte, auf Mutter loszugehen. Er hob die Faust, als wollte er zuschlagen. So stand er wankend einige Sekunden, die Kniekehlen an die Küchenbank gelehnt, bis sein Blick verschwamm und er wieder nach hinten kippte.

»Verfluchtes Weib! Warte nur! Hau bloß ab, du verdammte Hure! Du kannst sofort gehen. Meinst du, der nimmt dich noch? Der feine Herr. Vielleicht bist du ihm jetzt gut genug, wo du auch in der Fresse schwarz bist? Geh da nur hin! Nimm, was du hattest, und hau ab!«

»Was ich hatte? Das mußt du gerade sagen! Du hast mit deinem Amerikaerbe angegeben wie ein Pfau und dich so angestellt, daß man sich vor den Leuten schämen mußte. Aber was ist mit dem anderen Geld? Tausend Kronen. Da hast du fein geschwiegen. Du warst doch froh über das Geld, als das mit dem Fuß kam und wir nichts hatten, kaum was zu beißen. Und du redest von einer schwarzen Fresse, du Krüppel!«

Es wurde totenstill und eiskalt. Die Zeit blieb stecken wie eine zitternde Speerspitze. Dann geschah das Furchtbare, daß Vater anfing zu heulen und zu flennen. Mutter mußte sich an der Schornsteinstange festhalten, sie war vollkommen bleich. Dann sank sie auf die Holzkiste und weinte auch.

Mich gab es nicht. Ich war im Hausflur und konnte bloß starren, es war alles so schrecklich, daß ich Bauchschmerzen bekam, aber ich schaffte es nicht, mich vom Fleck zu rühren. Es drohte Gefahr. Die Erde konnte aufbrechen, und ich mußte Wache halten. Ich mußte alles hören, obwohl ich nicht verstand, worüber sie redeten. Ich erkannte sie nicht wieder, vor allem Mutter nicht, ja, ich sagte zu der Zeit wohl noch Mama und Papa. Es war wie ein schrecklich böses Märchen, in dem alle verwandelt werden und schwarze Schlangen aus der Tiefe heraufkriechen. Es war so schlimm, so schlimm.

Aber ausgesoffen hatte er nun wirklich. Und Mutter ging niemals mehr zu Hugossons hinauf. Sie konnte Hugosson nicht leiden. Sagte, er würde immer so einen Schiet kochen, der Maische hieß. Mutter ging im übrigen nie auf die Höfe und saß herum und trank Kaffee, wie andere Tanten es machten. Außer zu Tante Olivia natürlich. Aber das war etwas anderes.

In der Woche vor Weihnachten stand die rosige Kanne glücklicherweise noch in Perssons Regal. Ich hatte sie den ganzen Herbst über ängstlich bewacht. Manchmal war ich versucht, sie ein Stückchen hinter die Kaffeetassen und Vasen zu schieben, die auch dort standen, aber ich hatte es nicht gewagt. Da ich Mutter begleitet und in den Ferien sowohl in Norrboda als auch bei Bergströms einige Tage lang Kartoffeln geerntet und später auf den Höfen Weihnachtskarten für zehn Öre das Stück verkauft hatte, wobei ein Gewinn von fünf Öre heraussprang, bekam ich schließlich ein Kapital zusammen. Die Bauern hatten meine Einsätze auf dem Kartoffelacker zwar nur mit einem Fünfundzwanzigörestück am Tag plus ein bißchen Essen und Kaffee gewürdigt – Mutter fand, es war der Gipfel an Geiz, ein Kind so auszunutzen, so wie ich mich gemüht und schwere Eimer geschleppt hatte! –, aber so war das eben. Man hatte sich zu bedanken. Wie dem auch sei, ich konnte nun losziehen und meinen lang geplanten Einkauf bei Perssons Gemischtwaren für die immense Summe von einer Krone fünfundzwanzig tätigen. Es reichte noch für eine Tüte Karamelbonbons für mich und eine kleine Rassel für Gwendolyn. Die war rosa und aus Plastik.

In dem Moment, als ich andächtig die Kanne holte und sie neben die Kasse auf den Tresen stellte, war von dem brennenden Haß und der Rachsucht nichts mehr übrig, die ich damals im Sommer empfunden hatte, als Mutter mit Charlies Fünfer im Portemonnaie direkt neben dem Türglöckchen stand, alle um uns herum von dem Diebstahl redeten und ich, genauso wie Mutter, wußte, wie es wirklich gewesen war. Da waren Wir gegen alle anderen. Nun war das so weit weg, fast wie ein Traum, den es in der Wirklichkeit nie gegeben hatte, und ich war einfach nur weihnachtsmilde gestimmt und glücklich wegen Mutter, weil sie sich so freuen und so überrascht sein würde!

Das Geschenk bis zum Heiligen Abend aufzubewahren war nie meine Absicht, bei uns gab es keinerlei Bescherung, denn dann hätten alle ein Päckchen bekommen müssen, und das war unvorstellbar. Die Rassel bewahrte ich zwar vorerst auf, aber Mutter sollte ihr Geschenk bekommen, sobald ich zu Hause war. Ich konnte mich kaum zusammenreißen, bis sie ihre Hände an der Schürze abgetrocknet hatte und zum Tisch gekommen war.

»Uiuiui«, sagte sie, als sie endlich anfing, das Weihnachtsmannpapier aufzumachen. »Aber Nancy! Was hast du dir denn einfallen lassen?«

»Ich dachte, du könntest Heiligabend die Milch reintun, wenn wir Reisbrei essen«, sagte ich ein wenig schüchtern, obwohl ich vor Stolz und Eifer beinahe platzte.

Mutter hielt die rosenverzierte bauchige Kanne in der Hand. Hob sie hoch. Drehte und wendete sie. Unsere Augen leuchteten um die Wette.

»Auf was für Ideen du kommst«, sagte sie. »Das ist ja zu und zu schön! Ich weiß gar nicht, ob ich es übers Herz bringe, Milch reinzutun.«

Betty bewunderte die Kanne auch. Sie warf nicht den Kopf in den Nacken. Sie sagte, sie wäre schick und die Rosen schön. Ich mußte wirklich zugeben, daß Betty nicht mehr so schlimm war, seit sie Gwendolyn hatte! Ich war froh, daß ich die Rassel gekauft hatte.

Das Halbjahr endete drei Tage vor dem Heiligen Abend. Die Zeugnisse wurden verteilt, und wir führten das Krippenspiel mit der Jungfrau Maria, Josef und dem Jesuskind auf, in dem ich einer der Engel war. Das Ganze fand im Turnsaal im ersten Stock statt. Über den Sprungkasten war eine Decke gelegt worden, an einem Ende war etwas befestigt, das wie ein Eselskopf aussehen sollte, und vom anderen hing ein Schwanz aus gelbbraunen Hanffransen. Seitlich darüber saß Solveig aus Knisselbo mit ihrer großen Puppe im Arm und sang mit gellender und piepsiger Stimme: »Wenn der Weihnachtsmorgen schimmert«. Es klang nicht besonders, fand ich. Die Frau des Lehrers war mit einem rostfreien Eimer voll lauwarmem Himbeersaft und einem Korb mit Gläsern nach oben gekommen. Pfefferkuchen gab es auch, und jeder bekam ein Safranbrötchen.

Ich für meinen Teil kriegte das Brötchen kaum hinunter, weil ich so nervös war. Ich hatte die Aufgabe, zum Abschluß »Das Wichtelmännchen« von Viktor Rydberg zu lesen. Ich hatte das Gedicht auswendig gelernt und wußte, daß ich es konnte, aber es war trotzdem heikel, ich wollte mich nicht lächerlich machen, wenn alle zuhörten. Ganz hinten auf dem Fußboden, mit dem Rücken zur Sprossenwand, saßen Hugo und Ingvar und ein paar andere Flegel und grinsten und blökten, und Margit aus Karsbo und Rut Wirén kicherten natürlich und verdrehten die Augen.

Bitterkalt ist die Mittwinternacht,
die Sterne funkeln am Himmelsrund,
Alles schläft tief unter dieser Pracht,
und es schlägt zur zwölften Stund'.
Der Mond zieht seine schweigende Bahn,
der Schnee leuchtet weiß auf Kiefer und Tann' …

Ich sperrte alles aus, als ich in Gang gekommen war, ich sah die Rüpel nicht, mit halb geschlossenen Augen wiegte ich mich und ließ mich von meiner eigenen Stimme davontragen. *Funkeln und schimmern … zur zwölften Stund'* … Meine Zunge labte sich an den Worten. Der Rhythmus war eine Brücke, nein, ein Pfad durch den Wald, nein, er verlief hoch über den Tannen und Kiefern! Dort wanderte ich, und es regnete Sternenglanz …

Als alles vorbei war, ohne daß ich ein einziges Mal gestolpert wäre, fing ich beinahe an zu weinen. Der Lehrer und seine Frau sahen ernst aus, aber Margit aus Karsbo rümpfte die Nase, als wir die Treppe hinuntergingen: »Wie du dich aufgespielt hast, als du da gestanden und das Gedicht gelesen hast! Du sahst aus, als wärst du nicht ganz richtig im Kopf!«

Barbro und Kerstin dagegen sagten, sie könnten gar nicht glauben, daß ich so gut vorlesen könnte. Es klang fast wie im Radio, sagten sie. Und was hatte ich für ein gutes Zeugnis bekommen! Wir gingen zusammen bis zum Automaten vor Perssons Gemischtwaren, wo wir uns verabschiedeten. Sie wollten hinein, um Weihnachtssüßigkeiten zu kaufen, aber ich war ja schon fertig mit meinen Einkäufen.

»Fröhliche Weihnachten also«, rief Barbro mir hinterher, als sie oben auf der Treppe standen. »Fröhliche Weihnachten«, echote Kerstin.

»Danke, gleichfalls«, brüllte ich zurück, und dann lenkte ich meine Schritte zum großen Briefkasten, ganz allein. Eigentlich war es ein bißchen schade, daß sie in dem Moment nicht bei mir waren, aber strenggenommen konnte es mir schnuppe sein, ich war immer noch erfüllt vom Vorlesen des Gedichts und brauchte nicht noch mehr Bewunderung von ihrer Seite. Andererseits hätten sie sonst den Brief von Dora und auch die Paketscheine sehen können, sie lagen dort zwischen den vielen Weihnachtskarten. Davon hatten wir übrigens auch zwei, eine mit einem Weihnachtsschwein, das eine

Schleife um den Hals trug, die war von Onkel und Tante in Eskilstuna, und eine von Vaters ältester Schwester Klara. *Frohe Weihnachten wünscht Klara* stand da mit großen, zittrigen Buchstaben, und auf dem Bild waren der Stern und die drei Weisen aus dem Morgenland. Aus Australien gab es natürlich keine Karte, ich weiß nicht einmal, ob ich diese Möglichkeit noch in Betracht zog. Es war ein Kindheitstraum, jetzt ausgedörrt und nutzlos wie die Haut eines toten Schmetterlings.

Wir hatten früh aufgehört, es war erst zwei Uhr, aber draußen war es fast vollkommen dunkel bis auf den schwachen Widerschein des Schnees. Der Brief mußte warten, längs des Weges zu uns gab es keine Lampen, so daß ich ohnehin nicht genug hätte sehen können, um zu lesen, was da stand. Ich stapfte los, so schnell ich konnte, und sobald ich ins Haus getreten war, zog ich die Klemme aus dem Haar und schlitzte den Brief auf.

Liebe kleine Nancy!

Hoffentlich geht es Dir gut. Ich bin gesund, und es geht mir gut, aber hier ist zu Weihnachten so viel zu tun, daß man sich fast die Hacken ablaufen muß, um alle Gäste zu bedienen. Das Restaurant ist auch Heiligabend geöffnet, und ich kann da nicht freinehmen, also kann ich nicht nach Hause kommen, wie ich es mir erhofft habe. Es wird das erste Weihnachten, das ich nicht zu Hause verbringe, und ich werde wohl große Sehnsucht nach Euch allen haben.

Ich kann mir vorstellen, daß Ihr zu Weihnachten alles fein geschmückt habt, so wie immer. Habt Ihr denn viel Schnee? Hier ist vor allem Matsch auf den Straßen, es ist nie so schön und weiß wie zu Hause. Du willst bestimmt einen Weihnachtsbaum, das verstehe ich, Du schmückst ihn ja immer so fein, und nun habt Ihr ja auch die kleine Gwendolyn. Stell Dir vor, ich habe sie immer noch nicht gesehen, aber sie ist bestimmt süß!

Ich habe ein kleines Päckchen mit einer Sache für Dich und einer für Gwendolyn geschickt. Es liegt auch ein Umschlag drin, den Du Papa und Mama geben sollst. Hoffentlich gefällt Dir das Weihnachtsgeschenk, Du kannst ja bald schreiben, damit ich weiß, wie es Euch geht.

Ich höre jetzt auf, mit vielen lieben Grüßen an Euch alle!

Frohe Weihnachten wünscht
Dora

Kein PS: diesmal. Und keine Grüße von Charlie. Vielleicht war er nicht mehr ihr Verlobter? Und wenn schon!

»Die Arme! Daß sie so viel arbeiten muß«, sagte Mutter und schüttelte mitleidig den Kopf. »Kriegt noch nicht mal zu Weihnachten frei!«

Mutter klang enttäuscht, aber ich denke mir, daß sie auch ein kleines bißchen erleichtert war, tief im Innern. Wo hätte sie uns alle unterbringen sollen, wenn auch Charlie und Dora gekommen wären? Wenn er überhaupt mitgekommen wäre, natürlich. Und wie hätte sie ihn betüddeln und ihm gegenüber fröhlich und wie immer sein sollen, jetzt, da sie wußte, wie es mit dieser braunen Tasche bestellt war?

Für Vater würde es schlimmer sein, nahm ich an, wenn er am Abend nach Hause kam und erfuhr, was Dora geschrieben hatte.

»Gib den Brief her, Mädchen«, sagte er. »Zeig her!«

Der Brief gehörte ja mir, es war nie die Rede davon gewesen, daß Vater meine Briefe lesen durfte, aber es standen keine Geheimnisse darin, also nahm ich ihn aus dem Schuhkarton und überreichte ihn artig und ohne Widerworte.

Er zog die Brille aus dem Etui in der Kitteltasche und fing an zu lesen. Als er fertig war, sagte er nichts, saß nur schweigend ein paar Minuten da, bevor er sich vom Stuhl erhob und nach der Mütze griff. »Nicht zu fassen, daß die da keinen Schnee nicht haben«, sagte er. »Was das anbetrifft... Man sollte wohl mal raus und fegen.«

»Ja, aber du mußt doch erst essen«, sagte Mutter. »Die Kartoffeln sind heiß!«

Er antwortete nicht, verschwand einfach nach draußen, wir hörten, wie er mit dem großen Besen rund um die Veranda polterte und schrubbte.

Ich war verstimmt. Der Brief hatte meine Vorfreude auf Weihnachten gedämpft. Ich hatte Dora seit dem Sommer nicht gesehen, als alles so abgehackt und falsch war. Ich sehnte mich nach ihr. Ich wollte, daß sie nach Hause kam! Allein. Und daß alles war wie immer. Wie es früher gewesen war. Aber das mit dem Päckchen war trotzdem spannend. Emsig kreisten meine Gedanken darum. Was Dora mir wohl geschickt hatte? Ich würde am nächsten Vormittag zur Poststelle vorn bei der Kirche gehen, die war von zehn bis zwölf geöffnet.

Das Päckchen war in gewöhnliches braunes Papier eingeschlagen. Auf dem kleinen weißen Zettel stand Stockholm 1. Fräulein Hansson, PostBerta, hatte keine Zeit, bitteschön zu sagen, als sie es durch die Luke schob, da waren so viele, die warteten. Ich machte trotzdem einen Knicks.

Im Hauseingang traf ich den Pastor, und obwohl ich das Kinn auf die Brust drückte und versuchte, mich unsichtbar zu machen, bekam er meine Schulter zu fassen und stoppte mich.

»Aber ist das nicht Nancy Viktoria«, sagte er. »Ich habe gerade mit Lehrer Marklund gesprochen und gehört, daß du gestern so schön Viktor Rydberg deklamiert hast. Das freut mich. Gedichte sind eine Bereicherung für die Seele, vergiß das nicht!«

Vergiß das nicht, und vergiß das nicht! »Vergiß nicht, daß der Name Viktoria Sieg bedeutet.« Das hatte er auch gesagt. Er verwirrte mich. Was hatte ich mit Pastoren und solchen Leuten zu tun?

Mensch! Die Schultertasche lag da in dem Karton! In einem eigenen Päckchen, eingewickelt in Weihnachtspapier. Sie war schön braun, nicht zu dunkel und nicht zu hell, und die Vorderseite war aus echtem Leder, sagte Mutter, sie roch daran. Die Rückseite war eine Art Imitat. Das Allerbeste waren wohl die Buchstaben, glaube ich. Auf der Klappe oberhalb der Schnalle standen zwei blanke Buchstaben: N. P. Nancy Pettersson. Ich atmete tief ein und seufzte die Luft bedächtig wieder aus. *Meine* Schultertasche. Ich würde sie beim Sonntagsschulfest am zweiten Feiertag über der Schulter tragen, das letzte Fest dieser Art übrigens für meinen Teil. Daß Kerstin vermutlich Überschuhe mit Pelzbesatz bekommen würde, war mir vollkommen gleichgültig. Ich hatte die Tasche, und das war das wichtigste.

Ich war die kleine Schwester. Deswegen bekam ich etwas und hatte immer etwas bekommen. Als ich sieben, acht Jahre alt war und Dora bereits eigenes Geld verdiente, waren es kleine Spielsachen: Puppen zum Ausschneiden, ein Hampelmann, ein weicher kleiner Stoffhund, ein Federkasten, ein Märchenbuch …

Damals kriegte Betty auch was, ich kann mich erinnern, daß sie einmal einen Lippenstift bekam, und dann ein Maniküreetui, das man nicht mal angucken durfte. Dann wurde auch Betty groß, näherte sich Dora an. Nur ich war weiterhin klein. Als Jüngste durfte ich länger klein sein, obwohl ich es eigentlich nicht mehr war. Aber manchmal war das gut. Wie jetzt mit der Schultertasche.

Ob Betty auf mein Weihnachtsgeschenk eifersüchtig war, weiß ich nicht genau. Sie hatte wohl akzeptiert, daß es so war, wie es war. Diesmal, als frischgebackene Mama, war sie außerdem vollauf mit Gwendolyns Geschenk von Tante Dora beschäftigt: Jäckchen, Mütze und Söckchen aus weichem, wolligem Garn, ein ganzes Set, rosa mit einem maschinengestrickten Muster in Blau.

Der Umschlag, der im Brief angekündigt worden war, lag zuoberst im Karton auf den beiden Päckchen in Weihnachtspapier. *Frohe Weihnachten für Mama und Papa,* stand darauf. Mutter lehnte ihn an den Spiegel auf der Kommode, dort mußte er warten, bis Vater nach Hause kam.

Ich habe ganz deutlich vor Augen, wie sein Mund aussah, als er das Geld herauszog und auf den Tisch legte. Er war unfähig, etwas zu sagen, seine Mundwinkel zuckten, er zog die Nase hoch, und dann preßte er die Lippen aufeinander, es sah ganz so aus, als hätte er vor zu heulen. Fünf Zehner waren es. Fünfzig Kronen hatte Dora geschickt. Ein ganzes Vermögen.

Vater saß. Betty und ich hielten uns ein paar Schritt hinter ihm, reckten aber die Hälse. Ich biß mir auf die Lippe und beobachtete das Ganze. Mutter hielt ein Handtuch in der einen Faust, sie hatte gerade den Tisch abgewischt, mit der anderen hielt sie sich am Rücken eines Stuhls fest. Sie stand sehr gerade, einen Tick zurückgelehnt, und das Kinn war angehoben. Drei der Zehner wurden langsam abgeteilt und über die Wachsdecke in ihre Richtung geschoben. Dann stand Vater auf, ging zum Küchenbüfett und zog die Schublade heraus, nahm die Brieftasche und streifte das Gummiband ab. Die Not hatte kein Gebot gekannt. Vom Kapital war etwas abgezwackt worden. Nun wurde die Ordnung wiederhergestellt. Das Birkenholz war auch diesmal gerettet.

Wie wunderbar, in einem duftenden Hausflur ein und aus zu gehen, einem Extrazimmer, das plötzlich dazugekommen war, neu und frisch und voller Erwartung! Eine Pforte zur Herrlichkeit. Auferstanden.

So schwindelerregend und wundersam erschien der Morgen des Heiligen Abends immer, wenn die Tannenzweigveranda aufgebaut war. Oder, besser gesagt, nach allen Regeln der Kunst geflochten. Die Brücke nahm eine andere Gestalt an, das halbverfaulte, klapprige, abgeblätterte Weißgrau wurde in einen Mantel aus weichem, feuchtem Grün gehüllt. Das Herz machte jedesmal einen Sprung, wenn man daran vorbeiging, zumindest am ersten Tag, wenn sich alles so neu anfühlte.

Vater spannte Stahldraht zwischen das Geländer und die Pfosten, die Nägel blieben Jahr für Jahr stecken. Tannenzweige lagen in biegsamen Bündeln auf dem Hang, frisch geschlagen und dicht. Vater hatte die Erlaubnis des Försters, sich im Abschnitt der Genossenschaft zu nehmen, was er brauchte, und sich einen Weihnachtsbaum zu schlagen. Er kaufte ja Brennholz! Nun flocht er kunstvoll Zweig für Zweig, den einen in den anderen, abwechselnd innen und außen, bis die Wände vollständig abgedichtet waren und der Innenraum sich in eine schimmernde Grotte verwandelt hatte, dunkelgrün und geschützt gegen Schneeregen und Wind. Und diese Grotte hatte den Namen Weihnachten, man hätte aber auch sagen können: Es ist alles bereit!

Mutter hatte ihre weißen Küchengardinen mit Kartoffelmehl gestärkt. Der Boden war bis in die kleinsten Winkel gescheuert und der Linoleumflecken in der Mitte war frisch gebohnert. Das Birkenholz war hereingetragen, der gemauerte Sockel des Herds weiß gekalkt, auf der Steinplatte neben dem Herd war sauberes Zeitungspapier ausgebreitet, und der Abzug war mit neuem Schrankpapier verziert. Beide Kupferschalen, die große und die kleine, glänzten wie Sonnen, das war mein Verdienst, die Messer mit den schwarzen Griffen und die Gabeln hatte ich auch poliert.

Man ging mit angehobenen Füßen. Die Flickenteppiche, die Mutter im Sommer mit Wurzelbürste und Seife geschrubbt hatte und die seitdem zusammengerollt auf dem Dachboden gelegen hatten, waren heruntergeholt und in allerletzter Minute ausgebreitet worden. Eine Bärlappsranke hing über der Uhr, eine andere schlang sich um den Spiegel über der Kommode, in einem Krug waren Kiefernzweige, dazwischen steckten Blumen aus zerknittertem Seidenpapier, leuchtendrot mit grünen Kelchblättern. Zwei neue Wandbehänge aus Papier hatten wir auch, einen in der Kammer und einen in der Küche, auf dem Weihnachtsschmuck in der Kammer war eine Schlittenfahrt mit flammenden Pechfackeln und blauen Schatten auf dem Schnee abgebildet, in der Küche waren es Wichtelmännchen, die dasaßen und Brei aßen, beide hatten wir bei C. G. Perssons gekauft. Es war überall so schön, man konnte gar nicht für möglich halten, daß es so unvorstellbar schön geworden war! Man sah sich um und war beglückt, man wußte kaum, wo man war, alle Farben so klar, alles schien neu. Frischgebügelte Deckchen und rotes Kreppapier um jeden Krug. Festtagsstimmung in jedem Winkel. Mutter hatte direkt hinter die Bodenluke eine Wanne mit Waschlauge gestellt, dorthinein sollte Betty nach und nach alle Stoffetzen von Gwendolyn legen, wenn sie sich vollgekackt hatte, über Weihnachten sollten wir keine Windeln kochen müssen.

Auch die Möbel hatten wir umgestellt. Die Bank aus der Dachbodenkammer heruntergetragen, den Tisch in die Mitte gerückt und die Kommode, die ansonsten ihren Platz schräg in einer Ecke hatte, an die Wand geschoben, und der Tannenbaum stand nun in dem Eckchen vor dem Radiotisch. Auch dieses Jahr war es Vater gelungen, einen schmalen Baum zu ergattern, den man gerade noch hineinstellen konnte. Nun war er mit Zuckerzeug geschmückt, auf dem Engel abgebildet waren, mit fransigen Pralinen, blau-gelben Flaggen, Herzkörbchen aus Papier, die wir in der Schule geflochten und mit Haselnüssen gefüllt hatten, ein paar Lamettaschlingen und schließlich, vorsichtig, vorsichtig!, das Schönste, was wir hatten: zwei ach so zerbrechliche Vögel aus Glas. Ganz außen an den Zweigen saßen die Kerzenhalterklemmen mit dünnen weißen Kerzen, und der König persönlich hätte kommen können, denn bei niemandem war es schöner als bei uns!

Bettys Åke traf als erster ein. Er kam schon um halb zwei mit dem Bus aus dem Ort und brachte Torte in einem weißen Karton mit. Ich lugte unter den Deckel und sah, wie die Buttercreme mit hohen steilen Spitzen einen Mittelkreis aus glänzendem roten Gelee umkränzte. Börje und Lennart kamen um vier Uhr, sie kamen mit demselben Bus, der wieder von der Stadt zurück in den Ort fuhr. Da war es bereits dunkel und der Tisch gedeckt. Vater war oben an der Landstraße und holte sie ab, er hatte eine Laterne bei sich. Wir sahen, wie das Licht den Hügel herunterschaukelte, dahinter waren schwarze Schattenfiguren zu sehen, jetzt kommen sie, jetzt kommen sie! Kurz darauf Stimmengemurmel in der Tannenzweigveranda, dann wurde die Tür geöffnet, und da waren sie alle drei, Vater war am kleinsten und stand ganz hinten. Beide Jungs trugen Hüte und mußten sich im Türrahmen bücken, als sie über die Schwelle traten. Die Winterkälte aus ihren Mänteln prallte gegen den Duft von Stockfisch und Weihnachtswurst.

Genau wie Mutter hatte ich mit Spannung gewartet und durch das Fenster nach der Laterne geguckt. Nun zog ich mich zurück. Ich war auf den Deckel der Holzkiste gekrabbelt und beobachtete sie von der Seite, etwas abwartend, während sie ihre Überkleider an die Haken bei der Tür hängten. Es war ungewohnt, sie um sich zu haben, das Haus wurde erfüllt und bog sich von dem Andersgefühl. Ein Rinnsal aus Freude lief und kribbelte durch meinen Bauch, eine schwindelnde Sekunde lang war ich in Hochstimmung. Jetzt, jetzt war endlich Weihnachten! Das Fest konnte beginnen.

Es waren wohl kaum Börje und Lennart an sich, die diesen Freudenkick in mir bewirkten. Ich erwartete mir nichts Besonderes von ihrer Seite. Sie waren beinahe wie Fremde für mich, ich kannte sie nicht. Sie hatten sich weder je um mich gekümmert noch mit mir geredet. Betty hatten sie wenigstens geärgert, aber mich nie, und nun war es schon mehrere Jahre her, seit sie nicht mehr zu Hause wohnten. Ich war schüchtern und gleichzeitig enttäuscht und gekränkt, als sie mir einfach die Hand gaben, wie im Vorbeigehen, ohne mich überhaupt anzugucken und zu sehen. Ihretwegen hätte ich ebensogut eine Strohpuppe oder eine Vogelscheuche sein können, an der ein Kleid und eine Strickjacke hingen.

Åke war auch schüchtern, das spürte man deutlich. Mutter mußte es mehrmals versuchen, bevor er aus der Kammer kam und sie begrüßte. Sie waren gleich alt, die Zwillinge und er, wurden bald zwanzig und sollten im Frühling gemustert werden. Aber sie waren zwei, Åke nur einer, und er war nicht auf die gleiche Art hier zu Hause. Obwohl er natürlich Betty und Gwendolyn hatte, falls das die Sache besser machte. Das tat es nicht, das war mir klar. Eher im Gegenteil. Ehrlich gesagt hatten Börje und Lennart etwas an sich, das mich an GroßFriedrichs Hugo erinnerte, das muß ich zugeben, auch wenn sie meine Brüder waren.

Ich mochte Åke, genau wie Mutter. Er war so lieb. Brachte Torte mit. Hockte sich hin und streichelte die Katze. Lächelte mich an, sagte allerdings nie etwas.

»Nicht trocken hinter den Ohren«, sagte Vater. »Ein richtiger Grünschnabel! In dem steckt nicht viel von einem Kerl.«

Aber er sagte es in einem Tonfall, der auch auf eine Art – wirklich? – Zärtlichkeit hätte hindeuten können. Vielleicht.

Ich wollte, daß Betty und Åke ineinander verliebt waren, aber ich wußte nicht, ob es so war. Betty sagte selbstverständlich nie ein Wort über Liebe oder daß sie Åke liebte und sich nach ihm sehnte. Wer so redete, der hatte sie ja nicht alle. Aber sie saß auch nie da und malte Herzen und schrieb Åkes Namen hinein. Sie hatten das gemacht, was man tun mußte, um ein Kind zu bekommen, das begriff ich ja. Vielleicht taten sie es jetzt auch, dort drinnen in der Kammer, nachts, wenn die Tür zu war. Aber ansonsten gab es, soweit ich das sehen konnte, zwischen ihnen nichts, was Ähnlichkeit mit der Liebe in den Zeitschriftenkurzgeschichten hatte. Vielleicht war es nicht mehr so, wenn man ein Kind bekommen hatte? Im übrigen war es wohl generell nicht so. Nein, nein. Das war es bestimmt nicht. Nicht in der Wirklichkeit. Ich hatte es jedenfalls noch nie gesehen. Dennoch träumte man davon. Daß es Ausnahmen gab. Wenigstens eine.

Als alles fertig war und auf dem Tisch stand und Mutter sich die Schürze abgenommen und Vater die Kerzen in den Nickelständern angezündet hatte, die wir von der Anrichte in der Kammer geholt hatten, mußte ich das Tischgebet lesen. Das verabscheute ich. Ich schämte mich, wenn ich es tat. Es war das einzig Religiöse bei uns im ganzen Jahr, und es blieb an mir hängen, es war so unnatürlich. Ich senkte das Kinn auf die Brust und leierte los, je schneller, desto besser. Es war überhaupt nicht so, wie ich »Das Wichtelmännchen« von Viktor Rydberg gelesen hatte, da war ich genußvoll auf den Worten geschwommen, da flossen sie schimmernd auf der Zunge, wie ein Silberstrom. Das Tischgebet war einfach bloß klebrig.

Der Stockfisch jedenfalls war gut gelungen, er war weiß und ließ sich leicht in Scheiben schneiden. Vater lobte, und Mutter war zufrieden. Dank des Geldes von Dora hatten wir uns ein wenig Luxus leisten können, obwohl noch ein ganzer Zehner und vier Zweikronenstücke für künftige Bedürfnisse in der Kakaodose lagen. Also hatten wir sowohl Weihnachtswurst als auch Fleischbällchen, eingelegten Hering natürlich, und dann die Sülze, die Mutter aus dem Schweinekopf gemacht hatte. Sie hatte auch Safran und Rosinen gekauft und Pfefferkuchen und eine Sorte weiße Kekse mit Zimt drauf gebacken. Die Zwillinge hatten Apfelsinen und getrocknete Feigen mitgebracht, die zäh waren und an den Zähnen klebten, und dazu ein ganzes Kilo Kaffee. Plus einem halben Liter Zweisternekognak für Vater, den sie sich mit Hilfe von Onkel Vilhelms Rationierungsbuch ergaunert hatten, er litt an einem Magengeschwür und konnte es nicht voll ausnutzen. Es herrschte also kein Mangel.

Vater schenkte sich und den Männern Schnäpse ein, Åke auch.

»Nun genehmige dir man auch einen, Junge«, sagte er. »Weihnachten ist nur einmal im Jahr. Die Frauenzimmer, die sollen sich mit Malzbier begnügen.«

Der Liter, Vaters eigener Einkauf, stand neben seinem Stuhl, immer öfter beugte er sich hinunter. Die Zufriedenheit nahm zu, die Gesichtsfarbe wurde kräftiger, er wurde übermütig.

»Tja, guckt euch Dora an, die ...«, sagte er. »Die hat Geld, hat die. Also prost, auf euch! Hoch die Gläser! Haaaaach ... Tjää, die verdienen da gut. Geld wie Heu. Weiß der Teufel, vielleicht schmeißt der das ganze Hotel, der Stockholmer? Schieb mal den Nelkenpfeffer rüber, Mutter!«

Lennart und Börje saßen da und grinsten. Ich warf ihnen einen wütenden Blick zu. Vielleicht war es das. Vielleicht lag es daran, daß sie immer zusammen gegrinst hatten. Blicke tauschten. Sie grinsten über Vater und standen nur mit einem Fuß auf unserer Seite oder mit beiden auf der anderen. Wollten nicht richtig dazugehören. Vielleicht empfand ich deshalb das für sie, was ich empfand, oder genauer gesagt: nichts.

Mit den Zwillingen von ZehenPelles war es ja so, daß sie

sich auch einmal in der Gemeinde hervorgetan hatten. Sich und uns mit Schande befleckt. Obwohl es natürlich Schande und Schande gab, da gab es Unterschiede, das hatte ich bemerkt. Beispielsweise die Armenschande und die Unterleibsschande (die beiden üblichsten, die viele Varianten hatten), ferner die Dusseligkeitsschande, die Indengrabenplumpsenschande, die Dorfpolizistenschande (o Gott, da waren wir dem großen Knall richtig nah gewesen!), die Angeberschande, die Mitderlinkenhandschreibenschande (die hatte Betty kennenlernen dürfen), die kleine Brillenschande und viele, viele mehr. Dann gab es auch eine Sorte Schande, die beinahe bewundernswert war, zumindest mannhaft, und die Leute konnten sie sich auf der Zunge zergehenlassen und sagen: Donnerwetter, das war'n Ding! So war es mit den Eskapaden von Lennart und Börje.

Sie waren ja eineiige Zwillinge. Ich mußte immer daran denken, wenn ich ab und zu ein Ei mit zwei Dottern von Tante Emma aus Hagen verehrt bekam. Es wären zwei absolut gleiche Küken darin herangewachsen, wenn ich es nicht aufgeschlagen, verrührt und gezuckert mit genießerisch geschlossenen Augen in HühnerEmmas Küche verspeist hätte. Zwei gleiche. Börje und Lennart sahen gleich aus, doch wir in der Familie hatten keine Schwierigkeiten, sie auseinanderzuhalten. Für andere war es schwieriger, und das wußten sie auch. Als wir also eines Spätsommers hierhergezogen waren (selbst erinnere ich mich nicht, ich war damals zu klein) und sie in der Kirchenschule anfangen sollten, in der vierten Klasse, glaube ich, kamen sie auf die glänzende Idee, sich für einen auszugeben, um nur jeden zweiten Tag hinzugehen. Dora war an dem vorigen Ort mit der sechsten Klasse fertig geworden, und Betty ging noch in die Schule für die Kleinen, es gab also niemanden, der zu Hause petzte. Jeden zweiten Tag hatte der eine freie Bahn, am Seeufer zu sitzen und zu angeln oder einfach in aller Seelenruhe herumzustreifen, während der andere sich mit dem Millimeterpapier plagte oder neben der Bank stand und Multiplikationstabellen herunterleierte. Das heißt, solange es nicht herauskam. Irgend jemand fand es wohl heraus, und dann war Schluß. Sie bekamen beide eine Fünf in Ordnung und Betragen. Und es gab einen großen Aufstand, und dazu natürlich die Schande. Es kam der Vorsteher des Jugendamts, nehme ich an, und der Vorsteher der Schulleitung mit ihm, das war vermutlich der Pastor, damals genau wie heute. Von Anfang an erlitten wir Schimpf und Schande, wurden ausgelacht und mit Mißtrauen beäugt. Aber was die Jungs betraf, so wurden sie seltsamerweise insgeheim auch ein wenig bewundert, wahrscheinlich von denen, die die Schule selbst haßten. Donnerlüttchen, die kommen auf Ideen, die Zwillinge von ZehenPelles! Freche Burschen. Vor denen muß man sich in acht nehmen!

Was Vater dachte, weiß ich nicht genau, aber er brüllte sie oft an, als sie zu Hause wohnten. Drohte mit Prügel. Kurzhalten wurde das genannt. Die müssen kurzgehalten werden, sagte er. Mutter ermahnte: Benehmt euch bloß anständig. Seid ordentlich. Macht mir keine Schande! Denkt daran, was die Leute sagen! Unter all dem lag ZehenPelles, ZehenPelles … Wir waren ZehenPelles. Fast schon Gesindel. Was hatte man von solchen wie uns zu erwarten?

Nach der dritten Runde fiel Åke beinahe das Glas aus der Hand, und er fing sich einen Stoß von Betty ein. Mutter guckte streng. Bald war es genug. Aber das Gleichgewicht war empfindlich. Sagte sie zu viel, war die ganze Weihnachtszufriedenheit im Handumdrehen im Eimer, sagte sie zu wenig, bestand die gleiche Gefahr. Was war klüger? Ich spürte die Spannung. Ich wußte das. War schon einmal dabeigewesen.

Aus der Kammer war ein Piepsen zu hören, das bald in ein quengeliges Weinen überging. Betty lief davon. Die Gelegenheit war günstig.

Mutter nutzte sie und stand auch auf. »Jaa. Soo. Wenn ihr

hiermit jetzt fertig seid, können wir wohl den Reisbrei holen. Nancy, hilf mir, abzudecken und die tiefen Teller zu verteilen!«

Schnell wie der Blitz griff sie mit der linken Hand nach der Stockfischschüssel, während sie sich gleichzeitig die vier Branntweingläser zwischen die Finger der rechten Hand klemmte. Vater hob die Augenbrauen und guckte sie an, sagte aber nichts. Statt dessen nahm er den Liter von seinem Platz neben dem Stuhlbein, humpelte los und stellte ihn hinter die Gardine ans Fenster.

»Tja! Morgen ist auch noch ein Tag. Können ja später mal den Kognak probieren, zum Kaffee!«

Die Milch wurde in der Rosenkanne serviert. Gwendolyn wurde zum Tisch getragen und in ihrem neuen rosafarbenen Pulli vorgezeigt. Sie hatte auch die Rassel bekommen, und Mutter schüttelte das Ding vor ihren Augen: »Guck mal, was Tante Nancy dir gekauft hat! Tütütüt!« Doch Gwendolyn schielte nur und sog ihre feuchte Unterlippe ein, sie war zu klein, um etwas zu begreifen. Aber Betty hatte sich tatsächlich gefreut.

Wir sprachen nicht weiter über Dora. Aber wir fühlten die Leere. Nichts war wie sonst. Die Familie hatte sich seit dem letzten Weihnachten verändert. Zwei waren dazugekommen, eine fehlte. Dora und Vater hatten sich immer an *Nun brennen tausend* versucht, wenn wir die Weihnachtsbaumkerzen angezündet hatten und uns eine Weile zum Baum wandten, bevor wir sie wieder auspusteten. Dann, im Duft der frisch angezündeten Stearinkerzen, bekam Vater immer Probleme mit den Augen und mußte sich schneuzen und wedelte ganz fürchterlich mit dem Taschentuch herum. Die verfluchten Dochte qualmten so, sagte er, das schlüge auf die Augen, er könne den Geruch nicht vertragen. Dachte er jetzt daran, als die Stimmung genauso sank wie der Pegel in der Kognakflasche? Sein Blick verschwand irgendwo im Innern. Wir waren alle müde. Mutter war kreidebleich. Der Rauch von Lennarts und Börjes Zigaretten lag wie ein bläulicher Schleier um den Tisch.

»So. Wir sollten wohl langsam Schluß machen ... Morgen müssen wir früh aufstehen und wieder die Kerzen anzünden! Da müßte man sich ja schämen, wenn hier am Weihnachtsmorgen alles dunkel ist, falls jemand kommt und klingelt.«

Die Petroleumlampe wurde gelöscht. Die Weihnacht kam. Alle klebrigen Reste waren abgewaschen, das Essen abgedeckt und hinaus in den Hausflur getragen. Der Mülleimer war geleert. Auf dem Tisch lag noch die weiße Weihnachtsdecke mit Flecken von roter Bete und verschüttetem Kaffee.

Alle waren noch einmal hinter dem Haus verschwunden, die Schneewehe dort war voller braungelber Krater. Die Kammertür hinter Betty und Åke und der kleinen Gwendolyn war geschlossen. Börje und Lennart lagen Kopf an Fuß auf der heruntergeholten Dachbodenbank, Vater und Mutter schliefen wie üblich auf der anderen. Vater schnarchte und kaute und schnarchte wieder. Mutter pfiff leise wie ein Spatz.

Es war muffig und schrecklich heiß in dem Winkel vor dem Herd. Beheizt mit Birkenholz. Die Katze lag schwer auf meinen Beinen, es juckte mich am ganzen Körper! Ich sehnte mich nach draußen. Ich sehnte mich hinaus in die Veranda aus Tannenzweigen, stellte mir vor, wie ich da stand und zum Himmel in der Heiligen Nacht hinaufsah. Wurde von Sternenlicht überspült. Wurde erfrischt und sauber. Hasenspuren im Schnee. Ein spröder Klang von Glas.

Ich hätte ja dieses Gedicht vorlesen können, als wir den Tannenbaum anzündeten. Statt des Liedes, das nicht gesungen wurde. Mensch, wenn ich das gemacht hätte! Was hätten sie gesagt? Aber ein Gedicht vorzulesen ist natürlich noch affiger und religiöser, als ein Lied zu singen. Nein ... Es wäre nicht gegangen, niemals. Sie hätten sich gebogen vor Lachen. Ich blickte zur niedrigen Decke.

Lieber Gott, ich bin klein, mein Herz ist rein …

Lieber Gott, segne Dora! Grüße sie! Beschütze sie, lieber Gott …

Ich konnte mir Dora nicht sonderlich gut vorstellen. Ich war nie in Stockholm gewesen und auch noch nie in einem Restaurant. Ihr Gesicht erschien so vor mir, wie es im Sommer gewesen war, als sie meine Schulter berührte und lächelte, irgendwie entschuldigend: Nur eine kleine Runde! Wir sind bald wieder da.

Ich drehte mich auf die Seite, Kohlchen wurde ärgerlich und sprang hinunter. Machte einen Satz auf die Herdplatte.

… soll niemand drin wohnen als Gott allein …

Die Knie bis ans Kinn. Die lumpengefüllte Matratze war ein klumpiger, sicherer Bau. Der Himmel mußte seinen Bogen allein aufstellen. Ihn mit Sternen krönen. Wir bei Zehen-Pelles schliefen, versunken im Schnee.

V

Wir sahen Dora bis zum Sommer nicht wieder. Sie kam mit dem Bus nach Hause, allein, und blieb eine gute Woche. Als sie ausstieg, trug sie ein weißes Kostüm mit einer Schößchenjacke, und diesmal hatte sie nicht die braune Tasche aus Preßpappe dabei, sondern die große graue, die vermutlich Charlie gehörte. Darin waren zwischen vielen anderen Dingen ein paar sonnengebleichte und fadenscheinige Vorhangschals aus einem Stoff, der Moiré hieß. Vom Hotel, sagte sie. Dort hatte man sie ausrangiert. Mutter könnte sie vielleicht zu Teppichflicken zerschneiden oder Sofakissen oder etwas anderes daraus nähen?

Oh, wie wir den Stoff bewunderten und befühlten, als er zu Hause über der Lehne der Küchenbank ausgebreitet lag, grünblau schimmernd! Wie eine dünne, dünne Eisschicht, die im Vorfrühling auf den Pfützen liegt, wenn der Himmel weißblau ist und das Wasser unter dem Eis Kreise bildet, falls man es so vorsichtig mit dem Fuß antippt, daß es nur bebt, so sah das aus. Wir rochen daran. Der Stoff hatte einen fremden, eigenartigen Duft, roch nach Tabak und Staub und etwas anderem, das wir nicht benennen konnten, vielleicht nach Gewürzen, vielleicht nach Parfüm. Womöglich Benzin? Kann sein, daß wir ganz einfach den Duft der Großstadt witterten, den Duft einer entlegenen, überschäumenden Welt, die wir nie gesehen hatten, sondern nur erahnen konnten.

»Uiuiui«, sagte Mutter und war ganz außer sich. »Das ist richtiger Stoff! Und was für lange Stücke! Das müßte gehen, da Kleider draus zu nähen, aus den besten Teilen! Zumindest Röcke. Man muß nur vorsichtig die Säume auftrennen und alles waschen und plätten, dann ...«

Solcherart machte Mutter Pläne, als der Tag gekommen war. Aber das war noch lange hin. Zwischen Weihnachten und dem Sommer, als Dora nach Hause kam und wir in der Laube saßen und Säume auftrennten, war viel passiert, und vieles hatte sich verändert.

Bereits Mitte Januar, an einem weißgrauen Vormittag, als die Kälte durch und durch ging und auf den Tannenzweigen Rauhreif lag und ich nicht in der Schule war, da es in meinem Ohr wummerte und ich furchtbaren Schnupfen hatte, tauchten der Pastor und Andersson aus Bäckbol auf. Sie kamen vollkommen ungebeten und unangemeldet, der Pfarrhofknecht fuhr den kleinen Rohrschlitten, der Pastor trug Pelz, und Mutter war außer sich. Nicht direkt wegen des Pelzes, nein, sondern weil sie gerade mit Gwendolyns Windeln und ein wenig notwendiger anderer Wäsche losgelegt hatte, Unterhosen und so, was sich eben angehäuft hatte. Ein Topf mit Schmutzwäsche dampfte bereits auf dem Herd, die Luft war so dick, daß die Wassertropfen am Schrank hinunterkullerten, die Wanne hatte Mutter auf einen Stuhl gestellt, und sie stand da mit dem Waschbrett und bürstete und schrubbte und wrang. Sie glänzte verschwitzt, ihre Haare hingen strähnig hinunter, und die Hände waren gerötet von der starken Lauge.

Von der Weihnachtsschönheit war nicht viel übrig. Die Wachsdecke lag glatt und kahl da. Der Tannenbaum war hinausgeworfen worden, als er nadelte. Ein paar alte Teppiche lagen kreuz und quer über den neuen Flickenteppichen, und die Bärlappranke über der Uhr war gelb geworden.

»Da kommt ein Schlitten! Hinten sitzen zwei Kerle drauf! Wer kann das sein? O Gott, das ist bestimmt der Pastor!«

Das war Bettys Ausruf. Sie sah sie als erste.

Sie saß mit Gwendolyn an der Brust auf der Küchenbank vor dem Fenster, nun knöpfte sie sich mit einem Affenzahn die Bluse zu, und Gwendolyn schrie wie am Spieß, sie hatte noch nicht fertig genuckelt. Ich für meinen Teil hätte am liebsten den Hinterausgang durch das Kammerfenster genommen, wenn ich nur gekonnt hätte, aber dort war die einzige Stelle, wo wir ein Innenfenster hatten, und das war mit Papierstreifen verklebt und mit Watte zugestopft.

Mutter hatte nach Bettys Warnung sofort die Wurzelbürste in die Wanne fallen lassen und den Rücken aufgerichtet. Während das Glockenspiel an Intensität zunahm und sich direkt vor dem Fenster seinem Höhepunkt näherte, um dann im Schutz der Veranda plötzlich zu verstummen, mit Ausnahme von einigen vereinzelten kleineren Plings, als das Pferd seine Mähne schüttelte, schaffte sie es, den Kittel beiseite zu werfen, die Sackschürze aufzuknoten, sich die Hände abzutrocknen und die Haare schnell unter das Kopftuch zu fummeln. Sie war also vorbereitet, als das Klopfen kam und sie »Herein!« rief.

»Gottes Frieden«, sagte der Pastor, als er im Türrahmen stand. Was hätte er auch sagen sollen?

Mutter ging zu ihm und gab ihm die Hand. »Bitte sehr, setzen Sie sich! Es ist etwas unordentlich, aber, äh ... Es ist, ich bin gerade dabei, ein bißchen zu waschen. Für das Mädchen. Wenn man keine Waschküche hat, dann ... Aber ... Bitteschön! Setzen Sie sich!«

Sie räumte eine Strickjacke und einige Zeitungen von der Küchenbank. Der Pastor setzte sich mit dem Persianer zwischen den Knien. Der Bäckboler stand. Betty hatte sich mit Gwendolyn auf dem Arm noch schnell in die Kammer geschlichen. Ich war schon dort. Wir wußten alle, warum sie gekommen waren.

Sieh mal, Elfrida, es ging doch um Betty und das Kindchen,

das verstünde sie doch. Wie sollte denn die Zukunft aussehen? Man wollte doch für Mutter und Kind nur das Beste. Zumal die Mutter minderjährig war. Und der Kindsvater, wie machte der sich? Er war zwar bekannt und hatte die Vaterschaft nicht verleugnet, aber er war schließlich noch unmündig, erst neunzehn Jahre alt. Es mußte ihnen ein Mann vom Jugendamt zur Seite gestellt werden, das geboten sowohl das Gesetz als auch die christliche Fürsorge. Herr Andersson aus Bäckbol, der Vorsteher des Jugendamtes, hatte die Verantwortung für diese Sache. Betty war ja ein Mitglied der Gemeinde und gehörte der Kommune an …

Betty und ich lauschten aus der Kammer, standen mucksmäuschenstill. Jugendamt. Mann vom Jugendamt. Kindsvater. Minderjährig. Unmündig. Das Gesetz. Die Fürsorge.

Die Stimme des Pastors war mild und sanftmütig, aber seine Worte waren scharf und beunruhigten uns. Es waren Obrigkeitsworte, die nicht um Erlaubnis baten. Sie drängten sich auf. Sie drehten alles um. Sie machten uns klein und unterlegen. Sie beluden uns mit Schuld. Sie beluden uns mit Schande! Sie rissen die Mauern um uns ein! Die Kommune und die Kirchengemeinde. Was hatten die mit uns und Gwendolyn zu tun?

Gott sei Dank war wenigstens Vater nicht zu Hause! Mutter hatte bislang nur ja und amen gesagt.

Die Küchenbank knarrte. Der Bäckboler saß. Man hörte ein Räuspern, das sicher von ihm stammte, doch es war die Stimme des Pastors, die fortfuhr: »Wir würden natürlich gern auch ein paar Worte mit der jungen Mutter wechseln. Außerdem habe ich sie ja konfirmiert! Wir kennen uns!«

Genau. Sie hatte seiner ersten Konfirmandengruppe angehört, das wußte ich. Er war damals neu in der Gemeinde.

Ich schielte in Bettys Richtung, sie war starr vor Schreck und drückte Gwendolyn an sich.

»Ich kann sie nehmen«, formte ich mit den Lippen, während ich überzeugend und aufmunternd nickte. Aber Betty schüttelte den Kopf und blieb dickköpfig stehen.

Mutter trat an die Kammertür. »Komm jetzt, Betty!«

Da mußte sie raus, es gab keine andere Möglichkeit.

Ich schlüpfte in den Winkel zwischen Türangel und Anrichte, wo ich zu stehen pflegte, wenn ich zuhören und vielleicht auch versuchen wollte, einen Blick auf das zu erhaschen, was in der Küche geschah, ohne selbst gesehen zu werden. Wenn ich jetzt nur nicht husten mußte! Ich wollte um nichts auf der Welt die Aufmerksamkeit und weitere Fragen auf mich lenken. Ich wollte nicht, daß der Pastor mich erblickte. Sonst hätte er vielleicht wieder mit seinen Gedichten und seinem Nancy Viktoria angefangen. Außerdem war da noch etwas anderes, tief im Innern wußte ich das, obwohl ich nicht gern zugeben wollte, daß es so war: Ich schämte mich. Ich schämte mich für den Geruch des übergekochten Topfes auf dem Herd, ich schämte mich für die beschlagenen Scheiben, für die Essensreste auf dem Fußboden, ich schämte mich für Mutter, die mit der Hand vor ihrem Mund herumfingerte, für Gwendolyn, weil sie Gwendolyn hieß, für unsere Unterlegenheit, weil wir nichts besaßen und nichts entgegensetzen konnten. Ich wollte nicht dastehen vor ihrem feinen Blick wie eine Enttäuschung.

Nancy Viktoria, die Siegerin! Ach Gottchen! Das dumme Gequatsche eines Pastors, der gar nichts verstand. Wir waren ZehenPelles, das war alles. Ich gehörte mit Fleisch und Blut hierher, ich hielt mich an das Meine und an Uns, aber gleichzeitig wollte ich etwas anderes. In mir strebte es in verschiedene Richtungen. Und ich schämte mich, weil es so war.

Später weinte Betty. Nicht gleich. Nicht, nachdem der Pastor seine Mitteilungen gemacht hatte und er und Andersson aus Bäckbol vom Pfarrhofknecht abgeholt worden waren. Nein, nicht gleich. Da muffelte sie vor allem und regte sich furchtbar auf, besonders über den Bäckboler. Was hatte der mit ihr zu tun? Was saß er da auf der Küchenbank und glotzte sie an? Und übrigens, diese affige Karin, die war gewiß nicht so großartig, wie die sich einbildeten, auch die nicht. Hochmütiges Bauernmädchen! Wenn die wüßten …

Der Bäckboler hatte eine Tochter, Karin, die so alt war wie Betty und mit ihr in eine Klasse gegangen war. Sie besuchte jetzt die Landhauswirtschaftsschule in Dalarna, das war es wohl, was Betty ein Dorn im Auge war. Und das kann man ja verstehen.

Nein, Betty wütete und weinte später. Da lag sie mit dem Kopf auf den Armen über der Wachsdecke und schluchzte und schimpfte auf das ganze Leben. In ihrem Klagelied war ungefähr der gleiche Ton wie damals bei Westmans, alles war ungerecht. Sie hatte niemals eine Chance bekommen, hatte nie das tun dürfen, was sie wirklich wollte! Vater und Mutter, die hatten Schuld, hätte sie bloß auch nach Stockholm gehen dürfen, wie Dora es gemacht hatte, dann wäre alles anders gewesen, dann würde sie jetzt nicht hier sitzen, mit einem Balg, und das ganze Leben war kaputt! Aber um Betty hatte sich nie jemand gekümmert. Sie kam immer als letzte. Immer zurückgestoßen. Nancy, die Rotznase, die war natürlich verhätschelt worden. Und die Jungs, die durften machen, was sie wollten. Aber Betty nie, nein, buh huh!

Es war damals schon so weit gekommen, daß Betty und Åke eines Sonnabendnachmittags zum Pastor gegangen waren. Der Pastor hatte angeboten, ihnen dabei zu helfen, an den König zu schreiben und um Erlaubnis zu bitten, die Ehe einzugehen, obwohl Åke unmündig und Betty erst siebzehn war. Es gab dafür mehrere schwerwiegende Gründe, hatte der Pastor gesagt. Ein Verhältnis zwischen zwei Menschen von der Art, wie es zwischen Åke Lindén und Betty Pettersson bestand, war vor Gott eine Sünde. Die Ehe hingegen war heilig, von Gott gestiftet, und sie diente dazu, Kind sowie Eltern zu schützen. Nicht zuletzt wegen der kleinen Siv (zu Bettys unerhörtem Ärger nannte er Gwendolyn Siv!) sollten Vater und Mutter zusehen, daß sie so bald wie möglich heirateten.

Gottes Wille und Befehl in der Frage des Liebeslebens war also der schwerwiegendste Grund, aber es gab auch andere. Der Kindsvater mußte bald seinen Wehrdienst ableisten. Der Staat sollte dafür sorgen, daß Ehefrau und Kind während dieser Zeit keine Not leiden mußten, es würde Unterstützung gezahlt und im Umgang mit den Behörden alles viel einfacher werden, wenn die Ehe rechtmäßig geschlossen war. Außerdem, in der Welt herrschte Unruhe. Große Unruhe. Draußen in Europa gab es Strömungen, die Anlaß zur Wachsamkeit gaben. Was geschehen würde, lag zwar in der Hand des Herrn, doch es war für alle am sichersten, ihre Angelegenheiten so vorausschauend wie möglich zu regeln. Eine unverheiratete Mutter war in unheilvollen Zeiten wehrloser als andere Frauen.

So ungefähr drückte sich der Pastor an dem Tag aus, als der Bäckboler dabei war und ich im Spalt neben der Anrichte stand und lauschte. Er sprach langsam und deutlich, die Worte machten Eindruck auf mich, ob ich wollte oder nicht. Sie waren so anders. Wurden so anders betont. Unheilvolle Zeiten. Mutter und Kind. Heilig. Von Gott gestiftet.

Sprach er wirklich von BrotÅke und Betty Boop und der vollgesabberten Gwendolyn? Es klang so erhaben und feierlich, fast wie ein Gottesdienst.

Zu meiner Überraschung protestierte Vater trotz seines Mißtrauens gegenüber allen Schwarzröcken und Vorsteherknackern nicht, als er am Abend nach Hause kam und erfuhr, wer bei uns zu Besuch gewesen war und was der Pastor gesagt hatte. Das lag möglicherweise daran, daß Mutter das Ganze auf die richtige Weise darlegte, sie konnte in der Hinsicht ziemlich gewitzt sein, wenn sie wollte. Den Bäckboler zum Beispiel erwähnte sie bloß als ein unbedeutendes Anhängsel, und sie sagte keinen Ton von Sünde und Heiligkeit und Gottes Wille, aber dafür um so mehr über die bevorstehende Wehrpflicht und die damit zusammenhängende Unterstützung. Das mit der Unruhe draußen in der Welt erwähnte sie auch.

Ja, ja. Das war nichts Neues. Davon hatte Vater in der Zeitung gelesen und auch in den Nachrichten munkeln hören. So war das. Man war ja auch nicht ganz aus der Welt! Man hatte doch ein Radio!

»Weiß der Deubel, ob es Krieg gibt! Hab ich das nicht schon früher gesagt? Was? Obwohl manch einer ja zu alt ist ...«

Und auch verstümmelt, untauglich, hätte er hinzusetzen können, aber das tat er nicht.

Was Åke Lindén zu den Zukunftsplänen vorzubringen hatte, weiß ich allerdings nicht. Als der Pastor eine Einladung schickte, ging er brav mit Betty zum Büro des Pastors, das im Flügel des Pfarrhofs lag. Die Papiere wurden ordnungsgemäß aufgesetzt, unterzeichnet und an den König geschickt. Das war im Februar. Kurz nachdem Betty ihren Ausbruch hatte und sich vornüber auf die Wachsdecke geworfen hatte. Es war, als sähe sie ein, daß es nun so war, wie es war. Unwiderruflich. Ihre Zukunft war beschlossen, ohne daß sie richtig mitgekommen war. Und im übrigen, was hatte sie denn eigentlich für eine Wahl gehabt?

»Man muß die Dinge nehmen, wie sie kommen«, sagte Mutter. »Er ist wenigstens lieb. Es hätte schlimmer sein können. Und die Lütte ist gesund und brav, freu dich über sie! Wenn ihr nur eine Wohnung findet, wird alles gut, sollst mal sehen!«

Und die Liebe? Wo blieb da Platz für die Liebe?

Habe ich darüber nachgedacht? Nein, das glaube ich kaum. Die Liebe mit Großbuchstaben, wie ich sie mir erträumte, war so ganz anders als das, was sich in Åkes und Bettys Version vor meinen Augen abspielte, so daß ich gar nicht auf die

Idee kam, es könnte sich um das gleiche handeln. Ich freute mich wohl vor allem darauf, daß Betty ausziehen würde. Mit Gwendolyn und dem Korb und den Lappen und dem Geruch. Dann würde ich mein altes Revier zurückbekommen, es würde wieder so werden wie vorher.

Doch auch jetzt, wenn ich trotz allem die Gelegenheit hatte, eine Weile allein in der Kammer zu sein, kam es vor, daß ich den Schuhkarton vom Regal im Verschlag herunterholte. Dann blätterte ich langsam durch die Schneewittchenkarten, bis ich zum Bild von dem Prinzen kam. Ich würdigte ihn lange und gründlich, fand ihn so schön, hochgewachsen und männlich in der engen gelben Hose und dem kurzen blauen Umhang. Gleichzeitig behielt ich sorgsam die Tür zur Küche im Auge, ich wollte nicht, daß Betty oder Mutter sahen, womit ich mich beschäftigte, es erschien mir auf eine bestimmte Weise unerlaubt und sündhaft. Dennoch bekam ich kein Brennen zwischen den Beinen, und meine Brustwarzen zogen sich auch nicht zusammen, wenn ich das Bild des Märchenprinzen betrachtete. Er war einfach so schön und so fein. Dora war die Prinzessin, immer noch war sie Schneewittchen, die der Prinz auf seinem weißen Pferd abholen würde. Aber ich war auch SchneewittchenDora, NancyDoraSchneewittchen, es war mehr und mehr so gekommen. Ich war in ihr drinnen, sie war die ausgeschnittene lächelnde Papierpuppe, die mit ihren Gliederarmen die Bewegungen ausführte, während ich in und hinter allem steckte. Sie lebte für mich, sang und jubelte und küßte den Prinzen und wurde von ihm geküßt. Für mich! Das war eigentlich ich, aber ich versteckte mich dahinter, brauchte nicht verschämt und schüchtern zu sein, es war ja nicht ich, es war doch SchneewittchenDora!

Betty und Åke bekamen nie eine Rolle in meinem Liebesspiel. So viel Wirklichkeit vertrug das Stück nicht.

In dem Frühjahr, im Februar, als der Schnee bereits grobporig wurde und der Sternenhimmel am klarsten war und Betty und Åke zum König gegangen waren, um heiraten zu dürfen, wäre ich um ein Haar bekehrt worden.

Das Bethaus lag ein Stück entfernt von der Kirche. Von unserer Wegkreuzung aus folgte man der Landstraße in nordwestlicher Richtung, vorbei an C. G. Perssons Gemischtwaren, wo die Tankstelle, der Automat und der Briefkasten waren, setzte den Weg durch das erste Dorf mit rot-weißen Bauernhöfen zu beiden Seiten fort und ging an mehreren Abzweigungen vorbei, die unter anderem zum Badehaus und zur Molkerei führten. Und dann, kurz vor der Kirche, wo sich die Schule, das Gemeindehaus, der Pfarrhof, das Büro des Pastors, die Poststelle, die Dienstwohnung des Lehrers und das Sprechzimmer von Schwester Hedvig in einem doppelten Ring aus Ulmen gruppiert hatten, führte ein kleinerer Fahrweg nach links hinauf. Dort mußte man abbiegen, wenn man zum Bethaus wollte.

Man konnte es übrigens von der Landstraße gut sehen, es war nicht weit. Es lag auf einer kleinen Anhöhe, umgeben von einem Dutzend schmaler Birken und einigen hohen Tannen. Unterhalb des Hügels gab es auch einen Stall, in den die Bauern ihre Pferde stellen konnten, wenn sie im Winter mit dem Schlitten zu den Treffen kamen. Das Haus selbst war grünweiß mit spitzen Fenstern und einem kleinen Turm. Auf dem First saß ein Kreuz, kein halber Hahn wie auf unserem Pavillon.

Wenn man nicht abbog, sondern statt dessen beschloß, weiter geradeaus zu gehen, an der Kirche und dem Glockenturm vorbei, konnte man bald sehen, daß die Landstraße sich krümmte und einen großen Bogen um einen steinigen Wacholderhang machte, wo der Pfarrhofpächter im Sommer seine Färsen zu halten pflegte. Dort drinnen stand auch ein Runenstein, nicht weit vom Grabenrand. Einmal in jedem

Frühling durften wir mit dem Lehrer dorthin pilgern, das war meist in der Löwenzahnzeit, und dann standen wir ein Weilchen zwischen den gefleckten Kühen in stummer Andacht vor der Erinnerung an unsere Vorväter, um verstehen zu lernen, daß die Gegend, in der wir lebten, ein historisches Erbe war. Und ich spürte es tatsächlich! Ich war nicht unbewegt, es kribbelte unter meinen Füßen. Dann sangen wir »Du altes, du freies Land«, aber es klang nicht so besonders, weil wir uns nicht nach der Orgel richten konnten.

Nach dem Denkmal kam man fast umgehend zum nächsten Dorf. Und dort, gleich am Anfang, in einer Senke unten am Fluß, lagen die Mühle und die Säge, wo Vater arbeitete! Dorthin radelte er morgens und abends wieder zurück. Oder er humpelte zu Fuß, wenn die Kälte und die Schneewehen am schlimmsten waren.

Durchquerte man auch das Mühlendorf und ging dann weiter über die große Ebene und die Steinbrücke bei Forshällan, den gleichen Weg, den Betty früher mit dem Fahrrad gefahren war, kam man so langsam bis in den Ort. Aber, wie gesagt, wenn man zum Bethaus wollte, mußte man kurz vor der Kirche die Abzweigung nehmen.

Im Grunde war es unbegreiflich, daß ich überhaupt dorthin gehen durfte. Petrus auf der Heide war nämlich der Gemeindevorsteher. Ich bin nicht sicher, ob Vater das wußte, aber es muß wohl so gewesen sein, anders kann ich es mir nicht vorstellen. Vielleicht dachte Vater, es wäre gleichgültig, ob ich nun zum Bethaus oder zu einem anderen Ort ginge? Vielleicht verdrängte er Petrus auf der Heide in diesem Zusammenhang, so unwahrscheinlich das klingen mag. Ich weiß es nicht. Vielleicht hatte sogar Vater im Innern seine Widersprüche, auch wenn er es nie im Leben erwähnt hätte. Seine Mutter war Anhängerin der freikirchlichen Erweckungsbewegung gewesen, das hatte ich gehört, und Vater konnte diese alten Freikirchenlieder auswendig. Es passierte nicht oft, daß er sie sang, und wenn es vorkam, war er immer leicht angeheitert, zog die Töne in die Länge, schwankte, machte die Augen zu und fing über seinem eigenen Gesang zu weinen an. Das war alles bloß peinlich und schmierig. Jesusschmierig. Man schämte sich für Vater, wenn er in dieser Stimmung war.

Jedenfalls hatte ich in der Sonntagsschule anfangen dürfen. Die liebe Lehrerin aus der Schule für die Kleinen unterrichtete dort auch, sie hatte mich eingeladen, vielleicht entschied das die Sache. Die Lehrerin war noch nicht so lange in der Gemeinde, sie war nach dieser Xanthippe Rydberg gekommen, die Betty gehabt hatte und die ihr mit dem Lineal auf die Finger geschlagen und sie gezwungen hatte, beim Sitzen »die häßliche Hand« unter den Hintern zu klemmen, weil sie Linkshänderin war. Ich hatte Glück mit meiner Lehrerin. Verglichen mit der Rydbergschen war sie ein Engel, sie kümmerte sich um mich, als ich nach meiner Krankheit noch einmal von vorne anfangen mußte. Ich durfte mir sogar Bücher aus ihrem eigenen Regal ausleihen. Da ich aufgrund von Doras Unterricht bereits lesen konnte und der Pastor der Meinung war, daß ich die Klasse nicht überspringen sollte, langweilte ich mich zu Beginn ein wenig und brauchte etwas, dem ich mich widmen konnte. Also versorgte mich die Lehrerin mit zusätzlichen Lesebüchern und, als die nicht ausreichten, mit vergilbten Sonntagsschulzeitungen aus ihrer eigenen Kindheit. Die Geschichten waren fade und trostlos, aber ich sah darüber hinweg und knickste und war dankbar. Es war doch unmöglich, diejenige zu verletzen, die so lieb und wohlwollend zu mir war. Ich bin auch ziemlich sicher, daß sie damals Schwester Hedvig veranlaßt hatte, zu uns nach Hause zu kommen und sich um meine wunden Arme zu kümmern.

Die Lehrerin spielte Orgel und sang so schön, sowohl im Bethaus als auch in der Schule, und wenn sie über Jesus sprach, strahlten ihre Augen. Sie tat es auf eine kindliche Weise, obwohl sie nicht jung war, und ihr Gesicht zitterte, wenn sie im Bethaus vorne stand und Zeugnis ablegte. Obwohl sich die Wendungen im Grunde glichen, waren ihre Worte überhaupt nicht klebrig und aufdringlich wie die des Predigers. Sie sprach über Jesus, als wäre er ein älterer Bruder, in den sie sehr verliebt war. Der sie beschützt hatte, als sie ein kleines verschrecktes Mädchen war, das Angst im Dunkeln hatte. Da war er mit dem Licht gekommen.

Es gab im Dorf einen Ort, der hieß Loosche, obwohl man Loge schrieb. *Loge* nannte man bei uns die Scheune. In der Loge dagegen, die man *Loosche* aussprach, trafen sich die Abstinenzler. Manchmal war dort Kino, aber ich war erst zwei-, dreimal hingegangen, denn es kostete Eintritt.

Im Birkenhain hinter dem Badehaus gab es einen Tanzboden. An windstillen Sommerabenden konnte man die Akkordeonmusik bis zu uns hören. Betty war nach ihrer Konfirmation einige Male dort gewesen, und Dora hatte da getanzt und vermutlich alle bezaubert, bevor sie das Dorf verließ und nach Stockholm zog. Ich für meinen Teil war nur an Sonntagvormittagen dort gewesen, nach dem Tanz. Dann konnte man mit Glück im Gras und hinter den Büschen und vor allem bei der Tombola und beim Schießstand Münzen von fünf oder zehn Öre finden.

Die Loge, den Tanzboden und das Bethaus, diese drei Orte gab es. Zum Bethaus konnte man auch im Winter und ganz umsonst gehen, man brauchte auch nichts in die Kollekte zu legen, falls man nichts hatte. Im schlimmsten Fall, wenn man sich vor seinen Banknachbarn schämte, konnte man so tun, als würde man ein wenig in der Manteltasche stöbern, und dann einfach die Hand dicht über der Büchse wölben.

Meistens waren die Treffen samstags und mittwochs gegen Abend, und am Sonntagvormittag war natürlich Gottesdienst, aber da ging ich nie hin. Zu diesen Abendtreffen kamen dagegen fast alle Jugendlichen, ungefähr ab zehn. Wir Außenstehenden, das heißt wir, die nicht zur Gemeinde gehörten und nicht bekehrt waren, pflegten uns weit hinten hinzusetzen. Die Lümmel, GroßFriedrichs Hugo, Ingvar und die anderen, setzten sich immer in die letzte Bank, dort saßen sie, rangelten miteinander, scharrten mit den Füßen, husteten und warfen mit Papierkrampen. Barbro und ich gingen meist zusammen zu den Treffen. Kerstin konnte an den Abenden nicht bei uns sein. Da die Molkereifamilie der Gemeinde angehörte, mußten sowohl Anna als auch Kerstin weit vorne sitzen, sie waren auch bei den Sängern dabei, standen unter dem Jesusbild und sangen, wenn die Streicher loslegten.

In diesem Frühjahr, als ich fast vierzehn war, breitete sich in der Gegend etwas aus, das man Erweckungswelle nannte. Ein Wanderprediger, der auch Akkordeon spielte und sang, hielt mehrere Wochen lang jeden Abend ein Treffen im Bethaus ab. Er sprach über das Fleisch und die Sünde, über den Kampf des Geistes gegen den Leib und all seine Gelüste. Über den schmalen rechten Weg sprach er, der zum Leben führte, und über den breiten Sündenweg zum Tod. Die Zeit war kurz, sagte der Wanderprediger, bald würde Jesus auf den Himmelswolken herniederkommen! Wer dann freimütig seinen Namen bekannt hatte, würde gewiß erhört werden. Mit ausgebreiteten Armen würde Jesus auf ihn zukommen und sagen: Du treuer und guter Diener. Wahrlich, ich sage dir, an jenem Tag wirst du neben mir im Paradies sitzen! Und er würde in das weiße Gewand gehüllt sein und auffahren zum Himmel, ja, auf einer rosaroten Wolke würde er zu den Höhen der Seligkeiten geführt und mit der Krone der Ewigkeit gekrönt werden. Doch wer Jesu teures Blut verleugnet und verworfen hatte, das von allen Sünden rein machen konnte, der würde draußen im Dunkeln übrigbleiben, wo ewiges Heulen und Zähneklappern herrschte.

»Zweifelt nicht länger«, rief der Wanderprediger und hob die rechte Hand, mit der er das Buch mit dem weichen Ledereinband fest umklammert hielt. Er war jung und blond. Das Tempo und die Kraft seiner Stimme hatten sich gesteigert, als er zur eigentlichen Überzeugung kam. Da schrie und sang er fast, bald ging der Ton hinauf, bald hinunter. Seine Stirn glänzte, und sein Blick war brennend. Hin und wieder schloß er die Augen und schien sich mit gehobenem Kinn in die Höhe zu schrauben.

»Liieber Bruder, liiebe Schwester! Wer du auch bist. Alt oder jung. Jeeesus sucht dich. Hallllеluja! Entscheide dich, JETZT, heute abend!!! Noch strömt die Gnade, frei und umsonst! Gott sei gepriiiiesen! Halleluja! Noch steht die Tür offen, noch ist Zeit! Überlaß dich dem Herrn, tu es heute abend, in diesem Momennnt! Ruf den Namen Jeeesusss, und du wirst erlöst werden! Fall auf die Knie, bekenne deine Sünden, und du wirst im Blut des teuren Lammes gereinigt werden!«

Unser eigener Prediger erhob sich ebenfalls und betete, im Stehen, zu Gott. Das Gebet ging bald in einen Singruf in einer fremden Sprache über, die ich nicht verstand, die mir aber kalte Schauer über den Rücken jagte. Sie redeten in Zungen, das wußte ich, denn ich hatte es schon vorher gehört. Eine Frau und noch eine standen auf, streckten die Arme zur Decke, lallten und schwankten. Ich saß da mit offenem Mund. Meine Lippen waren trocken.

In den vier, fünf ersten Bankreihen auf beiden Seiten des Ganges wisperten und seufzten die Bethausleute, es war wie eine flatternde und zirpende Begleitung: Liiieber Jesus! Jesus! Halleluuuja! Gott sei gepriesen! Unser Herr! Jesusss …

Der fahrende Prediger hatte seine Wanderung zwischen den Bänken begonnen. Die Streicher spielten, die Sänger sangen: *Oh, daß niemand bleibt zurück Hier in dieser dunklen Welt* … Das Paneel des Bethauses glänzte graugrün im Lampenschein. Das Holz knackte. Die Leute rutschten unruhig hin und her. Es war stickig, roch nach Fußschweiß und Bratkartoffeln, grünem Haarwasser und schneefeuchten Wollsocken. Ein schwacher Duft von Kuhstall lag sanft und warm über allem. Schuhsohlen schabten auf dem Fußboden. Wellen von Spannung und Unbehagen und Angst gingen durch den Raum. In meiner Nähe atmete jemand hörbar, doch hinter meinem Rücken vernahm ich ein verstohlenes Kichern. Es kam vermutlich von Margit aus Karsbo und Rut Wirén, die wie üblich mit den Rüpeln zusammensaßen.

Unerschütterlich sanft und ganz ruhig, wie aus einer anderen und nach innen gewandten Welt, die mit dieser nicht viel zu tun hatte, blickte Jesus vom Altarbild hinunter. Barfuß stand er zwischen hohen weißen Lilien. Seine Hände hielt er mit den Handflächen nach oben ausgebreitet, und sein Haar fiel ihm hellbraun auf die Schultern. Sein langes Hemd war weiß, aber der Mantel war hellblau und hatte ein scharlachrotes Futter.

Der Wanderprediger war stehengeblieben. Nun betete er laut, die eine Hand hatte er in die Luft gestreckt, die andere hatte er jemandem auf den Kopf gelegt, wem, konnte ich nicht sehen.

Ich saß auf der linken Seite, in der zweiten Bank von hinten, vom Kleinen Saal aus betrachtet. Ich war sowohl geistig als auch körperlich anwesend. Was das Geistige betrifft, so war ich in meinen beobachtenden und schnell urteilenden Ernst gekleidet. Bezüglich meiner körperlichen Bekleidung war ich folgendermaßen ausstaffiert, von innen nach außen:

Dicht am Körper, den Bauch und die hervorstehende Brust eng umschließend, ein rosafarbenes kurzärmliges Unterhemd aus Rippstrick. Darüber ein Leibchen, vorne geknöpft (Hüfthalter hatte ich noch nicht bekommen). An dem Leibchen waren mit Hilfe von Knöpfen und feingestreiften graublauen Strumpfbändern die Wollstrümpfe (von der Strickerin, Tante Tilda aus Backen, mit der Maschine gestrickt) befestigt. Darüber war die flanellgefütterte Unterhose, auch sie rosafarben, oben und an den Beinen mit einem Gummiband versehen. Einen Unterrock hatte ich nicht, es kam gleich das Kleid aus karierter Kunstseide in Grün, Schwarz und Rot, es klebte an der Unterwäsche und knitterte hinten. Über dem Kleid trug ich eine dünne rote Strickjacke mit blanken Knöpfen, sie war nicht zugeknöpft. Zuletzt kam der Mantel, grau und aus einem alten Überrock gefertigt, aber Mutter hatte oben ein schwarzes Stück Samt angenäht, das den Kragen bedeckte, so daß er richtig hübsch aussah. Er stand, ebenso wie die Jacke, offen, aber nach der gängigen Sitte behielt ich ihn an. (Niemand von den Außenstehenden zog seine Überkleider aus, nur die Gemeindemitglieder machten deutlich, daß sie hier zu Hause waren, indem sie im Kleinen Saal ihre Mäntel aufhängten.) An den Füßen trug ich natürlich Winterstiefel mit drübergekrempelten Wollsocken. Meine Strickmütze lag, ebenso wie die Fäustlinge, auf der Bank zwischen mir und Barbro, aber die braune Schultertasche behielt ich auf dem Schoß, so gedreht, daß die Buchstaben N. P. auch ordentlich sichtbar waren. In der Tasche lag neben dem Taschentuch und dem Kamm auch das neue Gesangbuch, Zions Töne, das ich zum kombinierten Weihnachts- und Abschlußfest der Sonntagsschule am zweiten Feiertag bekommen hatte. *Zur Erinnerung an die Sonntagsschule* stand darin in der Handschrift der lieben Lehrerin. Die Brille und die Haarspange, die mein plattes dünnes Haar rechts vom Seitenscheitel zurückhielt, vollendeten meine Ausstattung.

Auf diese Weise saß ich da, an Leib und Seele gegürtet und gerüstet.

Ein Zischen ging durch den Raum. Es war etwas passiert. Ernst Andersson, Knecht in Nyboda und Junggeselle, der als etwas seltsam im Kopf angesehen wurde, schwankte nach vorne an die Schranke, angestarrt von der Gemeinde und gestützt auf den Arm des Wanderpredigers. Nun fiel er schluchzend gemeinsam mit Gertrud aus Ekeby und Jan Jans Viola auf die Knie (ich überlege gerade, wie es Viola wohl erging, als sie nach Hause kam. Ihr Kerl war ja so versoffen. Und bösartig auch, wurde gesagt). Eva Wennman, nur ein Jahr älter als ich, trat aus der zweiten Bank von vorne, zusammen mit ihrer Mutter, die der Gemeinde angehörte, sie waren Bauern. Die Mutter pries Gott und dankte ihm für seine Antwort auf das Gebet, nun sollte auch Eva endlich bekehrt und ein Kind des Herrn werden.

Werd ich von Sternen gekrönt
wenn ich ablege mein irdisch Gewand?
Werd ich in des Himmels Auen
voll Freude jene Seelen schauen
die für Gott ich fand?

Die erweckten Jugendlichen hatten ihren privaten Kreuzzug durch die Reihen angetreten. David zum Beispiel, der Sohn unseres Heimatpredigers, saß neben PerOla Nilsson und hatte ihm den Arm um die Schulter gelegt. Ein heller Kopf neben einem dunklen. Der dunkle sah sogar von hinten gequält aus. Der Nacken mit diesem Zipfel, der mich im Innern kitzelte ... Aber was nun? Was in Gottes Namen geschah jetzt? Nun stand er auf! Müllers PerOla, der so hübsch war! Siebzehn Jahre alt, arbeitete zusammen mit seinem Vater in der Mühle. Nun trat er aus der Bank und ging, geführt von David, mit gesenktem Kopf den Gang nach vorne! Bei ihm zu Hause waren sie nicht religiös, und dennoch ... Wie mutig! Ich bekam einen Knuff von Barbro, ihre Augen waren so groß wie Untertassen.

»Siehst du PerOla? Was? Das ist doch bekloppt! Der?«

Ich nickte kaum merklich, ich bekam fast keine Luft. O Gott! Wenn er konnte, konnte ich wohl auch. Was, wenn ich ...

Der liebe Bruder, so nannte der Wanderprediger den Bethausprediger, übernahm die Erweckungsarbeit vorne an der Schranke, und der Wanderprediger schritt wieder durch die Reihen. Er näherte sich nun langsam auf meiner Seite. In einer Bankreihe nach der anderen kauerte man sich zusammen, wie die Saatreihen in einem Kornfeld, die flachgedrückt werden und sich vor dem Sturm ducken. Der Wind des Geistes zog durch die Gegend. So hatte er gesagt. Eines Tages würde die Spreu vom Weizen getrennt werden.

»Wie hältst du es mit Gott? Liiieber Freund, zögere nicht länger! Schenk dein Leben Jesus! Hallelujah! Bekenne seinen teuren Namen! Verlasse den sündigen Leib! Tu den Schritt jetzt! Der Herr sucht dich, er klopft an deine Tür.«

Zwei Bankreihen noch.

Ichfürchtmichnichtvor Gott, ichfürchtmichnichtvorGott, ichfürchtmichnichtvorGott, ich fürcht mich nicht vor Gott! *Ich fürcht mich nicht*!

Hilf mir, o hilf! Es zog mich so. Ein Ruf in der Kehle. Ich wollte, ich wollte, aber ich wußte nicht, was!

Ich hatte eine solche Sehnsucht in mir. Einsamkeit und Sehnsucht. Ich wollte etwas. Ich wollte hinaufgetragen werden, und ich wollte hinabsteigen in tiefe, dunkle Tunnel. Aber wie sollte ich das jemandem erklären? Zu wem konnte ich solche Worte sagen? Du hast sie doch nicht alle! Du hast sie doch nicht alle! Bist du bekloppt geworden? Das würden sie sagen, ich wußte es. Meine Sehnsucht war mein Geheimnis, sie streckte sich nach Etwas, was über, hinter und in allem war. Womöglich Musik, die ich noch nie gehört hatte! Oder Worte, die wie samtiger Rauhreif im Mondschein schimmerten. Schönheit. Reinheit. Stille und Klarheit. Der Klang von Eis. Eisglocken! Licht!

Oder war es Gott? War das Gott? War Gott hier drinnen? Oder außerhalb?

Die Gemeinde seufzte und zischte weiter: Jesus! Jesusss … Hallelujah! Jeeesus …

Ich schüttelte mich. Wehrte mich gegen dieses Jesusgezische. Es war klebrig wie Sirup, stickig und süßlich, beinahe unanständig. Es war gefühlig und schmierig wie Mutters tolpatschige Versuche, mich auf die Wange zu küssen, wo feuchte Flecken übrigblieben, ich wischte sie immer ab. Ich war angezogen und abgestoßen. Herrgott im Himmel, was sollte ich tun?

Noch eine Bankreihe.

Hinter mir scharrte und quietschte es. Die in der letzten Reihe zogen es vor, sich mit großem Getöse davonzumachen.

Wieder bekam ich einen Stoß mit dem Ellbogen. Barbro zischte unruhig: »Sollen wir nicht gehen?«

Ich bohrte mein Kinn in den Kragen und guckte nicht in ihre Richtung. Ich atmete heftig und fühlte mich heiß. Der Raum kochte fast. Noch einer hatte sich in den Kreis gekniet. Und da kam noch einer!

Und was, wenn ich doch den Sprung wagte? Auch ich. Wie PerOla es getan hatte. Was, wenn ich jetzt aufstünde und nach vorn ginge! Dort mit sichtbaren Schuhsohlen auf den Knien läge? Was würden die Leute sagen? ZehenPelles Nancy, die hat sich erwecken lassen!

Die Lehrerin stand auf dem Podium. Sie klimperte auf der Gitarre und sang mit erhobenem Kinn und beseeltem Gesichtsausdruck: *Jesus so lieb, geh nicht an mir vorbei, erhöre mein Gebet …* Ich beugte mich ein wenig nach rechts und versteckte mich hinter dem Rücken von Karl aus Växboda. Ich wollte nicht, daß die Lehrerin mich erspähte. Ihr Blick konnte alles entscheiden. Tante Beda aus Alby, mager und milde, stand auch da und sang. Onkel Ruben Åkesson mit den weißen Haaren saß vornübergebeugt, die knotigen Hände hatte er zwischen den Knien gefaltet. Sein Nacken war rot. Wie oft hatte er mit einem Brrrr seine Pferde angehalten und mich auf dem Langschlitten mitfahren lassen. Viele waren so nett. So fröhlich. Hatten einen warmen Händedruck. Guten Tag, Nancy! Wie geht es dir heute?

Und Barbro war ja dabei. Und Sylvia auch. Sie würden mich aufnehmen. Die Arme um mich legen.

Aber Petrus auf der Heide saß in der ersten Bank auf der rechten Seite, er hatte Speckfalten über dem Kragen, und sein kahler Schädel glänzte.

Vater ... Wir. Nein! Nein, nein, NEIN! Ich konnte nicht. Ich gehörte nicht dorthin. Nicht zu denen.

Wohin gehörte ich dann?

Jesus stand auf dem Altarbild. Vollkommen stumm. Barbro wurde wütend, weil ich es so eilig hatte, als wir dann hinausgingen. Ich griff hastig nach dem Tretschlitten und lenkte ihn auf die Eisspur, die den Bethaushügel hinunterführte.

Barbro kam nach. »Warum hast du es denn so eilig? Es sind doch alle noch da!«

Das stimmte. Und gerade heute waren so viele nach vorn gegangen und hatten sich erwecken lassen, PerOla zum Beispiel. Da gab es viel zu bereden. Aber das gehörte dazu, auch wenn keine Erweckungswelle stattfand, daß sich alle Jugendlichen noch ein Weilchen draußen vor der Treppe aufhielten. Standen im Schnee und traten von einem Bein aufs andere, alberten herum und kabbelten sich. Stimmen im Stimmbruch mischten sich mit Gelächter und Kichern. Die Mädchen wendeten ihre Tretschlitten und gaben sich den Anschein, abfahrbereit zu sein, die Jungs packten die Holzgriffe, stellten sich hinter sie auf die Kufen und preßten sich an sie. Körper an Körper. Hand auf Hand. Heißer Atem. Wollüstige Schauer.

Auf dem Bethaushügel wurde vieles begonnen und entschieden. Von dort aus glitten die Schatten paarweise ins Dunkel. Der mit dem. Sie holten einander ein. Liefen zusammen nach Hause. Die älteren Junggesellen und einsamen Frauen machten sich auch Hoffnungen. Sie gingen mit langsamen Schritten. Wer das Glück hatte, von jemandem erwählt zu werden, hatte Jesus schnell vergessen. Die Fleischeslust gewann die Oberhand. Die meisten gingen deswegen zu den Treffen. Das, was danach passierte, war die Hauptsache. Viele hatten dort drinnen in der Hitze gesessen und waren entflammt worden. Hatten den Blick über einen Nacken oder einen Schopf streichen lassen. Der Erweckungsrausch und der Liebesrausch steigerten sich gegenseitig. Geheime Körperteile schwollen und pochten. Wenn sie heute abend ... Oh, wenn er ... O Gott! Mach, daß er heute mit zu mir nach Hause kommt!

Wußte ich das an dem Abend, als ich dreizehn und nahe daran war, erweckt zu werden? Spürte ich, wie es in und vor dem Bethaus brodelte und duftete, süß und herb zugleich, von zurückgehaltenen Gelüsten? Natürlich wußte ich es, und ich spürte es auch. Und ich hatte viel gehört. Tildas Annagreta zum Beispiel hatte behauptet, daß sie einmal auf dem Heimweg von einem Mittwochstreffen in Sandbergs Kiesgrube vergewaltigt worden war. Ihre Handtasche war weg, und ihre Unterhose war vorne zerrissen, vom Gummizug bis zum Schritt. Das konnte sie zeigen. Angeblich hatte sich ein großer, kräftiger Kerl auf sie geworfen. Niemand von hier. Niemand, den sie kannte. Natürlich gab es ein wahnsinniges Aufsehen, mit Dorfpolizist und allem Drum und Dran. Aber dann wurde die Handtasche unter einem Stein in der Kiesgrube gefunden. Der Inhalt war noch da, er war wohl auch nicht der Rede wert gewesen. So nach und nach kam heraus, daß das Ganze erfunden war. Sie hatte ihre Unterhose selbst zerrissen. Und die Tasche versteckt. Die Leute lachten natürlich und amüsierten sich furchtbar über die arme Annagreta, die über Dreißig und schieläugig und dick war. Sagten, sie wäre mannstoll. Bekam sie keinen, mußte sie einen erfinden, der sie mit Gewalt nahm. Dann würden die Leute schon begreifen, daß sie begehrenswert war.

Doch, gewiß, ich wußte eine Menge darüber. Außerdem

war ich ja, wie gesagt, früh dran. Auch ich hatte schon während der Treffen dagesessen und geträumt. Von einem Bestimmten. Obwohl ich wußte, daß es hoffnungslos war. Er war siebzehn und ich keine vierzehn, und nicht mal hübsch. Hatte ein Leibchen an! Es war so lächerlich, daß ich rot wurde, wenn ich daran dachte. Übrigens ... Wo war er eigentlich jetzt? War er immer noch da drinnen bei dem Wanderprediger?

Barbro hatte lange für Bertil Lundin geschwärmt und gehofft, daß er ihr heute abend auf dem Heimweg Gesellschaft leistete. Deshalb war sie sauer. Sie blieb zurück, aber ich trampelte weiter, so schnell ich konnte, die Landstraße entlang. Am Waldrand unterhalb der Landstraße verlief eine schmale, aber offene Talsenke, sie zog an uns vorüber und endete in der Lichtung, wo das Birkenmoor begann. Das Land gehörte HeidePetrus, dort pflegte er Heu zu mähen, aber nun war die Erde weiß und für alle da, die Gräben waren mit Schnee gefüllt, und der Harsch war hart gefroren, damit rechnete ich jedenfalls. Ich stieg über den Wall, den der Schneepflug angehäuft hatte, und fuhr hinaus auf die glatte Fläche. Es ging ein bißchen abwärts, und ui, wie gut das lief! Es knisterte und knackte unter den Kufen, wenn die allerdünnste Eiskruste zerbrach, aber die Schneedecke hielt. Ich flog fast an Lindgrens Kuhstall vorbei, der Geruch vom Misthaufen stach mir in die Nase, die Luft war so rein, daß alle Düfte um ein Vielfaches stärker wirkten. Ich lenkte mit langen Schritten weiter hinaus auf das Feld, mein Fuß brauchte den Boden kaum zu streifen. Ich konnte kreuz und quer fahren, ganz wie ich wollte, die Grenzen waren weg, der Stacheldraht eingesunken und schneebedeckt, ein Windhauch von Freiheit kühlte meine Wangen. Blau lag der zu Eis gefrorene Schnee vor mir. Ich sah, daß es gegenüber am schwarzen Waldrand in HühnerEmmas Fenster leuchtete. Drüben in Hagtä blinkte es auch. Es war wohl noch gar nicht so spät! Und bald war ich zu Hause, ich näherte mich bereits Ågrens neben uns. Vor mir erhoben sich die Schilfrohrzigarren. Nur noch der große Graben ... Da brach das Eis. Die Schnauze sank ein, und ich machte unfreiwillig eine Vollbremsung. Mein Bauch knallte so auf den Lenker, daß es weh tat.

Ich stapfte in den losen Schnee. Meine Stiefelschäfte füllten sich, die Socken wurden von den eisigen Klumpen ganz klobig. Ich kämpfte und zog, bekam die vordere Stange zu fassen, schaffte es, das eine Ende heraufzuheben und auf die Seite zu wuchten, wo die Eisdecke zu halten schien, plumps, wieder hinunter, packte die Enden der Kufen, schob den Tretschlitten vor mir auf den Grabenrand, kam selbst auf Knien hinterher. Der Schweiß brannte im Nacken unter der Wollmütze, ich keuchte ein wenig. Zur Sicherheit bewegte ich mich ein Stückchen auf allen vieren fort, ich wollte nicht riskieren, noch einmal einzubrechen.

Als ich da auf den Knien lag und mich am Sitz festhielt, um auf die Beine zu kommen, glaubte ich plötzlich, daß es um mich toste, als ob irgend etwas brach. Eis oder so. Ich blickte über den Harsch und zum Wald, drehte mich halb herum in jede Richtung, aber alles war ruhig und vollkommen still, es war bloß das Herz, das in meiner Kehle pochte. Ich wandte mein Gesicht zum Himmel. Der wölbte sich über mir, funkelnd von Sternen, Myriaden von Sternen dicht an dicht, die Unendlichkeit der Unendlichkeit, es wimmelte vor meinen Augen, ich war benommen und ein wenig erschrocken. Dann war mir, als würde ein weißlicher Gewölbebogen für mich gezeichnet, es begann zu flackern. Und ich sah, ich sah es wirklich! *Es regnete Licht.* Ich hörte es auch, es klang, wie wenn es schneit, ein stiller, wispernder, sirrender Laut.

Der Gnadenregen! GOTT! Herrgott im Himmel, erlöse mich von dem Bösen ...

Ich streifte die Fäustlinge ab, faltete die Hände, legte die Stirn auf den Sitz des Tretschlittens, ließ mich überspülen, schloß die Augen und hauchte beinahe lautlos das Wort: Gott, Gott, Gott! Immer und immer wieder. Nichts anderes. Kein Wort sonst. Aber meine Seele wurde hinaufgehoben, und das Seltsame daran war das Gefühl, daß ich gut war! So lieb und nachsichtig. Ich liebte alle! In diesem Moment die ganze Welt.

Die Wärme und der stickige Küchengeruch schlugen mir entgegen, als ich vom Hausflur aus die Tür öffnete. Mutter war beim Bettenmachen, sie lehnte die Klappe der Küchenbank gegen die Wand und schob eine Zeitung dahinter, wie sie es immer tat, damit die Kante keine Löcher in die wellige Tapete scheuerte. Vater saß mit dem Fuß auf dem Hocker vor dem Herd, er zog sich den Baumwollstrumpf für die Nacht über, er hatte wieder Beschwerden mit seinen Frostbeulen. Niemand erwähnte mit einem Wort, daß ich spät kam, wie ich befürchtet hatte.

Nur Betty war sauer. Sie saß am Tisch und ribbelte wie immer irgend etwas Gestricktes auf. Nun warf sie mir einen wütenden Blick zu. »Du siehst aus, als müßtest du dringend scheißen! Dir muß ja mindestens das Lange Elend begegnet sein! Und wieviel Schnee du auf den Wollsocken hast, geh raus und putz dich ab!«

Nein, ein Gespenst hatte ich nicht gesehen. Ich war nicht dem Langen Elend begegnet, das hin und wieder mit einem Laken über den Schultern zu erscheinen pflegte und die Leute zu Tode erschreckte. Doch was wäre passiert, wenn ich gesagt hätte, daß ich Gott gesehen hatte? Zumindest beinahe. Dann hätten sie geglaubt, ich hätte den Verstand verloren.

Am Tag danach, einem Sonntag, sagte Vater einfach so im Vorbeigehen, als er vom Lokus kam: »Es wird umschlagen. Das spürt man. Mit dem schönen Wetter ist jetzt wohl Schluß, jetzt kommt die Matsche. Aber gestern abend, Donnerwetter, das war ein feines Nordlicht.«

Und da war ich mir doch nicht ganz sicher.

Mutter war wirklich geschickt und erfinderisch, das muß man sagen. Sie hatte eine wunderschöne Stoffrose mit einem Glasknopf in der Mitte zusammengedreht und unterhalb der Schulter an Bettys Kleid befestigt. Sie hatte auch ein Kleidchen für Gwendolyn genäht, ihr allererstes. Beide waren aus dem gleichen Stoff, Musselin mit kleinen blau-weißen Blumen auf beigem Grund und einigen Tupfen in Grün.

Betty hatte sich neue Stoffschuhe mit Schleifen und halbhohem Absatz gekauft, ihre Haare hatte sie sich am Brunnen gewaschen und mehrere Male mit Essigwasser gespült, so daß sie richtig glänzten. Dann hatte sie sie auf Papilloten aufgedreht, natürlich solche, die wir selber herstellten, indem wir kleine Stücke Zeitungspapier fest um einen Baumwollfaden rollten. Mutter hatte ihr geholfen, den Pony mit der Lockenzange zu kräuseln. Als die Zange so weit abgekühlt war, daß sich das Testpapier nicht im geringsten bräunte, hatte Mutter, unter Bettys ängstlicher Bewachung, auch Gwendolyns Haarbüschel zurechtgebogen, so daß er wie ein kleiner Flügel auf ihrem Scheitel lag.

Sie heirateten an einem Samstag Anfang Mai. Åke kam am Vorabend mit dem Fahrrad aus dem Ort, auch er war feingemacht, er trug eine neue hellgraue Hose, ein weißes Hemd und einen Schlips. Aber die Jacke war dieselbe wie immer, Mutter plättete sie nur mit einem feuchten Tuch und rubbelte einige Flecken heraus.

Ich hatte an Dora geschrieben und ihr mitgeteilt, an welchem Tag die Trauung stattfinden würde, und sie hatte so ein schickes Telegramm gesandt. Es kam in einem großen weißen Umschlag zum allgemeinen Briefkasten, und als die Karte geöffnet wurde, sah man, daß in kleinen Schlitzen im Papier Geldscheine steckten. Es waren vier Stück. Vier ungefaltete Zehner bekamen Betty und Åke als Hochzeitsgeschenk. *Herzlichen Glückwunsch zum Hochzeitstag von Dora und Charlie*, stand da.

Aha! Ach so … Charlie war auch mit dabei. Offenbar. Mutter und ich tauschten hastig einen Blick, guckten aber sofort zur Seite.

Betty hatte natürlich keinen Grund, Charlie gegenüber mißtrauisch zu sein, da sie keinen Schimmer von der Sache mit der braunen Tasche hatte. Nein, sie freute sich bloß so über das Geld, daß sie kaum wußte, wohin mit sich. Sie brauchte so viele Dinge, ihrem zukünftigen neuen Zuhause mangelte es an allem. Åke hatte eine kleine Einzimmerwohnung mit Küche gemietet. Sie lag im ersten Stock einer alten Bruchbude und war völlig unmodern, sagte er ein wenig entschuldigend, aber ich für meinen Teil fand, daß es, verglichen mit unseren Verhältnissen, sehr gut klang. Betty war auch dort gewesen, um zu gucken, und ihrer Beschreibung nach gab es einen Wasserhahn in der Küche und eine kleine Zinkplatte mit etwas, das sie Ausguß nannte. Der Herd wurde natürlich mit Holz geheizt, und im Zimmer war ein Ofen, und auf dem Hof waren einige Plumpsklos in einer Reihe, aber es gab, das Beste überhaupt, elektrisches Licht.

Und Frau Westman hatte gesagt, daß Betty wieder zum Putzen kommen dürfe, ungefähr so wie vorher, wenn auch nur an einigen Nachmittagen in der Woche, wenn Åke mit dem Ausliefern fertig war und sich um das kleine Mädchen kümmern konnte. Auf diese Weise würde sich Betty ein bißchen Geld dazuverdienen. Später, wenn Åke zum Kommiß mußte, wäre Gwendolyn ja so groß, daß Betty sie im schlimmsten Fall mitbringen könnte, hatte Frau Westman gesagt.

Betty gefielen diese Pläne gar nicht. Sie verzog den Mund und muffelte, das Weib wolle nur ein billiges Dienstmädchen, das sie herumscheuchen und ausnutzen konnte, wie es ihr paßte. Aber Mutter war der Meinung, daß Frau Westman vielleicht doch nicht so schlimm war. Auch sie mußte ihre guten Seiten haben, fand Mutter, sie hatte Betty schließlich

Handtücher, ein ganzes Dutzend, und einen Satz Eßbesteck für sechs Personen geschenkt. Das war nicht schlecht! Ein Dutzend neue Leinenhandtücher hatte Mutter in ihrem ganzen Leben nicht besessen.

Von zu Hause hatte Betty nicht viel zu erwarten. Mutter hatte immerhin Kettgarn besorgt und schon Ende März mit dem Teppichweben angefangen, als es eben warm genug war, den Webstuhl oben in der Dachkammer aufzustellen. Mit Strickjacke und Mütze und alten Filzlatschen von Großmutter hatte sie dort gesessen und ein paar schöne Flickenteppiche gewebt, die für das Zimmer in Bettys Wohnung gedacht waren. Einen kleinen Vorleger für die Küche webte Mutter auch.

Ein Stoß Leinen für Bettlaken war bei Perssons gekauft worden, und, welch ein Wunder, Persson war mit dem Preis heruntergegangen, ganz von selbst! Ich muß wohl einen kleinen Rabatt gewähren, als Aufgebotsgeschenk, hatte er gesagt.

»Donnerwetter, das passiert nicht alle Tage«, sagte Mutter, als Betty mit dem Bündel nach Hause kam.

Laken und Kopfkissen wurden jedenfalls genäht, und Betty stickte an Monogrammen im Plattstich herum. Überschlaglaken mußten natürlich sein, und Spitze an den Kopfkissen, Bettys Ansprüche an Feinheit kannten kein Maß.

Åkes Vater war tot. Sie hatten eine kleine Kate in einer Waldgegend auf der anderen Seite des Ortes bewohnt, die Åkes Schwester übernommen hatte, nun wurde sie von ihr und ihrem Mann benutzt. Die Mutter wohnte noch in einer kleinen Kammer, die vom Hausflur abging, und half hier und da ein bißchen mit, paßte auf die Kinder auf und so. Sie hatte zwar nicht gerade was zu entbehren, aber sie besaß noch eine zurückgelegte Flickendecke, die sie vor Jahren selbst auf dem Rahmen bestickt hatte und die nie benutzt worden war. Die konnten Åke und Betty haben. Die Schwester steuerte einen neu gekauften Kochtopf bei. Ein halbes Dutzend Kaffeetassen mit dazugehöriger Zuckerdose und Sahnekännchen kamen von einem älteren Bruder, der verheiratet war und in einer Werkstatt im Ort arbeitete.

Es kam hier und da etwas. Die Zwillinge schickten auch jeder einen Zehner. Abends saß Betty mit dem Katalog von Åhlén und Holms da und rechnete aus, was sie kaufen konnte, Gardinen und Porzellan und Küchengeräte und Bettzeug und vieles andere. Aber die Liste ging nie auf, es gab zu wenig Geld und viel zu vieles, was sie haben wollte.

»Beruhige dich«, sagte Mutter. »Nur man sachte! Man kann doch nicht alles auf einmal haben. Hauptsache, ihr kommt für den Anfang zurecht. Und daß ihr euch nicht zu sehr verschuldet. Ein Glück, daß ihr Bergmans die Küchenbank und den Tisch abkaufen konntet. Ich habe sie tüchtig mit Seife abgeschrubbt und ausgelüftet, es sollte also keine Gefahr bestehen, daß Wanzen drin sind. Wenn Åke sie nur ein bißchen anmalt, wird es bestimmt richtig hübsch.«

Das Wetter war den ganzen Frühling über wechselhaft gewesen. Matschig Ende Februar, kalt im März, wie üblich mal so, mal so im April, hin und wieder Hagelschauer, meistens jedoch trocken und windig. Die Vegetation war spät in Gang gekommen, aber plötzlich, an einigen Tagen im Mai, kam die Wärme herangewallt, heiß wie der Hauch aus einem offenen Ofenloch. Da ging es los. Die Himbeersträucher wurden grün. Schlüsselblumen blühten an kurzen Stengeln, der Schlehdorn rund um den Pavillon schlug aus, und die Tränenden Herzen reihten sich auf weichen roten Zweigen rosaweiß aneinander, passend zu Bettys Hochzeit.

Wir deckten den Tisch in der Laube, während Betty und Åke losradelten. Sie fuhren allein, von etwas anderem war auch nie die Rede gewesen. Die Frau des Pastors und der Kantor waren die Trauzeugen, die Trauung sollte in einem kleinen Zimmer hinter dem Büro des Pastors stattfinden, das im linken Flügel des Pfarrhofs lag.

Die Sonne strahlte von einem maiblauen Himmel. Gwendolyn lag auf einer Decke im Gras. Mutter hatte die Kakaodose bis zur letzten Öre geleert. Es gab Brot und Butter und Käse, eingelegten Hering und Fleischbällchen, Salzkartoffeln, gekochte Mohrrüben und – unglaublich, aber wahr – Kalbsbraten! Es war ein knochiger Kalbsbraten, sagte Mutter, aber Knochen hin oder her, ich hatte noch nie in meinem Leben etwas so Köstliches gegessen! Und die Soße läßt sich kaum beschreiben, so herrlich war sie, vermischt mit zermusten Kartoffeln und kleinen Klecksen von frischem Preiselbeergelee obendrauf. Das muß man sich mal vorstellen, wir, ZehenPelles, saßen draußen in der Laube, auf dem Tisch eine weiße Decke, in einem Krug in der Mitte blühten Schlüsselblumen, Tränende Herzen und kleine Traubenkirschenzweige, und dazu aßen wir Kalbsbraten! Kein schlechtes Hochzeitsfest! Wir brauchten uns nicht zu schämen. Es hätte in der Zeitung stehen sollen, das hätte es wirklich, dann hätten es alle mitgekriegt.

Vater sagte: »Jaa, also prost! Nun wollen wir uns einen genehmigen!«

Zu weitschweifigeren Reden kam es weder von seiner noch von anderer Seite.

Åke saß da mit einem Lächeln auf dem Gesicht, stolz, aber auch verlegen, und Betty glänzte mit ihrem Trauring. Mutter hatte die kleine Gwendolyn auf dem Schoß und versuchte, sie vorsichtig mit einer zermanschten Kartoffel und Butter zu füttern, die auf der äußersten Messerspitze lag. Gwendolyn spuckte und verzog das Gesicht, daß es ganz verschrumpelt war, ungefähr so, als hätte man ihr einen Löffel Essig in den Mund gesteckt.

Ich mußte grinsen. Fand sie nicht eklig. Nicht heute. Das Herz in meiner Brust war groß. Ich fühlte mich gnädig. In meinem besten Baumwollkleid, dem mit dem Pikeekragen, hatte ich mich auf einem Stuhl ausgestreckt, den wir aus der

Küche geholt hatten. Rund um die Laube sang der Sommer, Schmetterlinge flatterten, die Schwalben schwirrten herum, es duftete und leuchtete. Ich fand die Braut, meine Schwester, so fein und schön in ihrem weißen Kleid mit den angeschnittenen Ärmeln und der weißen Stoffrose an der Schulter. Alle alten Mißhelligkeiten waren vergessen. Ich wünschte ihr und Åke wirklich, daß sie glücklich werden und es gut miteinander haben würden. Und Gwendolyn auch. Aber gesagt habe ich es nicht. Wie hätte sich das denn angehört?

Am Mittwoch in der Woche drauf kam Åke mit dem Bäckerauto und holte die Seinen. Er hatte am Donnerstag ebenfalls frei, so daß sie Zeit hatten, sich ein bißchen einzurichten. Die Wohnung war schon vom ersten Mai an gemietet.

Es wurde leer. Schrecklich leer. Ich hätte nie geglaubt, daß es so trostlos leer erscheinen würde! Jetzt, als Betty und Gwendolyn weg waren, mochte ich kaum in die Kammer gehen. Und dabei hatte ich mir nichts sehnlicher gewünscht. Ich hatte Betty loswerden wollen. Ich war froh, als sie mit Sack und Pack ausgezogen war. Und jetzt kam mir alles so öd und leer vor, daß ich darüber hätte weinen mögen. Mutter wanderte schweigend und mit irgendwie leeren Händen herum. Ich glaube, sie vermißte Gwendolyn am meisten.

Am Tag, als sie abfuhren, wurde gar nichts getan, aber am Morgen danach sagte Mutter: »Wenn du am Nachmittag aus der Schule kommst, wollen wir gemeinsam den Petroleumofen zurückbringen!«

Das Blechungetüm hatte fast ein halbes Jahr in der Kammer gestanden, wegen Vaters verdammtem Stolz war es nicht oft angeheizt worden, aber die Petroleumkanne war trotzdem so leer, daß sie schepperte. Mit dem Inhalt war vermutlich die Lampe über dem Tisch kostenlos nachgefüllt worden.

Auf dem Erdkeller stand eine alte Holzkiste. Die rückten wir heran und fegten sie aus, der Ofen hatte stehend darin

Platz. Wir schnallten die Kiste auf Mutters Gepäckträger, schlangen kreuz und quer Schnüre herum und sicherten sie mehrmals an Sattel und Rahmen. Ich hängte die Kanne an meinen Lenker, und wir zogen los. Fahren war unmöglich, jedenfalls für Mutter, wir mußten zu Fuß durch das ganze Dorf bis zur Kirche gehen. Das war nicht gerade lustig, man merkte ja, wie die Leute glotzten, aber es gab keine andere Möglichkeit, wir schoben stur geradeaus.

Der Zufall wollte, daß der Doktor an diesem Tag Sprechstunde hatte, er kam wohl alle zwei Wochen für einen Nachmittag, um Leute aus der Gegend zu untersuchen, für deren Leiden ein Doktor benötigt wurde. Schwester Hedvig war schwer beschäftigt und in Eile. Sie stellte keine Fragen, sondern sagte nur: »Danke, ist schon gut! Stellt ihn dorthin!«, als Mutter sich ausufernd und tausendmal für die Leihgabe bedankte. Es war zwar eine Erleichterung, daß wir um die Fragerei herumkamen, auf diese Weise war die Sache schnell erledigt, aber es war trotzdem enttäuschend, so einfach hinauskomplimentiert zu werden. Wir hatten uns so abgerackert, dieses Ungetüm, um das wir nie gebeten hatten, die Landstraße entlangzuschleppen. Zum Glück hatten wir das Petroleum verwenden können, das war nur recht und billig! Wie schön dann, mit dem Fahrrad nach Hause zu fahren. Wir hielten bei Perssons an und kauften eine Tüte Mandelkekse, da wir übereingekommen waren, mit dem Pavillon erst am nächsten Tag anzufangen. Es war höchste Zeit. Vater konnte es kaum erwarten, das Birkenholz hineinzubekommen, es lag gehackt und fast trocken auf einem Haufen an der Wand des Holzschuppens, aber durch all die Vorbereitungen für Bettys Hochzeit waren wir in Verzug geraten, wir hinkten dem Zeitplan fast vierzehn Tage hinterher.

So nach und nach rutschte trotzdem alles wieder in die alten Bahnen. Mutter brachte die Kammer in Ordnung, nahm das Innenfenster heraus und wechselte die Gardinen. Doch ich zog in diesem Frühling nicht mehr auf das Plüschsofa um, sondern richtete mich gleich in der Dachkammer ein, weil es so warm war, und blieb dort den ganzen Sommer, auch in der Woche, als Dora zu Hause war. Sie schlief unten.

Ende Juni sollte ich mit der Schule aufhören. Das war mein letzter Prüfungstag, nun blieb nur die Fortsetzungsschule im Herbst, dreimal die Woche, der Konfirmandenunterricht und schließlich die Konfirmation zu Pfingsten. Mutter begleitete mich nie an den Prüfungstagen, außer im ersten Jahr, da kam sie mit. Auch diesmal mußte ich alleine gehen, und es machte mir nichts aus. Ich trug mein neues Baumwollkleid mit dem weißen Pikeekragen, weiße Stoffschuhe und hellblaue Baumwollstrümpfe. Ich fühlte mich fein. Die Maiglöckchen auf der Waldlichtung Richtung Hagtä waren groß und duftend und hatten dunkelgrüne Blätter. Ich hatte einen Blumenstrauß und ein Senfglas dabei, das ich in das Loch für das Tintenfaß stellen konnte.

Der Lehrer hatte mich gebeten, nach der mündlichen Prüfung ein Gedicht vorzulesen. Er hatte »Das frohe Fest« von Anna Maria Lenngren vorgeschlagen. Ich fand es nicht übermäßig romantisch, aber man konnte es leicht auswendig lernen, da war dieser Rhythmus, also hatte ich es genommen, weil er es so gerne wollte. Obwohl ich für meinen Teil lieber den Nöck von Stagnelius gelesen hätte:

> Die Goldwolken des Abends umkränzen die Erde
> Die Elfen tanzen auf der Wiese
> und der blattgekrönte Nöck
> streicht die Fidel im Silberbach.

Oh, wie war das schön. Genau mein Stil. Viel schöner als das andere mit den Putern und Schlafröcken drin. Das frohe Fest hatte dreiundzwanzig Strophen, aber der Lehrer hatte gemeint, es reichte, wenn ich die ersten sechs und die letzten fünf nahm, das heißt knapp die Hälfte, und so kam es auch. Obwohl ich, wo ich schon mal in Fahrt war, gerne alle dreiundzwanzig aufgesagt hätte.

GroßFriedrichs Hugo hatte seine Mutter dabei, sie kam zu jeder Prüfung stolziert, mit Hut und einem Fuchsschwanz um den Hals, egal, wie warm es war. Dieser mottenzerfressene arme Fuchs baumelte kopfüber von ihren Schultern, er hatte Knopfaugen aus Glas, und ich fand ihn einfach zu erbärmlich. Aber GroßFriedrichs Elvira warf den Kopf in den Nacken und sagte hinterher, als es auf dem Hof Saft und Kaffee gab, Nancy, die ist ja ein Jahr älter als die anderen, da ist es wohl kein Wunder, daß sie so gut vorlesen kann!

Blöde Kuh! Sie hatte überhaupt keine Ahnung.

Der Pastor kam später auf dem Hof natürlich zu mir, diesmal gelang es mir nicht, mich zu verstecken. Er sagte, ich hätte das beste Zeugnis von allen bekommen und sollte darüber nachdenken und meine Zukunftschancen nutzen.

Zukunftschancen? Welche Chancen?

Ich blieb stehen und starrte ihm hinterher, als er sich auf dem Kiesweg entfernte. Groß, schwarz und gebeugt.

Es kamen Tage voller Glück und stiller Vertrautheit. Wir saßen in der Laube, Dora, Mutter und ich, und trennten Säume von Moirégardinen auf. Mutter war auf die Idee gekommen, daß Betty noch einen Vorhang zwischen dem Zimmer und der Küche haben sollte. Aus demselben Stück Stoff ließen sich außerdem ein paar feine Kissenbezüge und ein Volant machen, den konnte man ringsherum annähen. Zwar hatten Betty und Åke noch keine Sofaecken, in die man Zierkissen knuffen konnte, aber zwei Feldbetten mit Überwurf im Zimmer, dazu würden sie hübsch aussehen.

Dora und ich hatten beschlossen, in den nächsten Tagen mit dem Fahrrad in den Ort zu fahren und Betty zu besuchen.

Dora hatte Gwendolyn ja noch nie gesehen. Aber nun würde es endlich klappen. Egal, an welchem Tag.

Dora kam in der Woche nach Mittsommer nach Hause. Da hatte sich die Wärme schon seit Anfang Mai fast ununterbrochen gehalten, und kaum ein Tropfen war gefallen. Das Gras war kurz, die unreifen Himbeeren waren schrumpelig, die Mittsommerblumen viel zu schnell verblüht, aber ich war bereits gebräunt an Armen und Beinen. Dora war blaß.

»Du bist zu viel drinnen«, sagte Mutter. »Und mager bist du auch geworden. Finde ich!«

Das sagte Mutter mit einem gewissen Nachdruck.

Dora antwortete überhaupt nichts darauf. Sie lächelte bloß und streckte sich über den Tisch nach der Schere, dann begann sie, über etwas anderes zu reden, fragte nach Leuten aus dem Dorf und was so passiert war. Sie war seit dem letzten Sommer nicht einen Tag zu Hause gewesen!

Ich saß in der Laube, trennte Säume auf und zog Fäden. Ich war dabei. Ganz selbstverständlich war ich in die Gemeinschaft der Frauen mit ihrer Arbeit hineingeglitten. Niemand sagte: Geh spielen, Nancy! Such dir was Lustigeres! Und Betty war nicht zu Hause und machte mich kleiner. Ich war eine von dreien, und ich kam mir erwachsen und irgendwie feierlich vor. Es war auch so luxuriös und langersehnt, Dora zu Hause zu haben. Jede Minute wollte ich mit ihr verbringen! Nun saß ich da und beäugte sie mit nachdenklicher Bewunderung. Wie hübsch sie war! So stockholmerisch flott, ihre Nägel waren rot und ihre Haare hochgesteckt. Die Zehennägel waren auch rot, sie stachen zwischen den Riemchen ihrer Sandalen hervor. Ab und zu lächelte sie mich an und sagte: »Wie steht's, Nancy? Daß du so groß geworden bist!«

Dennoch war ich schüchtern, meine große Schwester war mir etwas fremd geworden. Wir hatten uns zwar die ganze Zeit geschrieben, aber es waren nur die üblichen netten Briefe gewesen. Wie geht es dir? Mir geht es gut. Im Leben und in

Gedanken waren wir getrennt gewesen. Jetzt, da Dora leibhaftig hier neben mir saß, wußte ich nicht recht, was ich sagen sollte, es war so lange her, daß sie mit uns zusammengelebt hatte. Es war schwer, das Alte wiederzufinden, das es einmal gegeben hatte, als ich klein war und mit dem Kopf an ihrer Schulter auf dem Sofa saß und sie mir laut aus den Zeitschriften *Allers* und *Hemmets Veckotidning* vorlas. Sie hatte damals eine besondere Art zu lesen, sie schluckte hörbar zwischen den Absätzen, und dann bewegte sich ihre Schulter, an der ich lehnte, und der Schlucklaut ging direkt in mein Ohr. Die Erinnerung war von Apfelduft umgeben, vielleicht kauten wir saftige Sävstaholmäpfel, während wir da am Fenster saßen und die Dämmerung sich herabsenkte. Vielleicht war es der Apfelsaft, den Dora hinunterschluckte?

Im Schuhkarton hatte ich das Traumbild von Dora, es war, wie es war, und sollte auch so bleiben. Die wirkliche Dora hatte sich verändert. Ich mich auch.

Manchmal streifte mich der Gedanke an die Tasche, aber ich hatte das Ganze so gut verwischt und verdrängt, daß es beinahe so war, als wäre es nie passiert. Der Einbruch beim Kaufmann und bei Burvalls im vorigen Sommer war im Dorf jetzt vergessen, niemand sprach mehr darüber. Und vor dem Dorfpolizisten hatte ich auch keine besondere Angst mehr, wenn ich ihn irgendwo auf der Straße traf, machte ich unbeschwert einen Knicks. Dora jetzt zu fragen, wie es wirklich gewesen war, das wäre mir im Traum nicht eingefallen. Das wäre so gewesen, als hätte man das alte Grauchen aus dem Abfallhaufen hinter dem Lokus ausgebuddelt, wo sie begraben lag. Das struppige Fell und die Würmer, die durch trockene Augenhöhlen krochen, wer wollte sich das angucken?

Über Charlie redete Dora wenig, sie sagte nur, daß er pausenlos arbeitete und herzliche Grüße ausrichtete. Es ist natürlich möglich, daß auch andere Dinge gesagt wurden, von denen ich nichts wissen konnte. Ich hörte es morgens dort unten murmeln, wenn Vater weggefahren war und Dora und Mutter unter sich waren, dasaßen und Kaffee tranken oder wenn Dora noch im Bett lag und Mutter auf dem Stuhl neben der Spiegelkommode saß und mit ihr redete. Hin und wieder hatte ich versucht zu lauschen, indem ich rückwärts die Bodentreppe hinunterschlich und ganz still im Hausflur stehenblieb, aber es war mir nicht gelungen zu verstehen, was sie sagten. Meistens predigte Mutter, Doras Stimme hörte man nur ab und zu.

Vater war glücklich, Dora zu Hause zu haben, das merkte man, das war an seinem Mund zu erkennen; was Vater betraf, so war es vor allem der Zug um den Mund, der die Gefühle ausdrückte. Doch ich kann auch nicht behaupten, daß zwischen den beiden alles so war wie früher. Sie sangen zum Beispiel nicht mehr zusammen, und Dora tanzte nicht und blies nicht auf dem Kamm, und sie hatte keinen Grund, seine Frostbeulen zu verpflastern, es war ja Sommer. Aber sie ging neben Vater über das Grundstück und bewunderte die Furchen im Kartoffelacker, sie waren immer so gerade, und das Kartoffelkraut sah richtig vielversprechend aus, trotz der Trockenheit. Natürlich wurde der Birkenholzstapel im Pavillon inspiziert. Dora lobte. Vater strahlte. Eines Abends kam er tatsächlich mit einem schwarzen Stück Blech nach Hause, das er in der Säge gefunden hatte. Nun sollte er wohl mal so einen verdammten Wetterhahn zurechtschneiden, sagte er. In den nächsten Tagen. Das Stück war gut geeignet, hatte genau die richtige Größe. Eine Blechschere war das einzige, was dafür benötigt wurde, dann wäre die Sache schnell erledigt.

Die Abende waren warm. Wir saßen in der Fliederlaube und tranken Kaffee. Dora hatte eine Flasche Kognak und eine Schachtel feine Zigarren mitgebracht, die mit etwas umwickelt waren, was man Bauchbinde nannte. Vater strich die Zigarre unter seiner Nase hin und her, schnupperte den Duft ein, knipste sie vorsichtig ab, zündete sie an und paffte einige Male. Dann legte er die Füße über Kreuz und lehnte sich auf dem wackeligen Stuhl zurück.

Mit dem Glas in der Linken und der Zigarre fest zwischen Mittel- und Zeigefinger der rechten Hand machte er eine Geste: »Donnerwetter, riecht das nicht herrlich!«

Dora trank auch von dem Kognak.

Ich sah, daß Mutter das nicht paßte.

Wir beschlossen, am Freitag in den Ort zu fahren. Da war Dora seit fast einer Woche zu Hause, und Betty hatte MilchAlbin mit der Nachricht geschickt, sie hätte nun genug gewartet. Åke und MilchAlbin trafen sich täglich auf ihren Fahrten, und wenn es etwas Besonderes mitzuteilen gab, kam Albin zu uns heruntergetrottet, oder er hupte bei Norrbodas Milchkannenständer.

Mutter wollte nicht mitkommen. Zum einen war es nicht möglich, wir hatten nur zwei Fahrräder, zum anderen war es unnötig, denn Mutter war schon einmal bei Betty zu Besuch gewesen. Das war gleich in der ersten Woche nach ihrem Einzug, als ich einen Tag schulfrei hatte. Es war furchtbar aufregend und lustig gewesen, zu Betty zu fahren und sie zum allererstenmal in ihrer eigenen Wohnung zu besuchen. Mutter freute sich natürlich vor allem über Gwendolyn, wanderte mit ihr auf dem Arm umher oder hielt sie auf dem Schoß, schaukelte und plapperte, fand, sie wäre so groß geworden, seit sie sie zuletzt gesehen hatte.

»Ui ui, so ein tüchtiges Mädchen! Du bist Großmutters lütte Deern! Lach doch mal! Zeig mal, ob du lachen kannst!« So ging das die ganze Zeit.

Bei Betty war es schön geworden, fanden wir. Das Haus war natürlich alt, es stand auf einem Innenhof fast mitten im Ort, die Treppe zur Wohnung hinauf war nackt und abgetreten, die Farbe an den Wänden abgeblättert, und Betty behauptete, unter ihnen wohne ein altes Weib, das nicht ganz richtig im Kopf war. Die stand im Hausflur und krakeelte vom Weltuntergang und daß Engel mit Schwertern auf gelben Pferden geritten kommen. Das klang unheimlich, aber der Vermieter hatte gesagt, die Alte litte an religiöser Grübelei, man müßte sich nicht darum scheren. Solange sie wenigstens nachts Ruhe gab. Und das tat sie. Und mit den Nachbarn, die nebenan wohnten, hatte Betty keine Probleme, zumindest bis jetzt nicht, obwohl sie natürlich alt waren, anfreunden konnte sie sich mit denen nicht. Ein Glück, daß sie wenigstens Irma hatte. Die kam fast jeden Tag herauf, wenn sie draußen mit den Kindern des Fabrikanten unterwegs war. Irma war ein Jahr jünger als Betty und arbeitete als Kindermädchen bei Fabrikant Larsson, der die Mützenfabrik besaß.

Na klar. Immerhin. Betty zuckte die Achseln. Es war auszuhalten. Mußte wohl vorerst ausreichen. Bis sie etwas Besseres fanden.

Richtig glücklich war Betty nicht, aber das war sie ja nie. Sie hatte immer was zu meckern.

Ich fand, daß es schön war, mit der Spüle und dem Wasserhahn, und hinter dem Herd war ein Blechrohr, durch das der Rauch hinausging. Betty hatte einen Schrank über der Spüle und einen darunter, darin stand der Abfalleimer. Eine schmale Speisekammer hatte sie auch. Zwischen dem Herd und der Speisekammerwand blieb ein kleiner Platz mit einem faltigen Stück Stoff davor, eigentlich für den Holzkorb gedacht, aber nun stand da die Wanne, in der Betty Gwendolyns Windeln einweichte. Die kochte sie dann auf dem Herd, genau wie Mutter es getan hatte, den Kessel hatte sie sich von uns geliehen. In der Waschküche war sie noch nicht gewesen, aber es gab eine in der Reihe, wo auch das Plumpsklo war. Sie traute sich nicht, dorthin zu gehen, sagte sie. Es gab Ratten. Unten bei der Mülltonne hatte sie eines Abends sogar eine Riesenratte mit langem, nacktem Schwanz gesehen!

»Igitt«, sagte Mutter, drückte Gwendolyn an sich und wich zurück. »Paß bloß auf das Mädchen auf! Die sind gefährlich, sind die, diese Biester.«

Betty schlief im Zimmer. Sie und Åke hatten günstig zwei Feldbetten erworben, die standen nun mit Überwürfen im rechten Winkel in einer Ecke, es war richtig hübsch. Gwendolyns Korb stand auf dem einen Feldbett, und die Haufen von Windeln lagen ausgebreitet daneben. Åke schlief auf der Küchenbank, bis auf weiteres. Er mußte ja morgens um vier aufstehen, sagte Betty, und da war es gut, wenn er sie und Gwendolyn nicht stören mußte. Außerdem brauchte er nachts seinen Schlaf, wenn er tüchtig arbeiten wollte. Betty mußte ja mehrmals raus, wenn Gwendolyn schrie.

Ich bemerkte Mutters Blick, als sie Bettys Mehrfacherklärungen bezüglich der Betten hörte. Mutter hatte immer Ahnungen, sie spürte alles mögliche, und nun witterte sie etwas, das las ich aus dem mißtrauischen Blitzen in ihren Augen.

Die Küche war am gemütlichsten. Die Bank und die Stühle waren blau gestrichen. Auf dem Tisch lag eine Wachsdecke mit Blumenmuster, und auf das Fensterbrett hatte Betty zwei rosafarbene Geranien gestellt. Das Zimmer dagegen war ziemlich grau, die Tapeten waren verblichen, und der Fußboden war schief. Betty zeigte uns, daß eine Flasche, an die Wand gelegt, von ganz alleine zur Wand gegenüber rollte, wenn man ihr nur einen winzig kleinen Stoß gab. Außer den Betten war noch eine Kommode darin, dazu zwei Stühle und ein kleiner Tisch vor dem Fenster. Aber die Teppiche heiterten das Zimmer wirklich auf, und die Gardinen mit dem gefältelten Querbehang oben waren hübsch.

»Ach, es ist richtig schön bei dir geworden«, sagte Mutter. »Wenn ihr man jetzt nur gesund bleibt. Aber nun mußt du Kaffee aufsetzen, ich hab was Leckeres mitgebracht!«

Und Betty leerte den Aschenbecher in den Mülleimer aus,

wischte die Wachsdecke ab und deckte den Tisch mit den neuen Tassen. Die Sonne schien herein, die Geranien waren rosig, der Kaffeeduft breitete sich aus, es war richtig entzückend. In der Ecke der Küchenbank lag ein Stapel Zeitschriften auf dem Katalog von Åhlén und Holms. Ich saß eine Weile da und blätterte darin, während Mutter Gwendolyn im Zimmer die Windeln wechselte. Ich hörte ihr Gebrabbel und Gwendolyns kleine Schreie, die man möglicherweise als Lachen deuten konnte. Mutter interpretierte sie jedenfalls so.

Doch auf dem Heimweg, als wir nebeneinander über die Ebene fuhren, sagte sie, daß Betty ihr leid tat. Wie das wohl wird, sagte sie. Es war nicht besonders lustig, mit siebzehn da so eingesperrt zu sitzen. Und ordentlich sauber machte sie auch nicht, das war Mutter aufgefallen. Gwendolyns Windeln waren graugewaschen und nicht gut genug ausgespült, sie war schon ganz rot am Popo, die arme Kleine.

»Nee, was du auch tust, Nancy, paß auf, daß dir das nicht auch passiert!«

Was sollte ich darauf antworten? Ich senkte den Kopf und sagte kein Wort. Mich in Bettys Situation hineinversetzen, mir vorstellen, wie ich mich an ihrer Stelle fühlen würde, mit einem Leben, das so angekommen und fertig war, tagein, tagaus, das konnte und wollte ich nicht. Es war, als würde mich das im Grunde nichts angehen. Betty war Betty, ich war ich. Meine Zukunft war noch ein unbetretener Weg, der in sonnendurchfluteten Nebel führte, hell und flimmernd. Ich wußte nicht, was sich hinter der Biegung befand, aber mich erwartete etwas, davon war ich so überzeugt, daß es in meinem Bauch kribbelte und ich gute Laune bekam. Das Leben gehörte mir, anders konnte ich es mir nicht vorstellen. Zukunftschancen, hatte der Pastor gesagt. Das schüttelte ich ab. Der Traum war zu luftig, als daß ihn jemand packen und fest am Boden hätte verankern können. In meinen Träumen wollte ich schweben, planlos und frei wie die Lerchen über der

Ebene, ruhend auf meinem Gesang, während die Bäume über den Eggen der Bauern rauschten und die Gräben unter mir gelbe Sumpfdotterblumen und durchsichtige Froschlaichklumpen sehen ließen.

Dora war richtig aufgedreht vor unserer Fahrradtour in den Ort und zu Betty. Am Abend davor sagte sie: »Wenn es morgen wieder so warm wird, könnten wir doch auf dem Hinweg unterhalb von Forshällan anhalten und baden. Dort war es früher so schön wie in einer Lagune!«

Ich wußte zwar nicht genau, was eine Lagune sein sollte, aber ich war sofort mit von der Partie, überglücklich angesichts des Gedankens, zusammen mit Dora einen richtigen Ausflug zu machen, ein Sommerabenteuer zu erleben. Ich fühlte, daß es fast wie in früheren Zeiten war, das gleiche Wir-zweigefühl, die gleiche Albernheit. Das Problem war nur, daß ich keinen Badeanzug hatte.

»So ein Quatsch, ich habe auch keinen«, lachte Dora. »Ich habe keinen mitgenommen. Wir können ohne baden oder in Unterwäsche, die trocknet schnell, wenn es so heiß ist!«

Es war erst neun Uhr, als wir das Paket, das Bettys neuen Vorhang und die Kissen enthielt, auf Doras Gepäckträger festschnallten, also auf Mutters alter Mühle. Ich hatte den Lederbeutel vorn an meinen Lenker gehängt, darin waren der Saft und die Brötchen, die wir als Proviant mitnehmen wollten. Ganz unten im Beutel lag eine Blechdose mit einem frisch gebackenen Napfkuchen, das war unser Mitbringsel für Betty.

»Falls sie nichts hat«, sagte Mutter. »Weiß ja nicht, wie ihr Herd ist, ob man da überhaupt drin backen kann ...«

Wir spazierten los und schoben die Fahrräder den Hang zur Landstraße hinauf. Wir gingen nebeneinander und zogen jeder eine eigene Reifenspur. Ich ließ den Kopf hängen. Ich war nicht mehr ganz so fröhlich wie am Abend zuvor. Meine

Stimmung war getrübt, und ich hatte Bauchschmerzen. Am Morgen, als ich aufwachte, war es nämlich wieder mal soweit gewesen. Ein großer braunroter Fleck im Bett. Verdammt! Verdammte Scheiße! Ich hatte meine Geschichte bekommen, und das ausgerechnet heute.

Dora sah mich freundlich, aber etwas fragend an, als wir am Morgen über den Hügel spazierten, begleitet vom Vogelchor in den Büschen. Sie legte den Kopf ein wenig schräg: »Was ist los, Nancy? Geht es dir nicht gut?«

»Ich habe Bauchweh bekommen«, sagte ich griesgrämig. »Ich glaube nicht, daß ich baden kann ...«

»Aha«, sagte Dora, »so ist das! Hast du denn Binden?«

Ich schüttelte den Kopf und merkte, wie ich rot wurde. Ich genierte mich fürchterlich. Stiefelte weiter und sah zu Boden. Binden? Niemals hatte ich Binden gehabt. So was wurde zu Hause nie erwähnt. Ich hatte wie üblich einen Flicken in der Unterhose. Und noch einen in Reserve im Lederbeutel.

»Warte hier, Nancy«, sagte sie plötzlich, »ich komme gleich! Ich will nur schnell was holen!« Und dann lehnte sie das Fahrrad an einen Fichtenstamm und rannte wieder zurück den Hügel hinunter.

Als sie langsam wieder hinaufkam, hielt sie die Sandaletten in der einen Hand und in der anderen eine Tüte. Sie lächelte und war etwas außer Atem.

»So, Nancy«, sagte sie, während sie sich in die Schuhe zwängte, »das kriegen wir schon hin, sollst mal sehen! Wir halten bei Forshällan, wie besprochen.«

Wir äußerten nicht viele Worte, während wir in gutem Tempo hintereinander her durch das Dorf fuhren, vorbei an der Abzweigung zum Bethaus, vorbei an der Kirche und den Höfen dort, um den Wacholderhügel mit den Färsen herum und bis zum anderen Dorf, wo unten in der Senke die Mühle und die Säge lagen.

Da fuhr Dora langsamer und drehte sich um, rief: »Sollen wir hinunterfahren und bei Vater vorbeigucken?«

Ich machte große Augen. Soweit ich mich erinnern konnte, war ich erst ein einziges Mal unten bei der Säge gewesen, und das war überhaupt nicht lustig. Kinder sollten da nicht herumlaufen und im Weg stehen! Es war mehrere Jahre her, und ich sollte damals eine Nachricht überbringen, es war ein zusammengefalteter Zettel, den ich Vater geben sollte, hatte Mutter gesagt. Ich wußte, worum es ging. Der Nähmaschinenvertreter, nicht der, der das Foto von Dora gemacht hatte, sondern ein anderer, bei dem Mutter einmal die Singer gekauft hatte, saß bei uns zu Hause auf der Küchenbank und wartete. Mutter hinkte mit den Raten hinterher, und nun drohte er damit, die Maschine wieder mitzunehmen, wenn er nicht wenigstens einen Teil des Geldes bekam. Mein Auftrag war also eilig. Trotzdem wußte ich nicht, woher ich den Mut nehmen sollte, mich zu zeigen. Bevor Vater mich entdeckte, hatte ich also schon eine ganze Weile dagestanden und die Kerle in den Blaumännern beobachtet, die Stapel von frisch gesägten Brettern auf den Schultern balancierten und einander geschickt auswichen. Einige standen oben auf dem Bretterstapel und brüllten und schrien, sie nahmen die biegsamen Planken eine nach der anderen entgegen und schichteten sie aufeinander. Andere schleppten Baumstämme heran. Sägespäne lagen in großen weißen Haufen herum, es duftete frisch und ziemlich gut, der Boden unter meinen Füßen war gelbbraun und weich, aber die Klinge blinkte scharfkantig unter der Abdeckung, der iiiieschende und zischende Laut klang unheimlich, er schnitt in die Ohren und direkt ins Mark, ich fühlte mich überhaupt nicht wohl. Das hier war Vaters Welt, eine Welt für Männer, sie war mir fremd und machte mir angst. Als Vater mich endlich entdeckte, hievte er seine Bretterlast unglaublich behende zum Stapler hinauf, klopfte sich die Weste ab, schneuzte sich in die Finger und kam zu dem Platz gehumpelt, an dem ich stand. Er schien sich nicht über den Besuch zu freuen. Ich reichte ihm den Zettel, Vater las, murmelte irgend etwas über den Vertreter, diesen Deubel, nahm aber die Brieftasche aus der Hosentasche, öffnete das Münzfach, fingerte ein paar Kronen heraus und legte sie in meine Hand.

»Hau jetzt ab«, sagte er. »Steh hier nicht im Weg rum!«

Dann drehte er sich um und ging. Die Kerle glotzten. Hugosson grinste, ich glaube, er war der einzige von ihnen, den ich wiedererkannte. Nee, diese vermaledeite Säge, was sollten wir da?

Außerdem war es so, daß man dicht an der Mühle vorbeifahren mußte, um hinunter zu Vaters Arbeitsplatz zu kommen, der Weg machte eine Biegung zwischen dem Pferdestall und der Rückseite des Mühlengebäudes, wo die Bauern ihre Säcke rückwärts unter den Vorsprung schleppten, von wo sie dann hinaufgezogen wurden. Man konnte von der Landstraße dort hinuntersehen. Und dort draußen auf dem Mühlenhügel stand auch PerOla, groß und dunkel in einer ausgeblichenen Latzhose mit einem Ledergürtel um die Taille. Ich wollte nicht, daß er mich sah, wenn ich mich noch plumper und ekliger fühlte als sonst. Die Chance, daß er mich überhaupt bemerkte, war nicht sonderlich groß, das wußte ich ja, aber dennoch. Also schüttelte ich als Antwort auf Doras Frage den Kopf.

Wie dumm ich war, wie egoistisch! Diese kleine Freude hätte ich Vater wohl gönnen sollen. Er wäre vermutlich froh und stolz gewesen, wenn Dora heruntergekommen wäre und sich vor allen Augen gezeigt hätte. Ich spielte in diesem Zusammenhang keine Rolle, ein halbwüchsiges Nichts mit Brille und Mückenstichen, aber Dora, so schön, so stockholmerisch, in weißen Shorts (die sonst keiner hatte!) und weißen Sandaletten, aus denen die roten, glänzenden Nägel hervorguckten.

»Zu Hause in den Ferien?«

»Na klar, sicher. Dora, der geht's gut!«

Für Vater wäre es ein Triumph gewesen, eine Ehre, da bin ich mir sicher. Es hätte ihn im Verhältnis zu den Staplern und dem Sägevorarbeiter und allen anderen ein Stück angehoben, sie hätten hinter Dora tief eingeatmet und gepfiffen, vor Bewunderung ganz platt. ZehenPelles Tochter. Verdammt hübsch!

Ich hätte Vater das Vergnügen lassen sollen, wenn ich nur ein bißchen mehr Verstand gehabt hätte. Sein Stundenlohn war ein paar Öre niedriger als der der anderen, das wußte ich ja, das hatte Mutter mir erzählt. Mit diesem verstümmelten Fuß war er nach Meinung des Sägewerkdirektors keine volle Arbeitskraft. Aber er hatte eine Tochter, tirili, die war schön wie der hellichte Tag …

Obwohl, es kann natürlich sein, daß auch sie dachten: *Hurenbalg*. ZehenPelle, der ist hinters Licht geführt worden, hehehe!

Wir radelten los und erreichten die freie Ebene, wo sich hinter einem Vorhang aus Erlen in schwerfälligen Serpentinen der Fluß schlängelte und die Scheunen dicht beieinander lagen, graurot und klein. Vorn an der Brücke bei Forshällan, wo die Ebene allmählich von Wäldchen und Höfen durchbrochen wurde, hielten wir an, wie wir es beschlossen hatten. Wir stellten die Fahrräder unter den Birken ab und liefen auf einem sandigen Weg flußabwärts.

Wir hatten Glück, an der Stelle, die Dora Lagune genannt hatte, war sonst keiner im Wasser. Doch, am Ufer werkelten ein paar kleine Jungs an einem alten Kahn herum, sie zerrten an der Kette, und als wir ankamen, hatten sie es gerade geschafft, sie loszubekommen, und fuhren nun unter Gejohle und Gelächter auf die andere Seite. Die Kiellinie schlingerte hinter ihnen her wie eine glitzernde Zickzackschlange.

Als erstes tranken wir den Saft und aßen die Brötchen. Wir

saßen mit hochgezogenen Knien auf einer Steinplatte. Die Sonne brannte, und die Bremsen stachen.

»Ich werde mal reinspringen«, sagte Dora. Sie streifte die Shorts ab, knöpfte die hellblaue Bluse auf und stand kurz darauf im Büstenhalter und in einem Höschen mit weiten Beinen vor mir, es sah aus wie Seide, fand ich, die Farbe lag genau zwischen rosa und beige.

»Zieh dich auch aus, Nancy«, fuhr sie fort, »das Leibchen kannst du anbehalten, wenn du willst, aber zieh die Unterhose aus und komm rein, sollst mal sehen, wie schön das ist. Ich helfe dir dann! Hier ist kein Mensch, du brauchst keine Angst zu haben, ich sehe, wenn jemand kommt.«

Dora glitt in das ruhige Wasser unterhalb des Steins. Sie machte ein paar Schwimmzüge, drehte sich um und planschte auf dem Rücken. Ich konnte nicht gut schwimmen, aber am Rand sah es flach aus. Der Fluß hatte sich halbkreisförmig eingefressen und ein glattes weißes Loch geschaffen, in dem die Erlenwurzeln ihren Weg hinunter suchten. Nach einem gewissen Zögern zog ich das Baumwollkleid über den Kopf. Danach ließ ich meine Unterhose bis zu den Fußknöcheln hinabgleiten und stieg mit beiden Füßen heraus. Ich trug natürlich Pluderhosen, aber immerhin aus Charmeuse, fast seidig und dünn. Es war nichts durchgeweicht, da war nur ein brauner Fleck, groß wie eine Fünföremünze, genau auf der mittleren Naht. Ich zog den Lappen zwischen meinen Beinen heraus, ohne ihn anzugucken, entfernte mich ein paar Schritte und stopfte ihn in einen Spalt zwischen zwei Steinen. Deckte Moos darüber. Dann ging ich mit meinem kurzen Hemdchen ins Wasser.

Es war so herrlich! Weich und kühl. Ich erschauerte, tauchte dann aber doch entschlossen bis zu den Schultern ein. Das Leibchen klebte. Zuerst brannte es ein wenig zwischen den Beinen und lief wie ein Krampf in den Körper hinein, aber dann ließ es schnell nach, und ich begann, mit den Armen zu planschen und Dora zuzuwinken, die weiter hinausgeschwommen war. Hier wollte ich lange, lange bleiben, das Wasser genießen und mich rein fühlen …

Das mit der Reinheit überkam mich ja von Zeit zu Zeit. Meine Sehnsucht nach Reinheit. Das saß sowohl auf als auch unter der Haut, wie ein juckendes Schmachten danach, reingewaschen, überspült und durchströmt zu werden. Ganz und gar. Mitten hindurch. Wie von Regen oder Sternenlicht. Es kam manchmal über mich, fast wie ein Gefühl von Panik, es war, als wollte ich aus der Haut kriechen! Ich weiß nicht, ob es noch aus meiner Krankheitszeit in mir hängengeblieben war, als ich klein war und ein Ekzem hatte, als meine Haut vom Fieber schuppig und trocken und die Lippen aufgesprungen waren und ich dalag und mich danach sehnte, ganz und gar in sauberes, kühles Wasser getaucht zu werden. Vielleicht war es das. Oder es lag daran, daß es bei uns zu Hause so war, wie es war, mit Pißpott und Abfalleimer und der emaillierten Waschschüssel, dem Handtuch auf der Leine über dem Herd, eins für alle, die Kante der Flickendecke war fettig, und zwischen meinen Beinen hatte ich klumpige Lappen, wenn ich meine Tage hatte. Ob es das war? Mutter versuchte, trotz allem alles so sauber wie möglich zu halten, aber was sollte sie machen, wenn es so war, wie es war? Wie sie und Vater selbst sich anstellten, weiß ich nicht, darüber hatte ich nie viel nachgedacht, man gewöhnte sich an die Düfte, dachte nicht darüber nach, ob sie gut oder schlecht waren, es war ganz einfach der häusliche Geruch. Im Sommer wusch Vater sich draußen am Brunnen, er zog das Hemd aus und stand bis zur Taille nackend da, beugte sich vor und bespritzte sich mit Wasser. Zum Schluß schüttete er sich immer die Waschschüssel mit dem Seifenwasser über den Kopf. Mutter sah ich nie ohne Kleider, sah nie ihre Brust und auch nicht ihren nackten Rücken. Der Hals und die Arme und Beine waren nackt, aber mehr auch nicht. In der Schule mußten wir ja ins Badehaus gehen, alle zwei Wochen die Mädchen und alle zwei Wochen die Jungs. Da waren lange Reihen von Waschschüsseln auf den Bänken, man stand nackt auf Holzgittern davor und seifte sich ein. Der Lehrer ging herum und bürstete einem Kind nach dem anderen den Rücken ab. Er pflegte auch in die Ohren zu kneifen und nachzugucken. Es war furchtbar unangenehm, man kauerte sich zusammen, so gut man konnte, wenn er sich näherte. Einmal stupste er mit dem Finger an einen meiner beiden Nippel, so daß er wackelte, und sagte: »Ich glaube, die Dame wird allmählich groß!« Ich schämte mich so fürchterlich und versuchte in Zukunft, an den Badetagen krank zu sein, aber das ging ja nicht immer.

Dora schwamm auf mich zu. Aus den hochgesteckten Haaren waren lange Strähnen herausgefallen, nun zog sie den Kamm heraus, der sie im Nacken zusammenhielt, und schüttelte den Rest aus. Dann tauchte sie so tief ein, daß ihr ganzer Kopf unter Wasser war. Ich machte es genauso. Lachend standen wir uns in der lauen Lagune gegenüber, Dora und ich. Dora hielt ihren Kamm fest, ich hielt meine Brille in die Höhe, das Wasser lief uns aus den Haaren. Libellen tanzten im Sonnenschein. Ihre schweren Flügel schimmerten in den Farben des Regenbogens.

Dora hängte ihren Büstenhalter an einen Erlenzweig. Ich traute mich kaum, sie anzusehen. Immerhin behielt sie die Unterhose an, die war so dünn, daß sie schnell auf dem Körper trocknen würde. Dann zog sie die Bluse über, ließ sie aber offen. Ich erhaschte einen Blick auf ihre Brust und genierte mich. Ich genierte mich vor Körperlichkeit und Nacktheit, das hatte ich geerbt. Sie nahm die Tüte, die sie in der Hand gehalten hatte, als sie den Hügel wieder heraufgekommen war.

Ich stand immer noch im Leibchen da. Ich rollte die Schultern vor, senkte das Kinn auf die Brust und blickte zu Boden. Mein Unterleib und das kleine Büschel aus feuchtem hellbraunem Haar waren nackt. Ich wußte, daß etwas passieren würde. Ich wartete. Wenn jetzt nur kein Klumpen herauswallte, so daß das Blut anfing, mir an den Beinen hinunterzurinnen! Ich bibberte ein wenig, obwohl es so warm war.

»Du frierst«, sagte Dora. »Zieh das Hemdchen aus und streif das Kleid über! Und steig auch in die Unterhose. Nein, zieh sie noch nicht hoch! Warte mal, du wirst schon sehen ...«

Ich tat, was sie mir sagte.

Nun nahm Dora etwas aus der Tüte, aber es war kein klobiges gehäkeltes Stopftuch mit roter Borte ringsherum, nein, das war etwas anderes, etwas Weißes, Weiches, das ich noch nie gesehen oder mir auch nur vorgestellt hatte.

»Ich hab welche mitgebracht, verstehst du«, sagte Dora, »ein ganzes Paket. Falls ich sie brauche ... Solche kann man kaufen. In Stockholm gibt es ...«

Ich stand still und breitbeinig da, während Dora die weiße weiche Binde zwischen meine Beine legte, vorsichtig die Hose hochzog und das Ding vorne und hinten mit Sicherheitsnadeln am Charmeusestoff befestigte. Sie schmiegte sich wunderbar an, war so anders, verglichen mit den Lappen. So weich. Und so rein. Und ich war frisch gebadet.

»So, Nancy! Schön, was? Du bekommst noch mehr, wenn wir zu Hause sind. Du kriegst auch etwas Geld von mir, bevor ich fahre, so daß du dir neue kaufen kannst, wenn sie alle sind. Im Ort gibt es sicher welche, falls Perssons keine haben. Ich kenn das ja ... Mutter, die ... So was kriegt sie nicht hin. Davon hat sie keine Ahnung. Aber du ...«

Sie stand mir gegenüber und lächelte mit geschlossenen Lippen. Ihr Gesicht war weich vor Zärtlichkeit, und sie strich mir mit beiden Händen sanft über die Wangen.

»Nancy! Meine kleine Süße! Du bist so hübsch. Meine kleine Schwester.«

Mir ist bewußt, daß ich versuchte, den Kopf wegzudrehen.

So viel konnte ich nicht verkraften. Aber sie ließ mich nicht los.

Plötzlich packte sie meine Oberarme, ihr Gesichtsausdruck veränderte sich, sie hatte mich fest im Griff und sah mir in die Augen. Ihre eigenen Augen war randvoll mit Tränen. »Oh, Nancy, Nancy, wenn ich so wäre wie du. Dreizehn Jahre. Mein Gott! Das ganze Leben so unberührt …«

Ihre Wangen fingen an zu zucken, und sie biß sich auf die Unterlippe und schluchzte. »Paß auf dich auf, Nancy! Versprich mir das. Tu nur, was du selbst willst! Laß dich von niemandem hereinlegen. Du bist so hübsch, so hübsch …«

Sie schlang die Arme um mich. Wir standen dicht aneinander gepreßt, Körper an Körper, Brust an Brust. Ich war fast so groß wie sie, daran hatte ich vorher nicht gedacht, aber nun fiel es mir auf, als sie ihren Kopf an meine Schulter legte und so weinte, daß sie zitterte. Ich hielt eine Strähne ihrer nassen Haare zwischen den Fingern der einen Hand, die andere umschloß ihr Schulterblatt. Ich hatte auch angefangen zu schluchzen, wußte nicht, was ich machen sollte. Es fiel mir schwer, mich zu entspannen. Ich hielt Dora im Arm, meine schöne große Schwester. Prinzessin Schneewittchen. Hedy Lamarr. Vaters Augenstern. Das Licht und der Stern. Und sie weinte wie ein Kind. Ich wußte nicht recht, worum es ging, aber ich begriff immerhin, daß irgend etwas nicht stimmte, das wußte ich eigentlich schon lange. Zumindest seit dem letzten Sommer.

Dora sagte nichts weiter, statt dessen lachte sie los und begann, sich mit dem Handrücken die Tränen abzuwischen. »Ach, bin ich blöd! Wahrscheinlich bekommt mir das Baden nicht! Oder es ist ein Sonnenstich. Jetzt vergessen wir alles, jetzt müssen wir los, Nancy! Betty wartet auf uns. Und die kleine Gwendolyn …«

Alles vergessen?

Das tat ich nie.

Der Sommer nahm seinen Lauf. Am selben Tag, als Dora wieder nach Stockholm fuhr, hörte das schöne Wetter auf, die Temperatur sank, es wurde windig. Danach kam der Regen. Ich glaube, es regnete wochenlang fast ununterbrochen.

Am Morgen des Abfahrtstages begleiteten wir Dora hinauf zum Bus. Sowohl der gelbe Rosenbusch als auch der Jasmin waren in der Hitze bereits verblüht, doch es gab noch blühende Levkojen, die Mutter anpflanzte. Seifenkraut natürlich auch und den üblichen alten Sonnenhut, den wir Gelbblume nannten, einen anderen Namen kannten wir nicht. Gelbblumen standen dicht an dicht hinter dem Häuschen, sie waren schlank und hoch gewachsen und hielten sich gut in einer Vase. Mutter stellte schließlich einen richtig schönen Strauß zusammen, hier und da hatte sie dunkelgrünes krauses Mohrrübenkraut hineingesteckt, um ihn ein bißchen zu verzieren. Zuerst wickelte sie das Ganze in ein feuchtes Stück Stoff ein, aus einem alten Laken ausgerissen, und dann in eine Schicht angefeuchtetes Zeitungspapier. Der Strauß paßte in Doras Tasche.

Sie hatte wieder das weiße Kostüm an, als sie abfuhr. Es regnete noch nicht, so daß sie keinen Mantel trug. Wir blieben am Straßenrand stehen und sahen zu, wie Kurt Johansson, der Busfahrer, ihr half, den grauen Koffer in das Gepäckfach zu heben. Dann ging sie den Gang weiter nach hinten. Johansson setzte sich ans Steuer und legte die Hand auf den Schaltknüppel. Tippte zum Abschied an den Mützenschirm. Wir machten einen Schritt zurück. Als sich die Tür zischend schloß und der Bus anfuhr, beugte Dora sich vor und winkte uns durch die Heckscheibe zu. Wir sahen das Gesicht und die Hand unter dem weißen Kostümärmel, er bewegte sich wie ein Fächer hin und her; dann verschwand ihr Anblick in der Senke.

Mutter und ich gingen schweigend nach Hause. Zwischen uns beiden ging das übliche Schattenspiel vor sich. Ich hatte natürlich mit keinem Wort erwähnt, daß Dora an dem Tag geweint hatte, als wir im Ort waren, um Betty zu besuchen. Ich wußte nicht, ob Mutter wußte, daß irgend etwas nicht so war, wie es sein sollte, aber ich vermutete es. Sie sah grüblerisch aus, und das schon seit einigen Tagen. Manchmal hatten die Stimmen unten in der Kammer ungewöhnlich laut geklungen, fast so, als stritten Dora und sie, aber es war mir nicht gelungen, zu verstehen, worum es ging. Natürlich hatte es mit diesem Charlie zu tun. Er war schließlich ein Dieb! Das wußte Mutter so gut wie ich, obwohl keine von uns sich etwas anmerken ließ.

»Ich finde, du könntest wenigstens den Sommer über zu Hause bleiben«, hatte Mutter gesagt. »Du könntest dich ein bißchen erholen. Du siehst so blaß aus. Übrigens müßte es doch möglich sein, irgendeine Arbeit hier in der Nähe zu finden. Oder in der Stadt. Die ist nur fünfundsechzig Kilometer entfernt, nicht halb so weit wie nach Stockholm.«

Dora hatte mit keinem Wort darauf geantwortet. Und nun war sie abgereist.

Es half ein bißchen, vor allem Mutter, daß Betty uns ein paar Tage später mit Gwendolyn besuchte. Sie war mit MilchAlbin gekommen und wollte über Nacht bleiben. Am Abend darauf wollte Åke sie abholen. Er hatte darum gebeten, sich das Bäckerauto ausleihen zu dürfen, mit dem Bus war es so teuer, wenn sie beide bezahlen mußten.

Betty hatte sich nicht verändert. Das heißt, eine Weile machte sie einen etwas besseren Eindruck. Als wir bei ihr zu Besuch waren zum Beispiel, war sie richtig nett und redete mit mir wie mit einem erwachsenen Menschen. Aber nun legte sie los und machte mich tüchtig zur Schnecke. Weil ich zu Hause war und tagelang herumlungerte, sagte sie. Dasaß und meine Nase in ein Buch steckte. Ich glaubte natürlich, ich sei was Besonderes. Schon so alt und noch so verwöhnt, eine Schande war das!

Aber da sagte Mutter, Betty sollte sich raushalten.

»Keiner von euch mußte anfangen zu arbeiten, bevor er mit der Schule fertig war! Du auch nicht. Hast du das vergessen? Nancy ist nicht faul. Sie hat noch die Fortsetzungsschule vor sich. Und die Schulküche. Im übrigen wollen wir versuchen, ein paar Beeren und Pilze zusammenzukriegen, bis der Aufkäufer kommt. Aber mit den Blaubeeren sieht es dieses Jahr nicht gut aus, es war zu trocken. Wenn es jetzt regnet, gibt es wenigstens ein paar Pfifferlinge, sollte man annehmen. Schafporling nimmt er auch, habe ich gehört, er kauft sie angeblich säckeweise.«

Ich glaube, Mutter wollte, daß ich in dieser Zeit mit ihr zu Hause war, ganz abgesehen vom Beerenpflücken. Sie brauchte mich. Ich war die letzte. Und es waren meine letzten Sommerferien. Ich sollte ab Ende September an drei Tagen in der Woche in die Fortsetzungsschule und außerdem ins Gemeindehaus zum Konfirmandenunterricht gehen. Im nächsten Frühling wäre ich dann mit allem fertig, bis auf die Schulküche. Dann begann das eigentliche Leben. Dann mußte ich eine Arbeit finden. Was, wußte ich nicht. Ich wollte kein Dienstmädchen werden! Ich wollte nicht! Aber hatte ich eine Wahl?

In diesem Sommer, bevor ich vierzehn wurde, widmete ich mich vor allem meinen Träumen. Ich war ziemlich allein. Barbro war inzwischen oft mit einem Mädchen zusammen, das Britta Simonsson hieß, sie wohnte im anderen Dorf, hinter der Kirche. Barbro schwärmte weiterhin für Bertil Lundin, mit dem Brittas Bruder befreundet war, es lag wohl vor allem daran. Aber ich fühlte mich von Barbro im Stich gelassen, das tat ich, obwohl ich es natürlich nicht zeigte, sondern die Nase hoch trug und fröhlich übers Wetter plauderte, wenn wir uns zufällig sahen. Und Kerstin fuhr jeden Sommer zu ihrer Großmutter nach Småland, es war also niemand da, mit dem ich mich hätte treffen können. Wir waren zu dritt gewesen, Barbro, Kerstin und ich. Wir hatten zusammengehalten.

Aber im Grunde gefiel es mir ganz gut, allein zu sein, ich litt nicht besonders. Solange ich nur durch die Gegend schlendern konnte, wie ich wollte, fühlte ich mich gut. Es gab so viel zu beobachten, so viel zu überlegen. Ich konnte in Ruhe nachdenken. Außerdem war in diesem Frühling eine kleine Bibliothek in der Loge eröffnet worden, mit richtigen Büchern, die hier und da durch neue ersetzt wurden. Ich war schon oft dort gewesen, um Bücher auszuleihen, und der Rucksack war schwer, wenn ich mit dem Fahrrad zurückfuhr. Bis dahin hatte ich nur Märchen und nette Geschichten nach dem Modell der Lehrerin gelesen, außer den Kurzgeschichten in den Zeitschriften und den Fortsetzungsromanen natürlich, aber das hier war etwas anderes. Die Bücher eröffneten mir die Welt und verschlossen sie auch vor mir. Wenn ich mich zwischen den Buchdeckeln befand, kümmerte es mich nicht so sehr, was um mich herum passierte, auf diese Weise verpaßte ich wohl einiges, aber statt dessen bekam ich etwas anderes mit, und was wichtiger war, fragte ich mich nie. Das Lesen war eine Leidenschaft, ich war auf dem Weg, eine Besessene zu werden.

Die Erweckungswelle des Winters war seit langem vorbei. Einige der frisch Bekehrten waren ziemlich schnell abtrünnig geworden, dazu gehörten Ernst Andersson, der Nyboknecht, und Jan Jans Viola. Es war natürlich zu schwer für sie gewesen, als sie nach Hause zu ihrem Kerl kam. Er hatte sie grün und blau geschlagen, sagten die Leute.

PerOla dagegen war treu geblieben. Ich ging nun nicht mehr so oft zu den Treffen, dort waren in dieser Jahreszeit sowieso nicht viele, aber auf dem Freilichttreffen in Sandbergs Hain am zweiten Mittsommertag sah ich PerOla. Er saß mit gekreuzten Beinen vorn bei der Musik auf einer Decke, neben ihm David. Ich hätte gern mit ihm geredet. Er mußte ja immerhin ein denkender Mensch sein, wenn er diesen Schritt getan hatte, und es schien mir angebracht, ihn wissen zu lassen, daß auch ich ein denkendes Wesen war, das war meine einzige Chance, Aufmerksamkeit zu erregen, schließlich sah ich nach nichts aus. Ich hätte zum Beispiel ganz ernst fragen können, wie es war, erweckt zu sein, ob er wirklich glaubte, daß Jesus Gottes Sohn sei, der von den Toten auferstanden war und alle Sünden der Welt aufgehoben hatte. Ob man das alles glauben mußte, damit Gott einen überhaupt beachtete? Das war doch fast schon Erpressung. Ich dachte viel über solche Sachen nach und hätte mich gern mit jemandem unterhalten, der auch nachdachte. Wenn ich die Möglichkeit bekäme, mit PerOla Kontakt aufzunehmen, könnte ich vielleicht zwei Fliegen mit einer Klappe schlagen.

Tief in meinem Innern wußte ich natürlich, welche Fliege am lautesten summte. Ich wußte auch, daß die Liebe in PerOlas Fall hoffnungslos war. Nie im Leben würde ich es wagen, auch nur einen Schritt in seine Richtung zu machen. ZehenPelles Nancy, die noch nicht einmal konfirmiert war, das wäre doch zu und zu lächerlich!

Trotzdem träumte ich von ihm, es waren zarte Träume. Beseelt, könnte man sagen. Ich träumte auch andere Dinge. Zu meiner Empörung betrat GroßFriedrichs Hugo ab und zu ungebeten meine Phantasien, frech und grinsend. Wir rollten durchs Gras, er und ich, im wildesten Ringkampf, ich biß und zerrte und riß, wenn er versuchte, mich anzufassen. Das, was er zu mir gesagt hatte, als Betty schwanger war, hallte in meinen Ohren wider: Nimm dich in acht! Sonst mach ich dasselbe mit dir! Dasselbe mit dir … Dasselbe mit dir. Und es war so genußvoll. Der Kartoffelsaft quoll heraus. Ich schwoll zwischen den Beinen, es zog in meinen Zähnen, ich haßte mich selbst! Und dennoch mußte ich mich der Sünde hingeben, immer und immer wieder.

Eines Tages passierte etwas, was sowohl meine Träume als

auch meine Phantasien für lange Zeit lahmlegte. Es regnete nicht immer, ab und zu war es sonnig und warm. Dann konnte es vorkommen, daß ich ein Buch mitnahm und mich zu dem Steinhaufen zwischen den niedrigen Ebereschen schlich, wohin ich an jenem Tag geflüchtet war, als Mutter und ich die braune Tasche fanden. Dort im Gras war eine schöne Senke, dort konnte man liegen, ohne gesehen zu werden, und träumen oder lesen, ganz wie man wollte. An diesem Tag, als ich mit hochgezogenen Knien dalag, nur mit einem kurzen Sommerrock und einem Brusttuch bekleidet, das am Hals und im Rücken geknotet war, hatte ich das seltsame Gefühl, beobachtet zu werden, jemand guckte mich an. Mit dem Buch in der Hand setzte ich mich hastig auf und zog den Rock über die Knie. Kaum zwei, drei Meter von mir entfernt stand LüttOskar und glotzte. Er stand schräg vor mir, notdürftig verborgen hinter einer kleinen Tanne. Ich hatte ihn nicht kommen hören, der Moorboden war zwar weich, doch er mußte sich mit äußerster Vorsicht angeschlichen haben, ohne auf trockene Zweige zu treten. Er sagte nichts, stand einfach da und starrte mich mit dem feuchten Hängelippengrinsen an wie ein ausgestopfter Karpfen. Zuerst wurde ich wütend, nicht ängstlich, aber dann sah ich, was er da trieb. Er hatte seine dreckige Hose vorne aufgemacht und diese unbeschreiblich ekelhafte weiße Sache herausgeholt, er hielt sie aufgerichtet in der Hand und wippte damit, während er so griente, daß er sabberte. Solche Dinge hatte ich schon gesehen, ich hatte ja zwei Brüder. Als ich klein war und sie zu Hause wohnten, sah ich sie oft im Hausflur stehen und in den Pißpott strullern, den sie vor sich hielten, und ich hatte wohl auch etwas gesehen, was unter Vaters Nachthemd heraushing, wenn er morgens und abends über die Kante der Küchenbank stieg. Aber das hier war etwas anderes, es war widerwärtig, eine Kränkung, die an meinem ganzen Körper klebte. Angst bekam ich auch.

LüttOskar war zwar klein, wie sein Spitzname schon sagte, aber es wurde behauptet, daß er Bärenkräfte bekam, wenn man ihn reizte, ich hatte gehört, wie gefährlich er dann sein konnte. Keine Ahnung, wie viele Sekunden verflogen, ich war zu Eis erstarrt und handlungsunfähig, wie ich es von Ratten gehört hatte, wenn die Schlange sie mit ihrem Feinschmeckerblick fixiert. Dann kam ich endlich los, drehte mich blitzschnell um und kletterte an der Rückseite über den Steinhaufen, stolperte, rannte ohne Rücksicht auf die kratzenden Zweige durchs Gebüsch, machte einen Satz über den Graben und war draußen auf der Wiese, wo der frische Klee wogte. Da drehte ich mich keuchend zum Waldrand um, aber es war nichts zu sehen. Das Buch hielt ich immer noch in der Hand.

Ich erzählte niemandem davon, weder früher noch später. Noch nicht einmal Mutter. Es gab wohl mehrere Gründe für mein Schweigen, auch wenn sie mir nicht vollkommen bewußt waren. Der wichtigste war ganz einfach der, daß ich nicht konnte. Mir fehlten die Worte. Wie sollte ich beschreiben, was LüttOskar getan hatte, ohne mich selbst in Grund und Boden zu schämen? Ich fühlte mich schmutzig, das war eine andere Sache. Er hatte mich beschmutzt. Obwohl ich schuldlos war, fühlte ich mich besudelt. Ich war eine von zweien in diesem Drama, verbunden mit LüttOskar, ob ich wollte oder nicht. Besser, ich hielt den Mund.

Hatte ich tief im Innern vielleicht auch ein bißchen Mitleid mit ihm? Ich weiß nicht. Ich glaube es nicht, aber ganz sicher bin ich nicht. Er war so eklig, so vollgesabbert mit Kautabak, so jämmerlich in seinem zerrissenen alten Lederpulli. Halb schwachsinnig. Niemand wollte ihn auch nur berühren. Wenn die Leute hörten, was er getan hatte, wie würde es dann für LüttOskar werden? Barbro und ich waren einmal in Ågrens Waschküche gewesen, an einem Tag, als wir Maiblumen verkauften. Wir waren nur ein paar

Schritte auf den Steinboden dieser Waschküche getreten, wo der gemauerte Sockel des Braukessels stand. LüttOskar kam aus der Kammer, in der er wohnte, aber die Tür stand einen Spalt offen. Wir erhaschten einen Blick auf das Bett, es war ungemacht und dreckig, darauf lagen eine schäbige Decke, aus der die Watte herausquoll, und ein Kissen ohne Bezug. Der Fußboden war voller Müll. Barbro und ich alberten und kicherten herum, LüttOskar kicherte auch, sein altes Hjihjihji! Zog zehn Öre aus der Tasche und kaufte eine Blume.

Wie auch immer, nach dem Erlebnis im Steinhaufen veränderte sich vieles. Angst war dazugekommen und eine neue Wachsamkeit. Ich ging nie mehr zurück in die Senke zwischen den kleinen Ebereschen, wo ich viele Jahre lang einen Zufluchtsort gehabt hatte. Es gab noch mehr Stellen, an die man sich zurückziehen und für sich sein konnte. Eine lag gleich oberhalb des Holzzauns unter einer Traubenkirsche, die fast gebrochen, aber noch nicht tot war, der Stamm lag schräg, und die Äste hingen herunter wie ein Vorhang. In der weißen Blütezeit war es paradiesisch, sich dort in dem starken Duft und beim Summen aller Hummeln und Bienen auszustrecken. Unten auf der Erde zu liegen und durch Blattwerk oder Kiefernkronen zum Himmel hinaufzugucken, das mochte ich. Ich machte es oft und an vielen Orten. Aber nach diesem Ereignis mit LüttOskar kehrte das unbefangene Gefühl von Sicherheit nie zurück.

Der Herbst kam. Der Acker von HeidePetrus war frisch gepflügt und fett. Die Krähen saßen in langen schwarzen Mänteln auf den Pfosten des Holzzauns längs des Wäldchens von Ågrens und krakeelten. Hin und wieder hoben sie schwerfällig ab, kräh, kräh, kräh, wedelten eine Runde und ließen sich auf anderen Pfählen nieder.

Die Kriechenbüsche hinter dem Pavillon waren rot wie

Blut, aber ihre Schönheit war brüchig, knickte man einen Zweig ab, fielen gleich die Blätter herunter. Die Schneebeeren knackten zwischen den Fingern, wenn man sie zerdrückte, das war ein kleines Vergnügen, wenn man in den Keller ging, um Kartoffeln zu holen.

Bei uns, den ZehenPelles, war fast alles wie immer. Der Wetterhahn war nur ein halber Hahn. Das Holzschuppendach leckte. Das Zeitungspapier auf dem Lokus wurde hinter dem Brett feucht.

Morgens regnete es oft, und man bekam nasse Knie, wenn man mit dem Fahrrad losfuhr. Mutter hatte Zahnschmerzen. Ihre Versuche mit den Galläpfeln halfen nicht viel, die Tupfer mit Jägerbranntwein auch nicht.

»Du solltest dir den Mist ziehen lassen«, sagte Vater. »Lieber zahnlos als so. Guck mich an! Ich habe weniger Probleme, aber das liegt daran, daß ich mir Kautabak ins Maul stopfe!«

»Soll ich etwa mit Kautabak anfangen, oder was? Nee, du ... Wenn man nur Geld hätte. Dann könnte man neue kriegen.«

Vater schwieg. Mutter probierte einen neuen Kniff aus, man sollte ein Stück Zeitungspapier auf einem Teller verbrennen und den schwarzen Teer, der übrig blieb, wenn man die Asche weggeblasen hatte, mit einem Streichholz in das Loch stopfen.

Ich war im September vierzehn geworden. Da war das Wetter immer noch blau und gelb, und Mutter hatte einen feinen Napfkuchen mit zwei ganzen Eiern gebacken. Barbro und Kerstin kamen zum Kaffeetrinken, wir waren jetzt wieder oft zusammen, Barbro war Britta Simonsson leid geworden, und in Bertil Lundin war sie auch nicht mehr verliebt. Zwar freute ich mich über ihre Gesellschaft, das tat ich wirklich, aber sie störten meine Leseruhe, selbst hatten sie kein Interesse am Lesen und verdrehten die Augen, wenn ich von

Büchern anfing. Also schwieg ich davon, wie von so vielem anderen. Ich war natürlich älter, daran lag es wohl.

Von Dora kam eine schöne Karte mit herzlichen Glückwünschen zum Geburtstag. Ich schrieb ihr und bedankte mich, bekam aber keinen Brief zurück, nur noch eine Karte einige Wochen später, sie dankte für den Brief und schickte tausend Grüße.

Es wunderte mich nicht. Ich verstand, daß Dora mir nun nicht mehr so schreiben konnte wie früher. Wie sollte sie jetzt, nachdem sie sich im Sommer auf diese Weise offenbart hatte, einen gewöhnlichen Mirgehtesgutbrief schicken? Sie wußte ja, daß ich wußte, es stimmte nicht, daß alles *gut* war!

Jedenfalls bastelte ich einen langen Brief an sie zusammen, viel länger als gewöhnlich, ich dachte, daß sie es brauchen könnte. Ich stellte keine Fragen, sondern erzählte ein bißchen dies und das von zu Hause. Es war ja nicht besonders viel passiert, aber ich schrieb, daß ich die Fortsetzungsschule besuchte und eine weißhaarige Lehrerin aus dem Ort hatte, die pensioniert, aber sehr gut war. Sie hieß Fräulein Vigren, aber die Jungs hatten sie gleich in Korinthenkackerin umgetauft, weil sie schon am ersten Tag aus dem Brief an die Korinther vorlas und sagte, wir sollten uns vor Paulus in acht nehmen, vor allem wir Mädchen. Ich teilte Dora mit, daß mir ein Fach, das Gesellschaftskunde hieß, besonders gut gefiel. Fräulein Vigren sagte, es wäre wichtig, die Zusammenhänge zu verstehen und zu sehen, wie alles sich entwickelt hatte und so geworden war, wie es war, daß man aber auch wissen mußte, daß es Möglichkeiten gab, das zu verändern, was nicht gut geworden war. Wissen wäre wichtig, sagte Fräulein Vigren, es wär das A und O. Das bedeutete Anfang und Ende.

In dem Brief schrieb ich auch vom Konfirmandenunterricht. Es ging vor allem darum, den Katechismus auswendig herunterzuleiern, aber der Pastor war nett. Netter als ich gedacht hatte. Er hatte übrigens einmal nach Dora gefragt und mich gebeten, sie zu grüßen! Er konnte sich noch daran erinnern, wie sie bei C. G. Perssons hinterm Ladentisch gestanden hatte, sagte er.

Sowohl Åke als auch die Zwillinge wurden in diesem Herbst gemustert, sie mußten im April des nächsten Jahres zum Kommiß. Lennart und Börje würden nicht in dasselbe Regiment kommen, und sie beklagten sich darüber, als sie Weihnachten zu Hause waren.

»Auch gut so«, sagte Vater, »gut so, daß sie euch trennen, daß aus euch mal vernünftige Menschen werden! Wie stellt ihr euch das denn vor, verflucht noch mal? Ihr könnt ja schließlich nicht dasselbe Weibsstück heiraten!«

Es war ja so, daß Lennart und Börje es ohne den anderen nicht gut aushielten, sie waren immer zusammengewesen. Als sie mit der Schule und dem Konfirmandenunterricht fertig waren und es Zeit wurde, eine Arbeit anzunehmen, kam ein Angebot von Mutters Bruder in Eskilstuna. Er war Schneider und hatte eine eigene Werkstatt, und einer der Jungs konnte bei ihm als Lehrling anfangen. Fürs erste gegen Essen und ein Zimmer. Und auch ein bißchen Taschengeld. Ich war zu klein, um mich im Detail zu erinnern, ich weiß nur, daß es eine ewige Streiterei darüber gab, wer fahren sollte, denn keiner von beiden wollte. Trotzdem kam es so, daß Börje sich auf den Weg machen mußte. Es war doch eine Schande, ein solches Angebot abzulehnen, sagte Mutter. Onkel Vilhelm hatte sich gut gemacht, der hatte ein eigenes Haus und eine Werkstatt! Man mußte auch an die Versorgung denken, sagte sie, in diesen Zeiten wuchs die Arbeit nicht mehr auf den Bäumen. Gelernter Schneider zu sein, das war nicht das Schlechteste.

Lennart mußte anfangen, in der Molkerei Fünfzigliterflaschen auszuspülen. Er war sauer und mürrisch, das weiß ich noch, und schlurfte so, daß sich die Flickenteppiche vor seinen Füßen wellten. Er brach sogar ein Stuhlbein ab, als er beim Essen kippelte und hintenüberfiel. »Das hat er mit Absicht gemacht, der Lümmel«, schimpfte Vater. »Im Grunde sollte man ihm mit dem Stuhlbein so richtig den Arsch versohlen!«

Alles endete damit, daß Lennart sich auch auf den Weg nach Eskilstuna machte, sobald er das Geld für die Fahrkarte zusammenhatte. Er bekam Arbeit in einer Werkstatt, und da Börje es leid war, mit übereinandergeschlagenen Beinen an einem Tisch zu sitzen und herumzufisseln, besorgte er sich dort ebenfalls eine Stelle. Dann mieteten sie zusammen ein Zimmer, und alles war Friede Freude Eierkuchen. Onkel und Tante regten sich natürlich über die Undankbarkeit auf. Aber die Jungs wurden trotzdem hin und wieder zum Sonntagsbraten eingeladen, und Onkel Vilhelm gab ihnen Stoffreste für Mutter mit, wenn er welche übrig hatte. Auch sie war so geschickt im Nähen.

Ich hatte, wie gesagt, nicht das Gefühl, meine Brüder zu kennen. Wenn sie nach Hause kamen, war es, als wehte ein fremder Wind herein. Sie scherten sich einen Dreck um mich, aber hübsch waren sie, trugen hübsche Sachen, beide besaßen einen Hut und einen Mantel. Sie hatten sich im Sommer auch ein Zelt gekauft und jeder ein Rennrad mit einem Lenker, der gebogen war wie die Hörner eines Schafsbocks. Denen ging es gut. Sie machten, was sie wollten, sie hatten sich befreit.

Ganz anders Betty. Griesgrämig und unzufrieden mit ihrem Leben.

Ist wohl auch nicht besonders lustig, mit einem Kind eingesperrt zu sein, wenn man siebzehn ist, hatte Mutter gesagt, als wir nach unserem Besuch aus dem Ort zurückfuhren. Nein, natürlich nicht.

Und Dora. Wie ging es ihr eigentlich? Es hatte alles einen

so guten Eindruck gemacht, und sie war so schick angezogen gewesen und hatte voriges Weihnachten eine Menge Geld geschickt. Aber froh war sie nicht, irgend etwas war faul, das wußte ich ja.

»Nancy«, hatte sie gesagt, als wir auf dem Felsen unterhalb von Forshällan standen, »paß auf dich auf! Tu nur, was du selbst willst. Versprich mir das!«

Tat Dora denn nicht, was sie wollte? War dieser gespreizte Charlie derjenige, der bestimmte, er, ein Dieb? Warum konnte Dora denn nicht auf ihn pfeifen und wieder nach Hause kommen?

Und Mutter? Wie ging es ihr? Das wußte ich doch. Sah es täglich. Hätte ich ein Leben wie ihres gewollt? Man muß sich mit dem begnügen, was man hat, das hatte sie gesagt.

Nein, nein, nein! Ich wollte nicht! Wollte nicht, daß es mir so erginge wie Betty. Und nicht so wie Mutter. Und nun auch nicht mehr wie Dora. Im übrigen hatte ich mich nie mit Dora verglichen. Wir waren so verschieden. Ich liebte sie, aber sie war eine andere. Ich war ich. Nancy Viktoria.

Was wollte ich also? Ich wollte Fräulein Vigren zuhören und Sachen lernen! Bücher lesen. Auch später. Nach der Fortsetzungsschule. Aber wie sollte das gehen? Konnten nur Jungs machen, was sie wollten, einfach geradeaus gehen und an sich selbst denken, wie Börje und Lennart?

Und Vater? Ihm ging es kaum besser als Mutter. Zu Hause wurde er natürlich bedient und bestimmte über das Geld und verlangte Ruhe, wenn er die Nachrichten hörte, und niemand durfte auch nur die Gabel in eine Kartoffel stecken, bevor er sich an den Tisch gesetzt und genommen hatte. Und das, was da auf der Küchenbank vor sich ging, ich wußte schon, daß das ein Recht war, das er hatte, und Mutter drehte sich oft weg und versuchte, es auf ihre Zahnschmerzen oder etwas anderes zu schieben. Ich war ja anwesend. Ich war die Beobachterin und die Richterin. Ich sah, und ich beurteilte, aber zu richten war schwer. Und ich wollte über Vater kein Urteil sprechen.

Puh, jeden Morgen losgehen, in Wind und Wetter, krumm und schief und mit nässenden Frostbeulen am Fuß, wenn es taute. Belächelt wegen des Birkenholzes und der Angeberei mit Dora und wegen des Pachtlandes. Wer wollte in Zehen-Pelles Haut stecken? Ich jedenfalls nicht.

Vater pflegte zu sagen, daß nun bald andere Zeiten anbrechen würden. Wir hatten eine neue Regierung. Die dicken Bonzen würden schon merken, wie ihnen die Wampen wegschmolzen. Es gab so etwas wie Gerechtigkeit. Merkt euch das! Auch ein armer Deubel würde zu seinem Recht kommen.

Fräulein Vigren hatte über etwas gesprochen, was Demokratie hieß. Alle waren gleich viel wert und hatten das gleiche Recht zur Mitbestimmung. Arm und reich, und Frauen genauso wie Männer. Wir hatten allgemeines Wahlrecht, sagte sie. Es war die Voraussetzung für Demokratie, daß jede Stimme den gleichen Wert hatte.

Aber als ich eines Abends, als Vater wieder seine Gerechtigkeitspredigt hielt, meine Stimme erhob und berichtete, was Fräulein Vigren gesagt hatte und was meiner Meinung nach mit dem übereinstimmte, worauf Vater hinauswollte, daß ich also im Kampf für Recht und Freiheit auf Vaters Seite stand, da wurde ich bitter enttäuscht.

»Hach«, sagte er, »eine alte Schachtel wie diese Vigrensche soll sich nicht einmischen und über Politik reden! Weiber haben von solchen Sachen überhaupt keine Ahnung, die schnattern bloß. Weibsvolk hat in der Gemeinde zu schweigen, das steht verdammt noch mal in der Bibel!«

Es war mir, als wäre ich mit kaltem Wasser übergossen worden. Ich schlurfte in die Kammer. Beschämt und gekränkt. Er war es doch, der keine Ahnung hatte! Blökte über Gerechtigkeit und neue Zeiten. Über arme Deubel. Und die

Frauen? Zählten die nicht? Hatte man keine Rechte, wenn man als Frau geboren war?

Diesmal war ich nahe dran, ein Urteil über Vater zu fällen. Ich wußte nicht, daß das Wahlrecht nicht nur mit Macht zu tun hatte, sondern auch mit Ohnmacht. Es gab eine Grenze. Vater hinkte hinterher, so war es eben.

VI

Ein neues Jahr hatte begonnen, aber erst spät im Januar kamen wir dazu, in Perssons Gemischtwarenladen einen Almanach zu kaufen. In dessen Rücken war eine kleine Schlaufe aus gezwirbeltem Baumwollgarn eingearbeitet, die wir über den Nagel zwischen Fensterrahmen und Rasierspiegel streiften, dort wo auch der alte gehangen hatte.

Almanach für das Jahr 1938 nach Christi Geburt zu STOCKHOLM, 59° nördlicher Breite, 18° südlicher Länge. Das stand auf der ersten Seite.

Vater sagte nicht Almanach, sondern Hauskalender, und er blätterte Abend für Abend darin. Gewissenhaft studierte er die statistischen Angaben über Schweden, Bekanntmachungen und Tabellen, die die Einberufung der Wehrpflichtigen zum Grundwehrdienst beziehungsweise zum Landsturm angaben, aber die Geburtstage des Königshauses mit den Rattenschwänzen von Taufnamen entrangen ihm nur ein Brummen.

So nach und nach würde er mit einem stumpfen Anilinstift den Tag für den Transport des Birkenholzes kennzeichnen, etwas später dann abermals die Spitze anlecken, um das Datum anzukreuzen, an dem es fertig gesägt beziehungsweise gehackt und im Pavillon aufgestapelt war. Auch der Preis pro Kubik wurde jährlich eingetragen, samt dem geschätzten

Umfang des restlichen Vorrates, den Mutter und ich beim Frühjahrsputz hinaustragen mußten.

Die abgesägte und zurechtgezimmerte kleine Holzkiste, die Weihnachtsbaumkiste hieß – auf einer Seite stand SCHWEDISCHE ZUCKERFAB, auf der anderen REICHSAKTIENGESELLSCHAFT –, wurde vom Dachboden geholt. Gemeinsam pflückten wir die Kerzenhalter, das Konfekt, die Süßigkeiten mit den Engelbildern und die Flaggengirlanden ab. Zuallerletzt wickelten wir die beiden Glasvögel in das zerknitterte Seidenpapier und legten sie vorsichtig obenauf.

Der Deckel mit den Scharnieren aus kleinen Lederstücken wurde hinuntergeklappt und mit dem Nagel in der Öse versiegelt. Dieselbe alte Öse und derselbe alte Nagel. Nun kam die Kiste wieder nach oben und wurde hinter alten Mänteln und Kartons mit Teppichflicken vergessen, bis es wieder Zeit war, einen Tannenbaum zu schmücken.

Jedes Jahr sagte Mutter dabei dasselbe: »Jaa, mal sehen, wie es dann aussieht, wenn die Kiste wieder runterkommt ...«

Den Worten folgte meistens ein Seufzen. Mutter betrachtete nichts als selbstverständlich.

Dora war auch dieses Weihnachten nicht zu Hause gewesen. Es kam eine schicke Karte in einem zugeklebten Umschlag, adressiert an Fam. Viktor Pettersson, Dalängen, Lunda.

Euch allen Fröhliche Weihnachten und ein Frohes Neues Jahr. Viel zu tun. Keine Zeit, nach Hause zu kommen. Nach den Feiertagen schicke ich ein Paket. Alles Gute! Herzliche Grüße von Dora.

Das stand auf dem engen Platz unter dem Glitzerbild.

Wir waren beklommen und einigermaßen enttäuscht. Darauf, daß sie nicht nach Hause kommen würde, hatten wir uns ja eingestellt, zumindest Mutter und ich, aber im vorigen Jahr hatte sie uns mit ihrer verschwenderischen Großzügigkeit verwöhnt, wir hatten ein wenig darauf gelauert, gewartet und gehofft ...

Vater sagte nicht viel, als er die Karte las, er brummte nur und murmelte etwas von dieser verfluchten Gesellschaft, die wir jetzt hatten, in der die Leute sich noch nicht mal freinehmen durften, obwohl sie Tag und Nacht arbeiteten und schufteten! Die Bonzen mußten natürlich bedient werden, das war es wohl ... Er war enttäuscht, das sah man. Mutter für ihren Teil sah nachdenklich aus. Und besorgt. Ein Gruß von Charlie war diesmal nicht mit dabei, wie war jetzt das zu verstehen?

Wie auch immer, die Ankunft der Karte dämpfte die weihnachtliche Vorfreude und die fröhliche Hektik beim Putzen und Aufräumen für die Feiertage. Mutter und ich waren ein bißchen stiller und ernster. Wir dachten beide an Dora, und es wäre eine Erleichterung gewesen, wenn wir miteinander sprechen und unsere Sorgen wieder und wieder hätten durchkauen können, aber Mutter hielt starrsinnig daran fest, daß ich ein unwissendes kleines Kind war, das von den meisten Dingen keine Ahnung hatte, obwohl sie innerlich begriffen haben mußte, daß das nicht mehr stimmte.

Hin und wieder schimmerte aus verblümten Worten ein Einverständnis heraus, das darauf hindeutete. »Jaa, man hätte eigentlich dorthin fahren müssen und gucken, wie es ihr geht ...«

Das sagte sie scheinbar zu sich selbst, als wir am Tisch saßen, auf der Wachsdecke alte Zeitungen ausgebreitet hatten und die Messerklingen und die Gabeln, die Nickelkerzenständer und die beiden Kupferschüsseln für Weihnachten putzten.

Natürlich verstand ich, was sie meinte. Aber ich hob nicht einmal den Kopf, als sie es sagte, rubbelte nur weiter mit dem in Wasser und Scheuersand getauchten Wattebausch an der Messerklinge.

Ein paarmal in meinem Leben hatte ich mit in die Stadt fahren dürfen, das heißt in die Stadt, die wir *die Stadt* nannten und die von uns aus am nächsten lag. Ich hatte die Brücken über dem Fluß gesehen, die hohen Kirchtürme, den Marktplatz, die Straßenbahnen und die vielen Schaufenster. Ich war bei Tempo gewesen. Hatte sehnsüchtig eine Schlafaugenpuppe mit hellblauem Kleid und Mützenbändchen unter dem Kinn angeglotzt. Ich war natürlich häufig im Ort gewesen, aber das war auch schon alles. Ich lebte in einer Landschaft von Geröllfeldern, Wacholderhängen, blonden Weizenfeldern und rot-weißen Bauernhöfen. Waldränder und Gräben begrenzten mein Dasein. Die Landstraße verlief zwischen dem Ort und der Stadt. Sie begann und endete an diesen beiden Punkten, aber weiter erstreckten sich meine Erfahrungen nicht. In der Schule neben der Kirche hing die längliche Schwedenkarte von der Decke, dort gab es auch einen Globus mit Linien, die Längengrade und Breitengrade hießen. Ich wußte, wie die Erdteile im Verhältnis zueinander lagen, ich konnte sie zeigen, den Konturen des Kaps der Guten Hoffnung und der Mexikanischen Bucht folgen, konnte meinen Finger auf den Himalaja und den Baikalsee legen, auf den höchsten Berg und den tiefsten See, das hatte ich gelernt. Auf der anderen Seite der Erdkugel lag, wie ein Klumpen im Meer, Australien, wohin Tore gefahren war. In der Phantasie und in Büchern konnte man reisen, wohin man wollte, da gab es keine Begrenzung in Zeit oder Raum. Und oben wölbte sich unendlich der Himmelsbogen mit der Mondlandschaft und den Sternen, ich wurde in den schwindelerregenden Tunnel hineingezogen und bekam Angst. Aber die wirkliche Welt, in der das Leben gelebt wurde, das waren die Dalängenlichtung und die Hügel bei uns zu Hause.

Nach Stockholm fahren, welch ein Unterfangen! Was das kostete, wie sollte das gehen? Als Mutter sagte, daß man hinfahren und nach Dora sehen sollte, nahm ich es als das, was es war: Gerede, über das man nur die Achseln zuckte. Nichts anderes. Etwas, was man so dahersagte, um seine Besorgnis zu vertreiben und böse Ahnungen zu zerstreuen.

Eines Nachmittags Anfang März, als ich aus der Fortsetzungsschule kam und wie üblich breitbeinig vor dem Briefkasten stand, das Fahrrad zwischen den Beinen, und in der Hoffnung auf das versprochene Paket, das immer noch nicht gekommen war, oder wenigstens auf einen Brief von Dora, die Post durchsuchte, lag da ein alter brauner Umschlag, auf dem Perssons Gemischtwarenladen durchgestrichen war. Statt dessen stand dort in großen Buchstaben: »Nancy soll vorbeikommen.«

»Deine Mutter soll kommen und in Stockholm anrufen«, sagte Frau Persson, als das Glöckchen bimmelte und ich mit dem leeren Umschlag in der Tür stand. »Ich habe die Nummer hier aufgeschrieben. Sag ihr, sie soll sich beeilen, es klang dringend. Da hat ein Kerl angerufen.«

Ich kam zusammen mit Mutter wieder. Frau Persson öffnete die Klappe des Tresens, und wir durften ins Hinterzimmer gehen, wo blaue Arbeitshosen, Reformunterhosen und Stoffballen in den Regalen lagen und mehrere offene Kartons mit Monogrammgarn, Knöpfen, Nadelbriefchen und diversem anderem Zubehör auf einem Tisch vor dem Fenster standen. Das Telefon hing an der Wand gleich neben der Tür. Frau Persson drehte die Kurbel einmal herum, es klingelte, dann half sie Mutter, die Nummer von PostBerta zu verlangen, die auch die Telefonvermittlung betreute. Wir waren ja in solchen Dingen nicht sonderlich bewandert.

Hinterher, als Mutter den Hörer wieder eingehängt hatte, war sie irgendwie abwesend, sie vergaß, das Gespräch zu beenden, ich mußte die Kurbel nehmen und sie einmal halb herumdrehen, wie Frau Persson es getan hatte und wie man es hinterher machen mußte, das wußte ich. Dann hoben wir die

Klappe, stellten uns am Tresen an und warteten, bis wir an der Reihe waren. Mutter war aufgeregt. Sie hatte rote Flecken im Gesicht und fingerte nervös im Portemonnaie, als sie die Münzen herauskramen wollte, um das Reichsgespräch zu bezahlen.

»Das waren hoffentlich keine schlechten Neuigkeiten«, sagte Frau Persson und sah uns auffordernd an. Sie hatte ihre Nase nur mit Mühe und Not vom Türrahmen fernhalten können, als wir da drinnen zwischen den Stoffballen standen.

Mutter schüttelte den Kopf, sagte irgendwas davon, daß es schon nicht so schlimm wäre ... Doch, Dora war krank. Eine tüchtige Erkältung, so was gab es in diesen Zeiten ja oft. Vieles ging um. Man konnte davon hohes Fieber bekommen, aber, äh ...

Als ob jemand wegen einer Erkältung aus Stockholm angerufen und Mutter eine Nachricht geschickt hätte! Die Kaufmannsfrau sollte im übrigen denken, was sie wollte, das war in diesem Zusammenhang noch die geringste Sorge.

Als wir aus dem Laden kamen, dämmerte es bereits, es war fast halb fünf. Mutter und ich hatten noch nichts zueinander gesagt, aber ich hatte ja während der ganzen Prozedur neben ihr gestanden und mit einer Hand auf ihrem Jackenärmel und einer vor dem Mund alles miterlebt.

Die Nummer gehörte offenbar zum Restaurant, denn als sich am anderen Ende der Leitung jemand meldete, sagte Mutter, wer sie war: »Tja, äh. Hallo! Ja. Hallo ja? Tja. Hier Frida Pettersson aus Lunda hier ... Ja, Pettersson! Ich sollte diese Nummer anrufen, es kam eine Nachricht ... Jaa, danke!«

Es dauerte einige atemlose Minuten, wir standen mit verkniffenen Mündern da und blickten einander mit der gleichen nackten Spannung in die Augen, dann sagte Mutter wieder Hallo! Ich sah, wie sie zuhörte, ihr Mund stand offen.

Während des Gesprächs sagte sie nicht viele Worte, aber

Fragen wie: Geht es ihr sehr schlecht? Ist es etwas Ernstes? Wie lange ist sie denn schon krank? Habt ihr einen Arzt gerufen? drückten ja aus, worum es ging.

Es war auch von Uhrzeiten die Rede: »Aha, zehn nach zwölf? Doch, das sollte gehen ... Wenn ich den Morgenbus nehme. Aber es müßte jemand kommen und mich vom Zug abholen, sonst finde ich ...«

Aber mein Gott! Ich biß mir auf die Lippe. Mutter mußte nach Stockholm fahren. Soviel hatte ich verstanden. Dora war krank. Aber wie? Was? Was war passiert? Die Fragen überschlugen sich, genau wie meine Angst, die mir mit Fäusten in den Magen hieb.

»Was ist los, Mama? Was ist mit Dora? Ist sie krank?«

Mutter schüttelte den Kopf, schüttelte mich ab.

Wir stapften los und hatten noch immer kein einziges vernünftiges Wort gewechselt, sie schien gar nicht zu bemerken, daß ich dabei war. Sie fuhr vor mir am Straßenrand entlang, sie fuhr schnell, das aufgebrochene Eis spritzte um die Reifen. Es dauerte, bis wir unsern Abhang hinunter und durch die Gartentür rutschten. Die Holzschuppentür stand weit offen, weil sie hastig ihr Fahrrad herausgeholt hatte, als wir uns auf den Weg machten. Nun schob sie es mit den gleichen schroffen Bewegungen wieder hinein. Ich lehnte meins an den Schleifstein draußen an der Wand. Als sie aus dem Dunkel des Holzschuppens trat, ging ich auf sie zu. Packte ihren Oberarm. Sie mußte stehenbleiben und mich angucken. Wir liebten einander mit der Liebe der Verzweiflung.

Ich begab mich auf dünnes Eis, denn nun konnte ich dieses Schattenspiel nicht länger aushalten. »Mama«, sagte ich, »was ist? Was ist mit Dora los? Ist sie sehr krank? *Du mußt mir die Wahrheit sagen!* Hast du mit Charlie gesprochen? Du weißt doch, daß er ein Dieb ist? Ich habe vorigen Sommer diese Tasche gesehen, und ...«

»Hast du es jemandem erzählt?« Mutter sah mich mit Entsetzen im Blick an.

»Nein, natürlich hab ich das nicht ... Aber ich glaube nicht, daß es Dora gutgeht, Mama. Sie hat geweint an dem Tag, als wir bei Betty waren.«

»Hat sie Betty etwas gesagt?« Das Entsetzen war immer noch da.

»Nein, soweit ich gehört habe, nicht. Nein, ich glaube nicht ... Betty weiß bestimmt nichts. Aber es ist etwas mit diesem Charlie, Mama, das spüre ich! Ist Dora sehr krank?«

Mutter schluckte. Dann schüttelte sie den Kopf. »Ich weiß nicht«, sagte sie. »Doch, sie ist krank. Sie hat hohes Fieber, liegt nur da und redet wirres Zeug. Aber Nancy, erzähl Vater nichts davon! Erzähl nichts von Scharly! Vater würde nicht damit fertig werden. Er hat solche Angst um Dora, er ...«

Ihre Stimme brach. »Ich glaube, er schlägt sie auch«, sagte sie. »Sie hatte blaue Flecken, das habe ich gesehen ...«

Ich hatte kalte Füße, meine Stiefel waren naß. Die Sonne war gesunken, und es wurde langsam kalt. Unten in der Eberesche an der Seite des Holzschuppens pfiff ein Dompfaff, wehmütig und klar. Der Ton war wie aus Glas. Dann wurde er abrupt von einem surrenden Klang unterbrochen, die Stimme kreischte, ich hörte mehr, als daß ich es sah, wie er abhob und zum Espenwäldchen hinter Ågrens Holzzaun flog.

(Sie war ins Wasser geglitten, hatte sich auf den Rücken gedreht und massenhaft Glitzertröpfchen in die Luft gestrampelt, dann kam sie auf mich zu, ich wandte mich ab, als sie den Büstenhalter auszog und ihn an den Ast hängte. Ich erinnerte mich vor allem an die Hände und das lächelnde Gesicht, dann standen wir da und weinten. Ich merkte nicht, nein ...)

»Wieso kann sie dann nicht mit diesem Charlie Schluß machen? Und nach Hause kommen! Und warum ist sie nicht im Krankenhaus, wenn es ihr so schlecht geht? Sie kann ja sterben!«

Ich hörte mich schreien und aufschluchzen.

»Wir gehen jetzt hinein, Nancy«, sagte Mutter und legte den Arm um mich. »Ich muß wohl die Kartoffeln aufsetzen. Er kommt bald nach Hause.«

Der erste Bus in die Stadt fuhr um Viertel vor sieben. Sie reiste an einem Dienstag, sie wußte nicht, wie lange sie fort sein würde, aber höchstens so drei Tage, glaubte sie. Wenn es Dora bis dahin nicht besserging, mußte sie wohl eine andere Lösung finden, es gab ja Krankenhäuser. Das sagte sie zu Vater.

Mutter war zäh. Trotz ihrer zerfressenen Zähne und der strähnigen Haare und obwohl sie, was ihre Kleidung betraf, nicht gerade für eine Reise gerüstet war, verfügte sie über ungeahnte Kräfte und eine große Entschlossenheit. Da war ja zum Beispiel die Sache mit dem Geld. Die Fahrkarten kosteten, und sie konnte auch nicht ohne eine Öre in Stockholm ankommen, wer wußte denn, welche Extraausgaben dort aufs Tapet kommen würden.

In der Kakaodose schepperten nur noch ein paar lumpige Kronen, und in Vaters Brieftasche war auch nicht viel. Wie immer.

»Ich muß die Goldringe nehmen«, sagte sie. »Ich kann genausogut den Zug von der Stadt aus nehmen. Die Busfahrkarte dorthin ist natürlich teurer als bis in den Ort, aber dafür wird der Zug billiger, das kommt bestimmt auf dasselbe raus. Dann schaffe ich es, zuerst ins Pfandhaus zu gehen, einen Zehner krieg ich sicher. Es ist echtes Gold, und dick sind sie auch. Im schlimmsten Fall werde ich wohl verkaufen müssen!«

Die Ringe waren Mutters Schatz, es war das Erbe von Großmutter. Da Mutter die einzige Tochter war, sie hatte noch drei ältere Brüder, bekam sie zum großen Verdruß der Schwägerinnen die Ringe, davon hatte ich schon oft gehört.

»Ja aber, wie willst du das denn hinkriegen, Mensch«, lamentierte Vater. »In den Zug einsteigen und so. Ein Frauenzimmer, ganz allein!«

»So blöd bin ich nun auch nicht, daß ich nicht in einen Zug einsteigen kann. Ich kann ja das Maul aufmachen, fragen wird wohl erlaubt sein! Meinst du, es ist besser, wenn du fährst?«

Sie schien Vater zuliebe keine Angst oder Unsicherheit zeigen zu wollen, das konnte ich gut verstehen. Aber warum sagte sie, daß er ja statt ihrer fahren könnte? Er schrumpfte, als sie das sagte. Verstummte.

Vater tat mir leid. Er war schon bestürzt genug, als er beim Nachhausekommen erfuhr, daß Dora krank war und daß Mutter am nächsten Morgen losfahren mußte. Zunächst saß er eine Weile sprachlos am Tisch, dann aß er und schien gar nicht zu merken, was er da in sich hineinschaufelte. Gleich danach kamen die Mütze und der Holzplatz. Einige Wochen zuvor war Laberg in der gewohnten Ordnung mit der Birkenholzfuhre bei uns gewesen, die Verarbeitung hatte bereits begonnen. An diesem Abend sang die Säge ihr riiitze, riiitze, raspel noch lange, nachdem es dunkel geworden war, Vater war nur als Schatten vor dem zusammengesunkenen Schneehaufen zu sehen.

Mutter hatte immer »eine Garnitur« in der Kommodenschublade, das heißt eine saubere Unterhose, ein sauberes Unterhemd und ein Paar heile Strümpfe. Das gleiche gab es für Vater und mich. Es sollte dort liegen für den Fall, daß etwas passierte, ob nun eine Krankheit verlangte, daß der Doktor zu uns nach Hause kam, oder jemand ins Krankenhaus mußte. Man durfte sich nicht die Blöße geben, bei solchen Gelegenheiten unten drunter schmuddelig zu sein.

Nun holte sie ihre Garnitur hervor und legte sie auf einem Küchenstuhl für den nächsten Tag bereit. Sie besaß zwei etwas ansehnlichere Winterkleider. Das eine war das schwarze Kleid. So eins mußte wie die Garnitur immer bereit sein, falls einer starb. Darüber hinaus gab es das graugesprenkelte, das war aus einem Stoffrest vom Schneideronkel in Eskilstuna genäht. Richtiger Stoff. Reine Wolle, sagte Mutter. Sie pflegte den Stoff mit großem Wohlbehagen zwischen den Fingern zu reiben. Nun nahm sie das Kleid vom Haken oben an der Decke der Dachbodenkammer und hängte es zum Auslüften auf. Es roch schwach nach Naphthalin, die Motten waren nur mit Mühe von Wollstoffen fernzuhalten. Sie hatte natürlich nur einen Mantel, aber der war hübsch. Die Knopfleiste zwar verschlissen, doch sie besaß eine schwarze Pelzmütze (Geschenk von Dora!), und ein Paar heile Überschuhe hatte sie auch.

Von meinem Platz auf dem Kammersofa aus konnte ich hören, wie sie spät am Abend im Herdwinkel planschte und wie sie zuletzt das Waschwasser im Abfallkübel ausleerte. Ein leichter Seifenduft drang bis zu mir. Auf der Küchenbank wurde noch eine ganze Weile gemurmelt, nachdem das Lampenglas angehoben und die Flamme ausgeblasen worden war. Ich lag wach und wälzte mich, während der Faustkampf in meinem Magen andauerte.

Daß es sich so leer und leblos anfühlen würde, am Nachmittag nach Hause zu kommen, wenn sie nicht da war! Der Herd war schwarz. Kalt und grau. Die Katze saß auf der Bank in der Tannenzweigveranda und miaute vorwurfsvoll, weil sie nicht hineingelassen worden war. Der Flickenteppich wellte sich. Die Wachsdecke klebte. Brotkrumen unter dem Tisch und Rindenreste vor der Holzkiste! Keine Wärme, keine Düfte.

Keine Stimme, die sagte: »Ach, Nancy, bist du wieder zu Hause? Wie war es denn heute?«

Sie war immer dagewesen. Und geschah es einmal, daß sie nicht zu Hause war, wenn ich aus der Schule kam, wußte ich auf jeden Fall, daß sie in der Nähe war: Vielleicht half sie auf dem Hof in Norrboda aus, oder sie war auf der Rodung und pflückte Preiselbeeren, ab und zu war sie bei Tante Olivia. Wenn ich wollte, konnte ich hingehen und sie abholen. Jetzt aber würde sie nicht einmal am Abend nach Hause kommen, und am nächsten vielleicht auch nicht.

Ich machte Feuer im Herd, und als Vater von der Säge nach Hause kam, hatte ich Kartoffeln gekocht und ein paar Scheiben Speck gebraten, genau wie sie es mir gesagt hatte. Zwiebeln hatte ich in dem Fett auch gebraten, etwas Mehl darüber gestäubt und einen Schluck Milch hineingeschüttet und in der Pfanne gerührt, so daß es ein wenig Soße dazu gab, auch wenn sie ziemlich klumpig war.

Vater aß jedenfalls und sagte nichts, er äußerte weder Lob noch Tadel. Das Kratzen auf den Tellern und das Prasseln im Herd waren die einzigen Geräusche. Mutters Platz war leer. Es war ein merkwürdiges Gefühl, ganz allein dazusitzen und zu essen, nur er und ich. Ich war unschlüssig und angespannt. Wir waren noch nie zuvor allein zu Hause gewesen, hatten noch nie einen Abend zu zweit verbracht und ohne Mutter die Betten gemacht, hatten nie die Lampe gelöscht und uns zusammen schlafen gelegt. Nie miteinander geredet.

»Du mußt mir sagen, wenn was ist«, sagte er, als er den Priem unter die Oberlippe geschoben und seine Mütze vom Nagel genommen hatte. »Sei vorsichtig mit dem Lampenglas, wenn du Licht anmachst. Und halt das Feuer in Gang!«

Seine Stimme klang freundlich. Mir lief ein Schauer den Rücken hinunter. Ich war Vater gegenüber schüchtern, wollte es ihm aber auch recht machen. Am nächsten Morgen würde ich ganz früh aufstehen, Kaffee kochen und ihm die Stullen für sein Freßpaket schmieren, das würde ich.

Am nächsten Tag kam sie nicht. Ich rechnete mir aus, daß Vater oben an der Straße gestanden und auf den Bus aus der Stadt gewartet hatte, denn er kam fast zwanzig Minuten zu spät, er, der immer so pünktlich war. Es sollte Grützwurst geben. Ich hatte Geld bekommen und war einkaufen gegangen. Als ich den Laden betrat, war ich voller Erwartung, aber niemand hatte angerufen und eine Nachricht hinterlassen. Frau Persson fragte bloß, ob wir etwas von Dora gehört hätten; was glaubte die denn, auf welchem Wege das passiert sein sollte? Als ich sagte, daß Mama am Tag davor nach Stockholm gefahren war, hob sie die Augenbrauen und sagte: »Ach soo?«

Vielleicht hätte ich nichts davon sagen sollen, dachte ich hinterher. Aber scheißegal, nun war es zu spät!

In der Nacht träumte ich von einem großen weißen Schiff. Jemand stand an der Reling und winkte, bis das Schiff am Horizont verschwand. Ich wachte früh auf und blieb eine Weile liegen und dachte an den Traum, bevor ich hörte, wie Vater sich auf dem Sofa zu bewegen begann. Ich faltete die Hände und betete vor dem Aufstehen für Dora und Mutter.

In meiner Welt gab es eine Frau, die Tante Olivia hieß. Die meisten Leute nannten sie Livan oder Livan aus Östväga oder einfach die Sjöbergsche, ihr Nachname war Sjöberg.

Tante Olivia war Mutters einzige richtige Freundin.

Sjöberg, den ich nie getroffen hatte, denn er war seit vielen Jahren tot, war auch Landarbeiter auf jenem Hof Torberga gewesen, wo anscheinend alles Wichtige passiert war, Vater wurde dort seine Zehen los, und Dora und der kleine Gustav und die Zwillinge wurden da geboren. (Und Tore wurde von dort nach Australien ausgeliefert, wo die Schneckenhäuser wie Rosenblätter im Sand lagen.)

Sjöbergs und wir hatten in derselben Reihe mit Landarbeiterhütten gewohnt, direkt nebeneinander, ich natürlich nicht, und Betty auch nicht, wir waren zu der Zeit ja noch nicht auf der Welt.

Vater war Stallknecht, er kümmerte sich um die Pferde, das wußte ich ja. Sjöberg war Kuhknecht und für die Kühe zuständig. Da gab es einen Unterschied, zwischen Pferden und Kühen und Kuhknecht und Stallknecht, das hatte ich aus dem herausgehört, was Mutter mir erzählt hatte. Vater hielt sich für etwas vornehmer als Sjöberg. Im übrigen war der Kuhknecht nicht ganz richtig im Kopf, die Augen rollten in seinem Schädel herum, sagte Mutter, wenn sie von ihren Nachbarn erzählte, und die Leute sagten, daß sie ihn im Kuhstall mit einer Färse erwischt hätten, aber das, äh …

»Wobei erwischt? War er gemein zu der Färse? Hat er sie geschlagen?«

»Ach was«, sagte Mutter, »vergiß, was ich gesagt habe, das war nichts! Er war nicht gemein zu der Kuh! Die Leute erzählen viel! Aber sie hatte es nicht leicht, die arme Olivia, leicht hatte sie es nicht.«

Ich witterte sofort, daß es Geheimnisse gab, mit denen sie nicht herausrücken wollte. Ich ahnte auch, daß es mit *dem da* zu tun hatte, worüber man nicht sprechen konnte. Ich war ja nicht auf den Kopf gefallen. Ich verstand, daß mit Onkel Sjöberg etwas ganz Furchtbares war, aber das war es ja mit Tante Olivia auch, bloß pscht, pscht, und erzähl Papa nichts!

Tante Olivias Eltern hatten eine Hütte an einem Ort besessen, der Östväga hieß, nicht weit von uns entfernt. Als der Vater und die Mutter starben, erbte Tante Olivia die Hütte und das Fleckchen Erde, auf dem diese stand. Damals war sie bereits Witwe. Auf diese Weise konnten Mutter und sie ihre alte Freundschaft aus den Landarbeiterjahren wieder aufnehmen und sich ab und zu treffen.

Es war ja so, daß Mutter im Grunde mit niemandem zu tun hatte. Nicht von sich aus. Wenn jemand anklopfte, hatte sie schnell den Kaffeetopf bei der Hand, aber freiwillig ging sie nie zum Kaffeetrinken irgendwohin. Die Verwandten kamen selten oder nie zu Besuch. Aus Vaters Familie schickte nur Tante Klara hin und wieder einen Gruß, aber leibhaftig hatte ich sie noch nie gesehen. Einer, der Onkel Konrad hieß, war ein paarmal bei uns gewesen und hatte zwei Kinder mitgebracht, die meine Cousins waren, aber sie überwarfen sich wohl miteinander, Vater und er. Mutter hatte drei ältere Brüder, einen in Eskilstuna, das war der Schneider, und einen in Tunaberg in der Nähe von Stockholm, der dritte wohnte außerhalb von Söderhamn. Aber die Schwägerinnen (es gab zwei, Tante Agda war tot) wollten feine Leute sein, sagte Mutter. Piekfein. Wie sollte sie sie empfangen und ihnen etwas anbieten? Um solche Dinge wie Porzellan war es schlecht bestellt. Um Bettwäsche auch.

Nein, Mutter war anderen Leuten gegenüber argwöhnisch. Traute ihnen nicht über den Weg. Allerdings konnte sie sich benehmen und beim Einkaufen im Laden, oder wenn sie oben beim Heringswagen stand, nett und redselig sein, und sie wurde sehr geschätzt, wo sie aushalf, sowohl in Norrboda als auch bei Bergströms. Frida, die ist so tüchtig, hieß es. Die hat flinke Finger. Reell. In der Hinsicht mußte man sich also nicht für Mutter schämen. Aber sie ließ niemanden an sich heran. War lieber allein. Wozu sollen die Weiber hier rumsitzen und glotzen, sagte sie. Die rennen dann bloß herum und tratschen. Nein danke! Besser, man bleibt für sich, dann haben sie auch nichts zu erzählen.

Mit Tante Olivia war es anders. Sie war wie eine Schwester.

»Olivia, die ist die einzige, die Bescheid weiß«, pflegte Mutter zu sagen. »Die weiß, wie das war!«

Vater gefiel diese Freundschaft nicht.

»Es muß doch noch ein anderes Frauenzimmer als diese Sjöbergsche geben, mit dem man sich zusammentun kann«, sagte er. »Wenn es denn unbedingt nötig ist, herumzusitzen und zu schwatzen.«

Es war nicht ganz einfach, den Grund für Vaters Abneigung gegen Tante Olivia herauszufinden. Vielleicht lag es daran, daß sie zu viel wußte, daß sie in der Zeit dabei war, als Vater ZehenPelle wurde, sie hatte alle Höhen und Tiefen miterlebt und stellte eine lebendige Erinnerung an die Sorgen und Erniedrigungen dar. Und Vater verfügte über einen gewissen Dünkel, der blitzte hin und wieder auf. Obwohl er so eine erbärmliche Gestalt war, hatte er seinen Stolz. Himmel, Arsch und Wolkenbruch! Die Alte von dem Kuhknecht, konnte man sich mit der etwa abgeben? Andererseits konnte er selber in der Laube sitzen und mit Arvid in der Biege, der auf Gemeindekosten lebte, Kaffee mit Schuß trinken, ja, sogar einer wie LüttOskar wurde für würdig erachtet, auf einen Schnaps eingeladen zu werden. Daraus wurde ich nie ganz schlau. Für mich stimmte es nicht.

Nun war es auch so, daß über Tante Olivia viel geredet wurde. Livan, sagten die Leute in höhnischem Ton. Was das für eine war, das wußte man sehr wohl, und wie sie es immer verschleierte!

Tante Olivia besaß ihre Hütte, sonst nichts. Was ihre Versorgung betraf, mußte sie sich so durchlavieren. Wenn es auf den Höfen alle Hände voll zu tun gab und zusätzliche Hilfe benötigt wurde, arbeitete sie mit. Dann durfte sie beispielsweise Kartoffeln ernten, beim Schlachten helfen, schwere Leinenlaken durch die aufgestaute Trinkwasserquelle ziehen, in der messerscharfe Eisstückchen unter dem Bleuel knirschten, Heu aufstapeln oder beim Dreschen am Tisch stehen und Garben reichen, bis ihre Arme von den stechenden Borsten rot und wund waren. Aber es gab natürlich auch lange Zeiten, in denen sie nicht gebraucht wurde. Dann saß sie zu Hause und strickte Wollsocken und Fäustlinge auf Bestellung, nicht auf der Maschine, wie die richtige Strickerin, sondern mit der Hand.

Tante Olivia war älter als Mutter, sicher war sie mindestens fünfzig. Was ihre Zähne betraf, hatte sie nur noch einen einzigen Zahn übrig. Der steckte im Unterkiefer und sah ungewöhnlich lang aus, ansonsten war sie zahnlos. Ihr Zahnfleisch war rosig und ihr Lächeln mild. Tante Olivia hatte sieben Kinder geboren, aber sie kümmerten sich nicht viel um ihre Mutter. Zwei waren schon tot, und die anderen wohnten an verschiedenen Orten ziemlich weit weg und kamen fast nie auf Besuch nach Hause. Dennoch waren es die Kinder, die ihr die Zähne genommen hatten, sagte Mutter. Die hatten sie vollkommen ausgesaugt. Und was hatte sie jetzt davon? Nichts! Undank ist der Welten Lohn. Eine Mutter kann acht Kinder versorgen, aber acht Kinder nicht eine Mutter. Merk dir das, Nancy! Olivia hat fünf, die noch am Leben sind, und wie es ihr geht, das siehst du ja!

Waren auch keine Zähne mehr vorhanden, hatte Tante Olivia doch schönes, dickes Haar. Es war glänzend braun, ohne eine einzige graue Strähne, und sie steckte es hinten zu einem großen schweren Flechtknoten zusammen, der auf den Nacken herunterhing. Sie hatte schräge Augenwinkel und lachte oft, legte aber niemals, wie Mutter es tat, die Hand vor den Mund, also konnte man den Zahn und das rosige nackte Fleisch deutlich sehen. Tante Olivia war etwas kleiner als Mutter und ziemlich breit, ihr Bauch stand unter den Hängebrüsten hervor, aber hinten war sie flach wie ein Brett, Rücken und Hintern schienen eins zu sein.

Besonders als ich jünger war, ungefähr neun, zehn Jahre alt, dachte ich viel über diese Körperform nach. Überlegte, ob es wohl davon kam, daß sie diese Sache machte, wie die Leute behaupteten. Daß sie zu Hause in der Hütte Kerle empfing und von ihnen bezahlt wurde, weil sie auf ihr liegen und rumpeln und ächzen durften. Ob sie wohl davon so platt geworden war?

Damals konnte es auch passieren, daß ich bei den knorpeligen Süßapfelbäumen hinter Tante Olivias Holzschuppen stand und heimlich ihre rosafarbenen Unterhosen betrachtete, die dort auf der Leine hingen. Sie waren groß und büdelig, genau wie die von Mutter. Sahen genauso aus. Waren das wirklich Hurenunterhosen, wie die Jungs sagten? Hatte sie die an, wenn sie das da machte, oder wie ging das vor sich?

Wenn die Flegel sich nachmittags nach der Schule beim

Automaten von Perssons zusammenrotteten und herumblödelten, auch abends, wenn wir vorm Bethaus standen, bekam man ja einiges zu hören.

Sie grinsten immer und hatten ein freches Mundwerk. »Nee, hörma! Verdammt! Hassu fünf Öre, dann steck sie nicht in den Automaten, du Dummkopf! Geh damit zu Livan! Dann kannst du's mindestens eine ganze Viertelstunde mit ihr treiben!«

»Mensch, Sixten, da mußt du deinen aber einwickeln, du hast doch so 'n kleinen! Die hat ein weites Loch, die Sjöbergsche, weißt du!«

»Paß bloß auf, daß du nicht gleich nach LüttOskar kommst, sonst kriegst du seine Läuse!« Hehehe!

So konnte es gehen. Ich hatte es viele Male gehört. Und ich fühlte mich wie Judas, wenn ich dort stand und rot wurde und in die Gegend starrte, während die Bengel brüllten und ihre Fahrräder aufbäumten. Viele Jahre hatte ich Angst vor ihnen, bis meine Wut die Oberhand gewann und mich so stark machte, daß sich meine Haare auf den Armen aufrichteten. Ich verabscheute ihre weißen Beine in den Golfhosen und die hängenden Strümpfe, die an den Fersen gestopft waren, ihre Stimmbruchstimmen und die Pickel, die sich eitrig um ihre Nasenflügel scharten. Aber ich sagte nichts. Verteidigte nicht. Ich war viel zu feige. Ließ mir nicht anmerken, daß Mutter und ich Tante Olivia zu besuchen pflegten und daß sie so lieb war und mir einen Obstteller mit durchbrochener Kante und einem gemalten roten Apfel und einer Blätterranke in der Mitte geschenkt hatte.

Es war ja so, obwohl ich es nicht verstand, sondern einfach damit lebte, daß diese ganze Gegend, die da so friedlich mit ihren roten Höfen zu beiden Seiten der Landstraße ausgebreitet lag, mit dem Flußlauf, der sich träge durch den Lehm schlängelte, die beinahe in einem ausgedehnten Mittagsschlaf versunken zu sein schien, dennoch vor fleischlicher Lust siedete. Sie brodelte wie die unaufhörliche Balz des Birkhahns in den Büschen. Alles konnte so gedeutet werden, wie man wollte, und führen, wohin man wollte. Alles lief auf das eine hinaus, jedenfalls fast alles.

Sogar der alte Onkel Ernlund, der über achtzig war, erregte Klatsch und Aufmerksamkeit, wenn er steifbeinig und kerzengerade auf dem Fahrrad die Straße entlangkam, mit einem weißen Panamahut und seinem Spazierstock, der sorgfältig am Rahmen verschnürt war. Er »ging« natürlich zu jemandem! Die zittrige Hand reichte eine Papiertüte mit Hustenbonbons, die »König von Dänemark« hießen, aber in Wirklichkeit wollte sie etwas Unanständiges. Frauenzimmer betatschen, darauf war er aus, der Lustgreis, sagte man. Schande und Genuß wurden zu einem richtigen Hexengebräu verkocht, und man schlürfte es mit heimlichem Wohlbehagen in sich hinein. Tante Olivia war eine, die dem Gebräu Würze gab.

Ja ja, sagten die Leute. Man weiß doch, wie der Hase läuft! Ejnar aus Hagtä ging dorthin, weil das Weib nicht mehr mit von der Partie sein wollte. Und der Nybodaknecht, wohin sollte er sich wenden, wenn es in der Büx spannte? Es wurde gesagt, daß sogar Petrus auf der Heide zu Livia aus Östväga ging, wenn er dringend ein Paar neue Wollsocken brauchte. Aber was er wirklich brauchte, konnte man sich ausrechnen.

Vielleicht trug dieses ganze Gerede dazu bei, daß Tante Olivia bei uns mehr oder weniger Hausverbot hatte. Zehen-Pelles hin oder her, Pachtland und so weiter, ein bißchen Stolz hatte man doch! Mit der Dorfhure zu verkehren, das gehörte sich nicht.

Mutter und ich mußten uns zu ihr stehlen. Mutter ging wohl auch ab und zu allein, aber meistens war ich dabei.

»Aber erzähl Papa nichts davon, Nancy, daß wir bei Tante Olivia waren«, sagte sie, ohne den Grund für die Geheimhaltung näher zu erklären. Ich mußte es hinnehmen, wie es war, und durfte mir über die Ursachen den Kopf zerbrechen. Ich ging gern dorthin. Es gefiel mir, die Tür abzuschließen, den Schlüssel in ein Verandaloch unter dem Vorleger zu stopfen und zusammen mit Mutter loszuziehen. Wir hatten immer etwas dabei, was wir bei der Ankunft überreichen konnten, die Mitbringsel wechselten je nach Vorrat und Jahreszeit. Es konnte ein Topf Kartoffeln sein, ein Hefezopf, ein kleines Stück geräuchertes Fleisch oder einige Maß Kaffeebohnen in einer Papiertüte. Wenn wir im Winter dorthin gingen, kam es vor, daß Mutter so unmerklich wie möglich, psssscht, psssscht, psssscht, ein Dutzend Birkenholzscheite aus dem Pavillonstapel schummelte, sie in einen kleinen Sack stopfte und auf den Tretschlitten stellte. Einmal hatte sie auch ein Stück Schürzenstoff für Tante Olivia zum Geburtstag gekauft.

»Uiuiui, Frida, du bist mir eine! Solche wie dich gibt's nicht viele in dieser schnöden Welt«, sagte Tante Olivia mit Tränen in den Augen.

Um zur Hütte der Sjöbergschen zu kommen, mußte man zunächst der Landstraße ein Stück nach Süden folgen, nicht in Richtung Ort, sondern Richtung Stadt. Nach der Senke bei Tvärbacken und dem Abhang, der darauf folgte, bog die Straße ab, und da, genau in der Kurve, führte ein Weg nach rechts in einen Tannenwald. Wenn man den einschlug, kam man zuerst an der Hütte von Arvid und Maja vorbei, die hieß ja übrigens in der Biege! Da huschten Mutter und ich immer vorbei, so schnell wir konnten, es war nicht nötig, daß Arvid und Maja uns sahen und uns bei Vater verpetzten. Nach deren Kellergrube folgte ein sandiges Wegstück mit kleinen Kiefern und Heidekraut zu beiden Seiten, bevor man in den großen, dunklen Tannenwald mit flachen Farndächern und tiefen Blaubeersenken kam. Tante Olivias Hütte lag nicht einsam in der Wildnis wie ein Märchenhaus und sah auch nicht wie eines aus, so ausgeblichen, mit dem kaputten Schindeldach und dem verwitterten Schornstein. Wo der Wald sich lichtete und eine neue Ebene sich vor einem ausbreitete, lag ein ganzes Dorf, das den Namen Östväga trug. Es gab sogar einen Laden, Lisa Anderssons Kaufladen. Da hingen Würste von der Decke, und man konnte sowohl Brausepulver als auch Karamelbonschen kaufen, wenn man ein paar Öre hatte. Hinter dem Kaufladen verlief ein kleiner Weg an einer Mauer entlang. Dem mußte man folgen. Im Sommer wuchsen dort massenweise Maiglöckchen, und gleich hinter der Mauer stand noch der alte Sockel eines Hauses, überwachsen von Moos und Giersch, aber noch immer umringt von dicken Büscheln aus Perlhyazinthen und verwilderten Narzissen.

Tante Olivias flaches Gesicht mit den Lachfalten um die Augen. Wie gern ich sie hatte! Einmal brachte sie in ihrer Schürze einen kleinen Igel herein, damit ich ihn betrachten und sehen konnte, wie niedlich er mit seinen Knopfaugen und der schnuffelnden Schnauze war.

Tante Olivias Küche war mit graublauem Holzpaneel verkleidet, die Decke auch. Wenn es draußen ungemütlich war, lag ich mit einer Wolldecke über den Knien auf dem Sofa unter dem Fenster und las alte Zeitungen, die sie aufbewahrt hatte. Manchmal nickte ich ein, schläfrig von dem leisen Geplauder und den klirrenden Löffeln auf den Untertassen. Ich hatte mich satt gehört. Doch ich glaube, daß ich in dieser Hütte, nach und nach und sicher unbewußt, am meisten über das Leben lernte, über Kerle und Frauenzimmer, über die geheimen, geflüsterten Sorgen der Weibsleute.

Drei Nächte blieb Mutter fort. Sie reiste an einem Dienstag ab, Freitagnachmittag, als ich vom Konfirmandenunterricht kam, rauchte es aus dem Schornstein. Sie war zu Hause!

Ich war vierzehn Jahre alt, fast fünfzehn. Trotzdem hopste ich das letzte Stück, genau wie ein Häschen, mein Herz machte vor Freude einen Sprung, ich riß die Tür auf: »Mama, Mama! Wie schön, daß du zu Hause bist!«

Wir umarmten einander, fest und schweigend. Sie hatte es noch nicht geschafft, das graugesprenkelte Kleid auszuziehen, aber sie hatte Feuer gemacht und die Späne und den Abfall vor dem Herd weggefegt.

»Du warst tüchtig, Nancy, meine Lütte«, sagte sie. »Du hast dich ja um alles gekümmert!«

»Wie war es mit Dora?« fragte ich und sah ihr in die Augen. »Geht es ihr jetzt besser? Und wie ist es dir ergangen, mit dem Zug und allem? Wir haben uns solche Sorgen gemacht! Vater hat gestern und vorgestern dagestanden und auf den Bus gewartet. Am besten gehe ich heute abend hinauf und hole ihn, damit er nicht umsonst wartet.«

Es hagelte Fragen, die Worte purzelten aus mir heraus, ich gab ihr keine Zeit zu antworten, und vielleicht war das gut so. Später sah ich ja, daß sie furchtbar müde war, alt und müde sah sie aus. In ihren Augen war kein Lachen und kein richtiges Leben.

»Wie war es mit Dora, Mama?«

Sie wandte sich von meinem Blick ab, beugte sich vor dem Herd hinunter und steckte ein Holzscheit hinein. Es war immer gut, einen Herd zu haben, genau wie einen Holzplatz.

»Ja doch«, sagte sie. »Es geht ihr jetzt besser. Das wird schon wieder. Ich mußte ja nach Hause fahren, ich ... Aber, sie läßt dich ganz doll grüßen, Nancy, wirklich!«

Ich stand eine Weile stumm da. Hatte noch den Mantel an und den Rucksack in der Hand. Unruhe durchfuhr mich. Mutter sah so traurig und kaputt aus. Es lohnte nicht, sie weiter zu löchern, das begriff ich. Ich würde dann wohl später erfahren, wie es dort war, wo Dora wohnte, und ob dieser Charlie sie abgeholt hatte und wie die Dinge lagen.

Ich fing Vater oben an der Straße ab und sagte, daß Mutter zu Hause war. Da stieg er vom Fahrrad und schob es neben mir her den Hügel hinunter. Es war, als wären wir uns in den

Tagen etwas nähergekommen, er schien mich ein bißchen ernster zu nehmen.

»Naa«, sagte er, als er am Tisch saß, »was war mit ihr los? Ist sie jetzt gesund, oder wie?«

Mutter antwortete ungefähr auf die gleiche Art, wie sie mir geantwortet hatte. Es war besser. Jaa, doch. Das Fieber war gesunken. In den ersten Nächten hatte sie fürchterlich gelitten, es war nicht möglich gewesen, ein Auge zuzumachen. Aber, wie gesagt, jetzt war es besser, das würde schon wieder in Ordnung kommen.

Hatten sie denn einen Arzt geholt?

Mutter antwortete nicht direkt auf die Frage, das bemerkte ich, murmelte bloß irgend etwas davon, daß alles seine Zeit bräuchte. Aber Medizin hatte Dora ja bekommen! Das also ...

»Tjä! Sie könnte eine Weile nach Hause kommen und sich erholen! Sie schuftet zu viel. Und die Luft kann ja auch nicht besonders gesund sein, da in Stockholm.«

Ja, sie würde nach Hause kommen, sagte Mutter. Ganz bald. Wenn es ihr nur ein bißchen besser ginge. Das hatte sie versprochen. Zum Sommer würde sie nach Hause kommen. Wenn nicht früher.

Mit diesen Worten gab Vater sich für den Moment zufrieden. Er fragte nicht nach Charlie, jedenfalls nicht, soweit ich es mitbekam. Was später gesagt wurde, als sie ins Bett gingen und wie üblich leise miteinander redeten, kann ich ja nicht wissen. Aber daß er nicht erfuhr, wie es wirklich war, da bin ich mir sicher.

Sowohl am Sonnabend als auch am folgenden Sonntag war Mutter schweigsam und müde. Sie führte ihre gewohnten Arbeiten aus, wirkte aber abwesend. Wenn ich sie ansprach oder sie etwas fragte, verzogen sich ihre Mundwinkel hin und wieder zu etwas, das ein Lächeln darstellen sollte, aber die Lippen hielt sie geschlossen, und aus dem Versuch entstand nicht viel mehr als eine Grimasse.

»Geht es dir schlecht, Mama«, fragte ich. »Hast du Zahnschmerzen? Oder tut dir dein Kopf weh?«

»Neee. Ich bin bloß übermüdet«, sagte sie. »Bin nicht viel zum Schlafen gekommen. Ich glaube, ich leg mich mal ein Weilchen aufs Sofa. Du kannst dich ja hinsetzen und lesen, Nancy! Oder denk dir was aus. Aber wenn ich einschlafe, dann weck mich, bevor Vater hereinkommt. Und sei so lieb und laß das Feuer im Herd nicht ausgehen.«

Sie wollte ihre Ruhe haben, das war es.

Vater konnte sich natürlich nicht vom Holzhaufen fernhalten. Den ganzen Sonnabend über stand er da draußen. Daß der Sonntag aus religiösen Gründen heilig war, kümmerte ihn nicht besonders, aber an einem Sonntag Lärm zu machen, indem man sägte oder hackte, war eine barbarische Unsitte, so drückte er die Sache aus. Deshalb begnügte er sich an dem Tag mit ruhigeren Arbeiten, pflegte sein Werkzeug oder pusselte ein wenig auf dem Holzplatz und rundherum. Manchmal schlief er nach dem Essen. Die Sonntage waren trostlos. Zäh und trostlos. Das war immer so, aber dieser war noch schwerer zu ertragen, weil Mutter so war, wie sie war. Es schien ein Deckel auf allem zu liegen, man war so reglos und eingesperrt, es war zum Verrücktwerden!

Die Fortsetzungsschule fand dienstags, mittwochs und donnerstags statt. Dienstagabend und Freitagvormittag war Konfirmandenunterricht, aber der Montag war frei, da durfte man zu Hause bleiben und Gebote oder Glaubenssätze büffeln, wenn man keine anderen Aufgaben hatte.

An diesem Montag, dem dritten Tag nach Mutters Rückkehr, sagte sie ganz überraschend, daß sie Tante Olivia besuchen wolle. Ich sah sie erstaunt an. Sie war doch so müde, hatte sie sich so weit erholt, daß sie weggehen und Kaffee trinken wollte? Was sie sonst nur selten tat. Doch ich war froh. Aufgemuntert. Es würde lustig sein, nach diesem trostlosen Wochenende eine Weile rauszukommen. Ich sah auf die Wanduhr, es war noch nicht zehn.

»O ja«, sagte ich fröhlich und stand von meinem Stuhl auf. »Das machen wir! Wann wollen wir los? Vielleicht können wir Fahrrad fahren, die Wege sind ganz prima jetzt, fast gar kein Eis.«

Da sagte Mutter etwas Unerwartetes. »Vielleicht bleibst du zu Hause, Nancy. Es ist gut, wenn jemand das Feuer in Gang hält und ...«

Ich starrte sie an. Was meinte sie? Warum sollte ich zu Hause bleiben? Ich war doch immer mit zur Tante gegangen. Was war diesmal anders?

Sie sah meine heruntergefallene Kinnlade und meinen verständnislosen Blick.

Sie kam auf mich zu, nahm mich in den Arm und klopfte mir auf den Rücken. »Ja ja«, sagte sie. »Nancy, meine Lütte! Ein Glück, daß ich dich habe! Natürlich sollst du mitkommen. Ich dachte nur, falls es kalt würde.«

Ich spürte selbstverständlich, daß das nicht stimmte. Das mit dem Feuer, das in Gang gehalten werden sollte, war nur ein Vorwand. Früher waren wir oft stundenlang nicht da, und es war gutgegangen, und als sie in Stockholm war, hatte tagsüber niemand geheizt. Nein. Da stimmte was nicht. Sie wollte mit Tante Olivia reden. So war es. Unter vier Augen reden. Worüber? Und wieso konnte sie damit nicht bis morgen warten, da ging ich ja zur Schule.

Als wir Lisa Anderssons Kaufladen umrundet hatten, mußten wir von den Fahrrädern absteigen und sie das kleine Wegstück bis zu Tante Olivias Hütte schieben. Die Mauer hatte als Windschutz gedient und den Winterschnee aufgefangen, nun lag eine dicke Eisschicht bis hinunter auf den Weg, und man konnte sich kaum vorstellen, daß die Haselsträucher an der Rückseite bald voller gelber Kätzchen stehen und daß an nackten Zweigen der rosafarbene Seidelbast blühen würde. Aber so kam es schließlich jedes Jahr, egal, wie hoffungslos es aussah.

Es roch nach Ofenrauch. Gott sei Dank. Tante Olivia war zu Hause. Und sie hatte auch keinen Fremden da, es gab keine Spuren. Sie hat übrigens nie einen Fremden dagehabt, wenn wir zu Besuch kamen.

»Meine Lieben! Seid ihr es? Das ist aber eine Überraschung, das muß ich sagen. Aber kommt rein, kommt rein.«

Mutter hatte diesmal nichts außer einer Steckrübe und ein paar Kartoffeln mitgebracht. »Ich hatte nichts anderes als eine Rübe«, sagte sie. »Du kannst ja etwas Mus machen. Es hätte auch ein Stück Speck dabeisein sollen, aber ich hatte keins.«

»Ochochoch!« Tante Olivia war dankbar und eifrig. Ihre Augen leuchteten, und ihr einziger Zahn hackte wie ein kleines Stöckchen, als sie losplapperte.

In der Herdmauer dieser Hütte war genau so eine Backofenluke wie bei uns zu Hause. Bei uns standen in dem Loch hinter der Luke die Backbleche, das Waffeleisen und die Bratpfanne, aber bei Tante Olivia hatte auch eine Blechbüchse mit Zwiebäcken Platz, die groß und hell und köstlich zum Einstippen in Kaffee waren. So machte es Tante Olivia, die keine Zähne hatte! Nun wurde die Büchse hervorgeholt und der Kaffeepott aufgesetzt. Das Geplauder summte, doch daß sie in Stockholm gewesen war, erwähnte Mutter nicht.

Nun war es merkwürdigerweise so, daß es in Tante Olivias Hütte zwei Musikinstrumente gab, obwohl sie so viel schlechter dastand als wir. Olivias Eltern waren zu ihrer Zeit Anhänger der freikirchlichen Erweckungsbewegung gewesen und hatten bei sich zu Hause regelmäßig Treffen abgehalten. Olivia selbst hatte in jüngeren Jahren, bevor sie Sjöberg heiratete, der Pfingstgemeinde Philadelphia angehört. Daher kam es, daß sich in der kleinen Kammer der Hütte, wo die Dielenbretter schief und die Fenster verhängt waren, neben der Orgel auch eine Zither befand. Manchmal spielte

Olivia darauf und sang mit piepsiger Stimme von Straßen aus Gold.

Ich hatte es immer geliebt, dort in der Kammer zu sitzen und zu versuchen, Melodien aus der Tretorgel zu locken, die keuchte und ächzte, oder in aller Ruhe auf der Zither zu klimpern und ein wenig zu summen. Aber im Winter war es feuchtkalt in der Kammer, da war es nicht möglich. Nun mußten jedoch Tante Olivia und Mutter, während ich mit dem Verschlingen von Zwiebäcken beschäftigt war, untereinander und über meinen Kopf hinweg einige bedeutungsvolle Gesten und Blicke ausgetauscht haben, um mich auf die eine oder andere Weise loszuwerden, das verstand ich.

Tante Olivia ergriff das Wort und sagte: »Willst du nicht reingehen und ein Weilchen spielen, Nancy? Das hast du jetzt lange nicht mehr gemacht. Die Sonne hat draufgeschienen, so kalt ist es also nicht, glaube ich. Du darfst übrigens ein Paar ganz neue Wollsocken nehmen und an dine Füß ziehen!« (Dine Füß, sagte sie, nicht deine Füße, und dine Schuh, nicht deine Schuhe. Sie redete so.)

Ich protestierte nicht. Tante Olivia kramte die Socken hervor und gab sie mir. Dann begleitete sie mich bis zur Schwelle, schubste mich hinein und grinste ihr rosiges Lächeln, als sie die Kammertür zuzog.

Das Tageslicht dort drinnen war gelbgrau und gedämpft, es roch stickig und unbenutzt. Kühl war es auch. Ich erschauerte. Die Zither lag auf dem Tisch. Auf Zehenspitzen ging ich zu ihr hin, was unnötig war, da ich Wollsocken anhatte, aber ich war nun mal darauf eingestellt zu schleichen und fing sofort damit an.

Vorsichtig holte ich einen Stuhl und plazierte ihn so nah wie möglich an der Tür. Dann trug ich die Zither dorthin, aber bevor ich anfing, auf den Saiten zu klimpern, setzte ich mich an die Orgel, trat in die Pedale und fuhr ohne die geringste Andeutung einer Melodie gewaltig und lautstark über die Tasten. Es sollte lediglich zu hören sein, daß ich in vollem Gange war.

Nach ein paar Minuten ging ich wieder zur Tür, kniete mich hin, und während ich, um den Anschein zu erwecken, ich wäre schwer mit Spielen beschäftigt, etwas planlos auf der Zither klimperte, hob ich das Kinn und spitzte die Ohren bis zum äußersten. So nach und nach hörten meine Finger auf zu klimpern.

Mutter weinte dort drinnen am Tisch, etwa drei Meter von mir entfernt. Ich hörte sie reden. Ihre Stimmlage stieg und sank, manchmal war es nur wie ein Murmeln oder Flüstern, manchmal sprach sie ziemlich laut und unbeherrscht, als hätte sie meine Anwesenheit in der Kammer vergessen oder als scherte sie sich einfach nicht darum, ob ich zuhörte oder nicht. Das, was sie zu sagen hatte, wurde wieder und wieder von abgehackten Schluchzern und kleinen dazugehörigen »Ach ja – ach ja – ach ja, Fridachen! Ochottochottochott!« aus Tante Olivias Richtung unterbrochen, aber trotz der Schwierigkeiten konnte ich dennoch das Wichtigste von dem erfassen, was sie zu erzählen hatte. Die Worte kann ich nicht exakt wiedergeben, das, was ich mit anhörte, legte sich erst sehr viel später Stück für Stück zurecht, und es ist möglich, daß ich unbewußt einige Details hinzugefügt habe, ich kann wohl auch etwas nicht mitbekommen haben, aber der Inhalt stimmt überein mit der Wahrheit, die ich zu hören bekam.

Charlie war zum Zentralbahnhof gekommen und hatte Mutter dorthin begleitet, wo sie wohnten. Sie hatten zwei Zimmer mit Küche, aber es sah elend aus, unaufgeräumt und schmutzig. Dora lag in dem einen Zimmer, und sie war furchtbar krank. Abgemagert und fiebrig. In der Wohnung war auch noch ein anderes Frauenzimmer, sie sah aus, als wäre sie ein ganzes Stück älter als Dora, zumindest war sie über Dreißig. Sie torkelte die ganze Zeit mit einer Zigarette im Mundwinkel herum und war verspachtelt und angemalt wie ein richtiges Gespenst. Charlie zog gleich wieder ab, und da ging das Frauenzimmer mit. Es schien, als wäre sie dagewesen, um Dora zu pflegen, aber da war nicht viel im Schrank, nur ein paar Konservenbüchsen mit so einer Suppe, die Mutter zu öffnen und zu erwärmen versuchte. Aber sie kriegte kaum einen Löffel in Dora hinein. Gegen zwei Uhr nachts kam Charlie nach Hause. Er trug so einen schwarzen Anzug und hatte ein weißes Hemd an und eine Fliege umgebunden, es stimmte also immerhin, daß er eine Art Kellner war. Kurz darauf kam auch die Vogelscheuche, und dann saßen sie da und soffen bis zum Morgengrauen. In der nächsten Nacht war es genauso, aber da kamen noch ein paar Kerle dazu, und Mutter wußte nicht, was das für welche waren und was sie vorhatten. Jedenfalls war dieses Weib am nächsten Tag schon am Vormittag besoffen, und da fing sie an zu heulen und erzählte Mutter, was mit Dora nicht stimmte. Sie hatte abgetrieben (weggemacht, nach Mutters Worten), und das hatte sie ja bereits mehrmals getan (offenbar wußte Mutter das!), aber diesmal hatte sie sich lange Zeit dagegen gesträubt, und deshalb war es schon so weit, daß es schrie, als sie es herauskriegten, und da hatte Charlie es in einen Karton gelegt, eingewickelt in ein paar Fetzen, und dann war er hinaus in die Nacht gegangen und hatte es in den Fluß geworfen.

Hier brach Mutters Stimme, und ich hörte, wie sie rotzte und schluchzte: »Geschrien hat es, Olivia! Es hat geschrien … hat das Weib gesagt. So groß war es!«

Tante Olivias Gemurmel: »Ach ja, ach ja, ach ja …«

Ich selbst war zu Eis erstarrt, als ich diese Worte hörte, nun steckte das Entsetzen wie ein Pflock in meinem Hals. Ich begriff, wovon die Rede war, das tat ich, trotz meiner vierzehn Jahre. Wie konnte ich begreifen? Wie konnte ich wissen? Wie viel weiß und versteht man von dem, was einem nie erzählt und erklärt worden ist? Das Wissen mußte die Fähigkeit haben, sich auf seine eigene Weise einzunisten, ohne daß man es auch nur bemerkt. Ein Stück kommt zum anderen. Plötzlich weiß man einfach. Man weiß.

Als Mutter sich ein bißchen beruhigt hatte, erzählte sie weiter. Dieses Frauenzimmer hatte gesagt, daß Dora wie ein Engel war, als Charlie sie aufgabelte. Aber dann war sie bald verdorben, das ging allen so, um die sich dieser Deubel kümmerte. »Guck nur mich an«, hatte das Weib gesagt, »ein verfluchtes Luder, das bin ich geworden!«

Es war eine Weile still.

»Glaubst du ...?« Das war wieder Tante Olivia. »Glaubst du, daß Dora auch gezwungen war ...«

»Weiß nicht«, sagte Mutter. »Weiß nicht! Aber ich halte es nicht für unwahrscheinlich. Das arme Kind!«

Es war jemand gekommen, angeblich ein Arzt, hatte die Vogelscheuche berichtet. Dora hatte also immerhin Medizin erhalten, aber sie ins Krankenhaus zu bringen trauten sie sich nicht, denn dann hätten sie alle ins Gefängnis gemußt. Und nun war sie ja auf dem Wege der Besserung. Das Fieber war heruntergegangen, und sie konnte reden und fing an, ein bißchen zu fragen, wie es zu Hause war. Dann hatte sie Mutter versprochen, nach Hause zu kommen, sobald sie wieder auf den Beinen war, das hatte sie ganz fest versprochen.

»Sie hielt mich fest«, sagte Mutter, »und sagte, daß sie nach Hause kommen würde.« (Hier brach die Stimme, und eine Weile schluchzte und bibberte sie schrecklich.) »Ich wollte sie sofort mitnehmen«, fuhr sie fort, »aber sie war zu schwach, um im Zug zu sitzen, sie konnte nicht stehen, und sobald sie sich im geringsten anstrengte, floß Blut aus ihr. Ich mußte ja abfahren, aber jetzt weiß ich nicht, was ich machen soll, ich finde überhaupt keine Ruhe! Ob ich versuchen soll, wieder hinzufahren, oder wie soll ich es machen? Ich will ja auch Vater nichts davon sagen, wie es wirklich ist, er würde es nicht verkraften, Dora ist sein ein und alles, das ist sie immer …«

»Jaa«, war Tante Olivia zu hören, »es ist schon seltsam. Er hat wohl fast mehr an ihr gehangen als an seinen eigenen …«

Der Stuhl scharrte. Ich hörte, wie die Herdluke geöffnet wurde. Tante Olivia war offensichtlich aufgestanden. Hastig schob ich den Stuhl mit der Zither beiseite und raste zur Orgel. Trat in die Pedale und schlug, so fest ich konnte, in die Tasten. Die arme Orgel jammerte und winselte unter meinem Wüten, die Pedale ächzten, die Dissonanzen waren scharf wie ungeschliffene Messer.

Als wir uns auf den Heimweg machten, hatte es angefangen zu schneien. Große nasse Flocken schwebten dicht herab und legten sich wie Flecken auf das braune Gras vom vorigen Jahr und auf den grauen Schnee am Waldrand. Tante Olivia hatte ihre Strickjacke übergezogen und begleitete uns ein Stück bis zum Kaufladen.

Wir standen in dem üppigen Schneefall, und sie gab zuerst mir und danach Mutter die Hand: »Danke, daß du gekommen bist, Frida! Ich bete zu Gott, das weißt du.«

»Nun geh schnell nach Hause«, sagte Mutter. »Du wirst ja ganz naß.«

Wie konnten wir so schweigend nach Hause radeln, während uns die Flocken weiterhin auf die Schultern und die Haare fielen? Wieviel Beherrschung gibt es eigentlich in einem Menschen? Und wieviel Einsamkeit?

Aber vielleicht war das Schweigen notwendig. Was zu schwer ist, verträgt keine Worte. Es muß in einen Behälter aus Stahl eingekapselt werden.

In der Nacht träumte ich nicht von dem weißen Schiff, aber in meinen Tagträumen sah ich es vor mir. Es lag am Horizont, und die Sonne schien darauf. Doch vor diesem Bild tauchte plötzlich ein anderes auf, ein grauenhaftes Bild, von dem ich mich abwendete und das ich mit aller Kraft von seinem Platz in meinem Gehirn zu verscheuchen suchte. Der Schrei, der dazugehörte, war auch da, er war unausrottbar und sollte es bleiben.

Zwei Tage später war Mutter dabei, einen Salzhering auf den Rost zu legen. Die Glut stimmte genau. Der Tisch war gedeckt, und der Topf mit den Kartoffeln dampfte auf der Herdkante. Es war kurz nach fünf. Auf einmal waren Schritte draußen auf der Brücke zu hören, und es klopfte an die Tür. Als Mutter »Herein!« sagte, zeigte sich LüttOskars Kopf im Türrahmen. Seit diesem Tag im Steinhaufen hatte ich ihn fast nur aus der Distanz gesehen, ich hatte aufgepaßt, und es war mir gelungen, mich rechtzeitig zurückzuziehen, wenn er auf dem Weg zur Landstraße und zum Laden am Holzzaun von Ågrens entlangmarschierte. Auf unserem Holzplatz hatte er sich überhaupt nicht gezeigt, Vater hatte sich sogar gefragt, ob er krank geworden war. Nun stand er plötzlich vor mir, und ich erstarrte.

Aber LüttOskar sah nicht einmal in meine Richtung, er wandte sich an Mutter, seine Augen steckten wie Bälle in seinem Schädel, und er schnaufte und stammelte ein wenig, bevor er herausbrachte: »Sie, sie, sie, äh, soll kommen! Das is ne Nachricht von der Kaufmannsfrau, wa. Sie soll sofort kommen, die Frida! Und äh und äh, und, anrufen! Die Kaufmannsfrau hat mich geschickt, wa ...«

»Steck den Rost in ein paar Minuten hinein«, sagte Mutter. »Aber verbrenn den Hering nicht, du mußt vorsichtig sein und ihn rechtzeitig umdrehen!«

Mit diesen Worten schnappte sie sich die Baskenmütze, zog eins von Vaters alten Jacketts über die Strickjacke und steckte die Füße in ein Paar abgelaufene Stiefel, man merkte, daß sie keine Zeit hatte, sich um ihr Aussehen zu kümmern. LüttOskar stand immer noch in der Türöffnung, während sie sich fertig machte, erst als sie bereit war zu gehen, schien er seinen Auftrag zur Gänze erfüllt zu haben, drehte sich um und trottete vor ihr durch den Hausflur.

Ich war so nervös, daß ein Kribbeln durch meinen ganzen Körper kroch. Auch die Zeit kroch. Ich sah unaufhörlich auf die Uhr. Es wurde halb und auch Viertel vor sechs, und niemand ließ sich blicken. Entweder hatte sie Vater auf dem Hinweg getroffen, oder sie war bei Perssons schon wieder herausgekommen und hatte ihn abgepaßt, als er mit dem Fahrrad von der Säge kam. Wie auch immer, sie hätten längst zu Hause sein müssen. Der verrußte Hering lag fertig auf einem tiefen Teller, ich hatte einen Schuß Wasser draufgegossen, wie ich es bei Mutter gesehen hatte. Die Kartoffeln wurden unter dem Topfdeckel langsam schrumpelig, so daß ich einen Topflappen darunter steckte und den Deckel einen Spalt öffnete. Die Stille wummerte in meinen Ohren. Dann waren Schritte auf dem Kies zu hören.

Ich ging ihnen entgegen und öffnete die Haustür. Wir hatten immer noch die Tannenzweigveranda, Vater pflegte sie nicht vor April abzureißen. Der gelbe Lichtschein von der Petroleumlampe über dem Küchentisch lag hinter mir im Hausflur. Im feuchten Tannenzweigdunkel sah ich ihre Gesichter wie zwei helle Flecken.

Mutter stand vorne, und ich hörte sie sagen: »Dora ist tot!«

Es wurde niemals eine Anzeige mit einem Kreuz und einem Vers darunter in die Zeitung bei uns zu Hause gesetzt. Sie war ja in Stockholm gemeldet, und wie es dort gemacht wurde, weiß ich nicht.

Das Begräbnis sollte am neunundzwanzigsten März stattfinden, das war ein Dienstag. Die Todesursache war Lungenentzündung. Das betonte Mutter sowohl mir als auch Vater gegenüber. Von etwas anderem hatte Vater keine Ahnung, das begriff ich, und ich hatte ja auch keine, jedenfalls nicht ausgesprochen. Die Wahrheit mußte ich alleine tragen.

»Nancy, du weißt, wenn die Leute fragen, dann war es Lungenentzündung!«

Keiner von uns Geschwistern sollte bei der Bestattung anwesend sein und auch sonst keine Verwandten. Es sollte in aller Stille mit den Allernächsten geschehen. Als ob wir keine Allernächsten gewesen wären, Betty, ich und die Zwillinge. Es war wegen der Beerdigungskleider, meinte Mutter, und wegen des Geldes für die Fahrkarten und so. Wir konnten ja auch nicht an einem Tag hin- und zurückfahren, sagte sie, und wo sollten wir alle schlafen? Und Gwendolyn, wie sollte es mit ihr gehen? Alle diese Schwierigkeiten, die sie aufzählte, hätten natürlich kein Hinderungsgrund für Börje und Lennart sein müssen, aber in dem Brief, in dem sie berichtete, daß Dora an Lungenentzündung gestorben war (ich sah, daß sie Lungezündung schrieb, doch ich sagte nichts), schrieb sie, daß sie ein paar Groschen für den Kranz schicken könnten, aber daß es nicht nötig wäre, sich freizunehmen und zu kommen. Sie schrieb auch nicht den Namen der Kirche.

Ich begriff, daß sie Angst hatte. Sie hatte genug zu tun mit den Sorgen, die sie wegen Vater haben mußte. Wie sollte sie ihn im unklaren darüber lassen, wie es wirklich war, was Charlie für ein Typ und wie es Dora ergangen war? Was, wenn zum Beispiel dieses gräßliche Frauenzimmer aufgetaucht wäre und während der Beerdigung irgend etwas anstellte?

Vater sagte, wir hätten Dora nach Hause holen sollen. Sie hätte wenigstens hier auf dem Kirchhof liegen können, sagte er. Wenigstens das.

Aber wie hätte das gehen sollen? Und was hätte das gekostet? Er mußte doch begreifen, daß es unmöglich war, es so zu machen.

Im übrigen, meinte Mutter, war Dora damit nicht mehr gedient, weder mit dem einen noch mit dem anderen. Dort, wo sie war, ging es ihr gut. So sollten wir denken. Dora war jetzt glücklich. Wo ihr Körper ruhte, das hatte keine größere Bedeutung.

Was Vater von der Sache hielt, erfuhren wir nicht.

Wir sprachen in dieser Zeit fast ausschließlich über die praktischen Dinge, die geregelt werden mußten. Wir hielten das Leben aufrecht, dazu waren wir gezwungen. Ich ging zur Schule. Vater radelte wie gewöhnlich morgens zur Säge, ansonsten hielt er sich jede freie Minute auf dem Holzplatz auf. Mutter wirbelte herum wie eine Verrückte und hatte alle Hände voll zu tun. Sie wühlte zwischen Schuhen und Kleidern herum und rubbelte und schrubbte. An einem Tag nahm sie den Bus in den Ort und besuchte Betty, kaufte schwarze Strümpfe und ein weißes Hemd für Vater. Ich war nicht dabei.

Zu den allerersten Dingen, die sie erledigte, gehörte ein Brief an den Onkel in Eskilstuna, in dem sie ihn bat, ihr Geld zu leihen. Sie wollte hundert Kronen! Es wäre gut, wenn er sie so schnell wie möglich schicken könnte, als Sicherheit könnte er die Goldringe haben. Die befanden sich zwar im Leihhaus in der Stadt, aber das brauchte er ja nicht zu wissen. Wenn das Geld angekommen war, wollte sie MilchAlbin bitten, die Pfandquittung mitzunehmen und sie auszulösen, er fuhr ja ab und an Butter hin. Als sie Vater darlegte, wie sie sich das gedacht hatte, schwieg er bloß. Was sollte er sagen? Es gab keine andere Möglichkeit, als die Scham zu überwinden, das Geld mußte schließlich her. Die Reise kostete, und es sollte Blumen geben. Daß die Beerdigung selbst auch kostete, wußte ich nicht, verstand es nicht, dachte nie darüber nach. Und mir sagte auch niemand ein Wort davon. Vielleicht bekam Dora eine Art Armenbegräbnis auf Kosten der Allgemeinheit, was weiß ich.

Noch einen Brief setzte Mutter auf. Er ging nach Tunaberg an Onkel Henrik, den Witwer. Er hatte ein eigenes Haus, und Mutter schrieb und berichtete von dem Todesfall und der Beerdigung und fragte, ob sie und Vater möglicherweise kommen und von Sonnabend auf Sonntag in Tunaberg übernachten dürften, sie wollten am Morgen so früh wie möglich den Zug nach Hause nehmen.

Ich durfte mir am Begräbnistag und auch am Tag danach von der Schule und dem Konfirmandenunterricht freinehmen, ich sollte bei Betty übernachten, Mutter fand, daß ich nicht alleine zu Hause schlafen sollte.

Schon bevor es am Morgen des neunundzwanzigsten März hell wurde, waren sie alle beide aufgestanden. Ich hörte die gewohnten Klänge von der Herdluke und dem Holzkistendeckel und das Klirren der Löffel. Es war auch vereinzelt Gemurmel zu hören. Ich war mit einem Kloß im Magen aufgewacht. Er wuchs schnell. Wurde größer und größer. Heute, um drei Uhr, würde Dora begraben werden. Dora? War Dora, unsere Dora, diejenige, die *begraben* werden würde?

Nein! NEIN!

Es war der Moment gekommen, in dem mir die Wahrheit in all ihrer unbarmherzigen Endgültigkeit klar wurde. Dora war tot. Für immer fort. Sie würde in die Erde eingegraben werden. Ich würde sie nie wieder sehen! Sie würde nie nach Hause kommen. Es würden keine Briefe im Postkasten bei Perssons liegen, über die man sich freuen und die man in den Karton zwischen die anderen Schätze stecken konnte. Ich würde sie nie wieder lachen hören. Nie ihr Haar sehen. Es war jetzt vorbei. Es war das Ende aller Träume. Es gab keine Fortsetzung. Dora war tot. Dora war? TOT. Wirklich wahr.

Ich wollte nicht zur Anrichte gucken, wo die Fotografien standen. Ich wollte sie auch nicht in meinem Kopf sehen! Vater mit den Pferden in der Mitte, rechts Tore im Schneckenhausrahmen, und Dora… Nein! NEIN! Ich mußte die Zähne zusammenbeißen. Der Schrei war in mir. Er war hinter meinen Zähnen. Ich durfte nicht, ich durfte nicht! Ich drehte mich um und biß ins Kissen, ich zog die Knie vors

Gesicht und stopfte mir das Kissen in den Mund: Es gab keinen Gott. Es gab keinen Gott. Nur ein schwarzes Loch. Ich stürzte hinein, mir wurde schlecht, ich wollte mich übergeben, preßte die Hände auf den Bauch.

»Nancy, Liebling, bist du wach?«

Ich atmete tief. Schluckte. Das Dröhnen in meinem Kopf ließ nach. Der Moment war vorbei. Doch ich hatte den Augenblick des Todes erlebt.

Ich folgte ihnen mit ein paar Schritten Abstand auf dem Weg zum Bus. Es war ein windiger Morgen mit schlagartig hervorbrechender Sonne. In den Spuren glänzte Eis, und die Tannen sangen. Mutter ging schnell, leicht vorgebeugt. Sie trug schwarze Strümpfe und Überschuhe, das schwarze Kleid natürlich und denselben Mantel und dieselbe Mütze, die sie angehabt hatte, als sie das letztemal gefahren war. In der Tasche trug sie den größten Teil von Onkels Hunderter, er hatte ihn umgehend per Einschreiben geschickt, das ich selbst bei der Post abgeholt hatte.

Vater humpelte in der Spur daneben. Er trug einen braunen Hut mit schwarzem Trauerband entlang der Krempe und einen dunkelblauen Cheviotanzug. Mutter hatte den Anzug mit einem feuchten Lappen geplättet und den Kragen und das Revers mit kaltem Kaffee abgebürstet. Vater hatte sein einziges Paar Halbschuhe so geputzt, daß das Oberleder glänzte, darin war er sorgfältig. Er hatte ein neues weißes Hemd und einen schwarzen Schlips an, aber den Mantel, den Mutter nach langen Debatten einfach von Ågren geliehen hatte, trug er zusammengefaltet über dem Arm wie einen unwillkommenen Einfall.

Ich sah, daß Vater alt war. Alt und krumm. Ich hatte vorher nicht daran gedacht, aber in diesen Kleidern war er so anders. So verloren. Er würde im Sommer sechzig werden, ich wußte es ja. Mutter war jünger, erst fünfundvierzig.

Åke saß im Bäckerwagen und erwartete uns, als der Bus im

Ort ankam. Er hatte bereits seine erste Brotauslieferung erledigt und die Erlaubnis bekommen, mit dem Kranz zum Zug zu fahren und sich um mich zu kümmern. Ich freute mich so, Åke zu sehen! Als er uns in seinem verwaschenen Overall, auf dem überall Mehlflecken waren, und mit der mehlbestäubten Mütze entgegenkam, hätte ich am liebsten die Arme um ihn geschlungen und ihn ganz fest gedrückt.

Åke ging neben Vater und trug den braunen Kranzkarton bis hinauf zum Bahnsteig, während Mutter und ich die Fahrkarten kauften. Ich stand neben Åke und mußte mich anstrengen und mit aller Kraft die Zähne zusammenbeißen, um nicht zu weinen, als der Zug einfuhr und Mutter zuerst hinaufstieg und das geschmiedete Eisengitter öffnete. Vater folgte ihr. Sie nahm seinen Mantel entgegen, den er die ganze Zeit über dem Arm getragen hatte, und ich sah, wie er sich umdrehte und die Hände nach dem Karton ausstreckte, in dem der Kranz lag, eingewickelt in mehrere Schichten Papier, und ich wußte … Nein! Jetzt nicht heulen!

Wir fuhren zuerst zur Bäckerei, Åke mußte seine zweite Lieferung einladen. Es war, wie ich geahnt hatte. Frau Westman war längst nicht so gräßlich, wie Betty immer gesagt hatte. Sie lud mich zu Schokolade und Brötchen ein, und ich durfte mir auch ein Stück Gebäck nehmen, durfte mir aussuchen, was ich wollte, und sie gab mir eine ganze Tüte Brot für Betty mit. Meiner Meinung nach war sie richtig nett. Ich hätte mir vorstellen können, bei ihr zu arbeiten! Obwohl ich ja eigentlich etwas anderes wollte. Doch was das hätte sein können, wußte ich wiederum auch nicht.

Betty fing an zu weinen, als sie die Tür aufmachte und mich sah. Wir standen lange Zeit da, hielten uns in den Armen und schluchzten. Manchmal ist es gut zu weinen, im richtigen Moment. Diesmal war es gut. Betty und ich, wir kamen einander etwas näher. Zwischen uns wurde es weicher. Über Dora sprachen wir nicht. Soweit ich mich erinnern kann, erwähnten wir ihren Namen in der ganzen Zeit nicht, während ich da war.

Gwendolyn schlief, als ich kam. Sie war groß geworden. Sie war jetzt ein Jahr und vier Monate. Sie konnten gehen und auch ein bißchen sprechen. Ich versuchte ihr beizubringen, »Nancy« zu sagen. Sie sagte »Anse« und lachte. Sie hatte kleine weiße Zähne, und ich mußte mir eingestehen, daß ich sie süß fand. Ich hatte überhaupt nichts dagegen, mit ihr auf dem Schoß zu sitzen und leere Backpulverdosen auf der Wachsdecke hierhin und dorthin zu rollen und Heisa! Hopsasa! Da kommen wir! zu sagen, genau wie Mutter. Ich wurde wohl langsam alt.

Betty und ich spielten am Nachmittag Karten, es waren unsere üblichen alten Spiele: Schwarzer Peter, Mau-Mau und ein paar Runden Drecksack. Gegen drei schielte ich zur Uhr. Mir schwebte vor, daß wir eine Kerze anzünden und eine Weile schweigend mit gefalteten Händen hätten dasitzen sollen, aber bei Betty war ich mir unsicher. Ich weiß nicht, ob sie daran dachte, daß Dora genau in diesem Moment in die Erde gesenkt wurde.

In Bettys Wohnung roch es ein wenig nach Abfalleimer. Es war auch staubig, und die Fenster waren schmutzig, das merkte man deutlich, wenn die Sonne hereinschien. Ich fand, daß Betty im Gesicht verräterisch füllig geworden war. Als sie an der Zinkplatte stand und das Fläschchen erwärmte, beobachtete ich sie von der Seite und fragte mich, ob sie nicht vielleicht wieder in anderen Umständen war.

Åke sollte in nur wenigen Wochen zur Armee einrücken. Betty sagte, daß sie im Sommer, wenn sie alleine war, wohl eine Zeitlang zu Hause in Dalängen sein würde. Für Gwendolyn wäre es schön, nach Lust und Laune durchs Gras zu rennen, sagte sie, und bei der Westmanschen putzen zu gehen, das hatte sie nicht vor!

In der Nacht schlief ich auf der Küchenbank. Gwendolyn

hatte nun ein eigenes kleines Bett bekommen, und Åke und Betty lagen alle beide in der Kammer. Ich schlief schnell ein. Wachte vor der Dämmerung auf, weil Gwendolyn plärrte und jemand über das Linoleum tappte, das war Åke, glaube ich, er mußte wohl los. Dann schlief ich wieder ein. Am Morgen schämte ich mich, weil ich so gut hatte schlafen können in der Nacht, in der ich im Garten Gethsemane hätte wachen sollen.

Als wir am Mittwoch abend zurückkamen, war das Häuschen ausgekühlt. Als allererstes zog Vater den Cheviotanzug und das weiße Hemd aus und seine gewohnten alten Kleider wieder an. Dann nahm er die Mütze vom Nagel und wandte sich zur Tür.

»Willst du vielleicht ein paar Scheite von dem Birkenholz reinholen, wenn du sowieso rausgehst«, sagte Mutter zu ihm, als er in der Tür stand. »Dann haben wir es warm!« Ihre Stimme war ein wenig schmeichelnd und irgendwie behütend und aufmunternd, als wollte sie, daß er verstünde, es war doch ein Glück, daß sie immerhin das Brennholz hatten! Das war gut! Und es war sein Verdienst.

Wortlos griff er nach dem Holzkorb.

Es dauerte nicht lange, und er kam mit einer ganzen Last wieder herein und schüttete sie in die Holzkiste. Und dann in der gleichen Absicht wieder raus. Drei volle Lasten, im Korb und auch auf dem Arm gestapelt, trug er herein, ohne ein einziges Wort zu sagen. Die Holzkiste wurde bis obenhin voll und reichte gar nicht aus, wir mußten einige Scheite davor stapeln. Wir wurden überhäuft mit Birkenholz, das sich weißlich schälte.

Als er mit der vierten Runde kam, sagte Mutter wie zu einem Kind: »Nun ist es gut! Das reicht jetzt, hörst du! Danke, danke! Für noch mehr ist kein Platz.«

Er antwortete nicht. Verschwand wieder nach draußen.

Mutter hatte den Herd angemacht, während sie immer noch ihr schwarzes Kleid und die schwarzen Strümpfe anhatte, es prasselte frisch, nun füllte sie Holzscheit für Holzscheit nach. Die Wärme breitete sich aus.

Es war sieben Uhr, draußen war es noch nicht richtig dunkel, aber die Dämmerung schlich sich heran und kam aus allen Winkeln und Richtungen über uns, sowohl von unten als auch von oben, vom Wald und vom Moor und von Ågrens Gehölz. Der Himmel war rot gestreift, die Bäume standen schwarz, weit entfernt auf der anderen Seite des Grundstücks von HeidePetrus leuchtete es gelb aus einem einzelnen Fenster.

Mutter zog sich um und hängte die Sachen in den Verschlag. Kümmerte sich auch um Vaters Kleider. Dann setzte sie Wasser in einem Topf auf, um Brei zu kochen. Die Petroleumlampe brannte.

Sie waren mit dem Mittagszug kurz vor zwei im Ort angekommen. Damit hatten wir gerechnet. Åke holte sie ab. Betty und ich hatten gemeinsam Fleischbällchen zubereitet, das hatte ich noch nie gemacht, und Betty konnte auch nicht so gut kochen, aber sie wurden richtig ansehnlich, fanden wir. Und die Kartoffeln hatten wir vor dem Kochen geschält.

Das erste, was ich erblickte, als sie die Treppe hinaufkamen, war die braune Tasche. Mutter hatte Doras braune Tasche mitgebracht! Ich starrte sie an. Leibhaftig hatte ich sie seit dem Morgen nicht mehr gesehen, als der Taxifahrer sie ins Auto hob und Charlie über den Kies schritt und sich über mich beugte.

Mutter trug auch eine Papiertüte, der Inhalt war mit einer zusammengerollten Jacke bedeckt. Sie stellte alles im Hausflur ab und hängte ihren Mantel auf.

Wir fragten nichts. Wir überspielten, wo sie gewesen waren und was passiert war. Wir trauten uns nicht. Statt dessen suchten wir geschäftig nach Worten und Sätzen, die so gewöhnlich und ungefährlich wie möglich waren und die nicht in die Nähe von Reise und Zug und nicht von Dora und Beerdigung kamen.

»Deine Geranien haben Knospen!«

»Mutter, kannst du die Soße fertig machen? Bei mir wird sie klumpig.«

»Was ist mit der Alten hier unten? Treibt sie noch immer ihr Unwesen?«

»Soll ich das Preiselbeergelee auf den Tisch stellen?«

»Jaa, stell dir vor, nun ist es bald an der Zeit einzurücken!«

So machten wir weiter. Åke stand bloß da und rang die Hände und sah lieb aus. Vater schwieg. Er hatte sich auf die Küchenbank gesetzt und sagte gar nichts.

In dieser Situation war es gut, Gwendolyn zu haben. Sie watschelte herum und brabbelte und quengelte ein bißchen, sie war erkältet, es blubberte in ihrer Nase, und auf der Oberlippe klebte angetrockneter gelber Rotz.

Mutter nahm sie hoch, feuchtete eine Ecke des Taschentuchs mit Spucke an und machte sie so vorsichtig wie möglich sauber. »So, meine Lütte, nun bist du wieder fein.«

Sie drückte sie an sich und strich ihr wieder und wieder und wieder übers Haar, bis Gwendolyn brüllte und hinunter auf den Boden wollte.

Wir aßen. Mutter lobte die Fleischbällchen. Vater sagte weiterhin nichts, aber Hunger hatte er offensichtlich, denn er aß eine Menge. Als wir fertig waren, um zum Bus zu gehen und nach Hause zu fahren, reichte Mutter Betty die Papiertüte und murmelte etwas davon, daß das ein paar Kleider wären. Sie konnte sie ja durchsehen und gucken, ob etwas dabei war. Die braune Tasche nahm sie mit, als wir gingen.

Das Breiwasser kochte. Sie rührte Roggenmehl hinein. Ich hatte den Tisch gedeckt. Die Katze war zufrieden. Sie lag zusammengerollt auf der Steinplatte und genoß die Wärme, die zurückgekehrt war. Das Radio lief.

Während sie das Rollo hinunterzog, guckte Mutter durchs Fenster. »Daß er gar nicht wieder reinkommt«, sagte sie. »Es ist doch jetzt dunkel. Geh raus und ruf nach ihm, du, und sag, daß es Zeit ist zu essen. Und nimm die Milchkanne mit rein. Sie steht unter der Bank.«

Als ich die Haustür öffnete, sah ich sofort, daß er die Tannenzweigveranda abgerissen hatte. Es mußte schnell gegangen sein, wir hatten nichts gemerkt. Über den Bänken und auf den Bodenbrettern lagen überall Nadeln und kleine Äste verstreut, die Drahtbefestigung hing noch. Jetzt, da man sich seit Weihnachten an die dichten, schützenden Wände gewöhnt hatte, sah es nackt aus. Ich bekam Angst. Ich weiß nicht, warum. Vater konnte ich auch nicht sehen. Ich spitzte die Ohren und spähte hinaus. Warum hatte er sie gerade heute abend abgerissen, ohne uns ein Wort zu sagen. Und all das Brennholz, das er hereingetragen hatte, das war auch seltsam.

Sowohl die Haustür als auch die Küchentür standen hinter mir offen, ich hörte Mutters Stimme: »Wo steckst du? Willst du ihn nicht rufen?«

Als ich nicht sofort antwortete, folgte sie mir nach draußen. Wir standen nebeneinander und sahen uns in dem bläulichen Dunkel um. Blickten zum Holzplatz. Wo war er bloß? War er vielleicht auf dem Lokus?

»Hallo! Essen! Komm rein und iß was!«

Schweigen.

Lauschen.

Alle Sinne geschärft.

Kein Laut vom Lokusdeckel. Kein Holzzaunquietschen.

Die Holzschuppenwand schwieg.

Da drängte sich ein unerwarteter Lichtschein in den Augenwinkel. Er kam vom Pavillon. Wir wandten die Köpfe dorthin und sahen, wie die erste blaßgelbe Flamme sich hinaufschlängelte, dünn und unansehnlich, dann ausschlug und eine Mohnblume mit fransigen Blütenblättern wurde, wuchs und höher wurde, ein Wald aus roten Blumen!

»Oh, Herr Jeeesus. Ist er verrückt geworden?« Mutters Flüstern. Eine Hand auf meinem Arm.

Ob er auch ein wenig Petroleum darübergeschüttet hatte, bevor er das Streichholz daranhielt, weiß ich nicht, aber es ging gewaltig los. In wenigen Sekunden brannte der ganze Pavillon lichterloh, er brannte wie ein Scheiterhaufen, Funken flogen wie Reisigbesen zum Himmel. Er hatte alle Tannenzweige von der Veranda hineingeschleppt, das verstanden wir, das war es, was so laut prasselte. Es dröhnte und rauschte, es flatterte und schwoll. Das Geländer fing Feuer. Die wurmstichigen Pfosten brannten wie Zunder. Das Dach fiel zusammen, und der halbe Wetterhahn wurde von einem rasenden Inferno verzehrt.

Wir sahen, wie er sich dort drüben bewegte, eine dunkle Figur vor dem erleuchteten Hintergrund. Er ging zwischen den dünnen Schneeflecken hin und her und hieb mit dem langen Besen ins Gras. Oder war es die Harke? Das konnte man nicht sehen.

Das Kriechengebüsch kokelte an, als die letzten Späne des Brennholzes vom Vorjahr brannten. Glühende Fetzen von knochentrockener Birkenrinde wurden vom Zug angesaugt, leuchteten und wirbelten und verglühten zu Ruß.

Wir rührten uns nicht. Waren nur erstarrt und beobachteten.

Mutter hatte ihre Schürze zusammengeknüllt und hielt sie an die Brust gedrückt.

»Es mußte wohl raus«, hörte ich sie murmeln. »Irgendwie mußte es wohl raus.«

Der Scheiterhaufen war bestimmt von weit her zu sehen. Er flackerte unbändig, zornig und rot. In der Mitte ragte ein Pfeiler zum Himmel empor, er stand aufgerichtet vor dem Wald wie das scharfe Ausrufungszeichen nach einem Schrei.

Es ist möglich, daß man an diesem Abend entlang der Dalängenlichtung zueinander sagte, daß ZehenPelle, der alte Trottel, sich nun wohl im Kalender verguckt hatte. Es ist ja noch ein ganzer Monat bis zur Walpurgisnacht!

(Herr, vergib ihnen, denn sie wissen nicht, was sie tun! Und nicht, was sie sagen. Und nicht, was sie *nicht* wissen und verstehen können.)

Bei Mutter mußte es auch raus, auch wenn es sich einen anderen Weg suchte.

Am Montag nach der Beerdigung sank sie vor dem Herd zusammen und wurde ohnmächtig. Sie fiel einfach zusammen, so wie sie da stand. Ich hatte noch nie einen ohnmächtigen Menschen gesehen und dachte, nun stirbt sie, o Gott im Himmel! Mama! Mama!

Ich wußte auch nicht, was ich machen sollte, aber ich stürzte los, stopfte ihr ein Kissen unter den Kopf, betupfte sie mit Wasser und streichelte sie und klopfte ihr auf Wange und Stirn, so fest ich konnte. Als sie wieder zu sich kam, war ihr schlecht, und sie mußte sich übergeben. Da tropfte Blut auf das Linoleum.

Ich radelte mit einer solchen Geschwindigkeit zu Schwester Hedvig, daß es in meinem Hals brannte. Am Tag danach kam der Doktor. Ich hatte ihr das Bett auf dem Kammersofa gemacht und die Waschschüssel mit Scheuermittel geputzt und auf Mutters Anordnung ein neues Stück Seife und ein sauberes Handtuch herausgelegt. Die Garnitur, Hemdchen und Unterhose, war zum Glück wieder frisch gewaschen und gebügelt, und sie hatte auch ein unbenutztes Nachthemd, das sie darüberziehen konnte. Ansonsten schlief sie ja meistens im Unterrock.

Der Doktor sagte, daß es mit großer Sicherheit Magengeschwür in Kombination mit Überanstrengung war. Er ordnete absolute Ruhe an, Bettruhe, schwachen Tee, mit Sahne gemischtes Wasser, Omelett und gekochten Fisch. Eine Flasche Medizin gab er ihr auch.

Vater bekam solche Angst, daß er sich am ersten Abend sogar eine Weile in die Kammer setzte und ihre Hand hielt. »Du verläßt mich doch nicht«, sagte er.

Es war zum Heulen.

Ich fuhr zu Tante Olivia und bat sie zu kommen. Vielleicht hätte ich statt dessen zum Pastor fahren sollen? Doch er hätte nicht die Teppiche herausgenommen und den Fußboden gescheuert und Omelett und Nesselsuppe gemacht, wie Tante Olivia es tat.

»Ach«, sagte sie und schüttelte den Kopf, als ich kam, »hat es sie eben erst erwischt?«

Mutter lag eine gute Woche flach auf dem Kammersofa. Es roch nach Krankheit. Der Küchenlappen wurde sauer. Die Geranien vergilbten. Das Holz wollte kaum brennen. So beklemmend war es. Ich schlief auf dem Ausziehsofa, wie früher.

Am Mittwoch in der Woche vor Ostern stand sie auf und sagte, nun könne sie nicht länger so herumliegen, es kämen ja die Feiertage! Sie zog wieder auf die Sprossenbank zu Vater und nahm die Küche in Besitz, mußte sich aber immer wieder auf die Bank legen. Ich sollte auf jeden Fall zu HühnerEmma gehen und Eier kaufen, und ich holte auch Osterzweige herein und suchte die Papierbilder mit Küken und Weidenkätzchen heraus und pinnte sie mit Reißzwecken an die Tapete, ganz wie es sein sollte. Tante Olivia legte Hering ein und buk ein wenig für uns (Vater hatte nichts dagegen!), doch alles war anders als sonst, Feiertagsstimmung kam nicht auf. Es hatte auch niemand damit gerechnet.

Betty und Gwendolyn trafen am Gründonnerstag ein, und Åke kam vom Regiment in der Stadt, es war sein erster Urlaub, er trug graue Armeekleidung, Beinwickel und Stiefel. Sie blieben bis zum Ostermontag, Mutter war viel zu müde, nicht einmal für Gwendolyn hatte sie etwas übrig.

Wir näherten uns nun dem Ende des Monats April. Die Leberblümchenknospen hatten auch in diesem Frühling wie kleine flauschige Bündel unter dem Raschellaub gelegen, nun war der Hügel blau. Ich pflückte wie üblich Veilchen im Graben und stellte sie in einen Eierbecher, obwohl sie so kurze Stengel hatten, daß sie mit dem Kinn über den Rand hingen. Mutter liebte Veilchen.

Die Wärme kam Anfang Mai. Die Ebereschen entwickelten Mäuseohren. Vater nahm den Holzstamm vom Erdkeller und überlegte, ob man nicht an einem der nächsten Tage die Kartoffeln hinunterbringen konnte. Sie hatten schon gekeimt. Mutter holte die Dahlienknollen aus der Sandkiste im Keller und legte sie auf ein ausgebreitetes Sacktuch an der Südwand.

Die fünf Kubik dieses Jahres waren seit langem zu einem gewöhnlichen Stapel an der Holzschuppenwand aufgeschichtet, kein bißchen kunstvoll, einfach gerade übereinander.

»Tjä, war durchgefault, der ganze Mist«, sagte Vater über den Pavillon, wenn sich jemand wunderte. Das war alles.

Das Leben mußte weitergehen, auch wenn die Furche schmal war.

Die braune Tasche hatte ungeöffnet in der Dachbodenkammer gestanden, seit Mutter sie mitgebracht hatte. Ich mochte sie nicht anfassen, und sie auch nicht, soweit ich wußte. Wie es gekommen war, daß die Tasche und die Papiertüte in ihre Hände geraten waren, konnte ich mir nicht erklären. Noch hatten wir nicht über die Beerdigung gesprochen oder überhaupt über Dora. Es gab keine Worte für das, was so schmerzhaft und schwer war.

Daß ich wußte, *wie* schwer es war, wußte Mutter nicht. Oder ahnte sie es? War sie vielleicht damit einverstanden, daß ich genauso eingeweiht war wie Tante Olivia? Aber mit mir konnte sie nicht darüber sprechen. Ich war vierzehn, knapp fünfzehn Jahre alt. Was sollte ich vom schweren Leben wissen?

Daß es die Trauer und die Grübelei über Dora war, die Mutter krank gemacht hatte, betrachtete ich als selbstverständlich. In ihrer einsamen Verzweiflung mußte sie sich angeklagt und sich die Schuld gegeben haben: Weshalb war sie damals von Dora weggefahren? *Sie hätte bleiben müssen!* Sie hätte sich mit nichts weniger zufriedengeben dürfen, als daß Dora ins Krankenhaus kam. In jedem Fall hätte sie bei ihr bleiben und warten müssen, bis sie kräftig genug war, um im Zug zu sitzen und mit nach Hause zu kommen! Vielleicht würde sie dann noch leben? War es ganz einfach Mutters Schuld, daß Dora tot war?

Solche Gedanken konnten in mir aufsteigen, und ich urteilte hart über Mutter, trotz meiner großen Liebe. Genauso hart und noch härter muß sie sich selbst verurteilt haben, Tag für Tag und Nacht für Nacht. Vielleicht wollte sie am liebsten fort von allem, wenn sie auf dem Kammersofa lag, bleich und willenlos?

Es wurde Zeit, die Dachbodenkammer wieder zu benutzen. Ich freute mich darauf, sobald wie möglich hinaufzuziehen, es sollte nur erst ein bißchen Ordnung gemacht werden, Kleider, die an der Decke hingen, mußten weggeräumt und das undichte Fenster mußte aufgestoßen werden, so daß Spinnweben und tote Fliegen hinausgefegt werden konnten.

Eines Tages kam Mutter mit der braunen Tasche aus Preßpappe rückwärts die Bodentreppe runter. »Jetzt kannst du wohl mal reingucken, Nancy«, sagte sie. »Es sind bloß ein paar Kleider drin und deine Briefe.«

Sie legte sie auf die Küchenbank und nickte mir zu. »Guck nach, dann siehst du!«

Die Tasche war an den Kanten abgestoßen, und die Klappe mit der zerknitterten Stofftasche an der Innenseite war in der Mitte eingesunken. Es war mir zuwider, sie zu berühren, sie war so verknüpft mit Charlie und all dem Grauenhaften, das seinen Anfang genommen hatte, als Mutter und ich sie an jenem schwülen Sommertag vor bald zwei Jahren entdeckten. Das soll heißen, damals begann es für uns, für mich. Wann es wirklich angefangen hatte, wußten wir ja nicht. So was weiß man nie.

Ich legte die Daumen an den Verschluß und ließ ihn aufspringen. Als ich den Deckel herunterklappte und Doras weißes Kostüm zusammen mit der hellblauen Bluse liegen sah, mußte ich mir auf die Lippe beißen und, so tief ich konnte, Luft einziehen. Ich wußte, daß Mutter mich beobachtete. Ich spürte ihre Nähe, hörte ihren Atem. In dem Augenblick balancierten sie und ich auf einem schmalen, glitschigen Rundholz über einen Strom aus Trauer und Verzweiflung, er rauschte unter uns, wirbelnd und schwarz. Ein kleiner Schritt zur Seite, und wir wären hineingestürzt.

»Er hat uns immerhin das Taxi vom Friedhof bis hinaus nach Tunaberg bezahlt. Er selbst ist mitgefahren. Und auf dem Weg ist er oben in der Wohnung gewesen und hat die Tasche und die anderen Kleider geholt, die Betty gekriegt hat. Nüchtern war er übrigens auch nicht.«

Die Worte, die sie vor sich hin murmelte, verbissen und zornig und ohne den geringsten Anflug von Rührseligkeit, retteten uns.

Ich konnte die Luft herauslassen, die den Brustkorb hatte schwellen und das Kinn zittern lassen. Meine Schultern sanken. Wir kamen auch diesmal darüber hinweg. Das Unkontrollierbare scheuten wir wie die Pest. Wir wollten nicht weinen! Wir wollten nicht loslassen und uns Gefühlen hingeben. Wie sollten wir mit einem solchen Strom fertig werden?

»Zieh es an«, sagte Mutter. »Probier mal!«

Ich starrte sie an. Sie hatte einen Stuhl herangezogen und sich ein Stück entfernt von mir hingesetzt, sie war immer noch geschwächt und setzte sich, wann immer sie konnte.

Ich stand da und hielt den Rock und die kleine Schößchenjacke vor mir in die Höhe. Sah Doras Hand in der Heckscheibe vom Bus. Sie winkte und lächelte …

»Jetzt zieh mal an«, sagte Mutter noch einmal, und da zerrte ich mir hastig Doras Rock über den Kopf und ließ ihn über die Hüften hinuntergleiten, er war gefüttert und weich. Ich zog auch die Jacke an, knöpfte sie zu, ließ den Blick an der Knopfleiste entlang der Brust nach unten wandern, verrückte das Jäckchen in der Taille, zog den Schoß zurecht und drehte mich zur Seite. Wie seltsam! Mein Körper in Doras Kostüm. Ich konnte es haben! Es paßte mir!

Mutter beugte sich vor und zupfte am Stoff. Gute Qualität, das merkte man, er war überhaupt nicht zerknittert.

»Sieh an, es sitzt genau richtig«, sagte sie. »Man müßte den Schoß abtrennen, den Rock und die Jacke in der Taille zusammennähen und einen Gürtel drübernähen. Dann könntest du es bei der Konfirmation anziehen, ich habe mir schon solche Sorgen gemacht, wie ich ein Kleid für dich zusammenkriegen soll. Dann wärst du die Feinste in der Kirche, Nancy! Was?«

Ich strich mit den Händen über die Hüften. Biß mir auf die Lippe und nickte. Doch. Doch! Aber nicht das Schößchen abtrennen und zusammennähen! Ich wollte Doras Kleid genau so, wie es war.

Ob ich in dieser oder einer folgenden Nacht von der Prozession träumte, weiß ich nicht genau. Ich stand im Dämmerlicht und sah vier Gestalten in einer Reihe an mir vorbei über eine Eisscholle gehen, oder vielleicht war es Harsch. Das Lange Elend ging voran, danach kam Jesus, hinter ihm Onkel Ernlund mit dem weißen Panamahut, und als letzte kam Dora. Sie gingen einfach vorbei, etwas vornübergebeugt, als hätten sie Gegenwind. Keiner sah in meine Richtung, und was der Traum bedeutete, verstand ich nicht.

Meine Briefe an Dora, die außer dem weißen Kostüm in der Tasche waren, lagen in einer leeren Schokoladenschachtel mit gelben Rosen auf dem Deckel. Ich überlegte, ob ich ihre Briefe an mich auch in die Rosenschachtel legen sollte, weil sie so schön war, aber ich wußte nicht, ob sie hineinpassen würden, ich wollte am selben Ort Platz für die Schneewittchenkarten und die Filmstarbilder haben, sie gehörten zusammen.

Als ich so herumpusselte, entdeckte ich noch andere Papiere unter Doras Briefbündel, es waren Fahrscheine, Kinobilletts, einzelne lose Briefmarken mit Stempeln drauf, ein paar Briefe von Mutter und einige Postkarten von Personen, die ich nicht kannte. Es war auch eine Reihe von Zeitungsausschnitten dabei, es schien sich vor allem um Anzeigen über freie Stellen zu handeln.

Wie ich so dasaß und alles drehte und wendete und ein bißchen grübelte, fiel mein Blick auf einen Namen, der auf einem dieser ausgeschnittenen Papierschnipsel stand. Ich riß die Augen auf. Es war nur eine Familienmitteilung, so von der Art, wie sie in unserer Zeitung auch manchmal stand, wenn Leute, die sich für etwas Besseres hielten, Geburtstag hatten oder eben starben, doch als mein Blick ganz hastig über das Foto wischte, war mir zufällig aufgefallen, daß in dem Text darunter Torberga stand.

Was? Torberga? Das war doch der Ort! *Gutsbesitzer Verner Brundin, Hof Torberga, wird heute 50 Jahre alt.*

Er sah ernst aus. Elegant. Das Gesicht war schön. Das Haar war zurückgekämmt und sah dick und gewellt aus. Ach so, das war er! Ich verstand es sofort. Das war also *er*. Und Dora hatte davon gewußt. Wie? Wann? Wer hatte davon erzählt? Mutter selbst? Tante Olivia?

Ich bekam heiße Wangen. Mutter bewegte sich in der Küche. Ich hätte mit dem Zeitungsstück hineingehen und sie fragen können, aber ich tat es nicht. Wozu sollte das gut sein? Dora hatte davon gewußt, und sie hatte Vater trotzdem genauso geliebt. Und er sie. Ja! Er hatte sie mehr geliebt als einen von uns anderen. Er war der Vater, niemand sonst. Wozu sollte ich mich damit beschäftigen und darin herumwühlen? Es bedeutete nichts, nicht die Bohne. Verner Brundin konnte bleiben, wo der Pfeffer wächst. Er hatte nichts, aber auch gar nichts mit Uns zu tun! Verfluchtes Großmaul! Gutsbesitzerdeubel!!

Dora gehörte uns. Uns! Niemand sollte sie uns *jetzt* wegnehmen. Bei uns zu Hause war sie *zu Hause*, zwischen den Bildern und den Erinnerungen im Schuhkarton, dort sollte sie für immer und ewig aufbewahrt werden. Unzerstörbar. Schön und quirlig. Auf dem Kamm spielend. Vaters Augenstern.

Faß sie nicht an!

Die Tränen stiegen auf. Meine Wut brannte. Ich knüllte das Stück Papier zusammen, ging hinein und hob die kleinste Platte mit dem Schürhaken an und warf den Wisch auf die brennenden Holzscheite. Im Nu hatten ihn die Flammen verzehrt. Eigentlich hätte ich zum Lokus gehen und mir damit den Hintern abwischen sollen!

»Was war das?« fragte Mutter.

»Nichts! Nur ein bißchen Abfall.«

Doch eigentlich hatte ich ja nicht die geringste Ahnung. Ich verurteilte Verner Brundin, ungesehen und ungehört, wegen eines Tausenders. Den hatte er bezahlt, um von Dora befreit zu werden. Der Zusammenhang war mir jetzt klar. Ich hatte noch diesen Abend in Erinnerung, als Vater so besoffen war und rings um mich die Erde bebte. Der feine Herr, sagte er da. Geh doch zu ihm! Vielleicht bist du jetzt gut genug für ihn, mit deiner schwarzen Fresse. Und Mutter schrie: Und der Tausender? Der kam dir zupaß!

An Pfingsten sollte ich konfirmiert werden.

Vater ging aus Prinzip nie in die Kirche, für Schwarzröcke hatte er nichts übrig. »Solche soll man wohl mästen«, sagte er.

»Was? Die haben doch in ihrem ganzen Leben noch keinen rechtschaffenen Handgriff getan. Aber Pfarrhöfe, die sollen wir ihnen erhalten, so groß, daß sie sich darin verlaufen können! Nee, meine Liebe, die sollten erst mal lernen zu arbeiten, dann würden sie schon sehen.«

Deswegen wären Mutter und mir fast die Augen aus dem Kopf gefallen, als er am Sonnabend vor Pfingsten morgens plötzlich sagte: »Tjä, ist wohl besser, wenn ich mit zur Kirche fahre! Mutter könnte ja plötzlich schlecht werden, das hat doch keinen Zweck, sie alleine loszuschicken. Mit den Autos und so.«

Wir atmeten kaum. Was um alles in der Welt …

Mutter holte eilig den Cheviotanzug hervor, das weiße Hemd war zum Glück gebügelt. Die Schuhe putzte er selbst, so daß sie glänzten, aber den blaugrauen Schlips ließ er sich bringen. Der Trauerflor wurde montiert. Mutter würde natürlich ihr schwarzes Kleid tragen, und darüber eine weiße Strickjacke.

Ich fuhr etwas früher los. Wir sollten uns in der Sakristei versammeln und den Ablauf noch einmal durchgehen. Als es endlich soweit war, als ich schon im Gang stand und der Pastor vortrat, sah ich nicht zu ihnen hin, ich wagte nicht, den Kopf so weit zu drehen, das hätte ungezogen ausgesehen. Aber ich wußte, daß sie dort saßen, daß auch Vater dort saß.

Wir waren eine Reihe Jungs und eine Reihe Mädchen. Standen uns genau gegenüber. Die Kirche war mit Laub und Blumen geschmückt. Es roch nach Sommer und Kerzenwachs und muffigen Gräbern zugleich. Der Steinfußboden war kalt. Das geringste Husten hallte wider. Die Figuren auf den gewölbten Maueroberflächen standen steif da, grünblaubraun mit Spuren von verblichenem Rot.

Der Pastor ging mit dem Buch in der Hand auf und ab. Es waren Gebote und Glaubenssätze, Verse und Erklärungen.

Auch Verständnisfragen. Ein ums andere Mal ging die Frage an mich.

»Nancy Viktoria«, sagte er und nickte. Er sagte beide Namen.

Da geschah etwas mit mir, worauf ich nicht vorbereitet war. Ich begann zu wachsen. Ich fühlte es selbst. Die Härchen auf meinen Armen begannen sich zu kräuseln, mein Rücken wurde gestreckt, mein Kinn hob sich. Es spannte in den Zähnen. Ich spürte, wie die ganze Kraft in meiner Kehle saß. Meine Stimme wurde so kräftig, daß sie in der ganzen Kirche zu hören gewesen sein muß!

Ich konnte alles wie am Schnürchen; was andere verfehlten, schaffte ich.

Ich glaube, in diesem Augenblick rechnete ich für immer mit der Scham ab. Ich war Nancy Viktoria, ZehenPelles Mädchen, in Doras weißem Kostüm, und aus meinem Kopf ragte ein Stab mit einer Flagge an der Spitze hervor! Hoffentlich haben es alle gesehen ...

Der Pastor kam später auf dem Kirchenhügel auf uns zu, als ich da mit dem Psalmbuch und dem Taschentuch und dem Maiglöckchenstrauß stand, den Mutter mitgebracht hatte. Ich hielt den Blick gesenkt. Nun war es vorbei. (Das Abendmahl stand noch aus. Dem gegenüber war ich skeptisch. Und Gott wußte das.)

»Mein Beileid«, sagte er und gab uns die Hand, Mutter zuerst. »Ich weiß, daß Sie eine Tochter verloren haben. Jaa, es ist schwer, über so einen Verlust hinwegzukommen. Es braucht seine Zeit. Und verstehen, das tut man nie. Aber das Leben ist stark. Das ist es wirklich.«

Ich traute mich nicht, in dem Augenblick in Vaters Richtung zu schielen. Ich wußte ohnehin, wie er aussah, wie seine Mundwinkel zuckten. Und Mutter mit ihren über den Zahnstummeln zusammengekniffenen Lippen und ihren randvollen Augen.

Die Leute glotzten uns sicher an. Glotzt ihr, dachte ich. Glotzt ihr ruhig! Soviel ihr könnt.

Der Pastor blieb stehen und redete eine ganze Weile mit uns. Erkundigte sich nach allem möglichen, fragte nach Betty und der Kleinen.

»Sie haben auch viel, worüber Sie sich freuen können«, sagte er. »Ihnen ist viel geblieben. Vergessen Sie das nicht! Denken Sie nur an Nancy hier ... So begabt ...«

(Da, schnell wie ein Windstoß, durchfuhr es mich, daß ich es vielleicht war? Vielleicht war ich diejenige, die ... Jetzt, da es Dora nicht mehr gab.)

Aber so ein hochmütiges, bösartiges Stück wie ich? Das nach nichts aussah und nicht singen konnte ...

Im Frühling, während immer noch vereinzelt Schnee lag, pflegten sich einige Kraniche ganz hinten auf der Lichtung niederzulassen. Mystisch und grau staksten sie paarweise auf ihren hohen Beinen herum und schnappten sich etwas von dem frischen Grün. Später konnte man ihre klappernden Trompeten von ferne aus dem Feuchtmoor hören, dort nisteten sie wohl. Auch in diesem Jahr hatten wir das Geräusch wahrgenommen. Es muß zu der Zeit gewesen sein, als Dora von uns ging.

Später im Frühling, als die Beerdigung vorbei war, kamen in der Dämmerung Elche heraus und fraßen von den jungen Getreidetrieben. Das listige Gesicht des Fuchses sah ich ebenfalls eines Morgens, gleich neben dem Holzschuppen, als ich auf den Lokus wollte. Das Fell leuchtete rot. Da war es bereits Juni, und die Sonne ging früh auf.

Die bodendeckenden Gewächse, Hornklee und Augentrost, Kreuzblumen und Frauenmantel und all die anderen Pflanzen mit und ohne Namen, bohrten sich durch die Erde und kamen an der alten Stelle wieder heraus. Die Traubenkirschen surrten. Die Fliederbüsche wurden schwer. Die verkohlten Überbleibsel des Pavillons nun gesäumt von Wiesenkerbel, dessen Körbchen kraus waren wie weißes Tortenpapier.

Ich ging herum und stocherte zwischen den Brandresten. Nichts war lustig, und nichts war einfach.

Die Flagge war eingeholt. Das weiße Siegesgewand hing in der Rumpelkammer. Mutter hatte es wegen des staubigen Mauerwerks mit der Innenseite nach außen auf einen Bügel gehängt, den wir aus einer zusammengerollten Zeitung gemacht hatten.

Vater sah mich nicht.

Stolz? Was war er wert für den, der trauerte?

Gott brüllte rings um mich. Brüllte und brüllte.

Nee, du, Gott!

Nicht einmal ein Sperling ... Was war dann Dora, wenn nicht einmal ein Sperling auf die Erde fällt ohne den Vater?

An den Abenden, wenn der Himmel rosenrot und so überirdisch schön war, wollte man am heftigsten weinen.

Nee, du, Gott!

Die Bilder waren quälend. Die Erinnerung an Worte.

Einmal, vor langer Zeit, hatte ich auf dem Misthaufen hinter dem Kuhstall bei Norrboda gestanden und zugesehen, als der Knecht ein ungeborenes Kalb vergrub. Ein ausgewachsener Fötus. Porzellanblaue Augen in einer schleimigen Fruchtblase aus rosafarbenen durchsichtigen Häuten. Ein blutiger Klumpen auf der Mistkarre, kaputtgescheuert, er hob ihn mit der Forke. Er nahm ihn auf die Mistgabel und warf ihn in die Scheiße. Es hat falsch gelegen. Die Kuh ist auch gestorben, sagte der Norrboda-Knecht.

(Lungenentzündung. Sag, daß es Lungenentzündung war, Nancy!)

Die Blütenblätter schlossen sich über meinem Kopf. Ich war unten auf dem Boden, aber jetzt, um die Mittsommerzeit, war es nie richtig dunkel, das Licht schien hindurch, und es war schwer zu schlafen. Die Kühe standen mit feuchtglänzenden Augen am Zaun, und das nachgewachsene Gras dampfte, wenn die Nebel aufstiegen.

(Es hat geschrien, Olivia ... Es hat geschrien!

Ach ja ... achachach. Beruhige dich, Frida!)

Betty kam mit vorgestrecktem Bauch nach Hause. »Soll Nancy hier vielleicht den ganzen Sommer rumhängen? Andere Leute mußten raus und arbeiten, da war man nicht so zimperlich nicht, aber sie muß ja verhätschelt werden! Eine verwöhnte Rotzgöre, das ist sie!«

»Ja ja, sie hat ja jetzt erst die Schulküche ... Sie kommt auch noch an die Reihe. Alles zu seiner Zeit.«

Mutter hatte nicht die Nerven zu feilschen.

Jeden Augenblick, wo sie ging und stand, auf dem Sofa oder am Tisch, konnte es über Betty kommen, und sie fing an zu schluchzen. Die Oberlippe wurde hinaufgezogen, so daß die Zähne und das Zahnfleisch in voller Breite sichtbar wurden, das Kinn kräuselte sich zusammen, und die Augen quollen über vor Tränen.

»Warum mußte Dora denn eine Lungenentzündung bekommen? Und sterben! Warum? Warum? Sie war doch so lieb. Keiner war so lieb wie Dora, sie hat sich um mich gekümmert, sie ...«

Betty heulte und schniefte, ihre Nase fing an zu glänzen.

Mutter stand mit Gwendolyn auf dem Arm am Fenster, blickte hinaus, ohne etwas zu sehen, vollkommen bleich.

Gwendolyn streckte sich nach den Geranien, die hochrot hinter den Gardinen loderten. »Bume«, greinte sie. »Lynn Bume haben!«

Ich ging hinaus und schloß die Tür. Ich konnte nicht weinen, obwohl ich wollte, es brannte tief unten in meiner Brust. Ich fand keine Ruhe im Kopf, ich wußte zuviel, genau wie Mutter. Es gab so viel Schuld und so viele Fragen.

Wenn ich die Tasche doch genommen hätte an dem Tag und gerannt wäre und sie in die Wolfsgrube geworfen hätte! Wenn ich nach Tallgärde gewetzt wäre, so schnell ich konnte, und Dora ins Gesicht geschrien hätte, daß Charlie ein Dieb war! Ich hätte losfahren und den Dorfpolizisten holen sollen, das hätte ich machen sollen! Himmel und Erde aufrütteln. Was hätte das für eine Rolle gespielt? Die Schande? Pah! Wieso flehte ich Gott an, uns vor der Schande zu bewahren? Schande, was war das, verglichen mit Trauer? Es wäre unendlich viel Schande wert gewesen, wenn Dora noch leben könnte!

Und damals, wieso stand ich wie ein blödes Schaf da, als Dora weinte und wir einander so nah waren? Warum habe ich nicht gefragt: Wie geht es dir, Dora? Wie ist es eigentlich wirklich? Das hätte ich fragen sollen.

Und Mutter! Was, wenn sie in Stockholm geblieben wäre! Was, wenn … Dann, vielleicht …

Immer und immer wieder …

Aber hätte irgend etwas geholfen?

Oh, wer das doch wüßte!

»Du siehst müde aus, Nancy Lütte«, sagte Mutter und legte den Arm um mich. »Du wirst doch wohl nicht krank?«

Sie drückte mich an sich, aber ihr Blick war scheu, die Signale waren deutlich: Frag nicht! Sag nichts!

Und wir sagten nichts. Jeder blieb für sich allein.

»Man hätte sie wenigstens nach Hause holen können«, sagte Vater. »Sie hätte hier auf dem Kirchhof liegen können.«

Mitte Juli wurde LüttOskar tot in der Waschküchenkammer gefunden. Wir gingen nicht zu der Beerdigung, beteiligten uns aber an den Blumen. Als Ågren mit dem Gummireifenwagen am Holzzaun entlanggefahren kam und ich den Sarg auf der Ladefläche liegen sah, einsam und schwarz inmitten des Sommergrüns, mit einem schlaff herunterhängenden, überflüssigen gekauften Strauß auf dem Deckel, löste sich der Zapfen aus dem Faß, und es kam das große Weinen. Ich floh damit zu Ejnars alter Scheune, lag dort im Heu und weinte. Nicht über LüttOskar, das glaube ich nicht, ich weinte über den Tod und die Trauer und die Unbegreiflichkeit und die Verlassenheit und alles, was so schwer war. Ich weinte über mich selbst, und ich weinte über Dora. Endlich weinte ich mich aus über Dora. Sie war diejenige, die dort lag, sie wurde weggefahren …

Antwortete ich denn? Auf das Brüllen, meine ich? Ich weiß es nicht. Wachbilder und Träume gingen ineinander über, ich kann sie nicht mehr voneinander unterscheiden. Da oder später glitt ich erschöpft hinein in ein tiefes und freundliches Dunkel, das vielleicht Schlaf war. Irgendwo in meiner Nähe war ein Herz, und ich wurde von einem Atem umschlossen, es hob und senkte mich, hob mich und senkte mich. Ich lag in einem Bauch, dampfend und warm, und Dora lag zusammengekauert dicht neben mir. Sie war rosa und weich und lebte, aber ihre Augen waren geschlossen. Und ich streichelte und leckte sie wie ein Kälbchen.

VII

Und Mutter bekam doch noch ein Gebiß!

Es geschah im Herbst des Jahres, in dem Dora starb, und Schwester Hedvig war es, die sich darum kümmerte, wie um so viele andere Dinge.

Es war nicht gut für den Magen, wenn man die Nahrung nicht ordentlich kauen konnte, sagte sie. Und wegen der Kosten sollte Frida sich keine Sorgen machen. Der Doktor würde ein Papier ausstellen, damit würde schon alles in Ordnung sein.

Der erste Satz Zähne, den Mutter bekam, war etwas zu groß und saß locker. Als sie damals aus dem Ort wieder nach Hause kam, wo man sie ihr eingesetzt hatte, nachdem sie lange Zeit mit eingefallenen Wangen und kleinen Speichelfäden herumgelaufen war, die ihr aus dem Mund schlackerten, sah sie so anders aus, so hilflos und rührend mit ihrem gespannten weißen Porzellanlächeln, daß man darüber lachen und auch weinen wollte.

Ich nahm sie in den Arm und murmelte an ihrem Hals: »Mama! Süße kleine Mama! Wie schön du bist!«

Das fand ich zwar nicht von ganzem Herzen, aber wie konnte ich etwas anderes sagen? Ich liebte sie so sehr, daß es weh tat, und je kläglicher sie aussah, desto größer wurde meine Liebe.

Vater sagte: »Zeig mal her! Dooch, das sind ordentliche

Dinger! Wenn du sie noch ein bißchen zurechtkaust, dann … siehste bestimmt hübsch aus.«

Da zuckte sie zusammen, doch dann mußte sie lachen, und aus alter Gewohnheit fuhr ihre Hand zum Mund.

In diesem Jahr passierten auch andere Dinge, außer Doras Tod und Mutters falschen Zähnen.

Betty bekam noch ein Mädchen. Es wurde im September geboren und auf den Namen Sigrid Dorothy getauft. Sigrid nach Åkes Mutter und Dorothy nach Lamour. (Glaube ich jedenfalls.)

Zuvor war Vater sechzig geworden. Es war am dreiundzwanzigsten August, aber wir feierten erst am Wochenende danach. Börje und Lennart und ebenso Åke hatten zwei Tage Urlaub für Familienangelegenheiten erwirkt und rissen in der Zeit gemeinsam den Kachelofen ab. Es staubte fürchterlich, und Mutter fand es gar nicht witzig, denn sie hatte sich so abgemüht und für den Geburtstag alles hübsch gemacht. Sie hatte Gardinen gestärkt und Tischdecken gebügelt. Die Kachelofenecke blieb ziemlich lange so, wie sie war, abgerissen und mauergrau, aber im November kam Laberg mit einem alten Specksteinofen zu uns gefahren, den Vater zu einem günstigen Preis ergattert hatte. Der sollte mit Brennholz geheizt werden, am besten mit Birkenholz, und nicht mit so einem verdammt qualmigen Petroleum!

Das Leben erholte sich also doch, stand nach und nach wieder ein bißchen auf. Es wurde nie wieder dasselbe, aber irgendwie ging es.

Eines Abends, als wir um den Tisch saßen und dabei waren, das letzte Stück Butterbrot zu kauen und es mit dem letzten Schluck Milch hinunterzuspülen, versetzte mich Vater in höchstes Erstaunen, indem er plötzlich sagte, oder brummte:

»Das Mädchen kann doch auch noch übern Winter zu Hause bleiben, wenn das so ist … Wo du nun auch kränklich warst. Ist doch besser. Kann wohl weitermachen mit der Lernerei. Wenn das so ist.«

Ich dachte, mir würden die Ohren abfallen. Es brannte an den Läppchen. Ich blickte auf meinen Teller, rührte mich nicht, hob nicht den Blick. Und Vater, der hatte mich natürlich auch nicht angesehen, als er sagte, was er sagte, und nicht direkt mit mir geredet, sondern den Umweg über Mutter genommen oder einfach so ins Blaue gesprochen, klar, daß er unmittelbar danach die Mütze vom Nagel nahm und hinaushumpelte, als wäre nichts passiert. Das Mädchen, sagte er (dritte Person Einzahl), aber es war für mich bestimmt. Für mich! *Lernerei*, sagte er.

Ich war beschämt und gerührt und ein wenig schuldbewußt. Hatten Mutter und er abends auf dem Sofa gelegen und leise über mich und meine Zukunftsaussichten gesprochen? Und ich war mißtrauisch gewesen und hatte geglaubt, daß Vater überhaupt keine Ahnung hatte, er sah mich nicht einmal! Und dann hatte er nachgedacht und überlegt und einen Entschluß gefaßt.

Im Laufe von sechs Wochen, ausgestattet mit weißer Schürze und Kopftuch, hatte ich in der Kochschule gelernt, Hähne zu rupfen und Eier in Wasserglas einzulegen. Ich hatte geholfen, überbackenen Hering und im Ofen gebratenen Hecht zu machen, und ich hatte Apfeltaschen mit goldgelber Vanillesoße zubereitet. Nun war es überstanden. Nun mußte etwas geschehen.

Barbro, die war überhaupt nicht beim Schulküchenunterricht gewesen. Sie hatte auf der Oberschule in der Stadt anfangen dürfen, sie war dort bei einer Tante in der Bredmansgata einquartiert. Kerstin sollte auf dieselbe Volkshochschule wie die Karin vom Bäckboler. Ich hatte ein besseres Zeugnis, aber das war auch schon alles.

Mutter wußte, was ich wollte. Aber sie wußte auch, wie die Wirklichkeit aussah.

»Jaa, du, Nancy Lütte, du hättest auch lernen sollen, wenn wir uns das bloß leisten könnten. Aber so ist das ... Du könntest vielleicht beim Kaufmann nachfragen, ob er was für dich hat? Du bist doch fix im Rechnen! Das wäre gut, oder? Was? Dann müßtest du wenigstens nicht weit weg.«

Der Weg des Wissens ist der einzige Weg in die Zukunft, hatte Fräulein Vigren gesagt. Sie hatte auch mit mir darüber gesprochen, daß es etwas gab, was sich Korrespondenzinstitut nannte. (Ich hatte es Mutter gegenüber erwähnt, bloß so im Vorbeigehen.) Man konnte zu Hause lernen und die Übungen und Schulaufgaben einschicken und dafür Noten bekommen. Auf diese Weise konnte man Prüfungen wie in einer richtigen Schule ablegen.

Der Pastor hatte mir wegen derselben Sache auch in den Ohren gelegen. Vielleicht hatten er und Fräulein Vigren sich beraten, was wußte ich? Er könnte mir dann ein bißchen helfen, sagte er, zum Beispiel in Deutsch. Ich sollte dafür ein paar Stunden am Tag auf dem Pfarrhof mithelfen, saubermachen und auf die Kinder aufpassen, dann glich es sich aus. Fräulein Vigren hatte über diesen Vorschlag die Nase gerümpft. Deutsch war eine Sprache für Gefreite, sagte sie. Ich sollte auf Englisch setzen, das war die Weltsprache. Und als kostenloses Dienstmädchen sollte ich mich auch nicht zur Verfügung stellen! Das war Ausbeutung weiblicher Arbeitskraft, genau wie man es immer versucht hatte. Nicht zuletzt im Klerus. Gestützt auf Paulus natürlich.

Jedenfalls war ich im Sommer ein paarmal auf dem Pfarrhof gewesen. Hatte auf einem krummbeinigen Stuhl gesessen und zugehört, wenn die Frau des Pastors Klavier spielte. Ich saß ganz vorn auf der Kante und hatte das Gefühl, zwangsweise abkommandiert worden zu sein. Ich fühlte mich nicht wohl. Sie hörte ja auch nicht wieder auf zu spielen, wenn sie mal in Fahrt war. Es klang, als würde es aufhören, das tat es wirklich, aber immer, wenn ich gerade die Oberschenkelmuskeln anspannte und mich bereit machte, vom Stuhl aufzustehen, fing es wieder von vorn an. Danach gab es Tee. Wir hatten es zu Hause mit Tee versucht, als Mutter krank war, aber die Sache war nicht sonderlich erfolgreich verlaufen. Mutter sagte, wenn sie nichts anderes bekäme als diese Plörre, die nach Heu und nach Kompott aus gemischten Früchten roch, dann könnte sie darauf verzichten. Die Leute sind schon von weniger krank geworden, sagte sie. Nee, da lob ich mir ein Täßchen Kaffee! Doch der Pfarrhoftee war im Grunde gar nicht so übel.

Nein, genauso war es: Gar nicht übel. Ich mochte die Zimmer mit den schönen Möbeln und Bildern und Regalen mit Büchern. Bücher, Bücher überall, auf Stühlen, auf Tischen und auch auf Fensterbänken. Ohne weitere Ordnung eigentlich, aber, das muß man sich mal vorstellen, man konnte einfach hingehen und über die Einbände streichen, Goldschnitt und Leder oder gewöhnlicher Karton, der abgegriffen war und manchmal sogar geflickt. Die abgegriffensten waren die besten, die hatte jemand geliebt.

»Jetzt wirst du wohl richtig fein, wenn du mit Pastoren und Lehrerinnen und solchen Leuten verkehrst, da wird man wohl bald nicht mehr von dir gegrüßt«, fauchte Betty.

Sie war eifersüchtig. Und ich verstand sie, wirklich. Aber ich war ich, und sie war sie. Es war doch nicht meine Schuld, daß sie heiraten mußte, als sie siebzehn war, und mit zwei Bälgern in einer schmutziggrauen Wohnung im Ort hockte. Und ein Buch faßte sie auch nie an. Sie las ausgiebig Zeitschriften und Traumkataloge. War das auch meine Schuld? Sollte ich dafür büßen, indem ich es genauso machte und genauso wurde? Möglicherweise hätte sie sich dann besser gefühlt, aber ich nicht!

Dennoch kam ich mir verräterisch und schuldbeladen vor,

wenn ich mich nach dem Schönen sehnte, nach Büchern und Wissen und einem anderen Dasein. War das, was wir zu Hause hatten, nicht gut genug für mich? Mutter machte immer alles so hübsch, sie schrubbte und stellte Blumen hin, auf dem Tisch gab es immer eine Vase oder einen Krug, zumindest mit Tannenzweigen. Und die Gardinen und die Tischdecken bügelte sie so sorgfältig, da durfte nicht die geringste kleine Falte sein.

»Man sieht nicht, wie lange man für eine Sache gebraucht hat, Nancy«, sagte sie. »Aber wenn es nicht richtig gemacht ist, das sieht man!«

Doch, sicher war das gut genug für mich. Das war doch klar. Der König persönlich durfte zu Besuch kommen, wenn wir gerade geputzt hatten. So fein war es. Und ich liebte, liebte das alles! Das waren Wir und Uns, dorthin gehörte ich.

Trotzdem war ich auf dem Weg …

Als Vater das da sagte, daß ich wenigstens über den Winter zu Hause bleiben könnte, nahmen meine Pläne sofort Form an. Wenn ich als halbes Dienstmädchen auf dem Pfarrhof anfangen dürfte und ein bißchen Geld bekäme, neben der Hilfe mit dem Lernen (wenn ich denn Hilfe benötigte, natürlich), könnte es vielleicht dafür reichen, diese Briefe zu bezahlen. Ich wußte nicht, was so ein Kurs kostete.

Sollte ich es wagen, einen Prospekt anzufordern? Oder vielleicht doch nicht.

Was würden die Leute sagen?

»Da hört sich doch alles auf!«

»Jaja, der kann es sich leisten, der Hinkefuß, das Mädchen zu Hause rumhängen zu lassen!«

»Diese Nancy von ZehenPelles, die glaubt bestimmt, sie ist wer …«

»Hochmut kommt vor dem Fall, ihr werdet schon sehen!«

Und Betty, ich wußte genau, was sie sagen würde.

Aber Dora, was hätte sie gedacht?

Das hatte ich schwarz auf weiß.

... du bist doch so gut im Lesen und Schreiben, du solltest studieren, du ...

So stand es in einem dieser Briefe, die im Schuhkarton lagen. Ich konnte mich genau an den Wortlaut erinnern, brauchte nicht nachzugucken.

Ich faßte den Schuhkarton überhaupt nicht mehr an. Betrachtete nie die Filmstarbilder oder die Schneewittchenkarten, wühlte nie in den Briefen. Es sollte lange dauern, viele, viele Jahre, bis ich es wieder tat.

Doras weißes Kostüm wurde zwischen die Mäntel auf dem Dachboden gehängt, in der Rumpelkammer war es so eng. Mutter nähte einen Sack aus einem alten Laken und zog ihn als Schutz darüber. Wir hatten uns wortlos verständigt, daß ich nun, da die Konfirmation vorüber war, dieses Kostüm nie wieder anziehen würde. Es war ein Gewand, das man anlegte, man saß damit nicht auf dem Fahrrad und zerknautschte es.

Dora selbst hatte ich in mir. Ich liebkoste und hütete sie. Sie lag in meinem Bauch. Sie war das kleine Kalb. Oder war das andere das kleine Kalb? Und gehörte der Bauch Gott? Das war gleichgültig. Vielleicht war es letzten Endes dasselbe.

Auf die braune Tasche mit dem kleingemusterten Futter und einem zerknitterten Fach an der Innenseite des Deckels warf Betty ein Auge, die wollte sie haben. Ihre taugte nicht, ein Verschluß war kaputt, und sie brauchte etwas, um die Kleider und den Kleinkram der kleinen Mädchen hineinzulegen, wenn sie Bus fuhr. Sie war nun, da Åke beim Kommiß war, ziemlich oft zu Hause.

In diesem Herbst strahlte das alte Batterieradio Unruhe und Bedrohung aus. Wenn Vater abends nach Hause kam, drehte er es als erstes auf. Saß vornübergebeugt auf der Sofakante und formte die Hand um das rechte Ohr zu einem Trichter. Mutter und ich, wir durften kaum atmen, konnten nicht einmal eine Zeitungsseite wenden oder mit einem Stuhlbein schaben, ohne daß wir uns einen Blick oder einen Rüffel einfingen, den er mit der linken Hand unterstrich: »Psscht! Seid still!«

»Ihr werdet noch sehen, bald haben wir Krieg!« So lautete die Schicksalsprophezeiung, wenn er abgedreht hatte.

Um die Wahrheit zu sagen: Ich dachte nicht viel an das mit dem Krieg. Verstand es wohl nicht oder fühlte mich zu der Zeit nicht genug angesprochen. Ich lebte in meiner eigenen Welt, in meinen Träumen und Plänen. Meine Welt war grenzenlos in ihrer Begrenztheit.

Ich fuhr an vier Tagen in der Woche zum Pfarrhof. Ich arbeitete nur halbe Tage, wusch ab, machte Ordnung und staubte Bücher und Nippes ab. Alles war so anders: all die Schubladen im Servierzimmer, das feine Porzellan, so schwere Löffel, Servietten in Ringen, die auf den Tisch gelegt werden sollten, sogar die Kinder hatten ihre eigenen. Ich fühlte mich nicht wohl, ich war bei allem unsicher und kam mir kriecherisch vor, weil ich mich nie traute, ich selbst zu sein und zu sagen, was ich dachte.

Eine Stunde jeden Tag, vier Stunden in der Woche, lernte der Pastor mit mir, er bereitete mich auf den eigentlichen Kurs vor, den ich nun endlich angefordert hatte und mit dem ich gleich nach Weihnachten anfangen wollte. Wir saßen in seinem Zimmer auf hohen dunklen Stühlen, und er führte mich in die gesetzmäßige Welt der Präpositionen und Nebensätze ein. Allerdings auch in die der Poesie. Oft las er laut Gedichte, und ich durfte auch vorlesen. Für diese Stunden hätte ich alles ertragen, und das war es wohl wert, nehme ich an. Aber es kam etwas hinzu, ich schuldete ihm Dankbarkeit. Das spürte ich sowohl in den Mundwinkeln, mit denen ich lächeln sollte, als auch in den Knien, mit denen ich knicksen sollte.

Im November kam der Frost, weiß lag er lag auf dem Weg. Die Fahrradspuren schlängelten sich schwarz hindurch. Wenn ich in der Dämmerung nach Hause fuhr und am Briefkasten bei Perssons vorbeikam, konnten die Trauer und die Sehnsucht ein Messer in mich bohren und all meine Ruhe und Zuversicht aufschlitzen. Dann half nichts, dann war ich so verzweifelt, weil ich nie wieder …

Einmal sah ich Dora auf jeden Fall, das tat ich. Sie zeigte sich mir. Sie kam mit dem Wassereimer in der Hand vom Brunnen, er schwappte über. Sie sah nicht auf, sie kam direkt auf mich zu, aber es ging alles so schnell, war bloß wie ein Flattern.

Oder war es ein Traum?

War Dora ein Traum?

War der Traum von Dora in Wirklichkeit mehr Dora als sie selbst?

Wenn es so war, dann brauchte ich den Traum.

Lynn hat einen Piepmatz, Dotty hat einen Piepmatz! Wir haben jeder einen Piepvogel, Dotty und ich! Haben wir doch, Oma?

»Und Oma, die hat zwei lütte Deerns!«

Das Jahr verging. Mutter erwarb auf Vaters Rechnung einen neuen Almanach bei C. G. Perssons, er selbst ging nie in den Kaufladen. Der Preis betrug zweiundfünfzig Öre, und das Jahr war das Schicksalsjahr 1939.

Die Kiste, auf der SCHWEDISCHE ZUCKERFAB und REICHSAKTIENGESELLSCHAFT stand, wurde in gewohnter Ordnung vom Dachboden heruntergeholt. Zwischen die Flaggen, das Konfekt und das Lametta wurden Seiten gelegt, die aus »Zeitvertreib«, »Die ganze Welt« und »Lebendiges Leben« herausgerissen worden waren.

»Den kleinen Mädchen haben die Vögel gefallen«, sagte Mutter. »Sie können ja jeder einen bekommen, später, wenn sie größer sind. Wenn sie bis dahin halten.«

Sie schleifte ein wenig mit den S-Lauten, das waren die neuen Zähne, die nicht richtig wollten. Aber das Seufzen klang wie immer, wenn die Schlußworte kamen: »Jaa, mal sehen, wie es nächstes Jahr aussieht.«

Der Tannenbaum stand kahl vor dem Radiotischchen. Die Wände hatten Mitleid. Das Feuer murmelte leise im Herd.

Stillschweigend glätteten wir die zerschlissenen Stücke des knittrigen Seidenpapiers, wickelten die Glasvögel ein und legten sie ganz, ganz vorsichtig obendrauf.

Elsi Rydsjö

Der Flug der Schwäne

Roman. Aus dem Schwedischen von Angelika Kutsch. 286 Seiten. Serie Piper

Südschweden, 1871: Ein kleines, stilles Dorf, von Wäldern gesäumt. Hier verbringt Susanna Lindman, gottesfürchtige Pfarrerstochter, eine glückliche Jugend. Und jetzt, wo sie Einar Stjernström heiraten wird, scheint der Segen perfekt. Aber es kommt ganz anders: Einar verguckt sich in die reiche Amalia und nimmt sie zur Frau. Susanna ist am Boden zerstört. Als sei der Schmerz nicht genug, kommt auch noch das Gerede der Dorfbewohner hinzu. Für Susanna gibt es nur eine Lösung: fortgehen. Sie verläßt ihre Eltern, um auf einem Landgut als Gouvernante zu arbeiten. Doch das Leben ist nicht leicht, die Besitzer sind kühl und habsüchtig. Nur ein Mensch scheint sich für ihr Leben zu interessieren: der reiche Adrian Henderson. Elsi Rydsjö, eine der beliebtesten Autorinnen Schwedens, löste in ihrer Heimat mit diesem stimmungsreichen Roman über die Irrungen der Liebe große Begeisterung bei Kritik und Publikum aus.

05/1529/01/L

Marika Cobbold

Das Leben, wie es sein sollte

Roman. Aus dem Englischen von Sonja Hauser. 480 Seiten. Serie Piper

Ihre Mütter waren in Kindertagen gute Freundinnen, doch Esther aus London und Linus aus Göteborg sind sich nie begegnet. Persönliche Bedenken und gegenseitige Skepsis stehen am Anfang dessen, was sich im Licht einer zauberhaften Insel vor der schwedischen Westküste und im Kreis einer ungewöhnlichen Familie zur großen Liebe entwickelt. Voller Wärme und Humor erzählt Marika Cobbold, die in England und Schweden als neuer Star der Unterhaltungsliteratur gefeiert wird, diese verrückte und hinreißende Liebesgeschichte.

»Zwischen Strandhafer und Schlick entwickelt sich eine große Liebe. Zum Nachahmen schön.«
Madame

05/1358/01/R

Judith Lennox

Die Mädchen mit den dunklen Augen

Roman, Aus dem Englischen von Mechtild Sandberg. 542 Seiten. Serie Piper

Der neue Roman der Bestsellerautorin Judith Lennox erzählt von drei jungen Mädchen im England der Swinging Sixties und Seventies. Sie wollen für immer zusammenhalten. Doch als die schwangere Rachel ein schreckliches Geheimnis entdeckt und ihre zwei Freundinnen am dringendsten braucht, kommen Liv und Katherine zu spät … Eine mitreißende Geschichte um Liebe und Schuld, Vertrauen und lebenslange Freundschaft.

»Und wieder einmal bestätigt sich: Angelsächsische Autoren können einfach hervorragend erzählen.«
Madame

05/1417/01/L

Susanna Kearsley

Rosehill

Roman. Aus dem Englischen von Karin Diemerling. 429 Seiten. Serie Piper

Verity Grey kann einfach nicht nein sagen, als sie zù Ausgrabungen ins schottischen Rosehill eingeladen wird. Schließlich ist sie mit Leib und Seele Archäologin – und die Aussicht, wieder mit dem unverschämt gut aussehenden Adrian zusammenzuarbeiten, ist ebenfalls verlockend. Der Teamleiter in Rosehill ist geradezu vernarrt in seine Idee, hier auf Spuren der berühmten Neunten Römischen Legion zu stoßen. Allerdings vertraut er ausgerechnet auf die Aussage eines achtjährigen Jungen, der felsenfest behauptet, einem Geist begegnet zu sein: dem Geist eines römischen Legionärs. Die kluge, unbestechliche Verity glaubt selbstverständlich nicht an Geister, doch dann passieren Dinge, die nicht einmal sie erklären kann. Damit nicht genug, trifft Verity auch noch David, der so ganz anders ist als die Männer, die ihr bislang gefährlich werden konnten.

05/1023/01/R

SERIE PIPER

Kerstin Ekman

Am schwarzen Wasser

Roman. Aus dem Schwedischen von Hedwig M. Binder. 462 Seiten. Serie Piper

Mutig faßt die junge Hebamme Hillevi Klarin den Entschluß, ihrem heimlichen Verlobten Edvard nach Nordschweden zu folgen, wo er eine Pfarrstelle in einer kleinen Gemeinde antreten soll. In der kargen Landschaft der schwarzen Seen und dunklen Wälder scheint die Zeit stehengeblieben zu sein: Die alten Mythen und der Aberglaube der Menschen sind noch lebendig. Aber wird Edvard sie überhaupt zur Frau nehmen, wie Hillevi es sich erträumt? Eine spannungsreiche Erzählung von Schuld und Vergebung und vom Kampf zwischen Vernunft und Leidenschaft.

05/1376/01/L

Anne Holt

In kalter Absicht

Roman. Aus dem Norwegischen von Gabriele Haefs. 365 Seiten. Serie Piper

Packend und beklemmend zugleich ist der brisante Kriminalroman der Bestsellerautorin Anne Holt über eine Serie von dramatischen Entführungsfällen: Am hellichten Tag verschwindet in Oslo die kleine Emilie, wenig später wird der fünfjährige Kim vermißt. Schließlich findet man den Jungen tot auf, mit einem rätselhaften Zettel in der Hand. Hauptkommissar Stubø beschließt, die sensible Psychologin Inger Vik einzuschalten. Schließlich erinnern die Umstände fatal an den Fall, in dem sie gerade recherchiert: ein Verbrechen, das über vierzig Jahre zurückliegt …

»Gegen diesen Serienkiller-Thriller ist ›Das Schweigen der Lämmer‹ eine Gute-Nacht-Geschichte. Hätte Anne Holt mit Inger Vik nicht eine absolut vertrauenerweckende Heldin in die böse Welt geschickt, man würde nach der Lektüre ihres neuen Psychokrimis kein Auge mehr zukriegen.«

Brigitte

05/1425/01/R

SERIE PIPER

Karin Fossum

Dunkler Schlaf

Roman. Aus dem Norwegischen von Gabriele Haefs. 263 Seiten. Serie Piper

Sie gehört zu den Meisterinnen ihres Genres: die Norwegerin Karin Fossum. In diesem packenden Kriminalroman recherchiert der wortkarge Kommissar Konrad Sejer den Fall der sonderbaren Irma Funder: In deren Keller liegt ein sterbender junger Mann – und für Sejer beginnt ein Wettlauf gegen die Zeit, den er nicht gewinnen kann … Ein fesselndes Psychogramm, in dem sich die Grenzen zwischen Opfer und Täter immer mehr verwischen.

»Seit Jahren schon erweist sich Karin Fossum mit ihren anspruchsvollen, lebensklugen Sozialthrillern als ebenbürtige Kollegin von Henning Mankell.«

Der Spiegel

05/1482/01/L

Arne Dahl

Misterioso

Kriminalroman. Aus dem Schwedischen von Maike Dörries. 345 Seiten. Serie Piper

Kaum ist Paul Hjelm, Inspektor der Stockholmer Polizei, zur Sondereinheit für besonders schwierige Fälle berufen worden, da hat er es schon mit einem kaltblütigen Serienmörder zu tun: drei unbescholtene Geschäftsleute – hingerichtet mit Kopfschüssen aus nächster Nähe, nach einem präzisen Ritual. Eine erste Spur, die zu einer Geheimloge führt, erweist sich als Sackgasse. Ist womöglich die russische Mafia in die Morde verwickelt? Doch dann die heiße Spur: ein Jazzstück mit dem bezeichnenden Titel »Misterioso« …

»Sein Erzählstil ist dicht, seine Figuren sind glaubwürdig gezeichnet, seine Geschichte gut durchdacht und geschickt konstruiert.«

Westdeutsche Zeitung

05/1525/01/R

Emma Vall

Lautloser Fluß

Roman. Aus dem Schwedischen von Lotta Rüegger und Holger Wolandt. 286 Seiten. Serie Piper

Als eine Frauenleiche im Selångerfluß gefunden wird, ist die Polizei in Sundsvall ratlos. War die junge Estin eine Prostituierte, die im neu eröffneten Kasino gearbeitet hat? Oder hat der Mord etwas mit der großen Kunstmesse zu tun, die Besucher aus dem ganzen Land anlockt? Ein Fall für die engagierte Journalistin Amanda Rönn, die sich für die Ereignisse hinter den Kulissen zu interessieren beginnt. Gibt es da eine Wahrheit, die nicht ans Tageslicht darf? Als wenig später ihre beste Freundin, die Künstlerin Sara, kurz vor der Eröffnung ihrer umstrittenen Ausstellung spurlos verschwindet, ahnt Amanda, daß jede Sekunde zählt …

»›Lautloser Fluß‹ ist ein temporeicher und spannender Journalistenkrimi, und die drei Frauen hinter dem Pseudonym Emma Vall scheinen ein fest zusammengeschweißtes Team zu sein.«
Vadstena Tidning

05/1526/01/L

Skandinavisches Lesebuch

Herausgegeben von Holger Wolandt. 388 Seiten. Serie Piper

Endlose Wälder, rotgestrichene Holzhäuser und verschwiegene Fjordlandschaften, aber auch pulsierendes Großstadtleben und stürmische Inseln – der Norden Europas ist voller Gegensätze. In dieser Sammlung der schönsten skandinavischen Geschichten findet sich diese Vielfalt wieder: von Klassikern wie Selma Lagerlöf, Karen Blixen und Knut Hamsun über große Gegenwartsautoren wie Jostein Gaarder, Kerstin Ekman, Marianne Fredriksson und Per Olov Enquist bis zu erfolgreichen Krimiautoren wie Henning Mankell, Karin Fossum und Anne Holt.

»Fast alle Stars der nordischen Literatur sind dabei. Eine vielseitige Lesereise durch Dänemark, Schweden und Norwegen.«
Nordis

05/1531/01/R